ANNE GOLON

Angélique
In den Gassen von Paris

Buch

Angélique hat ihren Mann, der als Hexer angeklagt und verbrannt wurde, verloren. Ihre Kinder glaubt sie bei ihrer Schwester gut untergebracht. Sie selbst ist unter die Bettler geraten. Sie lebt unter dem Schutz ihres Kindheitsgefährten Nicolas Calembredaine, dem jetzigen Anführer einer Bettlerbande, im Tour de Nesle und wird von allen die »Marquise des Anges« genannt. Außer ihnen hausen dort auch allerhand Gesindel und Diebe, die für den Bettlerfürsten in einem gut organisierten System arbeiten. Calembredaines größtes Interesse gilt Angélique, doch für sie ist Nicolas nur zu ihrem Gebieter geworden, dem zwar ihr Körper, aber nicht ihr Herz gehört. Er weiß darum und ist dennoch nicht bereit, sie aufzugeben...

Autorin

Anne Golon, geboren 1921 unter dem Namen Simone Changeux, musste, kaum zwanzig Jahre alt, vor der einmarschierenden deutschen Armee aus Paris flüchten. Sie schlug sich bis Spanien durch. Unter Pseudonym schrieb sie nach dem Krieg für verschiedene Zeitschriften. Zu Recherchezwecken reiste sie in den Kongo und lernte dort ihren späteren Mann Serge kennen, einen russischen Aristokraten, der sein Land während der Revolution verlassen musste. Sie kehrten nach Frankreich zurück und begannen, gemeinsam Bücher zu verfassen, die jedoch kein Erfolg wurden. Dann reifte in Anne Golon der Gedanke von einem historischen Roman über eine Frau zur Zeit Ludwigs XIV. 1952 entstand die Idee zu *Angélique*, 1956 erschien der erste Band als Weltpremiere in Deutschland bei Blanvalet. Mit einer Gesamtauflage von 150 Millionen Exemplaren wurde die Serie zu einem der größten Bucherfolge des 20. Jahrhunderts. Nach einem jahrzehntelangen Rechtsstreit hat Anne Golon jetzt alle Rechte an ihren Romanen zurückerhalten und veröffentlicht diese nun endlich ungekürzt. Sie lebt heute in Lausanne.

Von Anne Golon bereits erschienen:

Die junge Marquise (37699), Hochzeit wider Willen (37700), Am Hof des Königs (37701), Der Gefangene von Notre-Dame (37702)

Anne Golon

Angélique

In den Gassen von Paris

Aus dem Französischen
von Dr. Barbara Röhl

blanvalet

Die Originalausgabe erschien 2007 unter dem Titel
»Angélique 05. Ombres et Lumières dans Paris«
bei Éditions du Refuge, Lausanne.

FSC www.fsc.org
MIX
Papier aus verantwortungsvollen Quellen
FSC® C014496

Verlagsgruppe Random House FSC-DEU-0100
Das FSC®-zertifizierte Papier *Holmen Book Cream* für dieses Buch
liefert Holmen Paper, Hallstavik, Schweden.

1. Auflage
Deutsche Erstveröffentlichung Februar 2012 bei Blanvalet, einem Unternehmen der Verlagsgruppe Random House GmbH, München.

Umschlaggestaltung: bürosüd°, München
Umschlagillustration: bürosüd°, München
Redaktion: Ilse Wagner
ED · Herstellung: sam
Satz: Uhl + Massopust, Aalen
Druck und Einband: GGP Media GmbH, Pößneck
Printed in Germany
ISBN 978-3-442-37703-9

www.blanvalet.de

ERSTER TEIL

Der Hof der Wunder

Kapitel 1

Nicolas hatte die Idee gehabt, die Reste der alten Stadtmauer, die einst Philipp II. um das mittelalterliche Paris hatte errichten lassen, durch seine treuen Gauner und Bettler besetzen zu lassen. In den letzten vierhundert Jahren hatte die Stadt ihren steinernen Gürtel gesprengt. Die Festungswälle auf dem rechten Seine-Ufer waren fast völlig verschwunden; doch auf dem linken Ufer standen sie noch, halb zerfallen und von Efeu überwuchert, voller Rattenlöcher und einladender Schlupfwinkel.

Um sie sich anzueignen, hatte Nicolas Calembredaine eine langsam angebahnte, arglistige und hartnäckige Attacke geführt. Die von seinem Ratgeber Cul-de-Bois ersonnene Strategie wäre wahrhaftig einer besseren Sache würdig gewesen.

Zuerst hatte man kleine Gruppen verlauster Kinder mit ihren zerlumpten Müttern geschickt, damit sie sich dort einnisteten; die Sorte Menschen, die der Armenbüttel nicht einfach verjagen konnte, ohne ein ganzes Viertel gegen sich aufzubringen.

Dann waren die Bettler auf den Plan getreten.

Es waren alte Männer und Frauen, Krüppel oder Blinde, die mit wenig zufrieden waren, mit einem Loch in der Mauer, in dem das Wasser von der Decke tropfte, einem Treppenabsatz, einer Nische, in der einmal eine Statue gestanden hatte, oder einem Winkel in einem Keller. Schließlich waren die einstigen Soldaten mit ihren Schwertern oder ihren mit alten Nägeln geladenen Steinschloss-Donnerbüchsen gekommen und hatten sich der besten Plätze bemächtigt, der noch gut erhaltenen Wachtürme und Ausfallpforten mit ihren schönen, weitläufigen Räumen und Kellergewölben. Innerhalb weniger Stunden hatten sie die Handwerker und Gesellen und deren Familien vertrieben, die gehofft hatten, hier ein preiswertes Dach über dem Kopf zu finden. Die armen Menschen, die mit den Behörden der Stadt überkreuz lagen, wagten es nicht, Klage zu führen, und flüchteten. Sie waren froh, ein paar Möbel mitnehmen zu können und nicht mit einem Rapier im Leib zu enden.

Doch ganz so einfach verliefen diese Vertreibungen nicht immer. Unter den Bewohnern befanden sich eine Art von »Widerspenstigen«, nämlich die Mitglieder anderer Unterweltbanden, die sich weigerten, das Feld zu räumen. Es kam zu regelrechten Schlachten, von deren Heftigkeit die zerlumpten Leichen zeugten, die im Morgengrauen an den Ufern der Seine angespült wurden.

Am schwierigsten war die Eroberung der alten Tour de Nesle gewesen, des Turms mit den dicken Maschikulis, der sich dort erhob, wo die Seine mit alten Festungsgräben zusammentraf. Doch als sie endlich dort einziehen konnten, was für ein Wunder! Ein richtiges Schloss war das …!

Calembredaine schlug sein Hauptquartier im Turm auf. Erst jetzt wurden die anderen Anführer der Gaunerzunft gewahr, dass dieser Grünschnabel unter den »Brüdern« sich das ganze Universitätsviertel angeeignet hatte; die Umgebung der alten Stadttore von Saint-Germain, Saint-Michel und Saint-Victor bis hinunter zum Seine-Ufer und den Pfeilern der Tournelle-Brücke.

Die Studenten, die sich mit Vorliebe auf dem Pré-aux-

Clercs duellierten, die Kleinbürger, die sonntags gern in den alten Gräben nach Gründlingen angelten, die hübschen Damen, die ihre Freundinnen in Faubourg Saint-Germain oder ihre Beichtväter in Val-de-Grace besuchen wollten, konnten ihre Geldbörsen schon einmal bereithalten. Ein Schwarm von Bettlern tauchte vor ihnen auf, hielt die Pferde fest oder vertrat den Kutschen in den engen Durchfahrten oder auf behelfsmäßigen Brücken, die über die Gräben führten, den Weg.

Die Bauern oder Reisenden, die von auswärts kamen, hatten nun ein zweites Mal Wegezoll an die bedrohlich vor ihnen aufmarschierten »drilles«, die Haderlumpen, zu zahlen, obwohl sie sich schon lange mitten in Paris befanden. Calembredaines Leute errichteten Philipp Augusts alte Stadtmauer gleichsam neu, sodass sie fast so schwierig zu passieren war wie einst, als sie noch durch Zugbrücken gesichert war.

Man konnte nur den Hut ziehen. Das war wirklich ein Meisterstück im Königreich Tunis gewesen. Der gerissene und gierige Winzling, der es beherrschte, der Große Coesre Rolin-le-Trapu, mischte sich nicht ein. Calembredaine zahlte wie ein Fürst, und gewann täglich an Macht, denn er hatte Freude an exakt geplanten Schlachten und traf kühne Entscheidungen, die Cul-de-Bois mit seinem Organisationstalent ausführte. Von der Tour de Nesle aus nahm er den Pont-Neuf ein; das beste Jagdrevier mit seinem steten Strom naiver Spaziergänger, die sich ihre Geldbeutel so leicht abschneiden ließen, dass echte Künstler wie Jactance es fast überdrüssig wurden, sie zu bestehlen.

Der Kampf um den Pont-Neuf war furchtbar gewesen und hatte mehrere Monate gedauert. Calembredaine gewann ihn, weil seine Leute bereits die Gegend außen herum besetzt hielten. Auf alten, ungenutzten Plattformen oder versteckt in Bögen oder hinter Brückenpfeilern postierte er seine Bettler, die zu schlafen schienen, aber in Wahrheit aufmerksame Wachposten waren. Seine Strategie wurde belohnt, er siegte. Die Unterwelt der Hauptstadt wurde darüber in Kenntnis gesetzt, dass der Pont-Neuf Calembredaine gehörte.

Dieser Pont-Neuf war nicht eine Brücke wie alle anderen und würde es niemals sein, denn als Heinrich IV. den Bau befahl, hatte er sich eine Brücke gewünscht, die es gestattete, von einem Seine-Ufer auf das andere zu gelangen, ohne die Île de la Cité überqueren zu müssen.

Daher hatte er untersagt, Häuser darauf erbauen zu lassen. Dagegen hatte man über jedem Pfeiler halbrunde Ausbuchtungen errichtet, welche Platz für die Läden und Stände von Händlern und Gauklern boten. Und auf beiden Seiten der Fahrbahn gab es mit Stein gepflasterte Bürgersteige, damit die Fußgänger den rasch vorbeifahrenden Kutschen oder Karren ausweichen konnten. Aber im täglichen Leben hatte sich der Pont-Neuf nicht nur zu einem Durchgangsportal, sondern mehr noch zu einem Ort der Begegnung entwickelt. Dort trafen sich die beiden Flussufer mit dem Besten und Vielfältigsten, das sie aufzuweisen hatten.

In der Tour de Nesle hatte sich Angélique, die sich langweilte, wenn Nicolas zu seinen kriminellen Abenteuern auszog, angewöhnt, in den großen Saal hinunterzugehen, der im Fuß des Turms lag.

Dort versammelten sich Calembredaines Gefolgsleute und die Horden zerlumpter Menschen, die kamen, um dem

Herrscher der Gaunerzunft ihre Aufwartung zu machen. Wie jeden Abend drängte sich dieses stinkende, laute Publikum unter Kindergeplärr, Rülpsern und Beschimpfungen, die unter den gewölbten Decken widerhallten, dem Klirren von Zinnbechern und dem unerträglichen Gestank nach alten Lumpen und Wein im großen Saal.

Die Versammlung bot eine Auswahl der Besten, die man unter den Truppen des illustren Haderlumpen fand. Calembredaine wollte, dass es in seiner Burg immer angezapfte Fässer gab und Fleisch am Spieß steckte. Solche Freigebigkeit setzte den stärksten Mann schachmatt.

Was konnte man, wenn es regnete und stürmte, wenn die Straße verlassen war und der Aristokrat das Theater und der Bürger die Taverne verschmähte, als armer Gauner Besseres tun, als zu Calembredaine zu gehen und sich »den Wanst vollzuschlagen und einen auf die Lampe zu gießen«?

Cul-de-Bois saß mit der Arroganz des Vertrauensmanns und der düsteren Miene eines verkannten Philosophen auf dem Tisch. Barcarole, sein Kumpan, sprang von einem zum anderen und trieb die Kartenspieler in den Wahnsinn. Mort-aux-Rats verkaufte sein Wildbret an kleine, hungrige alte Vetteln, Thibault-le-Vielleur drehte die Kurbel seiner Drehleier und warf durch das Fenster in der Krempe seines Strohhutes spöttische Blicke umher, während Linot, sein kleiner Gehilfe, ein Knabe mit Engelsaugen, die Zimbel schlug. Mutter Hurlurette und Vater Hurlurot begannen zu tanzen, und die zuckenden Flammen des Kaminfeuers warfen ihre grotesken, plumpen Schatten bis an die Decke. Dieses Bettlerpaar besaß, wie Barcarole zu erklären pflegte, zusammen nur ein Auge und drei Zähne. Vater Hurlurot war blind und kratzte auf einer Art Kasten herum, über den zwei Saiten gespannt waren und den er seine »Geige« nannte. Seine einäugige, dicke Frau, deren gewaltiger Haarschopf wie graues Werg aussah und unter einem schmutzigen, zu einem Turban geschlungenen Tuch hervorquoll, klapperte mit Kastagnetten und bewegte dazu ihre dicken, aufgequollenen Beine, die in mehrere Schichten Strümpfe eingepackt waren.

Barcarole sagte immer, sie sei bestimmt einmal Spanierin gewesen … früher einmal. Davon waren nur noch die Kastagnetten übrig geblieben.

Zu Calembredaines engerem Gefolge gehörten auch Pied-Léger, der kurzatmige ehemaliger Läufer, Tabelot-le-Bossu, Jactance-le-Coupe-Bourse, Prudent, ein sehr weinerlicher und zaghafter Dieb, was ihn allerdings nicht daran hinderte, bei allen Einbrüchen mit dabei zu sein, und Beau-Garçon, der ein »barbillon«, also ein Zuhälter, war und, wenn er sich wie ein Fürst kleidete, sogar den König über seine Person getäuscht hätte. Dann waren da noch Huren, die entweder lammfromm waren oder schrill wie Harpyien; Gaukler, allerdings weniger zahlreich vertreten, da sie meist Rodogone, dem Ägypter, die Ehre erwiesen; betrügerische Lakaien, die von einem Dienstherrn zum nächsten zogen, sie bestahlen und hier das Ergebnis ihrer Diebereien umsetzen wollten; oder auf Abwege geratene Studenten, zutiefst verdorben durch den Kontakt zur Bettlerzunft, in die ihre Armut sie geführt hatte, die im Gegenzug für kleine Dienste bei den Gaunern würfelten. Diese Lateiner nannte man Erzhandlanger, und sie setzten die Gesetze des Großen Coesre auf. So einer war Gros-Sac gewesen, der, als Mönch verkleidet, Conan Bécher in einen Hinterhalt gelockt hatte.

Auch diejenigen, die sich das Mitleid der Öffentlichkeit erschlichen, die falschen Krüppel, Blinden, Hinkenden und

Sterbenden, hatten ihren Platz im Nesle-Turm. Die alten Mauern, die schon die ausschweifenden Orgien der Königin Margarete von Burgund gesehen und das Röcheln der jungen Menschen gehört hatten, denen man nach der Liebe die Kehle durchschnitt, beherbergten den übelsten Abschaum der Schöpfung. Denn dort hausten auch echte Kranke, Idioten, Halbverrückte und Ungeheuer wie Crête-de-Coq, der einen seltsamen Auswuchs auf der Stirn trug und dessen Anblick Angélique nicht ertragen konnte. Schließlich hatte Calembredaine den Unglücklichen hinausgeworfen.

Eine Welt der Verdammten: Kinder, die nicht mehr wie Kinder aussahen, Frauen, die sich den Männern einfach auf dem mit Stroh bedeckten Boden hingaben, Greise und Greisinnen mit dem leeren Blick von Hunden, die sich verlaufen haben; und doch herrschte in dieser Menge eine gelassene, zufriedene Stimmung, die nicht vorgetäuscht war.

Das Elend ist nur unerträglich, wenn es vollständig ist, vor allem für diejenigen, die noch Vergleiche anstellen können. Doch die Menschen am Hof der Wunder hatten keine Vergangenheit und keine Zukunft, an der sie ihre Gegenwart hätten messen können.

Viele gesunde, aber faule Burschen gaben sich dem Müßiggang hin und fraßen sich fett. Hunger und Kälte, das war etwas für die Schwachen, die daran gewöhnt waren. Verbrechen und Bettelei waren die einzig wahre Arbeit. Die Unsicherheit, was morgen sein würde, beunruhigte niemanden. Was kümmerte einen die Zukunft? Der unschätzbar wertvolle Preis für diese Unsicherheit ist die Freiheit, das Recht, in der Sonne zu sitzen und Läuse zu knacken. Sollte er doch kommen, der Armenbüttel! Da konnten die großen Damen und ihre Priester so viele Hospize und Armenhäuser bauen, wie sie wollten… Trotz der Suppe, die sie dort bekommen würden, setzten die Gauner nur unter Zwang einen Fuß dort hinein.

Schließlich war Calembredaines Tafel berühmt, denn seine Handlanger besorgten an den besten Stellen Nachschub: Sie stahlen von den Lastkähnen auf der Seine, trieben sich in der Nähe von Schlachtereien herum oder überfielen Bauern, die auf dem Weg zum Markt waren.

Als Angélique den großen Saal zum ersten Mal betrat, rief ihr Auftritt Schweigen und fast Erschrecken hervor. Ihre Schönheit, die gemächlichen Bewegungen, mit denen sie sich an den Tisch setzte, ohne einen Blick, ohne einen Gruß in die Runde … all das verwirrte die Menschen, die an Argwohn und Gefahr gewöhnt waren und ihre Rituale hatten.

Doch sehr bald stellte sich heraus, dass die Neue ebenfalls ihre »Grillen« hatte, wie ein alter Mann, den man den Magister nannte, bemerkte.

Ohne die Menschen um sie herum herablassend zu behandeln oder sich um die Völlerei zu scheren, die sie umgab, widmete sie ihre Aufmerksamkeit denen, die für die meisten von ihnen unwichtig waren, wenn es nicht gerade darum ging, mit ihnen zu handeln: den Kindern. Es waren Kinder von zwei bis drei Jahren, die man zum Betteln nach draußen schickte, kaum dass sie auf ihren Beinen stehen konnten.

Mit dem Instinkt, den am Hof der Wunder unweigerlich jeder erwarb, versuchten sie, irgendeine Diebesbeute mitzubringen, und umklammerten, wenn sie in die Unterkunft zurückkamen, ungeschickt ein paar Karotten oder Sellerieknollen, die Größeren vielleicht einen kleinen Kohlkopf oder einen Salat, milde Gaben von Händlern, die voller Mitleid sahen, wie die zerlumpten kleinen Kinder auf allen vieren unter ihrem Stand herumkrochen und nach essbaren Brocken suchten. »Hier, das soll deine Mutter in die Suppe tun …«, hieß es dann.

Durch Zeichen hatte Angélique darum gebeten, ihr eine Wanne mit kaltem, sauberem Wasser zu bringen. Wasser, Wasser für die Marquise der Engel! Noch eine ihrer »Grillen«. Und was wollte sie mit dem Wasser? Das Gemüse waschen. Sie bewunderten ihre geschickten, flinken Finger, die mit einem Mal den Früchten der Erde neues Leben und neue Schönheit einzuhauchen schienen. Die Hände einer Fee … oder einer Hexe, dachte man nicht ohne Besorgnis. Dann brauchte sie noch mehr Wasser in einem großen Topf, den sie über das Kaminfeuer hängen ließ, wo Jactance oder ein anderer Gauner, der dazu eingeteilt war, unter Kesseln und Töpfen mit Fleisch, Speck und Würsten ständig ein röhrendes Feuer unterhielt.

Die Marquise der Engel überwachte ihr köchelndes Gemüse wie einen magischen Trank und kostete immer wieder behutsam davon. Es faszinierte die ganze Versammlung, dass sie alles durch Gesten befahl. Sie sprach nicht mehr. Ein paar Tage, nachdem sie in die Tour de Nesle gekommen war, hatte sie sich in eine vollkommene Stummheit zurückgezogen. Selbst wenn sie sich liebten, vermochte Nicolas ihr kein Wort zu entlocken. Sie war anwesend und zugleich weit fort.

Sie hatte durch energische Zeichen ihrer Absicht Geltung verschafft, aus dem Gemüse, das die Kleinen brachten, eine Suppe zu kochen. Das zeigte, dass sie nicht so ganz abwesend war, wie manch andere oft junge, aber meist ältere Menschen, die durch das Unglück, das sie erlitten haben, nur noch bloße fleischliche Hüllen ohne Seele sind. Weil sie schwieg, wandten sich ihr, wenn sie sich im großen

Saal aufhielt, alle Blicke zu, und mehr und mehr kam man zu dem Schluss, dass sie schön war. Sie ließ sich den Kessel in das Turmzimmer bringen, wo sie ganz allein von der Suppe trank; und auch das erweckte den Eindruck, dass sie die Suppe zu sich nahm wie eine Medizin mit mysteriösen Kräften. Aber immer häufiger blieb sie unten und brachte, nachdem sie mit einer gebieterischen Geste nach Näpfen verlangt hatte, Suppe zu den Kranken, die ihr in ihren Ecken aufgefallen waren, oder zu den alten Frauen, die nicht daran gewöhnt waren, dass man sie überhaupt wahrnahm, und nicht wagten, die Gabe abzulehnen. »Sie hält nicht vor«, hieß es über die Brühe, aber sie schmeckte immerhin besser als die Armensuppe.

Der Alte, den man den Magister nannte, diente Nicolas Calembredaine, dem illustren Haderlump vom Pont-Neuf, als Schreiber, und Letzterer war sehr stolz darauf, sich der Dienste eines Schriftkundigen versichert zu haben, so wie Rolin-le-Trapu sich Rot-le-Barbon hielt. Man erzählte sich, der Magister sei »nicht ganz richtig im Kopf«. Nicolas bezahlte seinen »Sekretär« mit gestohlenen Krügen voller Wein, mit denen die Keller der Tour de Nesle gut ausgestattet waren, denn er war ein unverbesserlicher Säufer. Man sah ihn im schwachen Licht einer durch Erde fast verstopften Schießscharte sitzen, wo er mit zitternder Hand seine Gänsekiele zurechtschnitt und irgendetwas auf Papierbündel kritzelte.

Eines Tages, als Angélique an der großen Tafel saß, auf Nicolas' Rückkehr wartete und mit halbem Ohr den Fantastereien von Cul-de-Bois lauschte, der auf dem Tisch thronte, erhob sich der Magister. Energischen Schrittes kam er auf sie zu und zog sie mit unwiderstehlicher Kraft zur Tür.

Immer noch fest in seinem Griff, fand sie sich draußen in der einbrechenden Nacht und der winterlichen Kälte wieder.

»Du musst an die frische Luft«, erklärte er und sah ihr ins Gesicht. »Keine Angst, niemand wird dich erkennen, es ist Nacht. Aber du musst nach draußen, sonst wirst du noch verrückt.«

Und sie erkannte, dass sie, seit sie in die Tour de Nesle gekommen war, sich nicht vorstellen konnte, diese Zuflucht wieder zu verlassen und nach »draußen« zu gehen, wo alle möglichen Gefahren auf sie lauerten.

»Lauf!«, rief der Magister und stieß sie vor sich her.

Wie ein Automat gehorchte sie. Die beiden durchquerten die Gegend um die Tour de Nesle, kamen an den Überresten des berühmten Stadtpalais sowie an mehreren Häusern, die man gebaut und dann wieder abgerissen hatte, vorbei. Immer noch sah es chaotisch aus, nachdem hier zahlreiche Schlachten zwischen den Gaunern stattgefunden hatten. Anschließend zog der Magister sie in ein Labyrinth aus schmalen Passagen, Straßen und Sackgassen.

Zunächst bekam sie es mit der Angst zu tun. Da sollte sie mit einem halb verrückten Alten quer durch Paris wandern, doch dann fügte sie sich dumpf.

»Da sind wir«, erklärte der Magister schließlich in zufriedenem Ton. »Schau! Ist das nicht ein schönes Haus? Und heute Abend feiert man dort ein Fest.«

Angélique sah sich um. In der Tat, sie standen vor einem schönen Stadtpalais, in dem sich viele Menschen bewegten. Man sah Silhouetten an den Fenstern vorbeihuschen und Diener, die Fackeln trugen.

Das Haus war zwar nicht neu erbaut, aber es war mit Sicherheit eines der schönsten und einnehmendsten von

Paris, denn es vereinte alle Neuheiten einer Architektur, die es darauf anlegte, ansprechend zu sein und die althergebrachte Schwere abzulegen, die ihr in den vergangenen Jahrhunderten eine Notwendigkeit war, um ein Bauwerk auch verteidigen zu können.

»Setz dich«, forderte er sie auf.

Er selbst nahm auf der anderen Seite der Gasse auf dem blanken Boden Platz und lehnte sich an ein Mäuerchen.

Angélique gehorchte nicht gleich. Es war ihm gelungen, sie zu überraschen. Sie fühlte ihre Neugier erwachen und entschied sich, ihr Schweigen aufzugeben und eine Frage zu stellen.

»In welchem Viertel befinden wir uns?«

»Hi, hi, hi…« Der Alte hörte gar nicht wieder auf zu kichern, und man wusste nicht, ob der Grund die Freude darüber war, dass er ihr einen Satz entlockt hatte, oder ob er lachte, weil die Frage so dumm gewesen war.

»In welchem Viertel? Aber schau dich doch ein wenig um… Mach mal die Augen auf!«

Angélique gab sich wirklich Mühe; nicht, um die Augen aufzumachen, die sie bereits weit aufgerissen hatte, sondern um ihren Blick zu zwingen, das aufzunehmen, was sie umgab, und wirklich zu erfassen, was zu sehen sie sich weigerte. Zunächst stellte sie fest, dass ein Zwielicht herrschte, das zur Hälfte den Straßenlaternen in diesem wohlhabenden Viertel geschuldet war, und zur Hälfte dem hellen Mondschein, der durch die Wolken fiel. Sie stieß einen überraschten Ausruf aus.

Überdeutlich und nicht weit entfernt, erblickte sie die unverkennbare Silhouette der Tour de Nesle.

»Aber ja!« Der Magister lachte spöttisch. »Wir haben betuchte Nachbarn. Und die Reichen leben in der Nachbarschaft eines der größten Höfe der Wunder von Paris. Nur haben sie das noch nicht begriffen … Sie lieben diese Ecke, und wir ebenfalls. Bei ihnen liegt es daran, dass die Abtei Saint-Germain-des-Prés nicht weit ist, und wir mögen sie wegen des Markts von Saint Germain und des Pont-Neuf. Sie lassen sich schöne Häuser bauen, und wir bereiten die ›Ernte‹ vor. Setz dich doch endlich. Jetzt warten wir.«

Sie ließ sich zu Boden sinken und kauerte sich neben ihm zusammen. Nach und nach wurde sie sich der Kälte und ihrer ungewöhnlichen Lage bewusst.

»Das ist das Hôtel de Guénégaud«, erklärte der Alte. »Das schönste Stadthaus von Paris. Aber es war nicht richtig, das Hôtel de Nevers abzureißen. Glaube mir, es hat eine Zeit gegeben, da habe ich dort gestrahlt wie ein Stern. Was in diesen Salons geschah, konnte es mit dem blauen Zimmer der schönen Arthémise aufnehmen. Einen Ort, an dem große Geister brilliert haben, sollte man nie vollständig zerstören. Aber diese Leute waren mit der Königsfamilie verwandt und glaubten, sich alles erlauben zu können …«

Angélique fror, aber sie fühlte sich fast wider Willen fasziniert von dem, worauf seine Worte anspielten, von den erleuchteten Fenstern, hinter denen man Bewegung ahnte, und dem Luxus – eine andere Welt.

Ein Schatten huschte durch den gegenüberliegenden Garten. Rasch kam eine geheimnisvolle, schwarz gekleidete Gestalt auf sie zu. Der Mann musste ein Priester sein, da er keine Perücke trug. Er hockte sich neben den Magister und sprach ihn in fließendem Latein an. Anschließend übergab er ihm ein dickes Bündel Schriftrollen sowie eine Flasche Wein, und dann verschwand der Fremde wieder, bei dem es sich um den Hausgeistlichen des Anwesens handeln musste.

»Nimm das«, sagte der Magister und reichte Angélique die Papiere, »und hilf mir beim Aufstehen.«

Der Geistliche musste ihm Kopien von Manuskripten übergeben haben.

Sicherlich war das die Bestellung eines der Poeten oder Romanschreiber, die mondäne und schöngeistige Treffpunkte wie das Hôtel Guénégaud frequentierten und immer auf der Suche nach einem Mäzen, einem Gönner waren. Zu Beginn trug man seine Werke einem Kreis aufmerksamer Freunde vor, ehe man es wagen konnte, sich ein »Privileg« zu besorgen, das heißt, eine Vereinbarung mit einem gut beleumdeten Buchhändler, der begierig war, diese sehr begehrten Werke herauszugeben und zu verkaufen, denn ihre Verbreitung brachte »dickes Geld« ein, wie die Händler sagten. Doch von den Originalmanuskripten, die unter den Freunden von Hand zu Hand weitergegeben wurden, gab es nie genug Exemplare, daher war es wichtig, zahlreiche Kopisten zur Verfügung zu haben.

Der Magister drückte die Flasche an sein Herz und bedachte das Werk mit einem Augenzwinkern. »Eine kleine Mademoiselle hat das geschrieben«, meinte er und musste lachen.

Er verstaute die Flasche sicher unter seinem zerlumpten Mantel. Angélique war froh darüber, dass sie es nicht weit hatten, denn es wurde immer kälter. Doch auf dem Rückweg begann der Magister mit einem Mal zu trippeln wie ein alter Mann. Er befand sich in der Stimmung für Vertraulichkeiten.

»Was mein Leben ruiniert hat«, erklärte er, »ist, dass man mich für einen Schatzsucher gehalten hat, und das ist eine sehr gefährliche und verfolgte Spezies. Und dabei habe nicht ich sie zu dem Grab geführt. Ich habe ihnen nur gesagt, wer da in diesem Grab lag. Ich bin nämlich ein Gelehrter der historischen Wissenschaften, und deswegen hatten sie mich angeheuert.«

Mitten auf der verlassenen Straße blieb er stehen und musterte den Boden.

»Bück dich«, verlangte er.

Er nötigte Angélique, sich vorzubeugen, und wies mit einer weit ausholenden Geste auf die schlammige Straße, in deren Mitte ein wenig Wasser schwach glitzerte.

»Und da war das offene Grab«, intonierte er. »Und ich erkannte das Gerippe meines Königs … mit seinen Waffen, seinem Speer, seinem Schwert, dem Kopf seines Lieblingspferds mit einem bronzenen Halseisen und … halte dich fest … die Kristallkugel, durch die der göttliche Monarch seine Heilergabe ausübte und seine hellseherischen Visionen hatte. Und … und da, hör mir gut zu, da lagen auch dreihundert Goldmünzen … dreihundert und keine weniger!«

Er legte eine kurze Pause ein und fuhr dann in träumerischem Ton mit seinen Erinnerungen fort.

»Einer der Ausgräber hat zwei Goldmünzen gestohlen …«

Als sie weitergingen, nötigte er Angélique, dicht an der Mauer entlangzugehen, als passierten sie tatsächlich ein offenes Grab und müssten achtgeben, um nicht hineinzufallen. Jetzt fand sie wirklich, dass er geistesgestört war.

»Ich habe begriffen, was mich erwartete«, fuhr er fort, »und als sie ein Stück weiter waren, habe ich die Flucht ergriffen.

In diesem Landstrich in den Ardennen wachsen riesige Bäume, die sehr dick und dicht belaubt sind. Ich habe mich in einer der Baumkronen versteckt, in den höchsten Ästen, dort, wo sogar die Vögel keine Nester mehr bauen. Sie haben mich vergeblich gesucht, sogar Hunde auf mich gehetzt … Sie haben allen Grabarbeitern die Augen ausgestochen …«

»Um zu erfahren, wer die Goldmünzen gestohlen hatte?«

»Nein! Damit niemand den Weg zum Grab wiederfindet.«

Sie waren wieder vor ihrem Schlupfwinkel angekommen, und Angélique, die von den Wächtern begrüßt wurde, fühlte sich erleichtert.

»Sag mir, was du von meiner Geschichte hältst«, verlangte der Magister energisch.

»Ich finde die Geschichte ziemlich schrecklich«, antwortete sie, obwohl sie lieber geschwiegen hätte.

Doch mit einem Mal verlangte es sie danach, zu sprechen.

»Alle wahren Geschichten sind ziemlich schrecklich«, hielt er dagegen.

Im großen Saal lief Nicolas auf und ab wie ein Raubtier im Käfig.

»Wo seid ihr beiden gewesen?«

»Nur um die Ecke! Aber ich bin lange genug mit ihr herumgelaufen, um festzustellen, ob sie davonlaufen würde… Sie hat es nicht getan. Du kannst beruhigt sein, Calembredaine, sie wird nicht fliehen. Und wenn du etwa gefürchtet hattest, sie könnte stumm geworden sein, ha! Keine Sorge… Sie kann schon noch Fragen stellen, wenn etwas ihre Neugierde erweckt. Das ist bei den Frauen ein gutes Zeichen. Und vergiss nicht, dass ich ein durstiger Gelehrter bin.«

»Du sollst eine schöne Flasche Wein bekommen«, versprach ihm der Herr der Tour de Nesle.

Angélique empfand es als Erleichterung, dass ihr die Außenwelt keine Angst mehr einflößte.

Während sie sich in den folgenden Tagen in Begleitung

von Pied-Léger, Barcarole oder Cul-de-Bois durch die Pariser Unterwelt bewegte, entdeckte Angélique nach und nach, welches Netz von Schmutz und Erpressung ihr alter Spielgefährte aufgebaut hatte.

»Du bist schlauer, als ich dachte«, meinte sie eines Abends zu Nicolas, »und hast allerhand gute Ideen in deinem Dickschädel.«

Und sie strich ihm über die Stirn.

Solche zärtlichen Gesten, die Angélique üblicherweise nur sparsam verschenkte, brachten den Gauner aus der Fassung. Er zog sie auf seine Knie.

»Das verblüfft dich, was? Das hättest du wohl von einem Bauernlümmel wie mir nicht erwartet? Aber ein Bauernlümmel bin ich nie gewesen, wollte es nie sein ...«

Verächtlich spie er auf den gefliesten Boden.

Sie saßen vor dem Kamin im großen Saal am Fuß der Tour de Nesle.

Angélique lehnte sich an Calembredaines harte Schenkel. An seinem athletischen Körper befand sich nicht eine Unze Fett. Aus dem Knaben von einst, der wie ein Eichhörnchen auf die Bäume kletterte, war ein wahrer Herkules geworden, der nur aus gewaltigen, festen Muskeln bestand. Seine breiten Schultern verrieten noch seine primitive, bäuerliche Herkunft, aber er hatte sich wahrlich den Schlamm von den Stiefeln geschüttelt. Jetzt war er ein Wolf der Städte, gewandt und lautlos.

Wenn er Angélique in die Arme schloss, hatte sie das Gefühl, in einem eisernen Ring gefangen zu sein, den keine Macht der Welt sprengen konnte. Je nachdem, wie sie gelaunt war, widersetzte sie sich, oder sie schmiegte mit einer katzenhaften Bewegung die Wange an Nicolas' raue Bartstoppeln. Es gefiel ihr, wie seine Raubtieraugen dann hingerissen aufleuchteten, und sie genoss es, ihre Macht zu spüren. Ihr gegenüber zeigte sich Nicolas immer ohne seine Verkleidung, und wenn er ihr in diesem Dialekt, der ihrer beider Muttersprache war, die Worte zuflüsterte, die man den Schäferinnen auf dem Heuboden sagte, dann versank ihre bedrückende Umgebung. Das war wie eine Droge, Balsam auf ihre furchtbaren Wunden.

Dieser Mann war so stolz darauf, sie zu besitzen, dass es beleidigend und rührend zugleich war.

»Du warst die Tochter des Barons ... Du warst für mich verboten«, pflegte er gern zu sagen, »und ich sagte mir: Ich werde sie bekommen ... Ich wusste, dass du kommen würdest ... Und nun gehörst du mir.«

Am liebsten hätte sie ihn beschimpft, aber das fiel ihr schwer. Denn jemanden, den man als Kind gekannt hat, kann man nicht wirklich fürchten, weil es die Reflexe aus der Kindheit sind, die man am schwersten ablegt. Die Vertrautheit, die sie beide verband, hatte zu tiefe Wurzeln.

»Weißt du, woran ich gedacht habe?«, fragte er. »All diese Ideen, die ich in Paris hatte und durch die ich Erfolg gehabt habe, die stammen von unseren Abenteuern und Expeditionen als Kinder. Wir haben alles immer gut vorbereitet, weißt du noch? Nun ja, und als ich dann meine ... Arbeit organisieren musste, habe ich mir manchmal gesagt ...«

Er unterbrach sich, um zu überlegen, und fuhr sich mit der Zunge über die Lippen. Ein Knabe namens Flipot, der zu seinen Füßen kauerte, hielt ihm einen Becher Wein hin.

»Schon gut«, knurrte Calembredaine und wies den Becher zurück, »lass uns in Ruhe plaudern. Weißt du«, fuhr er dann fort, »ich habe mich manchmal gefragt: Was hätte Angélique getan? Welchen schönen Plan hätte sie in ihrem kleinen Gehirn ausgeheckt? Und das hat mir geholfen… Warum lachst du?«

»Ich lache nicht, ich lächle. Weil ich mich an unsere letzte Expedition erinnere, bei der wir nicht unbedingt erfolgreich waren. Wir wollten nach Amerika und sind gerade mal bis zur Abtei von Nieul gekommen…«

»Wie wahr! Das war wirklich eine Dummheit. Bei dieser Gelegenheit hätte ich dir nicht folgen dürfen…«

Er überlegte.

»Zu dieser Zeit hattest du keine besonders guten Ideen. Das lag daran, dass du groß geworden warst und zur Frau wurdest, und Frauen haben halt keinen Verstand… Aber dafür besitzen sie etwas anderes«, schloss er mit einem anzüglichen Auflachen.

Er zögerte und wagte dann eine Liebkosung, wobei er seine Gefährtin aus dem Augenwinkel beobachtete. Angéliques Stärke lag darin, dass er niemals wusste, wie sie seine Annäherungsversuche aufnahm. Sie war in der Lage, ihm wegen eines Kusses mit blitzenden Augen ins Gesicht zu springen wie eine wütende Katze. Dann drohte sie, sich vom Turm zu stürzen, und griff ihn mit dem Wortschatz eines Marktweibs an, den sie sich sehr rasch angeeignet hatte.

Sie hatte schon bewiesen, dass sie in so eisiges Schmollen verfallen konnte, dass Barcarole tief beeindruckt war und Beau-Garçon ins Stottern geriet. Wenn Calembredaine dann seine Mannschaft versammelte, fragte sich jeder bestürzt, woher wohl seine üble Laune rührte.

Und bei anderen Gelegenheiten konnte sie sich sanft, heiter und beinahe zärtlich geben. Dann hatte er sie wieder zurückbekommen. Das war sie, die Frau von der er seit jeher geträumt hatte! Die kleine Angélique, die in zerlumpten Kleidern und mit Grashalmen im Haar auf nackten Füßen über die Wege ihrer ländlichen Heimat rannte.

Ein andermal wiederum war sie passiv und wie abwesend und ließ alles geschehen, was er von ihr wollte; doch sie wirkte dabei so gleichgültig, dass er sie besorgt und vage verängstigt in Ruhe ließ.

Wahrlich, die Marquise der Engel war ein putziges kleines Ding…!

Doch all das war keine Berechnung. Ihre Nerven waren so angegriffen, dass sie abwechselnd in Verzweiflung und Entsetzen und dann wieder in dumpfe, beinahe erleichterte Unterwerfung verfiel. Aber ihr weiblicher Instinkt hatte ihr die einzig richtige Strategie zu ihrer Verteidigung eingegeben. Genau wie sie damals den kleinen Bauernjungen Merlot in ihren Bann geschlagen hatte, so bezwang sie jetzt den Gauner, der aus ihm geworden war… Auf diese Weise lief sie nicht Gefahr, seine Sklavin oder sein Opfer zu werden. Stärker noch als durch ihre schroffe Verweigerung unterwarf sie ihn durch die Zärtlichkeit, mit der sie sich manchmal hingab. Und Nicolas' Leidenschaft wurde täglich verzehrender.

Dieser gefährliche Mann, dessen Hände mit Blut und vielen Verbrechen besudelt waren, zitterte schließlich bei dem Gedanken, ihr zu missfallen.

Als er an diesem Abend sah, dass die Marquise der Engel nicht ihre böse Miene zeigte, begann er, sie stolz zu liebkosen. Und sie schmiegte sich an seine Schulter wie eine Liane. Sie verachtete den Kreis aus abscheulichen, lachenden Säufergesichtern, von denen sie umgeben waren. Sie ließ zu, dass er ihr Mieder öffnete und sie heftig auf den Mund küsste.

Aus ihren smaragdgrünen Augen schaute sie provozierend und entrückt zugleich unter ihren halb geschlossenen

Lidern hervor. Innerlich schien Angélique sich daran zu ergötzen, wie tief sie gesunken war, und sich stolz als das Spielzeug eines gefürchteten Herrn zu präsentieren.

All das versetzte die Polackin in rasende Wut.

Calembredaines einstige offizielle Mätresse konnte ihre abrupte Absetzung nicht so einfach verwinden, zumal Calembredaine sie mit der Grausamkeit des echten Tyrannen zu Angéliques Dienerin bestimmt hatte. Sie war es, die ihrer Rivalin heißes Wasser zum Waschen hinaufbringen musste, eine Angewohnheit, die in der Welt der Gauner so absonderlich war, dass man sich bis nach Faubourg Saint-Denis davon erzählte. In ihrem Zorn kippte sich die Polackin jedes Mal die Hälfte des kochenden Wassers über die Füße. Doch die Stellung Calembredaines war so unanfechtbar, dass sie es nicht wagte, vor der Frau, die ihr die Gunst ihres Liebhabers geraubt hatte, auch nur ein einziges Wort zu sagen.

Angélique ließ sich die Dienste und die hasserfüllten Blicke des stämmigen, dunklen Mädchens gleichmütig gefallen. In der Sprache der Gauner nannte man die Polackin eine »ribaude«, das heißt, ein Soldatenliebchen, eine dieser Frauen, die im Krieg hinter den Armeen herziehen. Sie hatte mehr Schlachten erlebt als ein alter Schweizer Söldner und konnte sich ebenso kenntnisreich wie ein solcher über Kanonen, Arkebusen und Piken unterhalten, denn sie hatte Liebschaften mit allen Dienstgraden unterhalten. Wie sie erklärte, hatte sie sich wegen ihrer schönen Augen und adretten Schnurrbärte sogar mit Offizieren eingelassen, obwohl diese hübschen Herren oft leerere Geldbeutel hatten als ein braver Soldat, der sich beim Plündern die Taschen füllt. Ihr Beiname rührte daher, dass sie während eines ganzen Feldzugs die ungekrönte Königin über ein polnisches Regiment gewesen war.

Am Gürtel trug sie ein Messer, das sie bei jeder Gelegenheit zog, und sie stand in dem Ruf, es auch ausgezeichnet gebrauchen zu können.

Abends redete sich die Polackin, wenn sie ihren Weinkrug bis zur Neige geleert hatte, in Rage und erzählte vom Plündern und Brandschatzen.

»Ah, das waren noch schöne Zeiten im Krieg!«, sagte sie dann. »Ich sagte zu den Soldaten: Küsst mich, tapfere Krieger, und ich zerquetsche eure Läuse.«

Dann begann sie Soldatenlieder zu singen und küsste die Veteranen.

Schließlich setzte man sie regelmäßig mit kräftigen Tritten vor die Tür. Draußen lief die polnische Marquise im winterlichen Regen und Wind am Seine-Ufer entlang und streckte die Arme nach dem Louvre aus, der im nächtlichen Dunkel nicht zu erkennen war.

»He, Majestät! He, Franc-Ripault![*]«, rief sie, »wann schenkst du uns wieder einen Krieg? Krieg ist gut! Was machst du nur da in deiner Hütte, du Nichtsnutz? Was soll ich denn mit einem König, der keine Schlachten schlägt? Einem König ohne Siege?«

Wenn sie wieder nüchtern war, vergaß die Polackin ihre kriegerischen Reden und dachte nur daran, Calembredaine zurückzuerobern. Dafür setzte sie alles ein, was ein skrupelloser Charakter und ein explosives Temperament aufzubieten hatten. Ihrer Meinung nach, erklärte sie, würde Calembredaine schon bald genug von diesem Mädchen haben, das kaum jemals lachte und die anderen oft gar nicht zu sehen schien. Sicher, die beiden waren Landsleute. So etwas verbindet; aber sie kannte ihren Calembredaine. Das würde ihm nicht ausreichen. Und sie, die Polackin, wollte

* in der Gaunersprache: König

doch im Grunde nur ihren Anteil. Schließlich waren zwei Frauen für einen Mann nicht allzu viel. Der Große Coesre hatte schließlich deren sechs …!

Der Zusammenstoß war unvermeidlich, und er war kurz, aber heftig.

Eines Abends besuchte Angélique Cul-de-Bois in dem Loch am Pont Saint-Michel, in dem er lebte. Sie hatte ihm eine Wurst mitgebracht. Cul-de-Bois war der Einzige aus der Bande, dem sie Achtung entgegenbrachte.

Doch er quittierte die Aufmerksamkeit, die sie ihm schenkte, mit der mürrischen Miene einer Bulldogge, als fände er das ganz normal.

Nachdem er an diesem Abend an der Wurst gerochen hatte, sah er Angélique an.

»Wohin gehst du jetzt?«, fragte er.

»Zurück in die Tour de Nesle.«

»Tu das nicht. Geh unterwegs bei Ramez, dem Wirt, vorbei, in der Nähe des Pont-Neuf. Calembredaine ist dort, zusammen mit unseren Leuten und der Polackin.«

Er wartete einen Moment, als wolle er ihr Zeit geben, zu verstehen, was er meinte.

»Hast du begriffen, was du zu tun hast?«, hakte er dann nach.

»Nein.«

Wie sie es gewöhnt war, kniete sie vor ihm, um auf Augenhöhe mit dem beinlosen Männlein zu sein. Der Boden und die Wände seiner Höhle bestanden aus gestampftem Lehm. Das einzige Möbelstück war ein Koffer aus gekochtem Leder, in dem Cul-de-Bois seine vier Wämser und drei Hüte aufbewahrte. Er legte stets großen Wert auf das Erscheinungsbild seines halbierten Körpers.

Erhellt wurde das Loch durch eine gestohlene Kirchenampel, die an der Wand hing; eine kostbare Schmiedearbeit aus Vermeil.

»Du gehst in die Kaschemme«, erklärte Cul-de-Bois in gewichtigem Ton, »und wenn du gesehen hast, was Calembredaine mit der Polackin treibt, nimmst du, was dir eben in die Hände fällt – einen Topf, eine Flasche –, und haust es ihm über den Schädel.«

»Wem?«

»Calembredaine, verflixt! In solchen Fällen lässt man die Frau in Ruhe.«

»Ich habe ein Messer«, meinte Angélique.

»Lass nur, du kannst damit nicht umgehen ... Und außerdem gibt es nichts Besseres als einen Schlag auf den Kopf, um einem Gauner, der seine Marquise betrügt, eine Lektion zu erteilen, glaube mir!«

»Aber es ist mir vollkommen gleichgültig, ob dieser Lump mich betrügt«, erklärte Angélique mit einem herablassenden Lächeln.

Unter Cul-de-Bois' buschigen Brauen blitzten seine Augen auf. Betont langsam sprach er weiter.

»Du hast kein Recht dazu ... Ja, du hast sogar keine andere Wahl. Calembredaine hat große Macht unter den Unsrigen. Er hat dich errungen, er hat dich genommen. Jetzt hast du kein Recht mehr, ihn geringzuschätzen, und du darfst auch nicht zulassen, dass er dich verächtlich behandelt. Er ist dein Mann.«

Ein Schauer, in dem sowohl Zorn als auch dumpfe Wollust lagen, überlief Angélique und schnürte ihr die Kehle zu.

»Ich will nicht«, murmelte sie mit erstickter Stimme.

Der beinlose Krüppel lachte verbittert auf.

»Ich wollte auch nicht, dass mir in Nördlingen eine Kanonenkugel die Stelzen abrasiert. Aber ich bin nicht nach meiner Meinung gefragt worden. Solche Sachen kann man nicht rückgängig machen. Man muss sich damit abfinden, das ist alles … und lernen, sich auf einem Holzteller zu bewegen …«

Das flackernde Licht der Ampel hob alle Höhen und Tiefen in Cul-de-Bois' grobschlächtigem Gesicht hervor. Angélique fand, dass er einer riesigen Trüffel glich, diesem Pilz, der in dunkler, feuchter Erde nistet.

»Genauso musst du lernen, dich unter den Gaunern zu bewegen«, fuhr er mit leiser, eindringlicher Stimme fort. »Tu, was ich dir sage, sonst wirst du sterben.«

Mit einer hochfahrenden Bewegung warf sie das Haar nach hinten.

»Ich habe keine Angst vor dem Tod.«

»Diese Art von Tod meine ich nicht«, brummte er, »sondern den anderen, der schlimmer ist – den Tod deiner Selbstachtung …«

Mit einem Mal wurde er zornig.

»Du bringst mich noch dazu, sentimentalen Unsinn zu reden. Dabei versuche ich doch nur, dir etwas begreiflich zu machen, beim Teufel! Du hast nicht das Recht, dir von einer Person wie der Polackin auf der Nase herumtanzen zu lassen! Kein Recht hast du … gerade du nicht. Hast du verstanden?«

Er starrte sie durchdringend an.

»Also steh gefälligst auf und marschier los! Gib mir die Flasche und den Becher, die dort in der Ecke stehen.«

Er goss einen ordentlichen Schluck Branntwein ein.

»Trink das in einem Zug aus, und dann gehst du … Hab

keine Angst davor, fest zuzuschlagen. Ich kenne meinen Calembredaine. Der hat einen harten Schädel …!«

Angélique betrat die Spelunke des Auvergners Ramez und erstarrte auf der Türschwelle. Hier drinnen waberte der Rauch fast so dicht wie der Nebel auf der Straße. Der Kamin zog schlecht, sodass der ganze Schankraum voller Qualm hing. Ein paar Arbeiter stützten die Ellbogen auf wacklige Tische und tranken schweigend.

Im hinteren Teil des Raums erblickte Angélique die vier ehemaligen Soldaten, die Calembredaines übliche Leibwache darstellten: La Pivoine, Gobert, Riquet und La Chaussée. Barcarole saß auf einem Tisch. Da waren auch Jactance, Prudent, Gros-Sac, Mort-aux-Rats und schließlich Nicolas. Die Polackin, die ziemlich aufgelöst wirkte, hing halb liegend auf seinen Knien und grölte Trinklieder.

Das war der Nicolas, den sie hasste, mit dem scheußlich zurechtgemachten Gesicht Calembredaines.

Dieser Anblick erweckte – zusammen mit dem Alkohol, den Cul-de-Bois ihr eingeflößt hatte – ihren kämpferischen Instinkt. Kurzerhand bemächtigte sie sich eines schweren Zinnkrugs, der auf einem der Tische stand, und ging auf die Gruppe zu. Seine Spießgesellen waren zu betrunken, um sie kommen zu sehen oder zu erkennen. Sobald sie hinter Nicolas stand, nahm sie ihre ganze Kraft zusammen und schlug blindlings zu.

»Holla!«, rief Barcarole erschrocken aus. Dann schwankte Nicolas Calembredaine, stürzte mit dem Kopf voran in die Kaminglut und riss die Polackin mit sich, die zu schreien begann.

Daraufhin brach ein großes Durcheinander aus. Die anderen Gäste waren nach draußen gelaufen. »Mordio«, hörte man sie schreien, während die ehemaligen Soldaten ihre Schwerter zogen und Jactance Nicolas' massigen Körper umklammerte um ihn aus dem Kamin herauszuzerren.

Das Haar der Polackin begann zu brennen. Barcarole rannte ans andere Ende des Tisches, auf dem er gesessen hatte, ergriff einen Wasserkrug und kippte der Frau den Inhalt über den Kopf.

»Verzieht euch, Brüder!«, schrie plötzlich jemand. »Da kommen die Bastarde von der Polente …«

Von draußen waren Schritte zu hören. Ein Sergeant aus dem Châtelet tauchte, eine Pistole in der Hand, auf der Türschwelle auf.

»Halt, ihr Halunken!«, brüllte er.

Aber durch den dichten Qualm und die fast vollständige Dunkelheit im Raum verlor er wertvolle Zeit.

Die Banditen hatten ihren reglosen Anführer genommen, ihn ins Hinterzimmer gezogen und waren durch einen anderen Ausgang geflüchtet.

»Mach dich dünne, Marquise der Engel!«, rief Gros-Sac.

Sie versuchte, ihnen nachzulaufen, und sprang über eine umgestürzte Bank. Doch da packte sie eine starke Faust.

»Hab das Flittchen, Sergeant«, rief jemand.

Plötzlich sah Angélique die Polackin vor sich stehen, die mit ihrem Messer ausholte.

Jetzt sterbe ich, dachte Angélique aufgewühlt. Die Klinge blitzte im Halbdunkel auf. Der Büttel, der Angélique festhielt, krümmte sich und sackte ächzend zusammen.

Die Polackin schleuderte den herbeilaufenden Polizisten einen Stuhl zwischen die Beine, dann schob sie Angélique auf das Fenster zu, und die beiden sprangen in die Gasse. Hinter ihnen erscholl ein Schuss.

Kurz darauf stießen die beiden Frauen in der Nähe des Pont-Neuf wieder zu Calembredaines Gefolgsleuten, die haltgemacht hatten, um zu Atem zu kommen.

»Uff«, seufzte La Pivoine und wischte sich mit dem Ärmel die schweißüberströmte Stirn ab. »Ich glaube nicht, dass sie uns bis hierher verfolgen werden. Herrje, ich schwöre, dass der verfluchte Calembredaine Knochen aus Blei hat!«

»Haben sie jemanden hopsgenommen? Bist du da, Barcarole?«

»Ja.«

»Sie hatten die Marquise der Engel erwischt«, erklärte die Polackin, »aber ich habe dem Polypen mein Messer in den Bauch gerammt. Das nehmen sie übel.«

Und sie zeigte ihren blutbefleckten Dolch vor.

Der Zug setzte sich, vergrößert durch alle Kameraden, die sich um diese Stunde in ihrem Lieblingsviertel herumtrieben, erneut in Richtung Tour de Nesle in Bewegung.

Die Nachricht lief von Mund zu Mund.

»Calembredaine! Der illustre Haderlump! Verletzt…!«

Gros-Sac erklärte, was geschehen war.

»Die Marquise der Engel hat auf ihn eingestochen, weil er mit der Polackin herumgemacht hat…«

»Das ist normal«, erwiderte man.

»Ich gehe den Großen Matthieu holen«, schlug einer vor und rannte davon.

In der Tour de Nesle legte man Calembredaine auf den Tisch im großen Saal.

Angélique trat heran, riss ihm die Maske ab und untersuchte die Verletzung. Sie war bestürzt, ihn so regungslos und blutüberströmt zu sehen, denn sie hatte nicht den Eindruck, allzu fest zugeschlagen zu haben. Außerdem hätte ihn seine Perücke schützen müssen. Aber der Fuß des Krugs war wohl abgeglitten und hatte die Schläfe aufgerissen. Und als Calembredaine gefallen war, hatte er sich noch Brandwunden auf der Stirn zugezogen.

»Macht Wasser heiß«, befahl sie.

Mehrere Knaben überschlugen sich fast, um ihr zu gehorchen. Man wusste ja, dass heißes Wasser die fixe Idee der Marquise der Engel war, und dies war nicht der richtige Moment, um ihr zu widersprechen. Nicht einmal die Polackin hatte gewagt, ihre Drohungen wahr zu machen. Angélique hatte Calembredaine bewusstlos geschlagen, still und leise, im richtigen Moment hatte sie es getan, wie es sich gehörte... Da gab es kein Vertun. Man bewunderte sie, und niemand bedauerte Calembredaine, denn man wusste ja, dass er einen harten Schädel hatte.

Da war mit einem Mal draußen ein großes Getöse zu hören. Die Tür öffnete sich, und da stand der Große Matthieu, der Quacksalber vom Pont-Neuf.

Selbst zu dieser späten Stunde hatte er es sich nicht nehmen lassen, seine berühmte gefältelte Halskrause anzulegen, sich seine Kette aus Backenzähnen umzuhängen und sich von seinen Zimbel- und Trompetenspielern begleiten zu lassen.

Wie alle Scharlatane stand der Große Matthieu mit einem Fuß in der Gaunerzunft und mit dem anderen in den Vorzimmern der Fürsten. Vor der Zange des Zahnbrechers sind alle Menschen gleich. Und der Schmerz macht den hochmütigsten Herrn ebenso schwach und leichtgläubig wie den wagemutigsten Banditen. Seine schmerzstillende Opium-Medizin, seine wohltätigen Elixiere und Wundersalben machten den Großen Matthieu zu einem Universalgenie. Auf ihn hatte der Schmutzpoet ein Lied gedichtet, das die Leierkastenmänner an den Straßenecken sangen:

Und da er einen einzigen Herd
in jeder Krankheit erkennt,
verordnet er für Mensch und Pferd
das gleiche Liniment.

Er behandelte Dirnen und Spitzbuben, um sich bei ihnen beliebt zu machen und auch aus angeborener Gutherzigkeit, und die Großen aus Ehrgeiz und Gier. Bei den großen Damen, die er vertraulich betätschelte und die er mal als Hoheiten und dann wieder wie Dirnen und lose Mädchen behandelte, hätte er eine glänzende Karriere machen können. Doch er hatte ganz Europa bereist und beschlossen, den Rest seiner Tage auf dem Pont-Neuf zu verbringen, von dem ihn niemand vertreiben würde.

Er betrachtete den immer noch reglos daliegenden Nicolas mit kaum verhohlener Befriedigung.

»Das ist mal eine Menge Blut. Hast du ihn so zugerichtet?«, wollte er von Angélique wissen.

Ehe sie antworten konnte, hatte er schon entschlossenen Griffes ihr Kinn gepackt und spähte in ihren Mund.

»Kein einziger Stummel, den man ziehen könnte«, meinte er verdrossen. »Schauen wir mal tiefer. Bist du schwanger?«

Und er drückte ihr so kräftig auf den Bauch, dass sie aufschrie.

»Nein. Das Schatzkästlein ist leer. Schauen wir mal tiefer …«

Mit einem Satz entzog sich Angélique dieser regelrechten Untersuchung.

»Eingebildeter Quacksalber«, kreischte sie wütend. »Man hat Euch nicht gerufen, um mich zu begrapschen, sondern damit Ihr Euch um diesen Mann kümmert …«

»Ho, ho, diese Marquise«, kicherte der Große Matthieu. »Ho, ho … Ho, ho, ho!«

Sein Gelächter wurde immer lauter, bis es fast die Gewölbe einstürzen ließ und er sich mit beiden Händen den Bauch hielt. Der Große Matthieu war ein rotgesichtiger Hüne, der stets orangefarbene oder pfauenblaue seidene Überröcke trug. Auf seiner Perücke saß ein rundum mit Federn geschmückter Hut. Wenn er in diesem Aufzug in die Welt der Gauner hinabstieg, zu den grauen Lumpen und abstoßenden Schwären, schien er wie die Sonne zu strahlen.

Als er zu Ende gelacht hatte, stellte man fest, dass Nicolas Calembredaine wieder zu sich gekommen war. Er saß auf dem Tisch und schaute grimmig drein, was wahrscheinlich eine gewisse Verlegenheit überspielen sollte. Angélique wagte er nicht anzusehen.

»Was gibt es denn da zu lachen, ihr Schwachköpfe?«, knurrte er. »Jactance, du Idiot! Hast wohl wieder das Fleisch anbrennen lassen? In diesem Loch stinkt es nach angebranntem Schwein.«

»Pah, du bist selbst das Bratschwein«, brüllte der Große Matthieu und wischte sich die Lachtränen mit einem karierten Taschentuch ab. »Und die Polackin auch! Seht sie euch an! Ihr halber Rücken ist geröstet! Ho, ho, ho …!«

Und er lachte noch heftiger.

An diesem Abend ging es im Palast von Nesle, der gegenüber dem Louvre lag, unter den Gaunern lustig zu.

Angélique stattete dem Großen Matthieu einen Besuch ab.

Er flößte ihr Vertrauen ein. Sie spürte, dass sich hinter seinem bombastischen Auftreten gelegentlich ein echter Heiler verbarg, und sie war überzeugt davon, dass sie in seiner Apotheke einige von Melusines geheimen Mitteln finden würde.

Denn ihr wurde ganz übel bei dem Gedanken, sie könnte von Nicolas schwanger werden.

Kapitel 2

»Schau mal, dort hinten«, meinte La Pivoine zu Angélique, »dieser Mann, der da am Wasser spazieren geht und den Hut bis über die Augen und den Mantel bis an den Schnurrbart gezogen hat… Hast du gesehen…? Also, das ist ein Spitzel.«

»Ein Spitzel?«

»Einer von den Bösen, wenn dir das lieber ist. Ein Polizist.«

»Woher weißt du das?«

»Das weiß ich nicht, das rieche ich.«

Und der einstige Soldat kniff sich in seine Säufernase, diesen knolligen, tiefroten Auswuchs, der ihm seinen Beinamen La Pivoine – die »Pfingstrose« – eingetragen hatte.

Angélique stützte sich mit den Ellbogen auf die Brüstung der kleinen, gewölbten Brücke, die über die Gräben vor der Porte de Nesle führte. Blasser Sonnenschein löste den Nebel auf, der seit einigen Tagen über der Stadt gelegen hatte. Das andere Ufer, auf dem sich der Louvre befand, war noch nicht zu sehen, aber die Luft war mild, und der Winter befand sich auf dem Rückzug. Zerlumpte Kinder angelten in den Gräben nach Fischen, während ein Lakai am Wasserrand zwei Pferde getränkt hatte und sie jetzt abrieb.

Der Mann, auf den La Pivoine mit dem Pfeifenstiel gedeutet hatte, sah wie ein harmloser Spaziergänger aus;

ein Kleinbürger, der vor dem Abendessen noch ein paar Schritte am Seine-Ufer entlanggeht. Er sah dem Lakaien zu, der seine Tiere abrieb und schaute ab und zu zur Tour de Nesle auf, als interessiere er sich für das verfallende Relikt einer lange zurückliegenden Zeit.

»Weißt du, wonach er sucht?«, hob Pivoine von Neuem an und pustete Angélique den Rauch seines groben Tabaks ins Gesicht.

Sie trat ein wenig zurück.

»Nein.«

»Nach dir.«

»Mir?«

»Ja, nach dir, der Marquise der Engel.«

Angélique lächelte unbestimmt.

»Du hast eine blühende Fantasie.«

»Ich habe … was?«

»Nichts. Ich wollte sagen, dass du dir etwas einbildest. Niemand sucht nach mir. Niemand denkt an mich. Ich existiere nicht mehr.«

»Schon möglich. Aber im Moment ist es vornehmlich der Büttel Martin, den es nicht mehr gibt … Weißt du noch, wie Gros-Sac dir bei Ramez dem Auvergner zugerufen hat: ›Mach dich dünne, Marquise der Engel‹? Das hatten sie noch im Ohr, als sie den Büttel mit der Messerwunde im Bauch fanden … Die Marquise der Engel, haben sie sich gesagt, das ist die Gaunerin, die ihn aufgeschlitzt hat. Und deswegen sucht man nach dir. Ich weiß das, weil wir Soldaten uns manchmal mit den alten Kameraden treffen, die im Châtelet Dienst tun, um einen zu heben. Da hört man so allerhand.«

»Pah«, ließ sich Calembredaine hinter ihnen vernehmen, »macht euch deswegen mal keine Gedanken. Wenn wir wollten, könnten wir den Burschen da kopfüber in die

Seine werfen. Was können die schon gegen uns ausrichten? Sie sind kaum hundert Mann, und wir ...«

Er vollführte eine stolze Handbewegung, die die ganze Stadt zu umfassen schien. Flussaufwärts drangen durch den Nebel der Straßenlärm des Pont-Neuf und die Rufe seiner Marktschreier.

Eine Kutsche fuhr auf die Brücke. Die kleine Gruppe trat beiseite, um sie vorbeizulassen. Doch am Ende der Brücke schnaubten die Pferde, denn ein Bettler hatte sich vor ihre Hufe geworfen. Es war Pain-Noir, einer von Calembredaines Gaunern, ein weißbärtiger Greis, der über und über mit dicken Rosenkränzen und Jakobsmuscheln behängt war.

»Barmherzigkeit«, leierte er, »habt Mitleid mit einem armen Pilger, der auf dem Weg nach Compostela ist, um einen Schwur zu erfüllen, und nichts mehr hat, um weiterzuziehen. Gebt mir ein paar Sols, und ich werde auf dem Grab des heiligen Jakob für Euch beten.«

Der Kutscher versetzte ihm einen kräftigen Peitschenhieb.

»Zurück, du Muschelträger des Teufels!«

Eine Dame steckte den Kopf aus dem Fenster. Ihr halb geöffneter Umhang ließ den kostbaren Schmuck erkennen, den sie um den Hals trug.

»Was ist los, Lorrain? Treibt Eure Tiere ein wenig an; ich möchte zur Komplet in der Abtei von Saint-Germain-des-Prés sein.«

Nicolas trat ein paar Schritte vor und legte die Hand auf den Türgriff.

»Fromme Dame«, sagte er und nahm seinen zerlöcherten Hut ab, »die Ihr zur Komplet fahrt, wollt Ihr etwa diesem armen Pilger, der sich auf den weiten Weg nach Spanien macht, um zu Gott zu beten, Euren Obolus verweigern?«

Die Dame sah in das Gesicht mit den schwarzen Bartschatten, das in der Abenddämmerung vor ihr aufgetaucht war, und musterte das Individuum, dessen zerlumptes Hemd den Bizeps eines Ringers erahnen ließ und dessen Gürtel Schlachtermesser schmückten. Sie riss den Mund auf und begann zu schreien.

»Zur Hilfe! Mör…«

Doch La Pivoine hatte dem Kutscher bereits die Spitze seines Rapiers auf den Bauch gesetzt. Pain-Noir und Flipot, einer der Knaben, die in den Gräben angelten, hielten die Pferde fest. Prudent kam herbeigelaufen. Calembredaine sprang in die Kutsche und erstickte die Hilferufe der Frau mit brutaler Hand.

»Dein Halstuch!«, rief er Angélique zu. »Gib mir dein Halstuch!«

Ohne zu wissen, wie sie dorthin gelangt war, fand sich Angélique in der Kutsche wieder, inmitten einer nach Irispuder riechenden Duftwolke und in unmittelbarer Nähe eines schönen Rocks mit goldenen Posamenten.

Calembredaine riss ihr das Halstuch herunter und knebelte die Frau damit.

»Mach hin, Prudent! Nimm ihr den Schmuck ab, und ihr Geld!«

Die Dame wehrte sich heftig. Prudent geriet ins Schwitzen, als er versuchte, den Schmuck zu lösen, eine schmale Goldkette und ein Schmuckstück, das man »carcan« nannte, eine ebenfalls aus Gold bestehende Platte, die mit mehreren großen Diamanten besetzt war.

»Hilf mir doch mal, Marquise der Engel«, jammerte er. »Ich komme mit diesem ganzen Klimperkram nicht zurecht.«

»Spute dich, schnell«, knurrte Calembredaine. »Ich kann sie kaum noch festhalten. Windet sich wie ein Aal!«

Angéliques Hände fanden den Verschluss. Er öffnete sich ganz leicht. Sie hatte früher selbst ähnlichen Schmuck getragen.

»Gib ihnen die Peitsche, Kutscher«, rief La Pivoine spöttisch.

Krachend und polternd fuhr die Kutsche die Straße nach Faubourg Saint-Germain entlang. Der Kutscher, der froh war, mit dem Schrecken davongekommen zu sein, trieb sein Gespann an. Ein Stück weiter begann die Frau, die sich offenbar von ihrem Knebel befreit hatte, von Neuem zu schreien.

Angéliques Hände waren voller Gold.

»Bringt mal die Kerze«, brüllte Calembredaine.

Im Saal in der Tour de Nesle versammelte sich alles um den Tisch und betrachtete den blitzenden Goldschmuck, den Angélique darauf abgelegt hatte.

»Schöner Streich!«

»Pain-Noir soll seinen Anteil bekommen. Er hat damit angefangen.«

»Trotzdem«, seufzte Prudent, »gefährlich war die Sache doch. Und es war noch hell.«

»Gelegenheiten wie diese darf man sich nicht entgehen lassen, das wirst du schon noch lernen, Idiot, Tollpatsch, Trampel! Besonders flink bist du wirklich nicht. Wenn die Marquise dir nicht geholfen hätte …«

Nicolas sah Angélique an, und ein seltsames, triumphierendes Lächeln trat auf sein Gesicht.

»Du sollst ebenfalls deinen Anteil bekommen«, murmelte er.

Und er schob ihr die Goldkette zu. Sie stieß sie entsetzt zurück.

»Riskant war es aber trotzdem«, wandte Prudent noch einmal ein. »Nicht besonders schlau, wo der Polizeispitzel nur ein paar Schritte entfernt war.«

»Es war neblig. Er hat nichts gesehen, und wenn er etwas gehört hat, dann rennt er jetzt wahrscheinlich immer noch. Was hätte er auch unternehmen können, eh? Es gibt nur einen von der Polente, vor dem ich Angst habe. Aber den hat schon lange niemand mehr gesehen. Hoffentlich hat ihn jemand in einer Ecke abgemurkst. Schade eigentlich. Ich hätte ihm und seinem verfluchten Hund gern selbst das Fell abgezogen.«

»Oh, der Hund, der Hund«, stieß Prudent hervor und riss die Augen auf. »Da hatte er mich gepackt...«

Und er hob die Hand an die Kehle.

»Der Mann mit dem Hund«, murmelte Calembredaine mit halb geschlossenen Augen. »Aber ich glaube, ich habe dich einmal mit ihm gesehen, in der Nähe des Petit Pont. Kennst du ihn...?«

Er trat auf Angélique zu und betrachtete sie nachdenklich, um dann erneut dieses Furcht einflößende Lächeln aufzusetzen.

»Du kennst ihn!«, wiederholte er. »Und das ist gut so. Jetzt gehörst du nämlich zu uns, da hilfst du uns doch sicher, ihn zu kriegen, oder?«

»Er hat Paris verlassen. Ich weiß genau, dass er nicht wiederkommen wird«, erklärte Angélique mit ausdrucksloser Stimme.

»O doch, der kommt immer wieder...«

Calembredaine nickte, und die anderen taten es ihm nach.

»Der Mann mit dem Hund kommt immer zurück«, brummte La Pivoine düster.

»Du hilfst uns doch, oder?«, fragte Nicolas noch einmal.

Er nahm die Goldkette vom Tisch.

»Nimm sie doch, meine Hübsche. Hast sie dir redlich verdient.«

»Nein!«

»Warum?«

»Ich mag das Gold nicht«, entgegnete Angélique, die mit einem Mal von einem krampfartigen Zittern ergriffen wurde. »Dieses Gold ekelt mich an.«

Und sie lief hinaus. Keinen Moment länger ertrug sie diese infernalische Umgebung.

Der Polizist war nicht mehr zu sehen. Angélique ging am Ufer entlang. In dem schiefergrauen Nebel leuchteten die Laternen, die am Bug der Lastkähne hingen, wie gelbe Punkte. Sie hörte, wie ein Schiffer seine Gitarre stimmte und zu singen begann. Sie ging immer weiter bis zum Rand der Vorstadt, wo ihr ein ländlicher Duft entgegenwehte. Als sie schließlich stehen blieb, hatten die Nacht und der Nebel jedes Geräusch erstickt. Sie hörte nur noch das Wasser leise murmeln, das weiter unten im Schilf plätscherte und gegen die vertäuten Boote schlug.

»Desgrez«, murmelte sie halblaut wie ein Kind, das sich vor allzu tiefer Stille fürchtet.

Ihr war, als höre sie aus dem Inneren der Nacht und des Wassers heraus eine Stimme flüstern:

»Wenn es Abend wird in Paris, gehen wir beide auf die Jagd. Ich lasse ihn an einem alten Mantelfetzen Witterung aufnehmen oder an einem Gegenstand, der dem Verbrecher gehört, dem ich auf den Fersen bin. Und dann ziehen wir los; wir gehen an die Ufer der Seine hinab, wir streifen unter den Brücken und zwischen den Stützpfosten unter den Häusern herum, wir wandern durch die Vororte und über die alten Stadtmauern, wir gehen in die Höfe und tauchen ein in die Löcher, die bis obenhin voll sind mit diesem Ungeziefer aus Bettlern und Räubern …«

Der Mann mit dem Hund wird wiederkommen … Der Mann mit dem Hund kehrt immer zurück …

Und nun, Messieurs, ist die Stunde gekommen, einer großartigen Stimme Gehör zu verschaffen, deren unwürdiger Mittler ich bin, einer Stimme, die, über alle menschliche Schändlichkeit erhaben, stets bemüht war, ihre Getreuen mit Umsicht aufzuklären …

Der Mann mit dem Hund kommt zurück … Der Mann mit dem Hund kehrt immer wieder …

Mit beiden Händen umfasste sie ihre Schultern, um den Schrei, der ihr die Brust anschwellen ließ, zu unterdrücken.

»Desgrez!«, rief sie noch einmal leise.

Aber nur Stille antwortete ihr, eine Stille, die so tief war wie die eisige Einsamkeit, in der Desgrez sie zurückgelassen hatte.

Sie tat ein paar Schritte auf den Fluss zu, und ihre Füße versanken im Schlamm. Dann stieg ihr das Wasser bis zu den Knöcheln. Ihr war kalt …

Arme Marquise der Engel, würde Barcarole sagen. Sie hat das heiße Wasser so geliebt; da hat es ihr bestimmt nicht gefallen, im kalten Fluss zu sterben!

Im Schilf bewegte sich ein Tier, bestimmt eine Ratte. Eine feuchte Fellkugel streifte Angéliques Waden. Sie stieß einen Schrei des Ekels aus und stieg hastig wieder das Ufer hinauf. Doch die krallenbewehrten Pfoten klammerten sich an ihrem Rock fest. Die Ratte kletterte an ihr hoch. Angélique schlug um sich, um sie loszuwerden. Da begann das Tier schrille Schreie auszustoßen, und plötzlich fühlte Angélique, wie sich zwei eiskalte Ärmchen um ihren Hals legten.

»Was ist das denn?«, rief sie verblüfft aus. »Das ist doch keine Ratte!«

Auf dem Leinpfad gingen zwei Schiffer mit einer Laterne vorüber. Angélique rief sie an.

»He, Schiffer! Leiht mir doch mal eure Laterne!«

Die beiden Männer blieben stehen und musterten sie argwöhnisch.

»Hübsches Mädel«, meinte der eine.

»Pass bloß auf«, sagte der andere, »das ist Calembredaines Braut. Halt die Finger bei dir, wenn du nicht willst, dass er dich absticht wie ein Schwein. Auf die da ist er eifersüchtig wie ein Türke!«

»Oh, ein Affe!«, rief Angélique, die endlich erkennen konnte, was für ein Tier sich da an ihr festklammerte.

Der Affe hatte immer noch die langen, dünnen Ärmchen um Angéliques Hals geschlungen, und seine schwarzen, ängstlichen Augen sahen die junge Frau mit einem beinahe menschlichen Ausdruck an. Obwohl er mit einem roten Seidenhöschen bekleidet war, zitterte er heftig.

»Gehört der euch oder einem eurer Kameraden?«

Die Schiffer schüttelten den Kopf.

»Herrje, nein. Wahrscheinlich eher einem der Gaukler vom Markt in Saint-Germain.«

»Ich habe ihn da unten gefunden. Am Fluss.«

Einer der Männer hielt die Laterne in die Richtung, in die sie wies.

»Da liegt jemand.«

Sie traten näher heran und entdeckten jemanden, der wirkte, als habe er sich zum Schlafen hingelegt.

»Heda, Mann! Bisschen frisch, um da zu schlafen!«

Als der Mann sich nicht rührte, drehten sie ihn um und stießen einen Entsetzensschrei aus, denn er trug eine Maske aus rotem Samt. Ein langer weißer Bart hing ihm bis auf die Brust. Sein spitzer, mit roten Bändern besetzter Hut, sein bestickter Bettelsack und seine Samtschuhe, die ebenfalls mit abgeschabten, schlammigen Bändern an den Beinen festgehalten wurden, wiesen ihn als italienischen Gaukler aus. Er war einer dieser fahrenden Schausteller, die aus dem Piémont kamen und von Markt zu Markt zogen, um ihre Tiere zu zeigen.

Er war tot. Sein Mund stand offen und war bereits voller Schlamm.

Der Affe, der sich immer noch an Angélique klammerte, stieß klagende Schreie aus.

Die junge Frau bückte sich und nahm dem Mann die rote Maske ab. Dahinter befand sich das Gesicht eines ausgezehrten Greises. Die Züge waren im Tod verzerrt, und seine Augen waren glasig.

»Den kann man wohl nur noch in den Fluss werfen«, meinte der eine Schiffer.

Aber der andere bekreuzigte sich fromm und wandte ein, man müsse einen Geistlichen aus Saint-Germain-des-Prés holen und dem armen Fremden ein christliches Begräbnis zukommen lassen.

Angélique entfernte sich lautlos und machte sich auf den Rückweg zur Tour de Nesle.

Den kleinen Affen hielt sie an sich gedrückt. Kopfschüttelnd erinnerte sie sich an eine Szene, der sie damals keine Bedeutung beigemessen hatte. In der Taverne zu den drei Hämmern hatte sie den Affen zum ersten Mal gesehen. Er hatte alle Gäste zum Lachen gebracht, indem er ihre Art zu essen oder zu trinken nachgeahmt hatte. Und Gontran hatte seiner Schwester den alten Italiener gezeigt.

»Sieh nur, ist das nicht herrlich: die rote Maske und dazu der Bart, der aussieht wie glitzernder Schnee«, hatte er gesagt.

Jetzt erinnerte sie sich auch, dass der Affe von seinem Herrn Piccolo gerufen worden war.

»Piccolo!«

Der Affe stieß einen betrübten Schrei aus und schmiegte sich an sie.

Erst später bemerkte Angélique, dass sie immer noch die rote Maske in der Hand trug.

Kapitel 3

März 1661

Es herrschte tiefe Dunkelheit im Schloss von Vincennes. Die Frauenhand, die sich auf die Schulter des schlafenden Königs legt, gehört Madame Hamelin, die einst seine Amme war und seit seiner Kindheit das Vorrecht genießt, ihn am Morgen zu wecken, bevor er unter den Augen der Höflinge seinen Tag als Monarch antritt.

Doch in diesem Moment ist der Morgen noch fern. Aber so haben sie es abgesprochen, und daher weiß er, was dieser Druck auf seiner Schulter zu bedeuten hat.

»Erhebt Euch, Sire! Es ist so weit … Der Kardinal hat seinen letzten Atemzug getan.«

Er steht auf, wobei er achtgibt, seine Frau, die Königin, die neben ihm schläft, nicht zu wecken. Rasch und schweigend legt man ihm einfache Kleidung an.

Er geht durch die Gänge, wo das erste erstickte Schluchzen laut wird. In der Einsamkeit, die ihn von jetzt an für immer begleiten wird, schreitet er dahin. Und man tritt vor ihm zurück.

Gestern hat der Kardinal ihm seine letzten Ratschläge erteilt: »Keinen Premierminister, Sire. Keinen Günstling! Ihr allein sollt der Herr sein …«

Er hat ihm auch Geheimnisse anvertraut, die allerhöchstens drei oder vier Personen kennen. Das, was man Staatsgeheimnisse nennt, alte Drohungen oder Intrigen, die wie schlafende Vulkane sind und die jemand kennen muss, der die Verantwortung für ein Volk und seine Geschichte übernimmt.

Er braucht sie nicht mehr.

Er ist bereit.

In den Wohnräumen des Kardinals betet Pater Bissaro. Er ist Theatiner, gehört also diesem Orden an, der 1524 durch Kajetan von Thiene und Pietro Carafa begründet wurde. Letzterer sollte ihr erster Vorsteher sein, nachdem er Erzbischof von Theatinum gewesen war und bevor er unter dem Namen Paul IV. Papst werden sollte. Man hatte den Orden in dem Gedanken gegründet, die Sitten der Geistlichen zu verbessern, und ihnen sogar das Betteln verboten. Für ihren Unterhalt durften sie nur freiwillige Gaben annehmen. Sie predigten, besuchten Kranke und standen den zum Tode Verurteilten und den Sterbenden bei. Papst Paul IV. rief das oberste Tribunal der römischen Inquisition an, das auf seinen Vorschlag hin den Index schuf, auf den verbotene Bücher gesetzt werden.

Der Italiener Giulio Mazarini, der die Theatiner sehr schätzte, hat sie nach Paris geholt. Sie besitzen ein Haus am Quai Malacais.

Pater Bissaros Taschen sind noch voll von Klage- und Bittschriften, mit denen man ihn jedes Mal, wenn er in Vincennes eintrifft, überhäuft. Sobald die Menschen sein langes schwarzes Gewand und seine weißen Strümpfe erblicken, bestürmen sie ihn, und der Theatiner wehrt sich nach besten Kräften. Vergeblich hat er daran erinnert, dass man ihn für eine äußerst ernste Aufgabe nach Vincennes gerufen hat. Der Kardinal selbst hat ihm den Auftrag erteilt, ihn auf den Tod vorzubereiten und dafür zu sorgen, dass er die letzte Schwelle des Lebens als guter Christ überschreitet.

Aber darum flehten die Bittsteller nicht weniger und hielten ihm vor, er müsse seinen reuigen Sünder anhalten, großmütige Werke zu tun, der Gerechtigkeit Geltung zu verschaffen und Wiedergutmachung zu leisten …

Noch in seinen letzten Stunden ist seine Eminenz allmächtig.

Noch liegt die Macht in seinen mageren, zum Beten gefalteten Händen.

Allen Ersuchen, die der Theatiner ihm vorgelegt hat, hat er entsprochen. Und er hat sie selbst unterzeichnet.

Doch was nun? Der Kardinal lebt nicht mehr.

Eine Macht ist erloschen.

Was soll jetzt geschehen? An wen soll man sich wenden?

»An mich, Monsieur Erzbischof«, antwortete am nächsten Morgen Ludwig XIV., als er im Vorzimmer auf den Präsidenten des Rats der Geistlichkeit traf, der ihn fragte, an wen er sich in Zukunft mit den Fragen wenden solle, die für gewöhnlich der Kardinal entschieden hatte.

»Es wird keinen Premierminister geben … keinen allmächtigen Favoriten … Der Staat bin ich, Messieurs.«

Der König befahl, vierzig Stunden lang zu beten, und legte Tauerkleidung an. Der Hof musste es ihm nachtun. Das ganze Königreich murmelte vor den Altären Gebete für den verhassten Italiener, und zwei Tage lang läuteten in Paris ununterbrochen die Totenglocken.

Eines Tages sollte der König in seinen Memoiren schreiben: »Ein Kardinal, der mich liebte und den ich liebte ...«

Dann, nachdem Ludwig XIV., der sich vorgenommen hatte, in Zukunft nicht mehr so empfindsam zu sein, die letzten Tränen seines jungen Herzens vergossen hatte, ging er an die Arbeit.

Bei Hof lächelte man skeptisch. Der König hatte einen Plan aufgestellt, in dem Stunde für Stunde seine Tätigkeiten verzeichnet waren. Bälle und Mätressen, natürlich, aber vor allem Arbeit, konzentrierte, unablässige, gewissenhafte Arbeit. Man schüttelte den Kopf. Das würde nicht von Dauer sein, hieß es.

Es sollte fünfzig Jahre währen.

Kapitel 4

Durch Barcaroles Erzählungen erfuhr man auch auf dem anderen Seine-Ufer, bei den Gaunern in der Tour de Nesle, was der König tat. Der Zwerg war stets gut über alle Vorgänge bei Hof informiert. Gelegentlich zog er sich ein Narrenkostüm aus dem sechzehnten Jahrhundert mit Schellen und Federn an und arbeitete als Türöffner bei einer der bedeutendsten Wahrsagerinnen von Paris.

»Die schönen Damen, die sie aufsuchen, können sich ruhig maskieren oder Schleier tragen, ich erkenne sie alle…«

Er nannte Namen und lieferte derart viele Einzelheiten, dass Angélique, die diese Damen alle gekannt hatte, nicht daran zweifelte, dass die strahlendsten Sterne aus der Umgebung des Königs in der Tat häufig den dubiosen Schlupfwinkel dieser Hellseherin aufsuchten.

Diese Frau hieß Catherine Mauvoisin und hörte auf den Beinamen La Voisin. Barcarole behauptete, sie sei beeindruckend und vor allem sehr geschickt. In seiner vertrauten Haltung, nämlich wie eine Kröte neben Cul-de-Bois hockend, ließ Barcarole kurze Sätze fallen, die Angélique, die zwischen Schrecken und Neugier schwankte, alles enthüllten; die geheimen Intrigen und das ganze abscheuliche Arsenal der Praktiken und Täuschungen, deren Zeuge er wurde.

Warum verließen diese großen Damen oder diese Fürsten den Louvre in grauen Umhängen und waren maskiert? Warum beschritten sie die schlammigen Straßen von Paris und klopften an die Tür eines elenden Lochs, die ihnen von einem Grimassen schneidenden Zwerg geöffnet wurde? Warum vertrauten sie einer ständig halb betrunkenen Frau ihre intimsten Geheimnisse an?

Weil sie etwas wollten, das man nicht mit Geld kaufen konnte.

Sie wollten Liebe. Die Liebe der Jugend, aber auch die Liebe reifer Frauen, die zusehen müssen, wie ihnen ihre Liebhaber entgleiten, und sie aufhalten wollen. Und dann waren da noch die Ehrgeizigen, die niemals genug bekommen und immer höher und noch höher aufsteigen wollen …

Von der Voisin wollten sie den magischen Liebestrank, der das Herz in Ketten legt, oder das Aphrodisiakum, das die Sinne reizt.

Manche wünschten sich auch das Erbe eines alten Onkels, der sich nicht entschließen konnte, diese Welt zu verlassen, oder den Tod eines greisen Ehemanns, einer Rivalin oder eines ungeborenen Kindes.

Engelmacherin, Giftmischerin, Hexe – all das war die Voisin.

Was wollten ihre Kunden noch? Schätze finden, mit dem Teufel sprechen, einen Verstorbenen wiedersehen, mit Hilfe von Magie aus der Entfernung töten … Man brauchte bloß die Voisin aufzusuchen. Rasch den Preis ausgemacht, und die Voisin setzte ihre Komplizen ein: den Gelehrten, der Gifte herstellt; den Lakaien oder die Zofe, die Briefe stehlen, den auf Abwege geratenen Priester, der schwarze Messen liest, oder auch das Kind, das als Opfer dargebracht wird, indem man ihm eine lange Nadel in den Hals sticht und sein Blut trinkt …

Angélique, die durch eine falsche Anklage wegen Hexerei unter den Abschaum des Hofs der Wunder geraten war, lernte nun durch Barcaroles Erzählungen echte Hexerei kennen. Er enthüllte ihr auch den entsetzlichen Verfall der religiösen Gefühle in ihrem Jahrhundert, in dem Gott durch den Teufel verdrängt wurde.

Ein gewisser Jean-Pourri verkaufte der Voisin viele Säuglinge für ihre Opferrituale. Über ihn war Barcarole an den Posten als Portier bei der Hellseherin gekommen. Jean-Pourri liebte ernsthafte, gut gemachte und wohl organisierte Arbeit.

Es begann in Strömen zu regnen.

»Ein Glück für die Gefangenen im Justizpalast«, sagte die Polackin und lachte. »So werden ihre Verliese wenigstens mal gesäubert.«

Wie gewöhnlich, wenn sie ein wenig angeheitert war, stürzte sie sich in eine heftige Diskussion mit den anderen, in der es um die Zellen und Verliese der verschiedenen Gefängnisse der Hauptstadt ging.

Über die einfachen Löcher war man sich einig. Bei den Zellen im Grand Châtelet und denen im Justizpalast, die man auch »dépôts« nannte, konnte man kaum entscheiden, welche schrecklicher waren.

Aber was die unterirdischen Verliese anging, da waren es die im Justizpalast, die den größten Schrecken erweckten. Und dies umso mehr, da man lange behauptet hatte, in diesem Palast, der als Wohnstätte für Könige und ihre adligen Gäste errichtet worden war, gebe es keine. Das Schweigen zu diesem Thema, das nur bei den großen Hochwassern der Seine gebrochen wurde, machte alles, was mit diesen »oubliettes« genannten Verliesen zu tun hatte, nur noch mysteriöser. Wenige Menschen hätten sagen können, an welcher Stelle dieses gewaltigen Gebäudekomplexes, der sich im Lauf der Jahrhunderte immer weiter ausgebreitet hatte, sie sich befanden.

Die Polackin versicherte, sie lägen in dem schrecklichen Bonbec-Turm, genau unterhalb des Foltersaals, der dem Turm wegen der Schreie, die aus ihm drangen, seinen Namen gegeben hatte.

Unmittelbar darunter befanden sich in engen Kellerräumen zwei Brunnen oder Zisternen, die in Verbindung mit der Seine standen und deren Wände mit Eisenspitzen gespickt waren, von denen die Körper der Unglücklichen, die man dort verschwinden lassen wollte, zerrissen wurden.

Auf diesem dunklen Weg, über den man die Gefangenen führte, war jede Kerkerzelle mit einer Klappe verschlossen, die unter ihren Füßen nachgab, woraufhin sie verletzt und unter Schmerzen hinunterfielen.

Nur die großen Hochwasser, bei denen die Bewohner der Île de la Cité gezwungen waren, in Booten durch die Straßen zu fahren, konnten das Wasser so weit ansteigen lassen, dass es diese unterirdischen Verliese erreichte und die Leichen herausspülte.

»Woher weißt du das alles?«, wurde die Polackin gefragt. »Man könnte meinen, ein Wiedergänger hätte dir das alles anvertraut…«

Vielleicht war es ja ein vom Glück begünstigter Mensch gewesen – warum auch nicht? –, der auf seinem Weg durch den Keller sah, wie sein Vorgänger durch die Klappe verschwand. Möglich, dass er stehen geblieben war, im Namen Gottes um Gnade gebettelt hatte und verschont worden war… So etwas kommt vor.

Um diesem Albtraum zu entkommen, flüchtete sich Angélique in einfache Tätigkeiten, die sie zum Ritual gemacht hatte. So fand sie zu einem gewissen inneren Gleichgewicht.

Doch die stumpfe Zufriedenheit, die ihr die selbst auferlegten Aufgaben, wie die Gemüsesuppe zu kochen, gaben, war bedroht, denn oft musste sie feststellen, dass der Nachschub an Gemüse mager war. Die Zahl ihrer »kleinen Soldaten«, wie Cul-de-Bois sie spöttisch lachend nannte, schrumpfte. Vergeblich suchte sie unter dem Menschengewimmel der verschiedenen Gäste, die die großen Räume im unteren Teil der Tour de Nesle füllten, nach bekannten Gesichtchen. Wenn sie feststellte, dass eines der Kinder fehlte, brachte sie es nur mit Mühe fertig, sich eine Frage zu stellen und sich selbst zu beantworten. So etwas geschah immer dann, wenn ein Mann, der zum Hof der Wunder von Rolin le Trapu gehörte und Jean-Pourri hieß, den Bewohnern der Tour de Nesle einen Besuch abstattete. »Ohne eingeladen zu sein«, bemerkte die Polackin, die ihn wie auch viele andere nicht leiden konnte.

Angélique konnte diesem schändlichen Kerl nicht begegnen, ohne dass es ihr kalt über den Rücken lief.

Wenn sich der kleine blasse Mann, der trübe Augen wie ein toter Fisch hatte, durch die schief hängende Tür des Saals drückte, zitterte sie. Eine Schlange hätte ihr keine größere Angst einjagen können.

Jean-Pourri handelte mit Kindern. Irgendwo in Faubourg Saint-Denis, direkt im Stammrevier des Großen Coesre, stand ein baufälliges Lehmhaus, von dem sogar die hartgesottenen Gauner nur mit leiser Stimme sprachen. Tag und Nacht hörte man dort das Weinen der unschuldigen, gequälten Kinder. Dort drängten sich Findelkinder und Kinder, die man gestohlen hatte. Den Schmächtigeren verbog man die Gliedmaßen, um sie an Bettler zu vermieten, die sie benutzten, um das Mitleid der Passanten zu erwecken. Die Hübschesten dagegen, Knaben und Mädchen gleichermaßen, wurden sorgfältig aufgezogen und noch ganz jung an lasterhafte hohe Herren verkauft, die sie im Voraus reservierten, um an ihnen ihre abscheulichen Begierden zu erfüllen. Das größte Glück hatten noch die Kinder, die von unfruchtbaren Frauen erworben wurden, die begierig waren, in ihrem Haushalt ein Kinderlächeln zu sehen, oder die einen besorgten Gatten zufriedenstellen mussten. Wieder andere holten sich, indem sie einen falschen Nachkommen vorwiesen, ein Erbe zurück.

Gaukler und Schausteller kauften gesunde Kinder für ein paar Sols, die sie dann für Auftritte dressierten.

Um diese bedauernswerte Ware drehte sich ein gewaltiger, unaufhörlicher Handel. Die kleinen Opfer starben zu Hunderten. Nachschub gab es ständig. Jean-Pourri war unermüdlich. Er suchte die Ammen auf, schickte seine Leute aufs Land, sammelte verlassene Kinder ein, bestach Dienerinnen in öffentlichen Krippen und Waisenhäusern oder stahl den Savoyern oder Auvergnern, die nach Paris gekommen waren, um als Kaminkehrer oder Schuhputzer zu arbeiten, die Kinder, auf dass sie für immer verschwanden.

Paris hatte sie verschluckt, so wie es alle Schwachen verschlang, die Armen, die Einsamen, die unheilbar Kranken, die Invaliden, die Alten, die Soldaten ohne Pension, die Bauern, die der Krieg von ihrem Land vertrieben hatte, oder Kaufleute, die sich ruiniert hatten.

All diese Menschen zog die Gaunerzunft an ihre ekelhafte Brust und zeigte ihnen ihre speziellen Berufe, die über Jahrhunderte hinweg Gestalt angenommen hatten.

Die einen lernten, Fallsüchtige zu spielen, und die anderen das Stehlen. Greise und Greisinnen konnte man mieten, damit sie einen Trauerzug größer erscheinen ließen. Die jungen Mädchen prostituierten sich, und die Mütter verkauften ihre Töchter. Oft bezahlte ein hoher Herr eine Gruppe von gedungenen Mördern, damit sie einen seiner Feinde an irgendeiner Straßenecke umbrachten. Oder man kam an den Hof der Wunder, um sich das Personal für einen Aufruhr zu suchen, der in einer Hofintrige der einen Seite den Sieg bringen sollte. Die Gauner wurden bezahlt, damit sie schrien und Beleidigungen riefen, und sie erledigten begeistert ihre Aufgabe. Schon manch ein Minister hatte sich von drohenden, zerlumpten Gestalten eingekreist gesehen, die ihn fast in die Seine geworfen hätten, und hatte daraufhin dem Druck seiner Rivalen nachgegeben.

Am Vorabend kirchlicher Feiertage kam es vor, dass man Geistliche sah, die sich heimlich in die gefährlichsten Gauner-Schlupfwinkel schlichen. Am nächsten Tag würde man die Heiligenschreine von Sainte Opportuna oder Saint Marcel durch die Straßen tragen. Die Chorherren des Kapitels wünschten, dass ein Wunder zur rechten Zeit den Glauben der Menge stärkte. Und wo konnte man wundersame Heilungen besser finden als am Hof der Wunder? Gut bezahlt postierten sich der falsche Blinde, der falsche Taube und der falsche Lahme am Weg der Prozession, um dann mit einem Mal ihre Heilung zu verkünden und Freudentränen zu vergießen.

Wer hätte behaupten können, die Bürger des Königreichs von Tunis lebten im Müßiggang und dass für sie alles einfach war?

Hatte Beau-Garçon nicht alle Hände voll mit seinem Bataillon von Huren zu tun? Gewiss, sie brachten ihm ihre Einnahmen, aber musste er nicht ihre Querelen schlichten und die feinen Kleider stehlen, die sie für ihren Beruf brauchten?

La Pivoine, Gobert und allen ehemaligen Soldaten geschah es oft, dass die Nacht kalt und das Wild rar waren.

Wie viele Stunden muss man lauern, bis man jemandem den Mantel herunterreißen kann, und was für ein Geschrei und einen Radau das gibt!

Und ist das wirklich so lustig, dass man sich, wenn man zu denen gehört, die falsche Krankheiten vortäuschen, mit Seifenschaum vor dem Mund und umgeben von dummen Schaulustigen auf dem Boden wälzen muss?

Vor allem aber erwartet einen am Ende des Weges nur der Tod; ein einsames Ende im Schilf an einem Flussufer oder, schlimmer noch, die Folter in den Gefängnissen des Châtelet, diese Folter, die einem die Nerven zerreißt und die Augen aus den Höhlen treten lässt. Und dann das Schafott auf dem Place de Grève und der Tod am Galgen, den man im Königreich Tunis die »Abtei Monte-à-Regret« nennt, die »Abtei zur ewigen Reue«.

April 1661

Und doch führte Angélique, geschützt durch Calembredaine und ihre Freundschaft mit Cul-de-Bois, im Königreich Tunis ein freies und zugleich behütetes Leben.

Sie war unantastbar. Indem sie die Gefährtin eines Gauners geworden war, hatte sie ihren Tribut entrichtet. Die Gesetze der Gaunerzunft sind hart. Jedermann wusste, dass Calembredaine eifersüchtig und gnadenlos war, und Angélique konnte mitten in der Nacht mit ungehobelten, gefährlichen Männern wie La Pivoine oder Gobert zusammen sein und musste nicht die kleinste Anzüglichkeit befürchten. Da spielte es keine Rolle, ob es sie nach ihr gelüstete oder nicht; solange ihr Anführer sein Verbot nicht aufhob, gehörte sie ausschließlich ihm.

So bestand ihr Leben, das äußerlich gesehen so elend war, fast vollständig daraus, dass sie lange schlief, melancholisch vor sich hinsinnierte und ziellos durch Paris lief. Für sie gab es immer etwas zu essen, und in der Tour de Nesle brannte stets Feuer im Kamin.

Sie hätte sich sogar anständig kleiden können, denn oft brachten die Diebe schöne Kleider mit, die nach Iris und Lavendel dufteten. Aber ihr lag nichts daran. Sie trug immer noch dasselbe Kleid aus braunem Serge, dessen Rocksaum inzwischen abgetreten war, und dieselbe Leinenhaube bedeckte ihr Haar. Dazu hatte die Polackin ihr einen besonderen Gürtel geschenkt, mit dem sie ihr Messer unter ihrem Mieder verbergen konnte.

»Wenn du willst, bringe ich dir auch bei, wie man es benutzt«, hatte sie vorgeschlagen.

Seit dem Vorfall mit der Zinnkanne und dem erstochenen Büttel brachten die beiden einander eine gewisse Achtung entgegen, fast so etwas wie Freundschaft.

Bei Tag ging Angélique selten aus und entfernte sich nie weit von ihrem Schlupfwinkel. Instinktiv übernahm sie den Lebensrhythmus ihrer Gefährten, denen Bürger, Händler und Büttel in stillschweigendem Einvernehmen die Nacht überließen.

Der Magister führte sie abermals zu einem Spaziergang aus. Er erklärte, sein Leben sei in Gefahr, und sie sei die Einzige, der er seine Geheimnisse anvertrauen könne. Sie sollte alles wissen für den Fall, dass ihm eines Tages etwas zustoße.

Dieses Mal ließen sie die Tour de Nesle weit hinter sich und überquerten die Brücken. Nachdem der Magister zunächst eine tragische Miene aufgesetzt hatte, schien er von kindlicher Freude erfüllt zu sein und verkündete, er habe eine Überraschung für sie. Dies war eine Nacht, wie die Gauner sie für ihre Unternehmungen lieben, sehr dunkel, aber immer wieder ein wenig durch eine Mondsichel erhellt, die zwischen den Wolken hindurchschien.

Angélique erlebte tatsächlich eine Überraschung, aber es war nicht die, die sich der Alte vorgestellt hatte, denn sie erkannte mit einer gewissen Aufregung, dass sie sich auf der Straße auf dem Pont Notre-Dame befand. Sie war dabei gewesen, als man sie für den triumphalen Einzug des Königs nach Paris schmückte. Beide Straßenseiten waren von Büsten aus falscher, angemalter Bronze gesäumt gewesen, die alle Könige Frankreichs darstellten; von Faramund, den man als den ersten Anführer der Franken betrachtete, bis Ludwig XIV., der einige Tage später durch diese Straße ziehen sollte. Und einen dieser Könige wollte der Magister ihr zeigen, denn man hatte sowohl die Büsten als auch die Blumen und Früchte tragenden Frauenstatuen an ihrem Platz gelassen.

Der Magister hatte eine Laterne mitgebracht, die er jetzt anzündete. Hier und da brannten ein paar Öllämpchen, die ebenfalls ein wenig Helligkeit verbreiteten. Er erklärte Angélique, diese Straße werde bei Nacht überwacht, damit die schönste Brücke von Paris und der ganzen Welt bei Nacht nicht zu einer gefährlichen Ecke wurde. In regelmäßigen Abständen gingen zwei Büttel vom Châtelet vorüber.

»Da ist er«, erklärte er ehrfürchtig, »der König, der schuld daran ist, dass ich zum Tode verurteilt worden bin. Dagobert II.«

Er verstummte, woraufhin ein bleiernes Schweigen eintrat. Angélique stellte ihm eine Frage, um ihn in die Gegenwart zurückzuholen.

»Ist das der, der in dem Grab lag?«

Der Magister zuckte zusammen und wirkte so empört wie ein Prüfer, dem ein Schüler eine falsche Antwort gibt.

»Aber nein! Der in dem Grab war Chilperich I., der Sohn von Chlothar I., den man auch den Großen nannte.«

»Warum sagt Ihr dann, dass dieser Dagobert II. schuld daran sei, dass Ihr zum Tode verurteilt worden seid?«

»Weil ich ihn ersetzen wollte. Ich habe ihn unter die Könige von Frankreich gestellt, an den Platz, der ihm zusteht. Nachdem ich viele, viele Jahre geforscht hatte, besaß ich den Beweis für seine Existenz und seine Herrschaft. Dagobert, der ermordete König… verschwunden… ausgelöscht.«

Er unterbrach sich und schaute sich besorgt um.

»Verdrücken wir uns lieber, ehe die Büttel kommen!«

Rasch hatten sie erneut die Gegend der Tour de Nesle erreicht.

Der Magister fuhr fort.

»Vergiss nicht, wo er steht. Es ist die Büste unterhalb des Hauses, das in goldenen Buchstaben mit der Nummer sechsundzwanzig bezeichnet ist.«

Dann hielt er Angélique in einer benachbarten dunklen Gasse fest, in der sein aufmerksamer Blick keinen Wachposten entdeckte, und sprach halblaut weiter.

»Dein Hirn ist jetzt vom Unglück vernebelt, aber du hast ein gutes Gedächtnis und nimmst die ernsten Dinge auch ernst. Wenn du der Gaunerzunft einmal entkommen bist, vergiss nicht, was ich dich gelehrt habe.«

»Nicolas sagt, dass man der Gaunerwelt niemals entkommt.«

»Das gilt für diejenigen, die nichts mehr zu retten haben. Dies ist der Sumpf, in dem sie versinken und sterben werden; wenn nicht vor Hunger, dann an ihrer Lebensuntüchtigkeit. Aber für andere ist diese Welt die unterste Stufe, das tiefste Gewölbe, das Versteck, in dem ihre Feinde nie auf die Idee kämen, sie zu suchen.«

»Wer würde denn darauf verfallen, sich an einem so entsetzlichen Ort zu verstecken?«

»Du, zum Beispiel. Ho, hi! Oder ich ... Oder der Gräber, der die zwei Goldmünzen gestohlen hat, hi, hi!«

Wenn er zu seinen Reden anhob, fühlte Angélique sich verwirrt von seinen unzusammenhängenden Erzählungen, die er im ernsten Ton eines Dozenten vorzutragen versuchte. Unwillkürlich spitzte sie die Ohren und versuchte zu verstehen. Sein Beiname, Magister oder auch Maître, bezeichnete im Allgemeinen die Universitätsdozenten mittleren Ranges, die alles Mögliche unterrichteten oder Repetitorien abhielten, ohne sich jedoch für eine bestimmte Materie auszuweisen und darin als Gelehrte auszuzeichnen.

»Er ist Professor unter den Zechern«, sagte Nicolas gern. Er war eifersüchtig, weil der Magister Angéliques Beachtung gefunden und sie dazu gebracht hatte, ihr Schweigen zu brechen.

Er arbeitete viel und schrieb ohne Unterlass mit seinen schlecht zugeschnittenen Gänsekielen. Unter anderem kopierte er die Blättchen mit den Liedern, die Mutter Hurlurette tanzend und singend verteilte, während Vater Hurlurot dazu seine teuflische Kratzgeige erklingen ließ.

»Diese Geschichte wird euch nicht interessieren, meine armen Mädchen«, hatte er seufzend zu dem Werk der »kleinen Mademoiselle« gemeint, das ihm der Hausgeistliche des Hôtel Guénégaud übergeben hatte. Denn er hatte die Aufmerksamkeit des weiblichen Teils des traurigen Publikums – Bettlerinnen und müde Huren, die abends zurückkehrten – gewonnen, indem er ihnen Passagen aus den Manuskripten, die er gerade in der Hand hatte, vorlas. Er hatte ihnen den *Cid* und den *Don Quichotte* vorgetragen, bei denen es genug Schlachten und Fechtkämpfe gab, um sie zu fesseln, und Teile aus dem modischen Roman *Astrée*, der die Ereignisse um die vereitelte Liebe zwischen einem Schäfer und einer Schäferin darstellte und sein Publikum in eine träumerische Melancholie versetzte hatte.

Er legte großen Wert auf die Pflege seiner grauen Perücke. Auf dem Hinterkopf trug er eine genähte schwarze Kappe, von der Locken aus einer Art grobem Rosshaar bis auf seine Schultern fielen. Die anderen machten sich lustig über ihn und erklärten, dass sie bestimmt eher aus der Mähne eines geschlachteten alten Kleppers stammten als von einem Menschen. Aber er war stolz auf seine Perücke und meinte, so könne man ihn wenigstens nicht mit dem Priestergezücht verwechseln, denn die Geistlichen durften sich zwar in Spitze und Samt kleiden, doch das Tragen von Perücken war ihnen verboten.

Kapitel 5

Eines Nachts erhob sich auf grausame Weise die Vergangenheit vor Angélique.

Calembredaines Bande war dabei, ein Haus in Saint-Germain zu plündern. Die Nacht war mondlos und die Straße schlecht beleuchtet. Nachdem es Tord-Serrure, einem jungen Burschen mit geschickten Fingern, gelungen war, den Riegel eines Dienstboteneingangs aufzuschieben, traten die Einbrecher ohne große Vorsichtsmaßnahmen ein.

»Das Haus ist groß und wird nur von einem alten Mann und einer Dienerin bewohnt, die ganz oben unter dem Dach schläft«, erklärte Nicolas. »Da können wir unsere Arbeit in aller Ruhe tun.«

Er zündete seine Blendlaterne an und führte seine Begleiter zum Salon. Pain-Noir hatte in dieser Gegend schon oft gebettelt und ihm die Lage der Räume genau erklärt.

Angélique bildete das Schlusslicht. Dies war nicht das erste Mal, dass sie an einem solchen Abenteuer teilnahm. Zunächst hatte Nicolas sie nicht mitnehmen wollen.

»Am Ende stößt dir noch etwas zu«, hatte er gesagt.

Aber sie ließ sich nichts verbieten. Sie hatte nicht vor, etwas zu stehlen, sondern genoss es nur, den Duft der schlafenden Häuser einzusaugen: Wandbehänge, gut gewachste Möbel, Koch- und Backgerüche. Sie nahm eine Nippesfigur in die Hand und stellte sie wieder hin. Und nie erhob sich eine Stimme und sagte zu ihr: »Was tust du nur da, Angélique de Peyrac?« Doch dann kam die Nacht, in der Calembredaine das Haus des alten Gelehrten Glazer in Faubourg Saint-Germain ausräumte …

In dieser Nacht fand Angélique auf einer Konsole einen Leuchter mit einer Kerze. Während die Einbrecher ihre Säcke vollstopften, zündete sie die Kerze an deren Blendlaterne an. Als sie eine kleine Tür an der hinteren Wand des Zimmers entdeckte, wurde sie neugierig und stieß sie auf.

»Donnerlittchen«, flüsterte Prudent hinter ihr, »was ist denn das?«

Die Flamme spiegelte sich in dicken Glaskugeln mit langen Hälsen, und man konnte miteinander verschlungene Kupferrohre erkennen, Fayence-Töpfe mit lateinischen Aufschriften und Phiolen in allen Farben.

»Was ist denn das?«, wiederholte Prudent verdutzt.

»Ein Laboratorium.«

Ganz langsam trat Angélique an eine gemauerte Arbeitsbank, auf der ein Brenner stand.

Sie nahm jede Einzelheit wahr. Da war ein kleines Päckchen, das mit rotem Wachs versiegelt war und die Aufschrift »Für Monsieur de Sainte-Croix« trug. In einer offenen Schachtel befand sich eine Art weißes Pulver. Angéliques Nasenflügel bebten. Dieser Geruch war ihr nicht unbekannt.

»Und das«, wollte Prudent wissen, »ist das Mehl? Riecht gut, irgendwie nach Knoblauch …«

Schon hatte er eine Prise von dem Pulver genommen und führte es zum Mund. Ohne nachzudenken, schlug Angélique ihm auf die Hand. Vor ihrem inneren Auge sah sie Fritz Hauer, der *Gift, gnädige Frau!** schrie.

* Vergleiche Band 2, Hochzeit wider Willen.

»Nicht, Prudent. Das ist Gift, Arsen.«

Sie blickte sich verstört im Raum um.

»Gift!«, wiederholte Prudent bestürzt.

Er wich ein Stück zurück und warf dabei eine Retorte zu Boden, die mit lautem Klirren zerbrach.

Eilig verließen die Eindringlinge den Raum. Im Salon war niemand mehr. In der oberen Etage hörte man einen Stock auf die Fliesen knallen, und eine Altmännerstimme ließ sich vernehmen.

»Ihr habt schon wieder vergessen, die Katzen einzusperren, Marie-Josèphe. Das geht einfach nicht. Jetzt muss ich hinuntergehen und nachschauen.«

Dann beugte der Alte sich über das Geländer und rief ins Vestibül hinein: »Seid Ihr das, Sainte-Croix? Ihr wollt sicher Eure Zubereitung abholen!«

Angélique und Prudent beeilten sich, in die Küche zu laufen, und durchquerten den Vorratskeller mit der kleinen Tür, die die Einbrecher aufgebrochen hatten. Ein paar Straßen weiter blieben sie stehen.

»Uff«, seufzte Prudent. »Das war ein schöner Schrecken! Wie hätte man aber auch ahnen können, dass wir bei einem Hexer landen! Hoffentlich bringt uns das kein Unglück! Wo sind die anderen?«

»Sie sind bestimmt auf einem anderen Weg zurückgegangen.«

»Hätten ruhig auf uns warten können. Man sieht ja nicht die Hand vor Augen.«

»Ach, jammere doch nicht die ganze Zeit, mein armer Prudent. Du und deinesgleichen, ihr müsstet doch im Dunkeln sehen können.«

Aber dann griff er nach ihrem Arm.

»Hör doch«, stieß er hervor.

»Was ist?«

»Hörst du das denn nicht? Hör doch …«, wiederholte er, und in seiner Stimme lag namenloses Entsetzen.

»Der Hund! Der Hund!«, keuchte er.

Er ließ seinen Sack zu Boden fallen und rannte davon.

Der arme Bursche ist ja verrückt, dachte Angélique und bückte sich mechanisch, um das Diebesgut aufzuheben.

Da hörte sie es auch. Das Geräusch erklang irgendwo tief in den stillen Gassen.

Es klang, als nähere sich etwas in einem leichten, raschen Galopp. Plötzlich erblickte sie das Tier, das wie ein hüpfendes weißes Gespenst wirkte, am anderen Ende der Straße. Von einer unaussprechlichen Furcht ergriffen, trat Angélique ebenfalls die Flucht an. Wie eine Wahnsinnige rannte sie davon, ohne auf das schlechte Straßenpflaster zu achten, auf dem sie immer wieder strauchelte. Blindlings lief sie dahin. Sie fühlte sich verloren und hätte am liebsten geschrien, brachte aber keinen Laut hervor.

Die Wucht, mit der das Tier sie von hinten ansprang, ließ sie mit dem Gesicht voran in den Schlamm stürzen.

Sie spürte sein Gewicht und fühlte, wie sich ein Gebiss mit nadelspitzen Zähnen in ihren Nacken presste.

»Sorbonne«, rief sie.

Dann wiederholte sie es noch einmal leiser.

»Sorbonne!«

Ganz langsam wandte sie den Kopf. Zweifellos, das war Sorbonne, denn er hatte sie sofort freigegeben. Sie hob eine Hand und streichelte den gewaltigen Kopf der Dogge. Verblüfft beschnupperte das Tier sie.

»Sorbonne, mein guter Sorbonne, du hast mir vielleicht einen Schrecken eingejagt. Das ist nicht nett, weißt du.«

Der Hund leckte ihr mit seiner rauen Zunge ausgiebig übers Gesicht.

Mühsam richtete sich Angélique auf. Sie hatte sich bei ihrem Sturz sehr wehgetan.

In diesem Moment hörte sie Schritte. Ihr blieb fast das Herz stehen. Wo Sorbonne war … da konnte Desgrez nicht weit sein.

Angélique sprang auf.

»Verrate mich nicht«, flehte sie, an den Hund gerichtet, leise. »Verrate mich bitte nicht.«

Sie hatte gerade noch Zeit, sich in einem Türwinkel zu verstecken. Ihr Herz schlug zum Zerspringen. Gegen alle Vernunft hoffte sie, dass er es nicht war. Er hatte die Stadt verlassen müssen und konnte nicht zurückkehren. Desgrez gehörte in eine tote Vergangenheit …

Die Schritte waren jetzt ganz nahe und hielten inne.

»Na, Sorbonne«, hörte sie Desgrez' Stimme, »was ist los? Hast du das Gaunerliebchen nicht erwischt?«

Angéliques Herz pochte so heftig, dass ihre Brust schmerzte.

Diese vertraute Stimme, die Stimme des Advokaten!

Und nun, Messieurs, ist die Stunde gekommen, einer großartigen Stimme Gehör zu verschaffen, deren unwürdiger Mittler ich bin, einer Stimme, die, über alle menschliche Schändlichkeit erhaben …

Inzwischen herrschte pechschwarze Nacht. Man sah die Hand nicht vor Augen, aber Angélique hätte Desgrez mit zwei Schritten erreichen können. Sie nahm seine Bewegungen wahr und spürte seine Verblüffung.

»Diese verfluchte Marquise der Engel!«, rief er aus. »Lange wird sie uns nicht mehr an der Nase herumführen.

Komm, Sorbonne, nimm die Witterung auf. Die Banditin war so dumm, ihr Halstuch in der Kutsche zurückzulassen. So kann sie uns nicht entwischen. Komm, wir gehen zur Porte de Nesle. Ich bin mir sicher, dass die Spur dorthin führt.«

Schweiß rann Angélique über die Schläfen. Ihre Beine wollten sie nicht mehr tragen. Schließlich beschloss sie, sich ein paar Schritte weit aus ihrem Versteck zu wagen. Wenn Desgrez in der Nähe der Porte de Nesle herumstrich, war es besser, nicht dorthin zurückzukehren.

Sie würde versuchen, Cul-de-Bois' Höhle zu erreichen und ihn für den Rest der Nacht um Asyl bitten.

Ihr Mund war trocken. Sie hörte das Wasser eines Brunnens plätschern. Ein Öllämpchen, das vor einem Kurzwarenladen hing, warf einen schwachen Schein über den kleinen Platz mit dem Brunnen.

Angélique trat näher, tauchte ihr schmutzverschmiertes Gesicht in das kühle Nass und seufzte vor Behagen.

Doch als sie sich aufrichtete, umschlang sie ein starker Arm, und eine Hand presste sich brutal auf ihren Mund.

»Sieh mal an, meine Hübsche«, ließ sich Desgrez' Stimme vernehmen. »Glaubst du, mir entwischt man so leicht?«

Angélique versuchte sich loszumachen. Aber er hielt sie so fest, dass sie sich nicht bewegen konnte, ohne vor Schmerz aufzuschreien.

»Nein, nein, mein kleines Hühnchen, du entkommst mir nicht«, wiederholte er dumpf auflachend.

Wie gelähmt atmete sie den vertrauten Geruch seiner abgetragenen Kleidung ein – das Leder seines Gürtels, Tinte, Pergament und Tabak. Das war das nächtliche Gesicht des Advokaten Desgrez. Kurz davor, in Ohnmacht zu fallen, beherrschte sie nur ein Gedanke: Hoffentlich erkennt er mich nicht … Ich würde mich zu Tode schämen … Wenn ich nur weglaufen kann, bevor er mich erkennt!

Desgrez, der sie mit nur einer Hand festhielt, blies in eine Trillerpfeife und kurz darauf tauchten aus den benachbarten Gassen fünf oder sechs Männer auf. Man hörte ihre Sporen und Schwertgehänge klirren. Sie gehörten zur Nachtwache.

»Ich glaube, ich habe den Vogel«, erklärte Desgrez.

»Donnerwetter, eine einträgliche Nacht. Dort hinten haben wir zwei Einbrecher verhaftet, die flüchten wollten. Und wenn wir jetzt noch die Marquise der Engel mitbringen, dann kann man wirklich sagen, dass Ihr ein guter Führer wart, Monsieur. Ihr kennt eben die Schlupfwinkel dieses Gezüchts …«

»Eigentlich hat uns der Hund geführt. Dadurch, dass wir das Halstuch dieses Flittchens hatten, konnte er uns direkt zu ihr bringen. Aber … etwas verstehe ich nicht ganz. Sie wäre mir beinahe entwischt … Kennt Ihr sie eigentlich, diese Marquise der Engel?«

»Sie ist Calembredaines Mädchen, mehr weiß man nicht über sie. Der Einzige von uns, der sie aus der Nähe gesehen hat, ist tot; der Büttel Martin, den sie in einer Weinschenke erstochen hat. Aber wir brauchen die Kleine, die Ihr da habt, nur mitzunehmen, Monsieur. Wenn sie es ist, wird Madame de Brinvilliers sie erkennen. Es war noch Tag, als diese Halunken ihre Kutsche überfallen haben, und sie hat die Frau, die ihre Komplizin war, ganz genau gesehen.«

»Was für eine Dreistigkeit«, knurrte einer der Männer. »Diese Banditen fürchten sich vor nichts. Die Kutsche der Tochter des Polizeipräsidenten zu überfallen, am helllichten Tag, mitten in Paris.«

»Sie werden dafür büßen, glaub mir.«

Angélique hörte den Männern zu. Sie versuchte stillzuhalten und hoffte, dass Desgrez irgendwann seinen Griff lockern würde. Dann würde sie mit einem Satz in die Nacht flüchten, die ihre Verbündete war. Sorbonne würde sie bestimmt nicht verfolgen. Und diese unbeholfenen, in ihre Uniformen gezwängten Männer konnten sie nicht einholen.

Aber der einstige Advokat hatte anscheinend nicht vor, seine Gefangene zu vergessen. Mit fachmännischer Hand tastete er sie ab.

»Ja, was haben wir denn da?«, meinte er.

Sie spürte, wie seine Finger unter ihr Mieder glitten. Dann stieß er einen leisen Pfiff aus.

»Ein Messer, meiner Treu! Und kein Federmesser, das dürft Ihr mir glauben. Also, du kommst mir nicht wie ein sanftes Täubchen vor.«

Er steckte den Dolch, der einmal Rodogone gehört hatte, in die Tasche und setzte seine Untersuchung fort.

Sie zuckte zusammen, als seine heiße, raue Hand über ihre Brust strich und dort verweilte.

»Wie ihr Herzchen klopft«, spöttelte er halblaut. »Das spricht nicht für ein gutes Gewissen. Ziehen wir sie einmal unter die Ladenlaterne und schauen sie uns an.«

Mit einem Ruck riss sie sich los. Doch sofort wurde sie von zehn eisenharten Fäusten gepackt, und ein Hagel von Schlägen ging auf sie nieder.

»Miststück! Sollen wir dir wieder nachlaufen?«

Man zerrte sie zu der Laterne. Brutal griff Desgrez in ihr Haar und riss ihren Kopf nach hinten.

Angélique schloss die Augen. Sie hatte keine Zeit gehabt, sich richtig zu säubern. Ihr Gesicht war so mit Blut und Schlamm verschmiert, dass Desgrez sie bestimmt nicht erkennen würde. Sie zitterte so heftig, dass ihre Zähne klapperten

Die Sekunden, in denen sie vom grellen Licht der Kerze beschienen wurde, kamen ihr wie Jahrhunderte vor. Schließlich ließ Desgrez sie los und knurrte enttäuscht.

»Nein, das ist sie nicht. Sie ist nicht die Marquise der Engel.«

Die Büttel fluchten.

»Woher wisst Ihr das, Monsieur?«, wagte einer von ihnen zu fragen.

»Ich habe sie schon einmal gesehen. Jemand hat sie mir auf dem Pont-Neuf gezeigt. Dieses Mädchen sieht ihr ähnlich, aber sie ist es nicht.«

»Buchten wir sie trotzdem ein. Sie kann uns vielleicht ein paar Auskünfte geben.«

Desgrez wirkte ratlos und schien zu überlegen.

»Also, etwas stimmt hier nicht«, meinte er dann nachdenklich. »Sorbonne irrt sich niemals. Und er hat das Mädchen nicht gepackt, sondern sie in Ruhe gelassen und ist ein paar Schritte von ihr stehen geblieben… Was dafür spricht, dass sie nicht gefährlich ist. Da haben wir wohl Pech gehabt«, schloss er seufzend. »Zum Glück habt Ihr wenigstens zwei Einbrecher geschnappt. Wo waren sie am Werke?«

»In der Rue du Petit-Lion, bei einem alten Apotheker namens Glazer.«

»Gehen wir noch einmal hin. Vielleicht finden wir eine Spur.«

»Und was machen wir mit dem Mädchen?«

Desgrez zögerte.

»Ich frage mich, ob wir sie nicht besser laufen lassen. Jetzt kenne ich ja ihr Gesicht und werde sie nicht vergessen.«

Die Büttel beharrten nicht darauf, sie festzuhalten. Sie gaben die junge Frau frei und verschwanden mit laut klappernden Sporen in der Dunkelheit.

Angélique huschte aus dem Lichtkreis. Erleichtert drückte sie sich an den Hauswänden entlang, wo es dunkel war. Doch dann erkannte sie einen weißen Fleck beim Brunnen. Sorbonne, der Hund, trank. Neben ihm erkannte sie Desgrez' schattenhafte Gestalt.

Erneut erstarrte Angélique. Sie sah, wie Desgrez seinen Mantel zurückschlug und etwas in ihre Richtung warf.

»Hier«, sagte der einstige Advokat, »ich gebe es dir wieder. Habe noch nie ein Mädchen bestohlen. Außerdem könnte sich für eine junge Dame, die um diese Uhrzeit spazieren geht, ein Dolch als sehr nützlich erweisen. Dann also guten Abend, meine Schöne.«

Doch Angélique schwieg.

»Entbietest du mir keinen guten Abend?«

Sie nahm ihren ganzen Mut zusammen.

»Guten Abend«, hauchte sie tonlos.

Sie hörte, wie sich der Polizist Desgrez entfernte und seine groben Nagelschuhe auf dem Pflaster knallten. Dann machte sie sich auf den Weg und irrte ziellos durch Paris.

Kapitel 6

Bei Sonnenaufgang befand sie sich am Rand des Quartier Latin in der Nähe der Rue des Bernardins. Über den Dächern des finsteren Kollegs nahm der Himmel einen rosigen Ton an. In den Dachfenstern spiegelten sich die Kerzenflammen der Studenten, die früh aufstanden. Angélique begegnete Männern, die gähnend und trüben Blickes aus dem Bordell oder von billigen Freudenmädchen heimkehrten, bei denen die jungen Hungerleider ein paar Stunden verbracht hatten. Sie musterten sie und riefen ihr unverschämte Bemerkungen zu. Ihre Kragen waren schmutzig, ihre ärmlichen, abgeschabten Serge-Anzüge rochen nach Tinte, und die schwarzen Strümpfe rutschen an ihren mageren Waden hinunter.

Eine nach der anderen begannen die Glocken der Kapellen zu läuten.

Angélique taumelte vor Müdigkeit. Sie war barfuß, denn sie hatte irgendwann beide Schuhe verloren. Als sie das Quai de la Tournelle erreichte, roch sie Heu.

Da lagen die Lastkähne mit ihrer leichten, wohlriechenden Ladung hintereinander vertäut, und ein Schwall des Wohlgeruchs stieg in die Pariser Morgenröte auf, der Duft Tausender getrockneter Blumen und die Verheißung sonniger Tage.

Angélique huschte zum Ufer hinunter. Ein paar Schritte entfernt wärmten die Schiffer sich an einem Feuer und sahen sie nicht. Sie glitt ins Wasser und kletterte an Bord eines Kahns. Dann wühlte sie sich genüsslich ins Heu. Unter der Plane war der Geruch noch berauschender; feucht, warm und gewitterschwül wie ein Sommertag. Woher wohl dieses frühe Heu stammte? Vermutlich aus einem stillen, reichen, fruchtbaren und sonnenverwöhnten Landstrich. Dieses Heu erinnerte an trockene, vom Wind durchstreifte Landschaften, an leuchtende Himmel und auch an geheimnisvolle, abgeschiedene Täler, die die Wärme bewahren und damit ihre Erde nähren.

Angélique schloss die Augen und streckte sich aus. Sie versank im Heu und verlor sich darin. Auf einer Wolke intensiver Düfte schwebte sie dahin und spürte ihren erschöpften Körper nicht mehr. Monteloup umschloss sie und zog sie an seine Brust. Die Luft schmeckte wieder nach Blumen und Tau. Der Wind liebkoste sie. Langsam trieb sie dahin, auf die Sonne zu. Sie ließ die Nacht und seine Schrecken hinter sich. Die Sonne streichelte sie. Es war lange her, dass sie eine solche Liebkosung gespürt hatte.

Sie war die Gefangene des ungezähmten Calembredaine gewesen; die Gefährtin des Wolfs, der ihr manchmal während seiner kurzen Umarmungen einen primitiven Lustschrei entlockt hatte; das Stöhnen eines Tiers, dem man Gewalt antut. Aber ihr Körper hatte ganz vergessen, wie sanft eine echte Liebkosung ist.

Sie schwebte auf Monteloup zu und entdeckte im Heu den Geruch nach Erdbeeren. Das Wasser des Bachs plätscherte kühl und zärtlich über ihre glühenden Wangen und ihre ausgedörrten Lippen.

»Mehr«, seufzte sie und öffnete den Mund.

Im Schlaf rannen Tränen über ihr Gesicht und versickerten in ihrem Haar. Keine Schmerzenstränen, sondern Tränen, wie man sie vor übergroßem Glück vergießt.

Sie rekelte sich und gab sich den neu entdeckten Genüssen hin. Gewiegt von den leise flüsternden Stimmen der Wälder und Felder, ließ sie sich treiben.

»Weine nicht…«, wisperten sie ihr ins Ohr. »Weine nicht, meine Kleine… Es ist nichts… Das Schlimme ist vorbei… Weine nicht mehr, mein armes Mädchen.«

Angélique schlug die Augen auf. In dem Halbdunkel, das unter der Plane herrschte, erblickte sie eine Gestalt, die neben ihr im Heu lag. Zwei fröhliche Augen sahen sie an.

»Wer seid Ihr?«, stammelte sie.

Der Unbekannte legte ihr den Finger auf die Lippen.

»Ich bin der Wind. Der Wind aus einem kleinen Landstrich im Berry. Als das Heu geschnitten wurde, hat man mich einfach mit verladen… Schau, ich bin wirklich und wahrhaftig ein Vagabund, der nichts besitzt.«

Sogleich richtete er sich in eine kniende Haltung auf und stülpte seine Taschen nach außen.

»Keine Kupfermünze, kein Sol! Vollständig blank. Man hat mich zusammen mit dem Heu auf den Kahn geschüttet, und nun bin ich in Paris. Merkwürdige Geschichte für einen kleinen Wind vom Lande.«

»Aber…«, wandte Angélique ein und versuchte, ihre Gedanken zu sammeln.

Der junge Mann trug einen abgeschabten schwarzen Anzug, der an einigen Stellen sogar Löcher aufwies. Um seinen Hals lag ein zerschlissener Leinenkragen, und sein tailliertes Wams betonte seine Magerkeit.

Aber er hatte ein interessantes, beinahe schönes Gesicht, obwohl er die blasse Hautfarbe eines Hungerleiders aufwies. Sein breiter, schmallippiger Mund schien dazu geschaffen, ohne Unterlass über alles und nichts zu lachen. Er machte Grimassen, lachte und verzog ständig das Gesicht. Zu dieser eigentümlichen Physiognomie gesellte sich ein flachsblonder Haarschopf, der ihm in die Augen fiel und ihm einen naiv-bäuerlichen Ausdruck verlieh, den jedoch sein listiger Blick Lügen strafte.

Während Angélique ihn musterte, plauderte er ohne Punkt und Komma weiter.

»Was soll ein kleiner Wind wie ich in Paris anfangen? Ich, der ich daran gewöhnt bin, um die Hecken zu wehen, werde den Damen unter die Röcke fahren und mir eine Backpfeife einfangen… Ich werde den Pfaffen die Hüte wegwehen und dafür exkommuniziert werden. Man wird mich in die Türme von Notre-Dame sperren, und ich werde die Glocken verkehrt herum läuten… Was für ein Skandal!«

»Aber«, sagte Angélique noch einmal und versuchte aufzustehen.

Sofort drückte er sie wieder hinunter.

»Nicht bewegen… Pssst!«

Er ist sicher Student und ein bisschen übergeschnappt, dachte sie.

Erneut streckte er sich aus, hob die Hand und liebkoste ihre Wange.

»Weine nicht mehr«, murmelte er.

»Ich weine doch gar nicht«, erwiderte Angélique. Doch dann bemerkte sie, dass ihr Gesicht tränennass war.

»Auch ich schlafe gern im Heu«, hob er erneut an. »Als ich mich auf den Kahn schlich, habe ich dich entdeckt. Du hast im Schlaf geweint. Da habe ich dich gestreichelt, um dich zu trösten, und du hast ›mehr‹ gesagt.«

»Ich?«

»Ja. Ich habe dir das Gesicht getrocknet und gesehen, dass du sehr schön bist. Deine Nase ist so fein wie diese Muscheln, die man am Strand findet; du weißt schon, diese weißen, zarten Muscheln, die beinahe durchsichtig sind. Deine Lippen sind wie Clematisblüten. Dein Hals ist weich und glatt…«

Angélique lauschte ihm wie in einem Wachtraum. Wahrhaftig, es war lange her, dass jemand so zu ihr gesprochen hatte. Die Worte schienen aus weiter Ferne zu kommen, und sie hatte Angst, er mache sich vielleicht lustig über sie. Wie konnte er behaupten, sie sei schön, da sie sich doch beschmutzt fühlte? Für alle Zeiten besudelt durch diese schreckliche Nacht, in der sie begriffen hatte, dass sie den Menschen, die Zeugen ihrer Vergangenheit gewesen waren, nicht mehr ins Gesicht sehen konnte…

Doch er sprach weiter im Flüsterton auf sie ein.

»Deine Schultern sind wie zwei Kuppeln aus Elfenbein. Deine Brüste sind so schön, dass man sie mit nichts als ihnen selbst vergleichen kann. Sie sind genau dazu geschaffen, in die hohle Hand eines Mannes zu passen, und sie haben eine kleine, köstliche, rosenholzfarbene Knospe, wie man sie überall in der Natur sieht, wenn der Frühling kommt. Deine Schenkel sind schlank und seidenweich. Dein Leib ist wie ein Kissen aus weißer Seide, rundlich und straff, auf dem man gern seinen Kopf ausruht.«

»Ich möchte wissen«, warf Angélique empört ein, »wie es kommt, dass Ihr Euch ein Urteil über das alles erlaubt!«

»Während du geschlafen hast, habe ich dich genau angesehen.«

Abrupt setzte Angélique sich im Heu auf.

»Unverschämter Kerl! Lüsterner Student! Erzjünger des Teufels!«

»Psst! Nicht so laut. Willst du etwa, dass die Schiffer uns über Bord werfen …? Warum seid Ihr böse, edle Dame? Wenn man ein Juwel am Wegesrand findet, ist es dann nicht recht, es genau zu betrachten? Man möchte doch wissen, ob es wirklich aus edlem Gold besteht, ob es tatsächlich so schön ist, wie es auf den ersten Blick erscheint. Kurz gesagt, man muss feststellen, ob es einem gefällt oder man es lieber dort lässt, wo es ist. *Rem passionis suae bene eligere princeps debet, mundum examinandum.*«*

»Ach, und Ihr seid der Fürst, auf dem die Blicke der Welt ruhen?«, verlangte Angélique sarkastisch zu wissen.

Verblüfft zog er die Augen zusammen.

»Du verstehst Latein, kleine Gaunerin?«

»Für einen Gauner sprecht Ihr es gut …«

Verwirrt biss sich der Student auf die Unterlippe.

»Wer bist du?«, fragte er leise. »Deine Füße sind blutig. Du musst lange gewandert sein. Was hat dir solche Angst eingejagt?«

Da sie nicht antwortete, fuhr er fort:

»Du hast da ein Messer … Eine schreckliche Waffe, einen Ägypterdolch. Kannst du damit umgehen?«

Aus halb geschlossenen Augen warf Angélique ihm einen listigen Blick zu.

»Vielleicht.«

Er zog einen Halm aus dem Heu und begann darauf herumzukauen. Seine hellen Augen wirkten nachdenklich. Bald hatte sie den Eindruck, dass er gar nicht mehr an sie dachte. Aber worüber sann er nach? Vielleicht über die Türme von Notre-Dame, wo man ihn, wie er gesagt hatte, einsperren würde … Als er jetzt so reglos und abwesend dasaß, wirkte

* Ein Fürst muss den Gegenstand seiner Leidenschaften sorgfältig auswählen, denn das Auge der Welt ruht auf ihm.

sein bleiches Gesicht weniger jung. In seinen Augenwinkeln entdeckte sie schlaffes Gewebe, mit dem das Elend oder die Ausschweifung einen Mann schon in der Blüte seiner Jahre zeichnen können.

Abgesehen davon wirkte er alterslos. Sein magerer Körper in den zu weiten Kleidern schien keine Substanz zu besitzen. Sie fürchtete beinahe, er könne sich auflösen wie eine Vision.

»Wer seid Ihr?«, flüsterte sie und berührte seinen Arm.

Er wandte ihr seine Augen zu, die nicht für das Licht geschaffen zu sein schienen.

»Ich habe es dir bereits gesagt: Ich bin der Wind. Und du?«

»Ich bin die Brise.«

Er begann zu lachen und umfasste ihre Schultern.

»Was machen der Wind und die Brise, wenn sie einander begegnen?«

Sanft beugte er sich über sie. Sie lag ausgestreckt im Heu, und er war über ihr. Ganz nah war ihr dieser große, empfindsame Mund. Die Lippen waren ganz leicht zu einem ironischen, ein wenig grausamen Ausdruck verzogen, der ihr Angst machte, ohne dass sie wusste, warum. Doch sein Blick war zärtlich und strahlend.

So verharrte er, bis sie sich, wie magnetisch angezogen, ihm entgegenhob. Da ließ er sich halb auf sie sinken und küsste sie.

Dieser Kuss währte lange, so lange wie zehn Küsse, die man unterbricht und langsam wieder aufnimmt.

Angéliques missbrauchte Sinne empfanden die Zärtlichkeit wie eine Wiedergeburt. Alte Empfindungen lebten erneut auf; so völlig anders als die brutale Lust, die ihr der einstige Knecht – wenn auch mit großer Leidenschaft – bereitet hatte und an die sie gewöhnt war.

Vorhin war ich noch sehr müde, dachte sie, doch jetzt bin ich es nicht mehr. Mein Körper kommt mir nicht mehr so traurig und entwürdigt vor. Dann bin ich also noch nicht ganz tot …

Sie reckte sich ein wenig im Heu und stellte beglückt fest, dass sich in ihrem Leib ein zartes Begehren regte, das bald überwältigend werden würde.

Der Mann hatte sich aufgerichtet, stützte sich auf einen Ellbogen und sah sie mit leisem Lächeln an.

Sie war nicht ungeduldig und spürte der Wärme nach, die sich in ihrem Inneren ausbreitete. Gleich würde er sie wieder in die Arme nehmen. Sie hatten alle Zeit der Welt.

»Merkwürdig«, murmelte er, »du bist so kultiviert wie eine große Dame. Wenn man deine zerlumpten Röcke sieht, möchte man es nicht glauben.«

Sie lachte leise auf.

»Tatsächlich? Ihr frequentiert also die großen Damen, Herr Paragrafenquäler?«

»Manchmal.«

Mit einer getrockneten Blume kitzelte er ihre Nasenspitze und fuhr dann fort.

»Wenn mir der Magen zu sehr knurrt, verdinge ich mich in den Schwitzbädern von Maître George in der Rue Saint-Nicolas. Dorthin kommen nämlich die großen Damen und suchen ein wenig Aufregung und Abwechslung von ihren mondänen Liebschaften. Gewiss, ich bin nicht so ein Klotz wie Beau-Garçon, und die Dienste meines armen, unterernährten Gerippes werden nicht so gut bezahlt wie die eines kräftigen, behaarten Hafenarbeiters, der nach Zwiebeln und billigem Wein stinkt. Aber ich habe andere Asse im Ärmel. Ja, meine Teure. Niemand in Paris verfügt über eine so auserlesene Sammlung obszöner

Geschichten wie ich. Meine Partnerinnen mögen so etwas gern, um in Schwung zu kommen. Ich bringe die schönen Dirnen zum Lachen. Die Frauen wollen vor allem Spaß. Soll ich dir die Geschichte vom Hammer und vom Amboss erzählen?«

»O nein!«, erwiderte Angélique lebhaft, »bitte nicht, ich mag solche Zoten nicht.«

Er wirkte gerührt.

»Kleines Herzchen! Du bist ein komisches Mädchen! Seltsam! Ich bin schon feinen Damen begegnet, die Dirnen waren, aber noch nie einer Dirne, die sich wie eine feine Dame beträgt. Du bist die Erste … Und dabei bist du wunderschön … Sag mal, hörst du das Glockenspiel der Samaritaine auf dem Pont-Neuf? Bald ist es zwölf. Was hältst du davon, wenn wir auf den Pont-Neuf gehen und uns ein paar Äpfel zum Mittagessen stehlen? Und auch einen Blumenstrauß, in den du dein kleines Näschen stecken kannst? Wir lauschen dem Großen Matthieu, wie er seine Quacksalbereien anpreist, und schauen dem Leierkastenmann zu, der sein Murmeltier tanzen lässt. Und zugleich drehen wir dem Polizeispitzel, der mich aufhängen lassen will, eine lange Nase.«

»Warum will man Euch aufhängen?«

»Aber … weißt du nicht, dass mich jedermann aufhängen will?«, gab er erstaunt zurück.

Er ist wirklich verrückt, sagte sich Angélique, aber komisch.

Sie rekelte sich. Am liebsten hätte es sie gehabt, wenn er sie weiter liebkost hätte. Doch er schien plötzlich etwas anderes im Sinn zu haben.

»Jetzt erinnere ich mich«, meinte er plötzlich, »ich habe dich schon einmal auf dem Pont-Neuf gesehen. Gehörst du nicht zu der Bande von Calembredaine, dem illustren Haderlump?«

»Ja, das stimmt, ich gehöre zu Calembredaine.«

Er fuhr zurück und zog eine komisch-entsetzte Miene.

»Autsch! Wo bin ich Schürzenjäger jetzt wieder hineingeraten? Du bist doch nicht diese Marquise der Engel, über die unser Haderlump so eifersüchtig wacht?«

»Ja, aber ...«

»Da sieht man wieder einmal die Leichtfertigkeit der Frauen!«, rief er dramatisch aus. »Konntest du mir das nicht eher sagen, Unglückliche? Willst du unbedingt dieses traurige, wertlose Blut vergießen, das durch meine Adern fließt? Ach, o weh! Calembredaine! Das ist wieder einmal mein Pech! Da finde ich die Frau meines Lebens, und dann muss sie Calembredaine gehören! Aber was soll's! Die anbetungswürdigste aller Geliebten ist ohnehin das Leben selbst. Lebewohl, meine Schöne ...!«

Er ergriff einen alten, kegelförmigen Hut, wie ihn die Schulmeister trugen, setzte ihn auf seinen blonden Schopf und schlüpfte unter der Plane hervor.

»Sei brav«, flüsterte er noch lächelnd, »und erzähle deinem Herrn nichts von meinen Zudringlichkeiten ... Ja, ich sehe schon, du wirst nichts sagen. Du bist eine ganz Reizende, Marquise der Engel ... Ich werde an dich denken bis zu dem Tag, an dem man mich hängt ... und sogar noch darüber hinaus ... Lebewohl!«

Sie hörte noch, wie er von dem Kahn wegwatete. Dann sah sie, wie er in der Sonne über das Ufer lief. Mit seiner schwarzen Kleidung, dem spitzen Hut, den dünnen Waden und seinem durchlöcherten Mantel, der im Wind flatterte, sah er aus wie ein merkwürdiger Vogel.

Ein paar Schiffer, die gesehen hatten, wie er von dem Kahn kletterte, warfen mit Steinen nach ihm. Er wandte ihnen sein blasses Gesicht zu und bog sich vor Lachen. Dann war er plötzlich verschwunden wie ein Traum.

Diese wunderliche Begegnung hatte Angélique aufgeheitert und die Erinnerung an das bittere, nächtliche Zusammentreffen mit Desgrez in den Hintergrund gedrängt.

Besser, sie dachte nicht mehr daran. Sie schüttelte den Kopf und fuhr sich durchs Haar, um die Halme daraus zu entfernen. Im Moment wollte sie den Zauber des Neubeginns nicht zerstören. Ein wenig bedauernd seufzte sie. Hatte sie wirklich kurz davor gestanden, Nicolas zu betrügen?

Die Marquise der Engel zuckte die Schultern und lachte boshaft auf. Bei einem solchen Liebhaber konnte man nicht von Betrug reden. Außer der Sklaverei des Elends verband sie nichts mit Nicolas.

Das Erschrecken des jungen Mannes ließ sie einmal mehr ermessen, mit welch starkem Schutz der Bandit sie umgab. Wäre sie ohne ihn und seine besitzergreifende Liebe noch viel tiefer gesunken?

Dafür hatte sie ihm ihren edlen Körper überlassen, von dem er sein Leben lang geträumt hatte.

Sie waren quitt. Sie hätte keinerlei Skrupel gehabt, sich mit einem anderen Mann sanfteren Liebkosungen hinzugeben, deren Süße sie ganz vergessen hatte. Aber der Mann war geflohen, und das war besser so. Sie hätte es nicht ertragen, wenn Calembredaines Messer diesen charmanten Schwatzkopf zum Schweigen gebracht hätte.

Angélique wartete noch einen Moment und schlich sich dann ebenfalls von dem Heukahn. Als sie ins Wasser glitt, fand sie es kalt, aber nicht eisig; und als sie sich umschaute, blendete das helle Tageslicht sie beinahe. Sie begriff, dass es Frühling geworden war.

Hatte der Student nicht von Blumen und Obst auf dem Pont-Neuf gesprochen? Angélique fühlte sich, als hätte jemand einen Zauberstab geschwungen. Ganz plötzlich war die warme Jahreszeit angebrochen.

Der dunstige Himmel war mit einem rosigen Hauch überzogen, und die Seine glitzerte silbrig. Boote glitten über ihre glatte, ruhige Oberfläche, und man hörte das Klatschen ihrer Ruder. Flussabwärts schienen die Klopfer der Wäscherinnen in einen Dialog mit dem Klappern der Mühlenschiffe getreten zu sein.

Angélique fand eine Stelle, an der die Schiffer sie nicht sehen konnten, und wusch sich in dem kalten Wasser, das ihr Blut auf angenehme Weise rascher fließen ließ. Nachdem sie sich wieder angekleidet hatte, ging sie am Ufer entlang bis zum Pont-Neuf.

Die Worte des Unbekannten hatten Angéliques vom Winter betäubte Lebenslust wieder erweckt.

Zum ersten Mal nahm sie den Pont-Neuf in seiner ganzen Herrlichkeit wahr, seine schönen weißen Brückenbögen und das spontane, fröhliche und unermüdliche Treiben, das sich auf ihm abspielte.

Ein unablässiges Stimmengewirr stieg von ihm auf, in dem sich die Rufe der Händler und Handwerker, das Geschrei von Gauklern und Zahnbrechern, die ihr Publikum anlockten, Gesang, das Glockenspiel der Samaritaine und die Klagen der Bettler mischten.

Angélique ging zwischen den Reihen aus Marktständen hindurch. Ihre Füße waren nackt. Ihr Kleid war zerrissen;

und nachdem sie ihre Haube verloren hatte, hing ihr das lange Haar über die Schultern und wurde von der Sonne vergoldet. Auf dem Pont-Neuf waren nackte Füße ebenso unterwegs wie die groben Schuhe der Handwerker und die roten Absätze der Adligen.

Vor dem Wasserschloss der Samaritaine blieb sie stehen, um die »fleißige Uhr« zu betrachten, die nicht nur die Stunden, sondern auch die Tage und Monate anzeigte und ein Glockenspiel in Bewegung setzte, das der Erbauer als guter Flame sich nicht hatte nehmen lassen.

An der Fassade dieser monumentalen Wasserpumpe, die den Louvre und die Tuilerien mit Wasser versorgte, befand sich ein Basrelief, das die Szene aus dem Evangelium darstellte, in der die Samariterin Jesus am Jakobsbrunnen zu trinken gibt.

Angélique blieb vor jeder Bude stehen: beim Spielzeugmacher, dem Geflügelhändler, dem Vogelhändler, dem Tinten- und Farbenverkäufer, dem Marionettenspieler, dem Hundescherer und dem Hütchenspieler. An der Ecke der Samaritaine erblickte sie Pain-Noir mit seinen Pilgermuscheln, Mort-aux-Rats, der sein trauriges Wildbret auf seinem Rapier aufgespießt feilbot, und Mutter Hurlurette und Vater Hurlurot.

Inmitten eines Kreises von Schaulustigen quälte der alte Blinde seine Kratzgeige, und die Alte kreischte eine sentimentale Ballade, in der es um Gehängte und Leichen ging, denen die Raben die Augen auspickten, um alle möglichen schrecklichen Dinge eben. Das Publikum lauschte melancholisch und mit gesenktem Blick. Für die kleinen Leute von Paris waren Hinrichtungen und Prozessionen eine gute Unterhaltung, die nicht viel kostete und bei der man sich zutiefst bewusst wurde, dass man einen Körper und eine Seele besaß.

Mutter Hurlurette trug ihr Klagelied mit Inbrunst vor.

»Hört, was ich zu sagen habe:
Wenn ich einst auf den Galgen steige,
bet' ich für euch, keine Frage,
bevor ich euch die Zunge zeige.«

Man konnte durch ihren zahnlosen Mund bis tief in ihren Rachen sehen. Eine Träne löste sich aus ihrem Auge und verschwand in ihren Falten. Sie war Furcht einflößend und bewunderungswürdig.

Sie beendete ihren Vortrag mit einem hohen Tremolo. Dann leckte sie an ihrem dicken Daumen und begann, Blättchen zu verteilen, von denen sie einen Stapel unter ihrem Arm trug.

»Wer hat noch keinen Gehängten?«, rief sie.

Als sie in Angéliques Nähe kam, stieß sie einen Freudenschrei aus. »He, Hurlurot, da ist das Mädel ja! Dein Mann zetert uns schon den ganzen Tag etwas vor. Er sagt, der verfluchte Hund hätte dir die Kehle durchgebissen. Alle Gauner und Krüppel von Paris will er auf das Châtelet hetzen. Und die Marquise geht auf dem Pont-Neuf spazieren!«

»Ja, warum auch nicht?«, entgegnete Angélique von oben herab. »Das macht ihr doch auch!«

»Ich bin bei der Arbeit«, gab die Alte geschäftig zurück. »Du kannst dir nicht vorstellen, was dieses Lied einbringt. Das sage ich dem Schmutzpoeten immer: ›Gib mir Gehängte. Nichts bringt mehr ein als Gehängte.‹ Hier, willst du ein Blatt? Kriegst es umsonst, weil du unsere Marquise bist.«

»Wenn ihr heute Abend in die Tour de Nesle zurückkehrt, gibt es Wurst für euch«, versprach Angélique.

Dann ging sie mit den anderen Spaziergängern davon und las dabei das kleine Gedicht.

Hört, was ich zu sagen habe:
Wenn ich einst auf den Galgen steige,
bet' ich für euch, keine Frage,
bevor ich euch die Zunge zeige.

Unten auf der Seite, in der Ecke, stand die Unterschrift, die sie schon kannte: »Der Schmutzpoet«. Eine bittere, hasserfüllte Erinnerung stieg in Angéliques Herzen auf. Sie schaute zu dem Bronzepferd auf seinem Podest hoch. Sie hatte gehört, dass der Schmutzpoet dort manchmal hinaufkletterte, um zwischen seinen Beinen zu nächtigen. Die Gauner achteten seinen Schlaf. Außerdem gab es bei ihm nichts zu stehlen. Er war ärmer als der ärmste Gauner, stets unterwegs, stets hungrig und stets verfolgt, und stets wirbelte er Staub auf und verspritzte sein Gift in ganz Paris.

Wie kommt es, dass ihn noch niemand umgebracht hat?, dachte Angélique. Ich würde ihn bestimmt töten, wenn ich ihn treffen würde. Aber vorher würde ich ihm noch sagen, aus welchem Grund …

Sie knüllte das Papier zusammen und warf es ins Wasser. Eine Kutsche fuhr vorüber. Vor ihr rannten Läufer, die wie Eichhörnchen hüpften. Prachtvoll sahen sie aus in ihren seidenen Livreen und mit den Federn an ihren Hüten.

Die Zuschauer versuchten zu erraten, wer in der Kutsche saß. Angélique sah die Läufer an und dachte an Pied-Léger, dessen Herz vor lauter Laufen gebrochen war.

Der bronzene Heinrich IV. glänzte in der Sonne und lächelte auf die roten und rosafarbenen Schirme am Boden herunter. Die Orangen- und Blumenhändlerinnen hatten sich zu seinen Füßen niedergelassen und priesen laut die goldenen Früchte an.

»Orangen aus Portugal! Orangen aus Portugal!«

Die Markthändlerinnen vom Pont-Neuf waren schon in aller Frühe hier eingetroffen. Sie kamen aus der Rue de la Bouqueterie, in der Nähe von Saint-Julien-le-Pauvre, wo sich der Sitz ihrer Gilde befand, oder aus der Rue de l'Arbre Sec, wo sie sich in den Gärten der Provenzalischen Brüder mit Waren versorgten.

Die Jüngeren gingen mit ihren Körben voller Tuberosen, Rosen und Jasminblüten durch die Menge, während die Älteren hinter einem Stand im Schutz eines roten Sonnenschirms Stellung bezogen.

Eine der Frauen bat Angélique, ihr beim Binden der Blumensträuße zu helfen, und da Angélique dabei einen guten Geschmack bewies, gab sie ihr zwanzig Sols.

»Du siehst mir zu alt aus, als dass ich dich als Lehrmädchen nehmen könnte«, meinte sie, nachdem sie Angélique gemustert hatte. »Auf der anderen Seite würde ein junges Mädchen zwei Jahre brauchen, bis es solche Sträuße hinbekommt wie du. Wenn du für mich arbeiten willst, werden wir uns schon einig.«

Angélique schüttelte den Kopf, schloss die Hand fest um die zwanzig Sols und ging davon. Immer wieder schaute sie auf die paar Münzen hinunter, die ihr die Händlerin gegeben hatte. Das war das erste Geld, das sie jemals selbst verdient hatte.

Bei einem Händler, der in Öl Gebratenes feilhielt, kaufte sie Schmalzgebäck und schlang es hinunter, während sie sich unter die Gaffer mischte, die vor dem Karren des Großen Matthieu standen und sich vor Lachen bogen.

Der Große Matthieu war wirklich brillant! Er hatte sich gegenüber der Statue von König Heinrich IV. niedergelassen und fürchtete weder dessen Lächeln noch seine Majestät.

Er stand auf seinem Karren, der eigentlich eine von einem Geländer umgebene Bühne auf vier Rädern darstellte, und redete so laut auf die Menge ein, dass man ihn von einem Ende des Pont-Neuf bis zum anderen hörte.

Sein Privatorchester bestand aus drei Musikern – einem Trompeter, einem Trommler und einem Zimbelspieler –, die seine Ansprachen untermalten und die Klageschreie der Kunden, denen er die Zähne zog, mit ohrenbetäubendem Lärm übertönten.

Begeistert, hartnäckig und mit außerordentlicher Kraft und Geschicklichkeit wurde der Große Matthieu auch mit den widerspenstigsten Zähnen fertig. Er ließ den Patienten niederknien und zog ihn mit der Zange vom Boden hoch. Anschließend schickte er sein taumelndes Opfer zum Branntweinhändler, um sich den Mund auszuspülen. Zwischen seinen Behandlungen marschierte der Große Matthieu mit im Wind wehender Hutfeder, seiner doppelten Zahnkette, die über seinem Seidenrock hing, und dem gewaltigen Säbel, der ihm an die Wade schlug, auf der Bühne auf und ab. Er rühmte seine Kunstfertigkeit und die ausgezeichnete Qualität seiner Arzneien, Pulver, Pasten und Salben aller Arten, die aus reichlich Butter, Öl, Wachs sowie einigen unschuldigen Kräutern gekocht wurden.

»Vor Euch seht Ihr, Mesdames und Messieurs, den berühmtesten Mann der Welt, einen Virtuosen, einen Phönix seiner Kunst, ein Musterbeispiel von einem Arzt, den direkten Nachfolger des Hippokrates, den Erforscher der Natur, die Geißel aller Fakultäten. Ihr habt einen methodischen Arzt vor Euch, einen galenischen, hippokratischen, chemischen, spagyrischen und empirischen. Die Soldaten mache ich aus Gefälligkeit gesund, die Armen um Gottes Lohn und die reichen Kaufleute um des Geldes willen. Ich bin weder Doktor noch Philosoph, aber meine Salbe vollbringt genauso viel wie Philosophen und Doktores. Die Erfahrung ist wertvoller als die Wissenschaft. Da habe ich zum Beispiel eine Pomade, die den Teint aufhellt. Sie ist weiß wie Schnee und duftet nach Balsam und Moschus... Und ich habe eine Salbe von unschätzbarem Wert, denn – und jetzt hört mir genau zu, galante Damen und Herren – diese Salbe schützt denjenigen, der sie benutzt, vor den hinterlistigen Stacheln am Rosenstrauch der Liebe.«

Dann hob er die Arme und begann schwärmerisch zu deklamieren:

»Kommt, Ihr Leute, und kauft
von dem großen Heilmittel für alle Leiden.
Dieses wunderbare Pulver
schenkt dem Toren Verstand,
macht den Gauner ehrbar und den Schuldigen unschuldig.
Alte Weiber finden junge Liebhaber
und der verliebte Greis eine junge Mätresse,
und sie macht den Unwissenden wissend ...«

Seine Tirade, die er unter heftigem Augenrollen vortrug, ließ Angélique in Gelächter ausbrechen. Er bemerkte sie und winkte ihr freundschaftlich zu.

Ich habe gelacht. Warum habe ich nur gelacht?, fragte sich Angélique. Was er da erzählt, ist doch vollkommen idiotisch.

Sie hatte einfach Lust gehabt, zu lachen.

In diesem Moment trat ein Mann zu ihr.

»Meine Schöne«, begann er, »ich sehe, dass du guter

Laune, aber nicht reich bist. Willst du dir zwanzig Livres verdienen?«

»Und wie?«, fragte sie, nachdem sie ihn gemustert hatte.

»Mein Herr ist ein sehr respektabler Ausländer, der sich zum ersten Mal in Paris aufhält. Er brennt so darauf, die privaten Reize der Pariserinnen kennenzulernen, dass er mich sofort losgeschickt hat, damit ich ihm für heute Nacht eine fröhliche und liebenswürdige Gefährtin auftreibe. Da bin ich gleich zum Pont-Neuf gegangen, denn ich weiß, dass man dort die größte Auswahl hat. Du bekommst Schuhe, ein Kleid, ein gutes Abendessen und zwanzig Livres. Du sollst noch wissen, dass mein Herr kein alter Mann ist, sondern jung und von angenehmem Äußerem, wenngleich ein wenig korpulent. Bist du einverstanden?«

»Ganz und gar nicht.«

»Soll ich mit deinem Zuhälter reden?«

Angélique stieß einen leisen Pfiff aus, als wolle sie ihrer Bewunderung Ausdruck verleihen.

»Du bist aber auf keinen Fall fremd hier.«

»Aber nein«, gab der Diener zurück. »Ich stamme aus Paris. Aber ich stehe nun schon drei Jahre in den Diensten eines niederländischen Edelmanns aus der Provinz Holland. Der Krieg hat mich dorthin verschlagen, ohne dass ich genau wüsste, wie. Heute stehe ich zum ersten Mal wieder auf dem Pont-Neuf.«

Staunend sah er sich um, und Angélique nutzte die Gelegenheit, um in der Menge zu verschwinden.

Ein Stück weiter versuchte auf einer kleinen Bühne ein alter Mann mit Holzbein, die Aufmerksamkeit der Vorübergehenden zu erhaschen.

»Kommt und schaut den roten Mann an. Das allerseltsamste Naturphänomen. Ihr haltet Euch für sehr gebildet, weil Ihr schon ein paar Menschen mit schwarzer Haut gesehen habt. Aber gibt es etwas Banaleres als diese Marokkaner, die der Sultan uns in großer Zahl schickt? Ich aber werde Euch den unbekannten Mann aus der unbekannten Welt zeigen, die ich Amerika nenne, ein Land der Wunder, aus dem ich selbst komme …«

Als Angélique das Wort »Amerika« vernahm, blieb sie vor dem Podest stehen.

Der Schausteller mit dem Holzbein war ein alter, schlecht rasierter Mann, der sich ein rotes Tuch um den Kopf gebunden hatte. Er hatte sich, anders als die anderen Vorführer oder Gaukler vom Pont-Neuf, nicht die Mühe gemacht, sich in bunte Flittergewänder zu hüllen. Sein schmutziges, rot und weiß gestreiftes Hemd, sein geflicktes Wams und seine gebrochene Stimme, die nicht weit trug, zogen kaum Zuschauer an. In einem Ohr trug er einen kleinen Goldring.

»Ich, der ich ein alter Seemann bin, der sein ganzes Leben lang ohne Unterlass auf den Schiffen des Königs gefahren ist, was könnte ich Euch nicht alles über diese unbekannten Länder sagen? Aber ich sehe schon, dass Ihr es eilig habt, Mesdames et Messieurs. Ich habe nicht nur meine Erinnerungen, sondern auch dieses seltsame Wesen, das ich dort, in Amerika, selbst eingefangen habe.«

Mit einem Stock wies er auf eine Art mit einem Vorhang verschlossenes Bretterhäuschen, das die ganze Ausstattung seiner Vorführung darstellte.

»Der rote Mann, Mesdames und Messieurs, der rote Mann!«

Angélique warf die paar Sols, die sie noch hatte, in eine Bettelschale, die vor der Bühne stand. Andere Zuschauer taten es ihr nach.

Als der Krüppel der Meinung war, der Zuschauerkreis sei ausreichend groß, zog er mit einer theatralischen Bewegung den Vorhang hoch.

Im Inneren des Verschlags befand sich eine Statue, die aus Ton hätte sein können. Sie trug Federn an Kopf und Lenden.

Dann bewegte sich die Statue und trat ein paar Schritte weit in die Sonne hinaus. Im Publikum erhob sich Stimmengemurmel. Kein Zweifel, das war wirklich ein Mensch. Er besaß eine Nase, einen Mund, mit Ringen geschmückte Ohren, schrägstehende Augen, die auf die Menge gerichtet waren, Hände und Füße. Seine Haut hatte einen ziemlich ausgeprägten Kupferton, der aber, wie die Zuschauer meinten, kaum intensiver war, als man bei manchen spanischen oder italienischen Bergbewohnern sah. Abgesehen von den Federn, die ihm aus den Lenden und dem Kopf zu wachsen schienen, war diese Rothaut also nicht dermaßen außerordentlich.

Nachdem die Leute ihn sich angesehen und ihre Ansichten ausgetauscht hatten, gingen sie ihrer Wege, und der ehemalige Seemann schickte das Phänomen zurück in seinen Verschlag. Dann gönnte er sich eine Pause und rieb ein wenig Tabak, den er zu einer kleinen Kugel rollte, in den Mund steckte und zu kauen begann.

Angélique war in der Nähe der Plattform stehen geblieben. Der Wind, der von der Seine heranwehte und in ihrem Haar spielte, trug noch zu der Illusion vom offenen Meer bei, die bei dem Wort »Amerika« in ihr aufgestiegen war. Sie dachte an ihren Bruder Josselin und sah wieder, wie er seinen strahlenden, ungebärdigen Blick auf sie richtete.

»Ich jedenfalls werde Seemann …«, hatte er geflüstert.

Pastor Rochefort war eines Abends gekommen und hatte sich mit den Sancé-Kindern an den Kamin gesetzt, die ihn umringten und staunend die Augen aufrissen. Josselin … Raymond …Hortense … Gontran … Angélique … Madelon … Denis … Marie-Agnès … Wie schön sie gewesen waren, die Sancé-Kinder, in ihrer Unschuld und Ahnungslosigkeit, noch ohne einen Begriff davon, was die Zukunft für sie bereithielt! Sie lauschten dem Fremden, und seine Worte ließen ihre Herzen höher schlagen.

»Ich bin bloß ein Reisender, neugierig auf fremde Länder und begierig, jene Orte kennenzulernen, wo niemand Hunger und Durst leidet und die Menschen frei sind. Dort habe ich erkannt, dass alles Übel vom weißen Mann kommt, weil er nicht auf das Wort des Herrn gehört, sondern es ins Gegenteil verkehrt hat. Denn der Herr hat nicht befohlen, zu töten und zu zerstören, sondern einander zu lieben.«

Angélique schloss die Augen.

Als sie sie wieder aufschlug, sah sie in einigen Schritten Entfernung inmitten des Gewimmels auf dem Pont-Neuf Jactance, Gros-Sac, La Pivoine, Gobert, Beau-Garçon und die anderen. Sie starrten sie an.

»Schwesterchen«, sagte La Pivoine und nahm ihren Arm, »ich werde eine Kerze von dem Ewigen Vater von Saint-Pierre-aux-Boeufs anzünden. Wir haben nicht geglaubt, dich noch einmal wiederzusehen.«

»Wir konnten uns nur vorstellen, dass du entweder im Châtelet oder im Armenhaus wärest.«

»Oder dass der verfluchte Hund dich totgebissen hätte.«

»Tord-Serrure und Prudent haben sie geschnappt. Sie sind heute Morgen auf der Place de Grève gehängt worden.«

Die Gauner umringten sie. Und so sah sie ihre finsteren Gesichter wieder, hörte ihre rauen Säuferstimmen und spürte die Fesseln der Gaunerzunft. Unmöglich, diese Ketten an einem Tag abzuschütteln. Doch seit diesem Tag, den sie von nun an bei sich den »Tag auf dem Heukahn« oder den »Tag auf dem Pont-Neuf« nannte, trug sie einen Funken Hoffnung in sich, obwohl sie keine Ahnung hatte, warum. Aus den Niederungen steigt man nicht so rasch auf, wie man hinabstürzt.

»Das wird ein Spaß, meine Schöne«, erklärte La Pivoine. »Weißt du, warum wir am helllichten Tag auf dem Pont-Neuf herumspazieren? Der kleine Flipot soll heute sein Meisterstück als Beutelschneider abliefern.«

Flipot, einer der jungen Bengel aus der Tour de Nesle, hatte aus diesem Anlass seine Lumpen gegen einen Anzug aus violettem Serge und schwere Schuhe ausgetauscht, in denen er nicht schlecht lief. Er trug sogar eine Halskrause. Mit einer Tasche aus Samt, die aussah, als trüge er darin Bücher, Tafeln und Stifte herum, gab er eine recht überzeugende Darstellung eines Handwerkersohns ab, der auf dem Pont-Neuf beim Marionettentheater die Schule schwänzt.

Jactance setzte ihm seine Aufgabe in schulmeisterlichem Ton auseinander.

»Hör zu, Kleiner. Heute geht es nicht nur ums Beutelschneiden, wie du es schon gemacht hast… Wir wollen feststellen, ob du imstande bist, bei einer Rauferei zu gewinnen und dich zu verdrücken. Hast du verstanden?«

»*Cy*«, gab Flipot zurück.

Denn so sagte man »ja« in der Gaunersprache. Dann schniefte er nervös und wischte sich mit dem Ärmel mehrmals über die Nase.

Sie schoben ihn in die Menschenmenge und gaben ihm noch letzte Ratschläge mit auf den Weg.

»Wenn dir vom Schneiden die Hand müde wird, steck die Schere in deinen Rucksack. Und dann soll deine Hand den Weg in die Taschen der Händlerinnen und der Damen finden, in die Falten ihrer Kittel oder ihrer schönen Kleider. Ihre Taschen sind groß und zahlreich ... Und pass unbedingt auf, dass dich niemals ein Sergeant mit seinem Stab berührt* ... Solange er dich noch nicht damit berührt hat, kannst du noch versuchen, ihm zu entwischen. Aber wenn du ihm wegläufst, nachdem das Siegel des Königs dich berührt hat, bist du der Majestätsbeleidigung schuldig, und das gibt den Galgen ... wenn nicht Schlimmeres!«

Flipot warf sich in die Brust. Er war erfüllt von seiner Wichtigkeit und dieser bedeutsamen Unternehmung, die ihn zum Manne machen würde; das heißt, zu einem Menschen, der in der Lage war, jedes Verbrechen zu begehen.

Seine Kameraden musterten die Passanten.

»Sieh mal an, da haben wir doch einen feinen Herrn, der zu Fuß ist und sich um seine hübsche Dame kümmert ... Das ist die Gelegenheit! Hast du den feinen Pinkel gesehen, Flipot? Da, sie bleiben beim Großen Matthieu stehen. Jetzt! Nimm deine Schere, Kleiner, jetzt wird geerntet.«

Mit einer feierlichen Bewegung überreichte Jactance dem Knaben eine gut geschliffene Schere und schob ihn in die Menschenmenge. Seine Komplizen hatten sich bereits unauffällig unter die Zuschauer des Großen Matthieu gemischt.

Geübten Auges verfolgte Jactance aufmerksam das Treiben seines Lehrlings. Plötzlich begann er zu schreien.

* Der Stab symbolisierte die Macht des Königs.

»Achtung, M'sieur! M'sieur! He, da schneidet Euch jemand den Beutel ab, Monseigneur!«

Passanten schauten in die Richtung, in die er wies, und begannen zu laufen.

»Seht Euch vor, mein Fürst«, kreischte La Pivoine. »Da ist ein Bursche, der Euch erleichtern will.«

Der Edelmann griff an seine Börse und spürte Flipots Hand.

»Auf den Beutelschneider!«, brüllte er.

Seine Begleiterin stieß einen schrillen Schrei aus.

Sofort brach eine allgemeine Rempelei aus. Die Menschen schrien, schlugen um sich, gingen einander an die Gurgel und prügelten aufeinander ein, während Calembredaines Gefolgsleute das Durcheinander mit ihrem Gezeter noch verstärkten.

»Ich hab ihn!«

»Das ist er!«

»Haltet ihn! Er läuft weg!«

»Dort hinten!«

»Hier entlang!«

Die umhergestoßenen Kinder heulten. Frauen fielen in Ohnmacht. Marktstände wurden umgestoßen. Rote Sonnenschirme segelten in die Seine. Um sich zu wehren, begannen die Obsthändler mit Äpfeln und Orangen zu werfen.

Die Tiere des Hundescherers stürzten sich ebenfalls ins Getümmel und rannten den Menschen zwischen den Beinen herum wie eine Masse hechelnder und sabbernder Fellkugeln.

Beau-Garçon ging von einer Frau zur anderen, legte den Bügerfrauen den Arm um die Taille, küsste sie und liebkoste sie auf die unverschämteste Art. Das alles tat er vor den Augen ihrer Ehemänner, die vergeblich versuchten, ihn mit Stockschlägen zu vertreiben. Die Schläge trafen andere, die sich rächten, indem sie den empörten Ehemännern die Perücken herunterrissen.

Mitten in diesem Trubel schnitten Jactance und seine Kumpane Geldbeutel ab, leerten Taschen und stahlen Mäntel, während der Große Matthieu oben auf seinem Karren zum Höllenlärm seines Orchesters seinen Säbel schwang.

»Immer feste drauf, Männer! Bewegt Euch! Das ist gut für die Gesundheit.«

Angélique hatte sich auf die Stufen, die zum Sockel der Statue führten, geflüchtet. Von dort aus konnte sie das Spektakel überblicken. Sie klammerte sich an den Gitterstäben fest und lachte Tränen. Dieser Tag endete wirklich gut. Genau so etwas hatte sie gebraucht, um diesen Drang, gleichzeitig zu lachen und zu weinen, zu befriedigen, der sie quälte, seit sie auf dem Heukahn von den Liebkosungen des Unbekannten aufgewacht war.

Sie entdeckte Vater Hurlurot und Mutter Hurlurette, die sich aneinanderklammerten und auf den Wogen der Schlacht dahinschaukelten wie ein riesiger Korken aus schmutzigen Lumpen.

Sie bog sich vor unbändigem Lachen. Sie erstickte fast daran. Oh, wirklich, sie war schon ganz krank davon!

»Ist das denn so komisch, Mädchen?«, brummte eine bedächtige Stimme hinter ihr.

Jemand packte sie am Handgelenk. Einen Polizeispitzel erkennt man nicht, den riecht man, hatte La Pivoine gesagt. Seit jener Nacht hatte Angélique gelernt zu wittern, woher die Gefahr kam. Sie mäßigte ihr Lachen und setzte eine unschuldige Miene auf.

»Allerdings, das ist komisch; diese Leute, die sich prügeln, ohne zu wissen, warum.«

»Und du, weißt du es vielleicht, was …?«

Lächelnd neigte Angélique ihr Gesicht auf das des Polizisten zu. Dann ergriff sie mit aller Kraft seine Nase und drehte ihm den Knorpel herum; und als er vor Schmerz den Kopf nach hinten warf, versetzte sie ihm mit der Handkante einen Schlag auf seinen hervorstehenden Adamsapfel.

Das war ein Trick, den die Polackin sie gelehrt hatte. Nicht hart genug, um einen Polizisten zu betäuben, aber ausreichend, damit er losließ.

Angélique war frei und sprang davon wie eine Gazelle.

Nach und nach kehrten alle aus verschiedenen Richtungen in die Tour de Nesle zurück.

»Wir haben ganz schön etwas abgekriegt«, meinte Jactance, »aber was für eine Ernte, meine Freunde, was für eine Ernte!«

Mäntel, Schwerter, Schmuck und klingende Börsen flogen auf den Tisch.

Flipot, der derart mit blauen Flecken überzogen war, dass er wie eine getrüffelte Weihnachtsgans aussah, hatte den Geldbeutel des Edelmanns gebracht, den man ihm zugewiesen hatte.

Er wurde als Held gefeiert und aß mit den »Alten« an Calembredaines Tisch.

»Angélique«, flüsterte Nicolas, »Angélique, wenn ich dich nicht wiedergefunden hätte …«

»Was dann?«

»Ich weiß es nicht …«

Er zog sie an seine breite Brust und zerquetschte sie beinahe.

»Oh, ich bitte dich«, stöhnte sie und machte sich los.

Sie drückte die Stirn an die Gitterstäbe der Schießscharte. Der Himmel war tiefblau, und die Sterne spiegelten sich im ruhigen Wasser der Seine. Der Duft der Mandelbäume, die in den Gärten und auf den Weiden von Faubourg Saint-Germain blühten, lag in der Luft.

Nicolas trat auf Angélique zu und verschlang sie weiter mit Blicken. Sie war fast gerührt über die Tiefe dieser niemals nachlassenden Leidenschaft.

»Was hättest du getan, wenn ich nicht zurückgekommen wäre?«

»Kommt darauf an. Hätte die Polente dich geschnappt, hätte ich all meine Leute in Marsch gesetzt. Wir hätten die Gefängnisse überwacht, die Spitäler und die Bordelle, und dich herausgeholt. Wenn der Hund dich totgebissen hätte, dann hätte ich überall nach dem Hund und seinem Herrn gesucht, um sie zu töten. Und wenn du …«

Seine Stimme wurde rau.

»Wenn du mit einem anderen fortgegangen wärest … hätte ich dich gefunden, und den anderen hätte ich aufgeschlitzt.«

Sie lächelte, denn in ihrer Erinnerung stieg ein blasses, spöttisches Gesicht auf. Doch Nicolas war aufmerksamer, als sie dachte, und die Liebe schärfte seinen Instinkt noch.

»Glaub nur nicht, dass du mir so leicht entkommst«, sagte er drohend. »In der Gaunerzunft verrät man einander nicht so wie in der Welt der feinen Leute. Aber wenn es doch vorkommt, stirbt man dafür. Du würdest dich nirgendwo verkriechen können … Dazu sind wir zu viele, und wir sind zu mächtig. Wir würden dich überall finden, in den Kirchen, in den Klöstern, sogar im Palast des Königs. Verstehst du, wir sind gut organisiert. Im Grunde stelle ich solche Schlachtpläne richtig gern auf.«

Er zog sein zerrissenes Hemd aus und wies auf ein kleines, bläuliches Mal neben der linken Brustwarze.

»Siehst du das? Meine Mutter hat mir immer gesagt: ›Das Mal hast du von deinem Vater geerbt.‹ Denn mein Vater war nicht dieser dicke Bauerntölpel Merlot. Nein. Meine Mutter hat mich vorher bekommen, von einem Militär, einem Offizier, jemandem von hohem Rang. Seinen Namen hat sie mir nie verraten. Aber manchmal, wenn Vater Merlot mich schlagen wollte, hat sie geschrien: ›Rühr den Ältesten nicht an, der hat blaues Blut.‹ Das hast du nicht gewusst, was?«

»Und du bist auch noch stolz darauf, der Bastard eines Landsknechts zu sein«, meinte sie verächtlich.

Er legte die riesigen Pranken auf ihre Schultern und zerquetschte sie fast.

»Manchmal möchte ich dich am liebsten zerdrücken wie eine Haselnuss. Aber jetzt bist du gewarnt. Wenn du mich jemals betrügst … Wenn du mit einem anderen schläfst …«

»Da hast du nichts zu befürchten. Deine Umarmungen reichen mir voll und ganz.«

»Warum sagst du das in diesem boshaften Ton?«

»Weil man schon mit einem außerordentlichen Temperament veranlagt sein müsste, um mehr davon zu verlangen. Wenn du nur ein wenig zärtlicher sein könntest!«

»Was, ich bin nicht zärtlich?«, brüllte er. »Aber ich liebe dich doch! Sag das noch mal, dass ich nicht zärtlich bin.«

Er hob seine gewaltige Faust.

»Fass mich nicht an, Bauernlümmel, Grobian«, kreischte sie. »Denk an die Polackin!«

Er ließ den Arm sinken. Dann, nachdem er sie düsteren Blickes betrachtet hatte, stieß er einen Seufzer aus.

»Verzeih mir, Angélique. Du bist eben immer die Stärkere.«

Lächelnd und ein wenig unbeholfen, streckte er die Arme nach ihr aus.

»Komm trotzdem her. Ich versuche, zärtlich zu sein.«

Sie ließ sich auf das Lager sinken und gab sich gleichgültig und passiv der zur Gewohnheit gewordenen Umarmung hin.

Als er befriedigt war, schmiegte er sich noch eine Weile an sie. Auf ihrer Wange spürte sie sein stoppliges Haar, das er wegen seiner Perücke sehr kurz schnitt.

»Jetzt weiß ich es«, sagte er schließlich mit dumpfer Stimme. »Niemals, niemals wirst du mir gehören. Denn ich will nicht nur das von dir. Ich will dein Herz.«

»Mein armer Nicolas, man kann nicht alles haben«, sagte Angélique nüchtern. »Früher hat dir ein Teil meines Herzens gehört, und jetzt hast du meinen ganzen Körper. Einst warst du mein Freund, Nicolas, und jetzt bist du Calembredaine, mein Gebieter. Du hast sogar noch die letzte Spur der Zuneigung getötet, die ich dir als Kind entgegenbrachte. Aber ich mag dich trotzdem, auf eine andere Art, weil du stark bist.«

Er zuckte zusammen.

»Ich frage mich, ob ich dich nicht irgendwann werde töten müssen«, brummte er seufzend.

Sie gähnte schlaftrunken.

»Rede keinen Unsinn.«

Das Licht der Sterne, das durch das Fenster hereinfiel, erzeugte Reflexe auf den gestohlenen Spiegeln. Das einförmige, melancholische Quaken der Kröten am Fuß des Turms nahm kein Ende.

»Nicolas«, sagte Angélique unvermittelt.

»Ja?«

»Weißt du noch, wie wir früher immer nach Amerika gehen wollten?«

»Ja.«

»Wie wäre es, wenn wir jetzt wirklich gingen?«

»Wohin?«

»Nach Amerika.«

»Du bist ja verrückt!«

»Nein, ganz bestimmt nicht... Ein Land, in dem die Menschen weder frieren noch Hunger leiden... wo man frei ist.«

Eindringlicher fuhr sie fort.

»Was erwartet uns denn hier? Für dich gibt es nur Gefängnis, Folter, die Galeeren oder den Galgen. Und ich... die ich gar nichts mehr habe, was soll aus mir werden, wenn du einmal nicht mehr bist?«

»Am Hof der Wunder darf man niemals daran denken, was einen erwartet. Es gibt kein Morgen.«

»Dort könnten wir vielleicht unerschlossenes Land bekommen, ohne dafür bezahlen zu müssen. Wir würden es bebauen... Ich würde dir helfen.«

»Du bist verrückt«, wiederholte er, erneut von Wut ergriffen. »Ich habe dir doch gerade erklärt, dass ich nicht zum Bauerntölpel geschaffen bin. Und glaubst du etwa, ich würde mich davonmachen und Rodogone die ganze Kundschaft vom Markt in Saint-Germain überlassen?«

Sie gab keine Antwort und sank in ihren apathischen Zustand zurück.

Er murrte noch ein Weilchen weiter.

»Also, wenn diese Weiber sich etwas in den Kopf setzen...!«

Zornig warf er sich herum und konnte sich nicht beruhigen.

Was erwartet dich?, wiederholte eine innere Stimme in ihm immer wieder. Die Abtei von Monte-à-Regret? Ja. Und danach? Aber gibt es überhaupt ein Leben außerhalb von Paris…?

In dieser Frühlingsnacht war Nicolas Calembredaines breite Brust voller erstickter Seufzer.

Er schaute die schlummernde Angélique an. Die Eifersucht überwältigte ihn, und am liebsten hätte er sie wachgerüttelt, denn sie lächelte im Schlaf.

In ihrem Traum fuhr sie in einem Heukahn über das Meer.

Kapitel 7

Eines Abends im Frühsommer schlich sich Jean-Pourri in Calembredaines Höhle in der Tour de Nesle. Er wollte eine Frau aufsuchen, die Fanny-la-Pondeuse genannt wurde und zehn Kinder hatte, die sie reihum vermietete. Sie hatte sich in diesem einträglichen Handel etabliert und ging dem Betteln nur noch zum Zeitvertreib und der Prostitution aus Gewohnheit nach, was alles in allem ihrer Gebärfreudigkeit nicht schadete. Eher war das Gegenteil der Fall.

Jean-Pourri hatte sich das Kind, das sie im Moment erwartete, »reserviert«. Als gute Geschäftsfrau hatte sie ihn vorgewarnt.

»Für dieses Kind nehme ich dir mehr ab, denn es wird einen Klumpfuß haben.«

»Woher weißt du das?«

»Der, der es mir gemacht hat, hatte einen.«

Die Polackin brach in ein spöttisches, anzügliches Gelächter aus. »Da hast du aber Glück, zu wissen, was für ein Mann es dir gemacht hat. Bist du dir sicher, dass du ihn nicht verwechselst?«

»Ich kann mir die Männer aussuchen«, gab die andere Frau würdevoll zurück.

Und sie machte sich erneut daran, schmutzige Wolle von einem Spinnrocken zu zwirbeln. Sie war eine geschäftige Frau, die nicht gern müßig blieb.

Piccolo, der kleine Affe, sprang auf Jean-Pourris Schulter und riss ihm ein Büschel Haare aus.

»Abscheuliches Vieh«, schrie der und schlug mit seinem Hut um sich.

Angélique gefiel die Tat ihres kleinen Favoriten, der keinen Hehl aus seiner Abneigung gegen den Kinderquäler machte. Doch da Jean-Pourri ein Mann war, vor dem man sich hüten musste, da er beim Großen Coesre, in dessen Hauptquartier er wohnte, hochgeachtet wurde, rief sie das Äffchen zurück.

Fluchend und brummelnd rieb sich Jean-Pourri den Schädel. Er sagte es dem Großen Coesre immer wieder: Calembredaines Leute waren dreist und eine Bedrohung. Sie hielten sich für die Herren. Doch eines Tages würden die anderen Gauner dagegen aufbegehren. Und an diesem Tag…

»Komm und trink einen Schluck«, sagte die Polackin, um ihn zu beruhigen.

Sie schenkte ihm eine volle Kelle heißen Wein ein. Jean-Pourri fror immer, sogar im Sommer. Wahrscheinlich floss in seinen Adern Fischblut. Im Übrigen hatte er auch blaugrüne Augen und klebrige, kalte Haut wie ein Fisch.

Als er getrunken hatte, setzte er ein abscheuliches Lächeln auf, bei dem er den Mund halb öffnete und schlechte Zähne enthüllte.

Thibault-le-Vielleur kehrte, gefolgt von dem kleinen Linot, in die Unterkunft zurück.

»Ah, da ist ja der hübsche Kleine«, rief Jean-Pourri händereibend. »Thibault, es ist beschlossene Sache: Ich kaufe ihn dir ab und gebe dir – halte dich fest! – fünfzig Livres, ein Vermögen.«

Der Alte warf ihm unter seinem Strohhut hervor einen verlegenen Blick zu.

»Was soll ich denn mit fünfzig Livres anfangen? Und außerdem, wer soll mir dann die Trommel schlagen, wenn ich ihn nicht mehr habe?«

»Zieh dir halt einen anderen Knaben heran.«

»Dieser hier ist aber mein Enkel.«

»Willst du denn nicht sein Bestes?«, hielt der abscheuliche Jean-Pourri mit einem durchtriebenen Lächeln dagegen. »Denk doch daran, dass dein Enkel in Samt und Spitze gekleidet sein wird. Ich lüge dich nicht an, Thibault. Ich weiß schon, an wen ich ihn verkaufen werde. Er wird der Favorit eines Fürsten sein, und wenn er sich geschickt anstellt, kann er später in die höchsten Stellungen aufsteigen.«

Jean-Pourri strich dem Kind zärtlich über die dunklen Locken.

»Würde dir das gefallen, Linot, schöne Kleider zu haben, von goldenen Tellern zu essen, so viel du nur willst, und Bonbons zu kauen?«

»Weiß nicht«, gab der Knabe, die Lippen schmollend verzogen, zurück.

Bei seinem Großvater hatte er nie etwas anderes als Elend gekannt und konnte sich solche wunderbaren Dinge nicht vorstellen.

Ein schwefelgelber Sonnenstrahl, der durch den Türspalt fiel, ließ seine leicht gebräunte Haut aufleuchten. Linot hatte lange, dichte Wimpern, große, dunkle Augen und kirschrote Lippen. Er trug seine Lumpen mit Anmut. Man hätte ihn für einen kleinen Edelmann halten können, der sich für einen Maskenball verkleidet hatte. Es war erstaunlich, dass eine solche Blume in einer so tristen Umgebung hatte heranwachsen können.

»Komm, komm! Wir beide werden uns sehr gut verstehen«, forderte Jean-Pourri ihn auf.

Und er ließ seine bleiche Hand um die Schultern des Knaben gleiten.

»Komm, mein Hübscher, komm, mein Lämmchen.«

»Aber ich bin nicht einverstanden«, protestierte der Alte und begann zu zittern. »Du hast kein Recht, mir meinen Enkel wegzunehmen.«

»Ich nehme ihn dir nicht weg, sondern kaufe ihn dir ab. Fünfzig Livres! Das ist doch eine korrekte Bezahlung, oder? Und jetzt halte dich ruhig, sonst bekommst du gar nichts. So sieht es nämlich aus.«

Er schob den Alten weg und ging zur Tür. Linot zog er hinter sich her.

Vor der Tür stieß er auf Angélique.

»Ohne Calembredaines Erlaubnis kannst du ihn nicht mitnehmen«, sagte sie gelassen.

Sie nahm den Knaben bei der Hand und kehrte mit ihm in den Saal zurück.

Das teigige Gesicht des Kinderhändlers konnte nicht mehr blasser werden. Drei ganze Sekunden verschlug es Jean-Pourri den Atem.

»Also, so etwas! Unerhört«, stieß er hervor.

Dann zog er sich einen Schemel heran.

»Schön, dann warte ich eben auf Calembredaine.«

»Warten kannst du ja«, schaltete sich die Polackin ein. »Aber wenn sie nicht will, kriegst du deinen Bengel nicht. Er macht alles, was sie will«, schloss sie in einer Mischung aus Groll und Bewunderung.

Calembredaine, der von seinen Männern begleitet wurde, kehrte erst nach Einbruch der Dunkelheit zurück. Zuallererst verlangte er etwas zu trinken. Über Geschäfte konnte man später reden.

Während er seinen Durst ausgiebig stillte, klopfte es an der Tür, was unter den Gaunern ungewöhnlich war. Sie warfen einander fragende Blicke zu, und dann zog La Pivoine sein Schwert und öffnete die Tür.

Von draußen ließ sich eine Frauenstimme vernehmen.

»Ist Jean-Pourri da?«

»Kommt doch herein«, sagte La Pivoine.

Die unerwartete Besucherin trat ins Licht der Harzfackeln, die in eisernen Ringen an den Wänden steckten. Sie war eine hochgewachsene, in einen Umhang gehüllte junge Frau und wurde von einem Lakaien in roter Uniform, der einen Korb trug, begleitet.

»Wir haben in Faubourg Saint-Denis nach dir gesucht«, erklärte die junge Frau Jean-Pourri. »Aber man hat uns gesagt, du wärest bei Calembredaine. Du lässt einen ganz schön herumlaufen. Von den Tuilerien aus hätten wir es näher zur Tour de Nesle gehabt.«

Während sie sprach, hatte sie ihren Umhang zurückgeschlagen und zupfte an den Spitzen an ihrem Mieder herum. An ihrem Hals schimmerte ein kleines goldenes Kreuz, das an einem schwarzen Samtband hing. Angesichts dieses schönen, stattlichen Mädchens, dessen feuerrotes Haar von einer feinen Spitzenhaube kaum verdeckt wurde, leuchteten die Augen der Männer auf.

Angélique war in den Schatten zurückgewichen. Schweißperlen bildeten sich auf ihren Schläfen. Sie hatte Bertille erkannt, die Zofe der Gräfin de Soissons, die vor einigen Monaten mit ihr über den Kauf von Kouassi-Ba verhandelt hatte.

»Hast du etwas für mich?«, erkundigte sich Jean-Pourri.

Mit verheißungsvoller Miene nahm die junge Frau das Tuch von dem Korb, den der Lakai auf den Tisch gestellt hatte, und hob ein neugeborenes Kind heraus.

»Hier«, erklärte sie.

Skeptisch nahm Jean-Pourri den Säugling in Augenschein.

»Wohlgenährt und von schöner Gestalt«, meinte er und verzog den Mund. »Herrje, dafür kann ich dir gerade einmal dreißig Livres geben.«

»Dreißig Livres!«, rief die Zofe empört aus. »Hast du das gehört, Jacinthe? Dreißig Livres. Hast du ihn dir denn nicht angeschaut? Du weißt gar nicht zu schätzen, was für eine Ware ich dir da bringe.«

Sie riss dem Kind die Windel ab und hielt das Neugeborene splitternackt ins Licht der Flammen.

»Sieh ihn dir genau an.«

Das aus dem Schlaf gerissene kleine Wesen zappelte ein wenig.

»Oh!«, rief die Polackin aus, »er ist ja fast schwarz!«

»Er ist der Sohn eines Mohren«, flüsterte die Zofe, »eine Mischung aus Schwarz und Weiß. Du weißt doch, wie hübsch die Mulatten werden, mit einer Haut wie Gold. So etwas bekommt man nicht oft zu sehen. Später, wenn er sechs oder sieben Jahre alt ist, kannst du ihn für teures Geld als Pagen verscherbeln.«

Sie kicherte boshaft. »Wer weiß«, fügte sie hinzu, »vielleicht kannst du ihn ja seiner eigenen Mutter, der Soissons, zurückverkaufen.«

Ein begehrliches Leuchten war in Jean-Pourris Augen getreten.

»Nun gut«, entschied er sich. »Ich gebe dir hundert Livres dafür.«

»Hundertfünfzig.«

Der abscheuliche Bursche reckte die Arme zum Himmel.

»Du willst mich ruinieren! Kannst du dir vorstellen, was

es mich kosten wird, dieses Kind großzuziehen, vor allem, wenn es wohlgenährt und kräftig bleiben soll?«

Nun folgte ein widerwärtiges Geschacher. Damit sie, die Fäuste in die Hüften gestemmt, besser lamentieren konnte, hatte Bertille den Säugling auf dem Tisch abgelegt, und alle traten näher und schauten ihn ein wenig eingeschüchtert an. Abgesehen von seinem Geschlechtsteil, das sehr dunkel war, unterschied er sich nur wenig von jedem anderen Säugling. Seine Haut wirkte nur ein bisschen stärker gerötet.

»Wer garantiert mir denn, dass er wirklich ein Mulatte ist?«, verlangte Jean-Pourri, dem die Argumente ausgingen, zu wissen.

»Ich schwöre dir, dass sein Vater schwärzer war als die Unterseite eines Kochtopfs.«

Fanny-la-Pondeuse schrie erschrocken auf.

»Oh, ich wäre vor Angst erstarrt. Wie konnte deine Herrin nur …«

»Heißt es nicht, ein Mohr brauche einer Frau nur ins Weiße des Auges zu sehen, damit sie schwanger wird?«, erkundigte sich die Polackin.

Die Zofe brach in gehässiges Gelächter aus.

»So sagt man … Und seit die Schwangerschaft meiner Herrin offensichtlich wurde, hat man es sich in den Tuilerien und im Königlichen Palast noch öfter erzählt, bis es sogar in die Gemächer des Königs gelangte. ›Wirklich?‹, hat Seine Majestät gesagt. ›Das muss aber ein tiefer Blick gewesen sein.‹ Und als er im Vorzimmer meiner Herrin begegnet ist, hat er ihr den Rücken zugekehrt. Stellt euch vor, wie verärgert die Soissons war! Und dabei hatte sie so gehofft, ihn wieder in ihre Klauen zu bekommen! Aber der König ist zornig, seit er argwöhnt, dass die Soissons einem Schwarzen die gleiche Gunst gewährt hat wie ihm. Und leider sind weder ihr Ehemann noch ihr Liebhaber, dieser kleine Bastard Marquis de Vardes, bereit, die Vaterschaft anzuerkennen. Aber meine Herrin hat mehr als ein Ass im Ärmel. Sie wird den Gerüchten schon Einhalt gebieten. Zuerst einmal wird sie offiziell erst im Dezember niederkommen.«

Und Bertille setzte sich und schaute sich triumphierenden Blickes um.

»Schenk mir einen Schluck ein, Polackin, und ich erzähle euch alles. So schlau braucht man dazu nicht zu sein. Man muss bloß seine Finger abzählen können. Der Mohr ist im Februar aus dem Dienst meiner Herrin ausgeschieden. Wenn sie im Dezember niederkommt, kann er nicht der Vater sein, oder? Also wird sie die Reifen an ihren Kleidern etwas weiter machen.

›Ach, meine Liebe, dieses Kind bewegt sich so stark, dass ich wie gelähmt bin. Ich weiß nicht, ob ich heute Abend auf dem Ball des Königs erscheinen kann!‹, wird sie sagen. Und dann, im Dezember, wird es in den Tuilerien eine Geburt geben, um die sie ein großes Gewese machen wird. In diesem Moment, Jean-Pourri, musst du uns ein ganz frisches Kind verkaufen, das am selben Tag geboren ist. Da ist es gleichgültig, wer der Vater ist. Hauptsache, der Mohr kommt nicht in Frage, das ist alles, was wir wollen. Jeder weiß, dass er seit Februar auf den Galeeren des Königs dient.«

»Warum ist er auf die Galeeren geschickt worden?«

»Wegen einer schmutzigen Geschichte, in der es um Magie ging. Er war der Komplize eines Zauberers, den man auf der Place de Grève verbrannt hat.«

Obwohl Angélique sich beherrschte, konnte sie nicht verhindern, dass ihr Blick zu Nicolas glitt. Doch der aß und trank, und sie zog sich weiter in die Dunkelheit zurück. Am liebsten hätte sie den Saal verlassen, und doch brannte sie darauf zu hören, wie es weiterging.

»Ja, eine schmutzige Geschichte«, fuhr Bertille fort und senkte die Stimme. »Dieser schwarze Teufel konnte andere mit Flüchen belegen. Dafür ist er verurteilt worden. Deswegen wollte die Voisin auch nicht mitspielen, als meine Herrin zu ihr gekommen ist, damit sie ihr die Leibesfrucht wegmacht.«

Barcarole, der Zwerg, sprang neben dem Glas der Zofe auf den Tisch.

»Huh! Ich habe diese Dame mehrmals gesehen, und dich auch, du hübscher karottenroter Wuschelkopf. Ich bin der kleine Teufel, der bei meiner berühmten Herrin, der Wahrsagerin, die Tür öffnet.«

»Allerdings. Ich hatte dich schon an deiner Dreistigkeit erkannt.«

»Die Voisin wollte keine Abtreibung bei der Gräfin vornehmen, weil sie ein Kind von einem Mohren unter dem Herzen trug.«

»Woher hat sie das gewusst?«, fragte Fanny.

»Sie weiß alles. Dazu ist sie schließlich Hellseherin.«

»Sie brauchte ihr nur aus der Hand zu lesen, und schon hat sie ihr alles auf den Kopf zugesagt«, erklärte die Zofe mit beklommener Miene. »Dass das Kind ein Mischling sei, dass der schwarze Mann, der es gezeugt habe, magische Geheimnisse kenne und sie es nicht töten könne, denn das würde ihr, die ebenfalls Zauberin sei, Unglück bringen. Meine Herrin war untröstlich.

›Was sollen wir jetzt tun, Bertille?‹, hat sie zu mir gesagt. Sie war schrecklich wütend, aber die Voisin hat nicht nachgegeben. Sie hat gesagt, sie würde meiner Herrin bei der Geburt beistehen, wenn es so weit sei, und dass niemand etwas davon erfahren würde. Aber mehr könne sie nicht tun. Und sie hat viel Geld verlangt. Geschehen ist es dann letzte Nacht in Fontainebleau, wo sich der ganze Hof während des Sommers aufhält. Die Voisin ist mit einem ihrer Männer gekommen, einem Magier namens Lesage. Meine Herrin ist in einem kleinen Haus ganz in der Nähe des Schlosses niedergekommen, das der Familie der Voisin gehört. Im Morgengrauen habe ich meine Herrin zurückgebracht, und in aller Frühe hat sie sich schon in vollem Staat und geschminkt bis an die Augen bei der Königin vorgestellt, wie es Brauch ist, weil sie den Befehl über ihren Haushalt führt. Das dürfte eine Menge Leute verwirren, die dieser Tage darauf gewartet haben, sie in Verlegenheit zu sehen. Aber jetzt wird der Klatsch auf ihre eigenen Kosten gehen, denn Madame de Soissons ist immer noch schwanger. Sie wird erst im Dezember ein makellos weißes Kind zur Welt bringen. Gut möglich sogar, dass Monsieur de Soissons es dann anerkennt.«

Der Schluss der Geschichte wurde mit lautem Gelächter quittiert. Barcarole schlug einen Purzelbaum.

»Ich habe gehört«, erklärte er, »wie meine Herrin Lesage anvertraut hat, diese Affäre um die Soissons sei so viel wert wie die Entdeckung eines verborgenen Schatzes.«

»Oh, die Voisin ist raffgierig«, murrte Bertille voller Groll. »Sie hat so viel Geld verlangt, dass meine Herrin mir als Dank für meine Hilfe nur noch eine kleine Kette schenken konnte.«

Nachdenklich betrachtete die Zofe den Zwerg.

»Du«, sagte sie plötzlich. »Ich glaube, du könntest eine sehr hochgestellte Persönlichkeit, die ich kenne, glücklich machen.«

»Ich war schon immer davon überzeugt, dass mir eine bedeutende Zukunft beschieden ist«, gab Barcarole zurück und rückte sich auf seinen verdrehten Beinchen vorteilhaft ins Licht.

»Der Zwerg der Königin ist gestorben, und das bereitet ihr großen Schmerz. Seit sie schwanger ist, gerät sie über alles in Aufregung. Und die Zwergin ist verzweifelt. Niemand kann sie trösten. Sie bräuchte einen neuen Gefährten … einen von ihrer Größe.«

»Oh, ich bin mir sicher, dass ich dieser edlen Dame gefallen würde!«, rief Barcarole aus und klammerte sich an die Röcke der Zofe. »Nehmt mich mit, schöner Rotschopf, bringt mich zur Königin. Sehe ich nicht bewunderungswürdig und verführerisch aus?«

»Hässlich ist er wirklich nicht, oder, Jacinthe?«, meinte sie amüsiert.

»Ich bin sogar schön«, versicherte das Männlein. »Hätte die Natur mir einen halben Klafter mehr an Größe geschenkt, wäre ich der begehrteste aller Zuhälter geworden. Und wenn es gilt, bei den Damen Süßholz zu raspeln, glaubt mir, dann steht meine Zunge niemals still.«

»Die Zwergin spricht nur Spanisch.«

»Ich spreche Spanisch, Deutsch und Italienisch.«

»Er muss mit«, rief Bertille und klatschte in die Hände. »Das ist großartig, und wir werden uns bei Ihrer Majestät ins rechte Licht setzen. Wir sollten uns beeilen. Morgen früh müssen wir wieder in Fontainebleau sein, damit unsere Abwesenheit nicht auffällt. Sollen wir ihn in den Korb des kleinen Mulatten stecken?«

»Ihr macht Euch lustig über mich, Madame«, widersprach Barcarole, bereits jetzt im Ton eines großen Herrn.

Alle lachten und schlugen einander auf die Schultern. Barcarole bei der Königin! Barcarole bei der Königin!

Calembredaine hob nur den Kopf.

»Wenn du reich bist, vergiss deine Kameraden nicht«, forderte er ihn auf und rieb vielsagend Daumen und Zeigefinger aneinander.

»Kannst mich abstechen, wenn ich sie vergesse«, protestierte der Zwerg, der die gnadenlosen Gesetze der Gaunerzunft kannte.

Dann hüpfte er in die Ecke, in die sich Angélique zurückgezogen hatte, und vollführte eine tiefe Verneigung wie bei Hof.

»Lebt wohl, Allerschönste, lebt wohl, mein Schwesterchen, Marquise der Engel.«

Der merkwürdige kleine Mann schaute aus seinen lebhaften, seltsam scharfsinnigen Augen zu ihr auf.

»Ich hoffe, meine Teure«, fügte er affektiert wie ein Stutzer hinzu, »dass wir uns wiedersehen. Wir treffen uns ... bei der Königin.«

Kapitel 8

Der Hof befand sich in Fontainebleau. In der heißen Jahreszeit war nichts bezaubernder als dieses weiße, von üppigem Grün umgebene Schloss mit seinem Teich, in dem die Karpfen – darunter der schneeweiße Urahn, der noch den Ring von Franz I. in der Nase trug – ihre Kreise zogen. Wasser, Blumen, Baumgruppen …

Der König arbeitete, der König tanzte, der König ging auf Parforcejagd. Der König war verliebt. Die sanfte Louise de La Vallière, ängstlich bebend, weil sie die Leidenschaft dieses königlichen Herzens erweckt hatte, schlug schmachtend ihre wunderschönen bräunlich-blauen Augen zu ihrem Monarchen auf. Der Hof wetteiferte darin, den Aufstieg des zurückhaltenden blonden Mädchens, dessen Unschuld Ludwig XIV. soeben gepflückt hatte, mit vielsagenden Allegorien zu feiern, in denen Diana durch die Wälder läuft, um sich schließlich Endymion zu ergeben.

Siebzehn Jahre alt war sie, kaum der Armut einer kinderreichen Familie aus der Provinz entwachsen und einsam unter Madames Hofdamen … hatte Louise de La Vallière da nicht allen Grund, verwirrt zu sein, wenn alle Nymphen und Waldgötter in den Wäldern von Fontainebleau im Mondschein flüsterten, sobald sie vorüberging? Sie war die »Favoritin«. Wie eilfertig man sich um sie bemühte! Sie wusste nicht mehr, wo sie die Tiefe ihrer Liebe und ihre Scham über ihre Sünde verbergen sollte! Aber die Höflinge verstanden sich auf die Feinheiten ihres komplizierten Parasitendaseins. Über die Mätresse erlangt man Zugang zum König, kann Intrigen spinnen und Posten, Gunstbeweise und Pensionen erlangen. Während die von ihrer Schwangerschaft belastete Königin zusammen mit der untröstlichen Zwergin in ihren Gemächern saß, fand an strahlenden Sommertagen eine stete Abfolge von Festen und Lustbarkeiten statt.

Beim kleinen Abendessen auf dem Kanal war in den Booten nicht genug Platz für Diener und Mundschenke, sodass man mit großem Vergnügen zusehen konnte, wie der Prinz de Condé, statt Schlachten zu gewinnen oder Komplotte gegen den König zu schmieden, die Platten nahm, die man ihm von einem benachbarten Boot aus reichte, und sie dem König und seiner Mätresse vorsetzte wie ein vorbildlicher Dienstbote.

Am 11. August gingen die Damen auf Hirschjagd. Am 14. August fand ein Freiluftball statt, bei dem der König, als Schäfer kostümiert, mit der La Vallière tanzte. Am 18. August wurde ein Konzert im Wald veranstaltet, bei dem das hinter Büschen versteckte Orchester mit den Vögeln wetteiferte, am 25. August dann ein Fackelzug … und bei allem führte Amor den Reigen an.

Angélique saß am Seine-Ufer, wo von dem überhitzten Flussschlamm ein abscheulicher Gestank aufstieg, und sah zu, wie es über Notre-Dame dämmerte.

Über den hohen, eckigen Türmen und der bauchigen Apsis war der Himmel gelblich und mit Schwalben gesprenkelt. Ab und zu flatterte ein Vogel an der sitzenden Frau vorüber und streifte mit schrillem Schrei das Ufer.

Auf dem anderen Ufer fiel unterhalb der Häuser der Domherren von Notre-Dame ein lehmiger Abhang weit in den Fluss hinein ab. Dort lag die größte Pferdetränke von Paris. Um diese Zeit war ein ganzer Zug von Pferden dorthin unterwegs, die von Fuhrleuten oder Kutschern geführt wurden. Ihr Wiehern klang durch den klaren Abend.

Mit einem Mal stand Angélique auf. Ich will meine Kinder besuchen, dachte sie.

Für zwanzig Sols setzte ein Fährmann sie zum Hafen von Saint-Landry über. Angélique ging die Rue de l'Enfer entlang und blieb ein paar Schritte vom Haus des Prokurators Fallot de Sancé stehen. Sie wäre gar nicht auf die Idee gekommen, in dem Zustand, in dem sie sich befand – mit ihrem zerlumpten Rock, ihren zerzausten Haaren, über die sie ein Tuch gebunden hatte, und ihren heruntergetretenen Schuhen –, bei ihrer Schwester vorstellig zu werden. Aber sie hatte sich gedacht, wenn sie in der Nähe Aufstellung nähme, könnte sie ihre beiden Söhne vielleicht sehen. Seit einiger Zeit war das bei ihr zu einer fixen Idee geworden, einem Bedürfnis, das jeden Tag größer wurde und ihre gesamten Gedanken einnahm. Florimonds Gesichtchen tauchte aus dem Abgrund des Vergessens und der dumpfen Schwermut auf, in den sie gestürzt war. Sie sah seine schwarzen Locken unter seinem roten Kinderhäubchen vor sich. Sie hörte ihn plappern. Wie alt war er jetzt? Etwas über zwei Jahre. Und Cantor? Sieben Monate. Von ihm hatte sie kein Bild. Er war noch so klein gewesen, als sie ihn verlassen hatte!

Neben dem Stand eines Flickschusters lehnte Angélique sich an die Wand und starrte die Fassade des Hauses an, in dem sie gelebt hatte, als sie noch eine reiche, angesehene Frau gewesen war. Vor einem Jahr war ihre Kutsche kaum durch die enge Straße gekommen. Von dort aus hatte sie sich prachtvoll gekleidet zum triumphalen Einzug des Königs begeben. Und die einäugige Cateau hatte ihr das vorteilhafte Angebot von Superintendent Fouquet unterbreitet: Nehmt an, meine Liebe … Ist das nicht besser, als das Leben zu verlieren?

Sie hatte abgelehnt. Danach hatte sie alles verloren und fragte sich beinahe, ob sie vielleicht tatsächlich gestorben war, denn sie hatte keinen Namen mehr und kein Recht zu existieren. In den Augen der Welt war sie tot.

Die Zeit verging, und an der Hausfassade rührte sich nichts. Immerhin konnte man hinter den schmutzigen Fenstern der Kanzlei des Prokurators die Gestalten der armen Schreiber erahnen.

Einer kam heraus, um die Laterne anzuzünden.

Angélique sprach ihn an.

»Ist Maître Fallot de Sancé zu Hause, oder ist er auf sein Landgut gefahren?«

Bevor er antwortete, nahm der Schreiber sich Zeit, sein Gegenüber zu mustern.

»Maître Fallot wohnt schon länger nicht mehr hier«, erklärte er. »Er hat sein Amt verkauft. Durch einen Hexenprozess, in den seine Familie verstrickt war, bekam er Probleme, was ihm in seinem Beruf geschadet hat. Und außerdem ist bei ihm eingebrochen worden. Er ist in ein anderes Viertel gezogen.«

»Und … und Ihr wisst nicht zufällig, wohin?«

»Nein«, gab er überheblich zurück. »Aber wenn ich es wüsste, würde ich es dir nicht sagen. Du bist keine Klientin für ihn.«

Angélique war niedergeschmettert. Seit Tagen lebte sie nur noch mit dem Gedanken, die Gesichter ihrer Kinder zu sehen, und wenn es nur für ein paar Augenblicke gewesen wäre. Sie hatte sich vorgestellt, wie sie von ihrem Spaziergang zurückkehren würden; Cantor auf Barbes Arm und Florimond, der fröhlich neben ihr hertrippelte. Und nun waren auch die beiden für immer aus ihrer Welt verschwunden!

Ihr wurde schwindlig, und sie musste sich an der Wand abstützen.

Ein Flickschuster, der dabei war, seinen Bretterstand für die Nacht abzubauen, hatte offenbar das Gespräch mit angehört.

»Warum wolltest du Maître Fallot denn so unbedingt sehen?«, fragte er sie. »Wegen eines Prozesses …?«

»Nein«, erwiderte Angélique und versuchte, sich zusammenzunehmen. »Eigentlich wollte ich … ein junges Mädchen besuchen, das in seinem Dienst stand … Barbe heißt sie. Weiß denn niemand die Adresse des Prokurators in seinem neuen Viertel?«

»Über Maître Fallot und seine Familie kann ich dir nichts sagen. Aber vielleicht weiß ich, wo sich Barbe aufhält. Sie ist nicht mehr bei ihnen. Als ich sie zum letzten Mal gesehen habe, arbeitete sie in einer Bratküche in der Rue de la Vallée-de-Misère, im ›Kecken Hahn‹.«

»Oh! Dankeschön.«

Schon lief Angélique durch die mittlerweile dunklen Straßen. Die Rue de la Vallée-de-Misère hinter dem Châtelet-Gefängnis war die Domäne der Bratküchen. Tag und Nacht hörte man das Kreischen des Federviehs, dem die Gurgel umgedreht wurde, und das Knarren der Spieße, die sich vor kräftigen Feuern drehten.

Die Bratküche zum Kecken Hahn lag ganz am Ende der Straße und war kein besonders einladendes Lokal. Im Gegenteil, bei ihrem Anblick hätte man meinen können, die Fastenzeit hätte bereits begonnen.

Angélique trat in einen Gastraum, der von zwei oder drei Kerzen notdürftig erhellt wurde. An einem Tisch saß vor einer Weinkanne ein dicker Mann mit einer schmutzigen Kochmütze, der mehr mit dem Trinken als dem Bedienen seiner Gäste beschäftigt zu sein schien. Diese waren allerdings auch nicht besonders zahlreich: Handwerker vor allem und ein ärmlich wirkender Reisender. Schleppenden Schrittes brachte ein junger Bursche, der eine schmutzige Schürze trug, ihnen die Speisen, deren Zusammensetzung man kaum erkennen konnte.

Angélique sprach den beleibten Koch an.

»Habt Ihr hier eine Magd namens Barbe?«

Nachlässig wies der Mann mit dem Daumen hinter sich in die Küche.

Angélique entdeckte Barbe, die vor dem Feuer saß und ein Huhn rupfte.

»Barbe!«

Die junge Frau stand auf und wischte sich mit dem Unterarm die schweißbedeckte Stirn ab.

»Was willst du, Mädchen?«, fragte sie mit müder Stimme.

»Barbe«, sagte Angélique noch einmal.

Die Magd riss die Augen auf. Dann stieß sie plötzlich einen erstickten Schrei aus.

»Oh, Madame! Verzeiht mir, Madame …«

»Du darfst mich nicht mehr Madame nennen«, fiel Angélique ihr ins Wort.

Sie ließ sich auf die steinerne Kamineinfassung sinken. Die Hitze war erstickend.

»Wo sind meine Kinder, Barbe?«

Barbes füllige Wangen zitterten, als müsse sie sich Mühe geben, nicht in Tränen auszubrechen. Sie schluckte schwer und brachte schließlich eine Antwort heraus.

»Sie sind bei einer Amme, Madame … Außerhalb von Paris, in einem Dorf in der Nähe von Longchamp.«

»Meine Schwester Hortense hat sie nicht bei sich behalten?«

»Madame Hortense hat sie sofort in Pflege gegeben. Ich bin einmal zu der Amme gegangen, um ihr das Geld zu geben, das Ihr mir dafür hinterlassen hattet. Madame Hortense hat verlangt, dass ich es ihr gebe, dieses Geld, aber ich habe nicht alles herausgerückt. Ich wollte, dass es nur den Kindern zugutekommt. Später konnte ich nicht noch einmal zu der Amme gehen … Ich hatte den Haushalt von Madame Hortense verlassen … Danach hatte ich mehrere Stellungen … Es ist schwer, sich seinen Lebensunterhalt zu verdienen.«

Sie sprach hastig und wich dabei Angéliques Blick aus. Diese überlegte. Das Dorf Longchamp lag nicht allzu weit entfernt. Die Damen des Hofes unternahmen gern Ausflüge dorthin, um bei den Nonnen der Abtei die Messe zu hören … Mit nervösen Bewegungen hatte Barbe sich erneut an das Rupfen des Huhns gemacht. Angélique hatte den Eindruck, dass jemand sie beobachtete. Als sie sich umdrehte, entdeckte sie den Küchenjungen, dessen Blicke keinen Zweifel daran ließen, welche Empfindungen diese schöne, in Lumpen gekleidete Frau in ihm hervorrief. Angélique war an solch lüsterne Männerblicke gewöhnt. Aber dieses Mal störte es sie. Rasch stand sie auf.

»Wo wohnst du, Barbe?«

»Hier, in diesem Haus, unter dem Dach.«

In diesem Moment trat der Wirt des Kecken Hahns ein. Die Mütze saß ihm schief auf dem Kopf.

»Was treibt ihr denn da alle?«, erkundigte er sich mit schleppender Stimme. »David, die Gäste verlangen nach dir … Ist dieses Huhn bald fertig, Barbe? Meine Güte, soll ich mich etwa selbst an die Arbeit machen, während ihr alle faulenzt … Und was hat dieses Weib da zu suchen? Hinaus! Und versuch bloß nicht, mir einen Kapaun zu mausen!«

»Oh, Madame!«

An diesem Abend war Angélique nicht in der Stimmung, sich etwas gefallen zu lassen. Sie stemmte die Fäuste in die Hüften, und wie von selbst drängte sich ihr der farbige Wortschatz der Polackin auf die Lippen.

»Halt bloß den Rand, du dickes Fass! Ich will deine uralten Hühner gar nicht, die nach Pappkarton schmecken. Und du, du liebeskranker Milchbart, pass lieber auf, wohin du glotzt, und klapp die Futterluke zu, sonst kriegst du nämlich ein paar drauf …«

»Oh, Madame!«, rief Barbe in wachsendem Entsetzen.

Angélique nutzte die Verblüffung der beiden Männer.

»Ich warte draußen auf dich, im Hof«, flüsterte sie ihr zu.

Als Barbe kurz darauf, einen Kerzenleuchter in der Hand, auf den Hof trat, folgte Angélique ihr über die wacklige Treppe in die Dachkammer, die Meister Bourjus seiner Magd für ein paar Sols vermietete.

»Bei mir sieht es recht ärmlich aus, Madame«, erklärte Barbe beschämt.

»Mach dir keine Gedanken. Ich weiß, was Armut heißt.«

Angélique streifte ihre Schuhe ab, um die Kühle des Kachelbodens zu genießen, und setzte sich dann auf das Bett, das keine Vorhänge hatte, sondern aus einem einfachen Strohsack auf einem vierfüßigen Gestell bestand.

»Ihr müsst Meister Bourjus entschuldigen«, meldete Barbe sich erneut zu Wort. »Er ist kein schlechter Mensch, aber seit dem Tod seiner Frau ist er nicht mehr er selbst und trinkt nur noch. Der Küchenjunge ist ein Neffe von ihm, den er aus der Provinz hat kommen lassen, damit er ihm hilft. Aber er ist nicht besonders helle. Deswegen gehen die Geschäfte auch sehr schlecht.«

»Könnte ich vielleicht hier übernachten«, bat Angélique, »wenn du nichts dagegen hast, Barbe? Morgen in aller Frühe breche ich auf und gehe meine Kinder besuchen. Darf ich in deinem Bett schlafen? Das wäre mir recht.«

»Madame erweist mir große Ehre.«

»Ehre ...«, sagte Angélique bitter. »Schau mich an und sprich nicht mehr so untertänig zu mir.«

Barbe brach in lautes Schluchzen aus.

»Oh, Madame«, stammelte sie. »Euer schönes Haar ... Euer wunderschönes Haar! Wer bürstet es Euch jetzt?«

»Ich selbst ... gelegentlich. Weine doch nicht so schrecklich, Barbe, ich bitte dich.«

»Wenn Madame es mir erlaubt«, murmelte die Magd, »habe ich dort eine Bürste. Ich könnte vielleicht die Gelegenheit nutzen ... Euer Haar ...«

»Wenn du möchtest.«

Mit geschickten Händen begann die Magd die schönen Locken zu entwirren. Angélique schloss die Augen. Solche alltäglichen Handlungen üben eine große Wirkung aus. Es genügte, die behutsamen Hände einer Zofe zu spüren, und schon entstand erneut eine auf immer entschwundene Stimmung. Barbe schnüffelte.

»Weine nicht«, bat Angélique noch einmal. »All das wird vorübergehen ... Ja, ich glaube fest daran, dass es vorbeigeht. Nicht allzu bald, ich weiß, aber es wird ein Tag kommen … Das verstehst du nicht, Barbe. Das alles ist wie ein Teufelskreis, aus dem es nur einen Ausweg gibt, den Tod. Aber ich bin überzeugt davon, dass ich es trotzdem schaffe. Weine nicht, Barbe, mein gutes Mädchen …«

Sie schliefen Seite an Seite. Barbe begann bei Tagesanbruch zu arbeiten. Angélique folgte ihr in die Küche. Barbe gab ihr heißen Wein zu trinken und steckte ihr zwei kleine Pasteten zu.

Angélique war unterwegs nach Longchamp. Sie hatte die Stadt durch die Porte Saint-Honoré verlassen. Nachdem sie einer sandigen, baumbestandenen Promenade gefolgt war, die man Champs-Elysées nannte, gelangte sie in das Dorf Neuilly, wo sich, wie Barbe versicherte, die Kinder befanden. Immer noch wusste sie nicht, was sie tun sollte. Vielleicht war es besser, sie nur aus der Ferne zu beobachten? Und wenn Florimond beim Spielen in ihre Nähe kam, würde sie versuchen, ihn mit einer Pastete zu sich zu locken.

Sie ließ sich das Haus von Mutter Mavaut beschreiben. Als sie näher kam, sah sie einige Kinder, die unter der Aufsicht eines etwa dreizehnjährigen Mädchens im Staub spielten. Sie waren ziemlich schmutzig und ungepflegt, wirkten aber wenigstens gesund. Vergeblich suchte sie unter ihnen nach Florimond.

Eine kräftige Frau in Holzpantinen kam aus dem Haus. Angélique vermutete, dass es sich um die Amme handelte, und beschloss, in den Hof zu treten.

»Ich möchte gern zwei Kinder besuchen, die Madame Fallot de Sancé bei Euch in Pflege gegeben hat.«

Die Bäuerin, eine tief gebräunte, fast männlich herb wirkende Frau, musterte sie mit unverhohlenem Misstrauen.

»Bringt Ihr das Geld, mit dem sie im Rückstand ist?«

»Sie ist Euch also noch Pflegegeld schuldig?«

»Und ob!«, schimpfte die Frau. »Das, was Madame Fallot mir gegeben hat, als ich die Kinder aufgenommen habe, und mit dem, was ihre Magd mir später gebracht hat, konnte ich sie gerade einen Monat lang durchfüttern. Und dann kam nichts mehr, kein Sol! Ich bin nach Paris gegangen, um mich zu beschweren, aber die Fallots waren umgezogen. So halten es die Juristen, diese Krähen.«

»Wo sind sie?«, verlangte Angélique zu wissen.

»Wer?«

»Die Kinder.«

»Was weiß ich?«, gab die Amme schulterzuckend zurück. »Ich habe gerade genug Arbeit mit den Bälgern der Leute, die auch bezahlen.«

Das Mädchen war herangetreten.

»Der Kleinere ist dort«, erklärte sie lebhaft. »Ich will ihn Euch zeigen.«

Sie zog Angélique hinter sich her. Die beiden durchquerten den Hauptraum des Bauernhauses und gelangten in den Stall, in dem zwei Kühe standen. Hinter der Futterraufe nahm sie den Deckel von einer Kiste, in der Angélique in der Dunkelheit mit Mühe ein Kind von etwa sechs Monaten entdeckte. Es war nackt und trug nur ein schmutziges Stück Stoff um den Bauch. Gierig saugte es an einem Zipfel des Lumpens.

Angélique griff nach der Kiste und zog sie in den Raum hinein.

»Ich habe ihn in den Stall gestellt, weil es hier nachts wärmer ist als im Keller«, flüsterte das Mädchen. »Er hat überall Krusten, aber mager ist er nicht. Ich melke nämlich morgens und abends die Kühe und gebe ihm jedes Mal ein wenig Milch.«

Entsetzt sah Angélique den Säugling an. Diese hässliche, von Pusteln und Ungeziefer überzogene kleine Larve konnte unmöglich Cantor sein! Außerdem war Cantor mit blondem Haar zur Welt gekommen, und dieses Kind hatte braune Locken. Doch in diesem Moment erwachte er und schlug seine klaren, wunderschönen Augen auf.

»Er hat grüne Augen, genau wie Ihr«, meinte das Mädchen. »Seid Ihr etwa seine Mutter?«

»Ja, ich bin seine Mutter«, antwortete Angélique mit ausdrucksloser Stimme. »Wo ist der Ältere?«

»Er muss in der Hundehütte sein.«

»Misch dich nicht in Dinge ein, die dich nichts angehen, Javotte«, rief die Bäuerin.

Die Frau beobachtete das Treiben der beiden feindselig, schritt aber nicht ein. Vielleicht hoffte sie, dass diese betrübt wirkende Frau doch noch Geld gebracht hatte.

Angélique nahm die Kiste mit dem Säugling und folgte dem Mädchen.

In der Hundehütte lag eine grimmig aussehende Bulldogge. Javotte musste mit Engelszungen auf das Tier einreden, damit es herauskam.

»Flo versteckt sich immer hinter Patou, weil er Angst hat.«

»Wovor denn?«

Das kleine Mädchen sah sich rasch um.

»Davor, geschlagen zu werden.«

Sie zog etwas aus dem hinteren Teil der Hundehütte. Ein schwarzes, krauses Knäuel tauchte auf.

»Aber das ist doch noch ein Hund!«, rief Angélique.

»Nein, das sind seine Haare.«

»Sicher«, murmelte sie.

Natürlich, solches Haar konnte nur Joffrey de Peyracs

Sohn gehören. Doch nach dem dichten, dunklen Schopf kam ein graues, in Lumpen gekleidetes, skelettartiges Körperchen zum Vorschein.

Angélique kniete nieder, strich mit zitternder Hand die verfilzte Mähne zurück und sah in das magere, bleiche Gesicht, in dem zwei große schwarze Augen glänzten. Obwohl es sehr warm war, zitterte das Kind heftig. Die winzigen Knochen standen spitz aus seiner rauen, schmutzigen Haut hervor.

Angélique stand auf und trat auf die Amme zu.

»Ihr lasst die Kinder verhungern«, erklärte sie langsam und betont. »Ihr lasst sie elendig dahinvegetieren … Seit Monaten haben diese Kinder weder Pflege noch Nahrung erhalten. Höchstens die Futterreste des Hundes oder die Brocken, die dieses Mädchen sich von seinem schmalen Essen abgespart hat. Ihr seid eine gewissenlose Person!«

Die Bäuerin war hochrot angelaufen und verschränkte die Arme vor ihrer Brust.

»Ihr habt gut reden«, rief sie wutentbrannt. »Man halst mir die Gören auf, ohne einen Sou zu bezahlen, man verschwindet, ohne eine Adresse zu hinterlassen, und jetzt muss ich mich noch von einer Landstreicherin, einer Herumtreiberin, einer Zigeunerin beschimpfen lassen …«

Angélique hatte ihr gar nicht zugehört, sondern war ins Haus gelaufen.

Sie schnappte sich ein Geschirrtuch, das vor dem Kamin hing, nahm Cantor und band ihn sich auf den Rücken, indem sie das Tuch vor ihrer Brust verknotete. Genauso trugen die Zigeunerinnen ihre Kinder.

»Was habt Ihr vor?«, verlangte die Amme, die ihr nachgegangen war, zu wissen. »Ihr wollt die Kinder doch nicht etwa mitnehmen, oder? Wenn, dann müsst Ihr mir Geld geben.«

Angélique durchwühlte ihre Taschen und warf ein paar Münzen auf den Boden. Spöttisch lachte die Bauersfrau auf.

»Fünf Livres! Willst du dich über mich lustig machen? Ihr steht bei mir mit dreihundert Livres in der Kreide. Also rück das Geld heraus, sonst rufe ich die Nachbarn, damit sie ihre Hunde auf dich hetzen.«

Groß und vierschrötig stand sie in der Tür und versperrte ihr mit ausgestreckten Armen den Weg. Angélique griff in ihr Mieder und zog ihren Dolch. Im Halbdunkel blitzte Rodogones Klinge ebenso wie die grünen Augen der Frau, die sie hielt.

»Mach dich dünne«, forderte Angélique sie mit dumpfer Stimme auf. »Mach dich dünne, oder ich stech dich ab.«

Als die Bäuerin die Ausdrücke der Gaunersprache vernahm, erbleichte sie. Vor den Toren von Paris wusste man nur allzu gut, wie verwegen diese Gaunerdirnen waren und wie geschickt sie das Messer zu handhaben wussten.

Entsetzt wich sie zurück, Angélique trat an ihr vorbei und zielte mit der Messerspitze auf die Frau, wie die Polackin es sie gelehrt hatte.

»Ruf nicht um Hilfe! Und hetz mir weder Hunde noch Bauernlümmel auf die Fersen, sonst stößt dir etwas zu. Morgen wird dein Hof brennen … Und du wirst mit aufgeschlitzter Kehle erwachen … Hast du verstanden?« Als sie mitten auf dem Hof stand, steckte sie den Dolch in den Gürtel, nahm Florimond auf den Arm und flüchtete nach Paris.

Keuchend rannte sie auf die menschenverschlingende Hauptstadt zu, wo sie für ihre beiden halb verhungerten

Kinder keine andere Zuflucht hatte als Ruinen und das unheimliche Wohlwollen von Bettlern und Räubern.

Vorbeifahrende Kutschen wirbelten Staub auf, der auf ihrem schweißnassen Gesicht festklebte. Doch sie spürte das Gewicht ihrer zweifachen Bürde kaum und gönnte sich keine Rast.

Das wird vorübergehen, dachte Angélique. Das muss ein Ende haben. Eines Tages werde ich entkommen und die beiden wieder in die Welt der Lebenden führen…

In der Tour de Nesle traf sie auf die Polackin, die ihren Rausch ausschlief. Sie half ihr, die Kinder zu versorgen.

Als er die Kleinen erblickte, wurde Calembredaine weder zornig noch eifersüchtig, wie sie befürchtet hatte. Doch sein grobschlächtiges, dunkles Gesicht nahm einen entsetzten Ausdruck an.

»Bist du verrückt geworden?«, fuhr er sie an. »Bist du wahnsinnig, dass du deine Kinder herbringst? Hast du nicht gesehen, wie man hier mit Kindern umspringt? Willst du sie zum Betteln vermieten? Sollen die Ratten sie fressen, oder soll Jean-Pourri sie dir stehlen?«

Bestürzt über diese unerwarteten Vorhaltungen klammerte sie sich an ihn.

»Wohin soll ich sie denn bringen, Nicolas? Sieh doch, was aus ihnen geworden ist… Sie mussten hungern! Ich habe sie nicht hierher gebracht, damit man ihnen etwas tut, sondern um sie unter deinen Schutz zu stellen. Du bist doch so stark, Nicolas.«

Verzweifelt schmiegte sie sich an ihn und sah ihn an, wie sie es noch nie getan hatte. Aber er bemerkte es gar nicht, sondern schüttelte nur den Kopf.

»Ich kann sie nicht immer beschützen… diese Kinder sind von adligem Blut. Dazu bin ich nicht in der Lage.«

»Warum nicht? Du bist stark, und man fürchtet dich.«

»So stark bin ich nun auch wieder nicht. Du hast meinem Herzen schwer zugesetzt. Und Leute wie wir fangen an, dumme Fehler zu begehen, wenn das Herz im Spiel ist. Dann geht alles den Bach hinunter. Manchmal wache ich nachts auf und sage mir: Sieh dich vor, Calembredaine … So weit ist es nicht mehr bis zur Abtei Monte-à-Regret …«

»Rede nicht so, wenn ich dich ein einziges Mal um etwas bitte. Nicolas, mein Nicolas, hilf mir, meine Kinder zu retten!«

Bald nannte man die beiden die »kleinen Engel«. Unter Calembredaines Schutz teilten sie Angéliques Leben inmitten von Elend und Verbrechen. Sie schliefen in einem großen Lederkoffer, der mit dicken Mänteln und feinen Stoffen ausgelegt war. Jeden Morgen bekamen sie ihre frische Milch. Um ihretwillen lauerten Rigobert oder La Pivoine den Bäuerinnen auf, die, ihre Kupferkannen auf dem Kopf, zum Markt von Pierre-au-lait gingen. Schließlich mochten die Milchfrauen den Weg an der Seine entlang gar nicht mehr einschlagen, und die Männer mussten bis nach Vaugirard gehen, um sie abzufangen. Doch schließlich begriffen sie, dass sie sich mit einem Topf Milch freikaufen konnten, und die alten Soldaten brauchten nicht einmal mehr ihr Schwert zu ziehen.

Florimond und Cantor hatten Angéliques Herz wieder zum Leben erweckt.

Gleich nach ihrer Rückkehr aus Neuilly brachte sie die beiden zum Großen Matthieu. Sie wollte eine Salbe für Cantors Schrunden, und für Florimond … Ja, was konnte man tun, um ihn zurück ins Leben zu holen, dieses kleine, ausgemergelte Bübchen, das zitterte und sich panisch zurückzog, wenn man es streichelte?

»Als ich ihn zurückgelassen habe, konnte er sprechen«, vertraute sie der Polackin an, »und jetzt sagt er kein Wort mehr.«

Die Polackin begleitete sie zum Großen Matthieu. Für die beiden hob er den roten Vorhang, der seine Bühne in zwei Abteilungen teilte, und bat sie wie Damen in sein Privatkabinett, in dem ein unbeschreibliches Durcheinander aus Gebissen, Suppositorien, Skalpellen, Puderdosen, Stieltöpfen sowie Straußeneiern und zwei ausgestopften Krokodilen herrschte.

Höchstpersönlich trug der große Meister eine Salbe aus eigener Fertigung auf Cantors Haut auf und versprach, in acht Tagen werde nichts mehr zu sehen sein. Er sollte recht behalten: Die Krusten fielen ab, und zum Vorschein kam ein rundliches, friedliches Kind mit heller Haut und kräftig gelocktem, kastanienbraunem Haar, das vollständig gesund war.

Was Florimond anging, wusste der Große Matthieu weniger Gutes zu vermelden. Sehr vorsichtig nahm er das Kind, untersuchte es, scherzte mit ihm und gab es dann Angélique zurück. Dann rieb er sich ratlos das Kinn. Angélique war vor Sorge mehr tot als lebendig.

»Was ist mit ihm?«

»Nichts. Er muss essen. Wenig zu Beginn, und später so viel er kann. Vielleicht bekommt er so ein bisschen Fleisch auf die Knochen.«

»Als ich ihn zurückgelassen habe, konnte er sprechen und laufen«, meinte sie betrübt. »Und jetzt sagt er kein Wort mehr und kann sich kaum auf den Beinen halten.«

»Wie alt war er, als du er von dir getrennt wurde?«

»Zwanzig Monate, nicht ganz zwei Jahre also.«

»Das ist ein schlechtes Alter, um leiden zu lernen«, sagte der Große Matthieu nachdenklich. »Wenn schon, muss es früher geschehen, gleich nach der Geburt. Oder später. Aber diese Kleinen, die gerade erst beginnen, das Leben zu verstehen, dürfen nicht so grausam vom Schmerz überwältigt werden.«

Aus ihren Augen, in denen unvergossene Tränen schimmerten, sah Angélique zum Großen Matthieu auf. Sie fragte sich, woher dieser gewöhnliche, großsprecherische Kerl sich mit so zarten Empfindungen auskannte.

»Wird er sterben?«

»Vielleicht nicht.«

»Gebt mir trotzdem eine Medizin.«

Der Quacksalber schüttete ein Kräuterpulver in eine Tüte und empfahl, dem Kind täglich eine Abkochung davon zu trinken zu geben.

»Dadurch wird er zu Kräften kommen«, erklärte er.

Weiter äußerte er sich nicht, obwohl er sonst dazu neigte, sich wortreich über die Wirkung seiner Heilmittel auszulassen.

Er überlegte ein Weilchen und ergriff dann erneut das Wort.

»Was er braucht, ist eine lange Zeit, in der er nie mehr Hunger leidet, nie mehr friert, keine Angst zu haben braucht und sich nicht verlassen fühlt; und er sollte stets dieselben Gesichter um sich sehen… Das, was er braucht, ist eine Medizin, die ich nicht in meinen Töpfen habe. Er muss glücklich sein. Hast du mich verstanden, Mädchen?«

Angélique nickte. Sie war verblüfft und aufgewühlt. Noch nie hatte jemand mit ihr auf diese Weise über Kinder gesprochen. In der Welt, in der sie einst gelebt hatte, war das einfach nicht üblich. Aber vielleicht hatten ja die einfachen Leute größere Einsichten in gewisse Dinge …

Ein Patient, der ein Taschentuch um seine dicke Wange gewickelt hatte, war auf die Bühne gestiegen, und das Orchester hatte wieder zu lärmen begonnen. Der Große Matthieu schob die beiden Frauen nach draußen und klopfte ihnen jovial auf den Rücken.

»Versucht, ihn zum Lächeln zu bringen«, rief er ihnen noch nach, bevor er nach seiner Zange griff.

Seitdem gaben sich in der Tour de Nesle alle die größte Mühe, Florimond ein Lächeln zu entlocken. Vater Hurlurot und Mutter Hurlurette tanzten für ihn, was ihre alten Beine nur hergeben wollten. Pain-Noir lieh ihm seine Pilgermuscheln zum Spielen. Vom Pont-Neuf brachte man ihm Orangen, Kuchen und Windräder aus Papier mit. Ein kleiner Auvergner zeigte ihm sein Murmeltier, und einer der Gaukler vom Markt in Saint-Germain kam und ließ seine acht dressierten Ratten zu seiner Fiedel Menuett tanzen.

Aber Florimond fürchtete sich und hielt sich die Augen zu. Der Einzige, der ihn zerstreuen konnte, war Piccolo, der Affe. Doch zum Lächeln brachte auch er ihn nicht, trotz seiner Grimassen und Kapriolen.

Die Ehre, dieses Wunder zu vollbringen, hatte schließlich Thibault-le-Vielleur. Eines Tages spielte der Alte das Lied von der »Grünen Mühle«. Angélique, die Florimond auf dem Schoß hielt, spürte, wie der Kleine zusammenfuhr und zu ihr aufschaute. Seine Lippen zitterten und entblößten Zähne, die so winzig wie Reiskörner waren. Und dann sagte er mit einer leisen, rauen Stimme, die von weither zu kommen schien.

»Mama!«

Die Ankunft der Kinder hatte Angéliques Freundschaft mit der Polackin besiegelt.

Erstaunt stellte Angélique fest, dass sie dieser Frau, die nichts überraschen konnte, erklärte, warum sie ihre Kinder hatte verlassen müssen. Sie erzählte ihr sogar, wie sie in den Gängen des Louvre zweimal fast ermordet worden wäre.

»Siehst du«, meinte die Polackin. »Eine Frau muss immer einen Dolch bei sich tragen.«

Sie war empört, als sie hörte, dass Angéliques Mann auf der Place de Grève verbrannt worden war.

»Ein Edelmann … verbrannt?! Das ist doch verboten! Adligen schlägt man den Kopf ab. Bei Maître Aubin und seiner großen Axt hat man wenigstens die Gewissheit, dass er nicht danebenschlägt!«

Sie ließ sich lange über Maître Aubin aus.

Am Hof der Wunder hatte der Henker eine wichtigere Stellung inne als der König von Frankreich. Er war ihrer aller Herr, denn schließlich musste jeder damit rechnen, eines Tages mit ihm zu tun zu bekommen.

Stets hatten die Pariser seine hochgewachsene, rot gekleidete Gestalt vor Augen, die um die Ecke des Kirchplatzes bog und den Karren dirigierte, mit dem ein Verurteilter zur Hinrichtung gefahren wurde. Unvermeidlich, eines Tages von ihm verhört zu werden. Diejenigen, die schon mit ihm zu tun gehabt hatten, oder auch nur mit seinen Helfern, sprachen von seinem gleichmütigen Blick, den er nie direkt auf etwas richtete. Auf der Place du Pilori senkte sich eine eigentümliche Stille über die Verkaufsstände, wenn er vorüberging.

Die Polackin, die – beeindruckt von den Vorträgen, die der Magister ihnen hielt – gern gewählte Worte verwendete, sagte von Maître Aubin: »Er ist ein Hermetiker.« Sie hatte eine Art zu sprechen, die ihren Ansichten das Siegel der Wahrheit aufdrückte und sehr dramatisch klang.

Angélique hörte zu. Die Polackin hatte recht. Man konnte sich die Kraft und Ausstrahlung des Henkers vorstellen, seine Ohren, die alles hörten, seinen Mund, der Geheimnisse verbarg, die er gekrönten Häuptern oder den infamsten Halunken, die die Erde je hervorgebracht hatte, unter Schmerzensgeheul entrissen hatte. All diese Foltern, bei denen – man wusste eigentlich nicht genau, warum – kein Blut fließen durfte.

»Mach dir keine Gedanken über deinen Mann«, meinte die Polackin noch. »Der Wasserfolter hat man ihn jedenfalls nicht unterzogen, denn die ist den Frauen vorbehalten.«

Sie fand, dass das Unglück, das Angélique hatte erdulden müssen, jedes Maß überstieg.

»Du hast zu viel Pech«, erklärte sie eines Tages. »Du solltest den Magier vom Justizpalast aufsuchen, Maître Ludovicus. Er müsste dich von den Dämonen befreien können, die dich verfolgen.«

Angélique erschauerte und verlangte, dass die Polackin weitersprach.

»Kümmert sich um so etwas nicht die Kirche?«

»Um die großen, die ganz schlimmen Dämonen schon. Aber für die alltäglichen, die uns das Leben vergällen, gibt es niemand Besseren als Maître Ludovicus. Es heißt, dass sogar der königliche Siegelbewahrer Séguier sich Rat bei ihm holt.«

Maître Ludovicus, erklärte sie, sei ein Gelehrter der bedeutendsten Wissenschaft, die für die Menschen am nützlichsten sei, nämlich der Kunst, die Dämonen zu beherrschen. Er betrieb sein Geschäft in der Händlergalerie des Justizpalasts, und man stand Schlange, um seine Hilfe zu erhalten. Es gibt nur wenige Männer, die so gewitzt und mutig sind, es mit bösen Geistern aufzunehmen und ihnen die Stirn zu bieten. Aber er ging mit den Dämonen quasi so um, als hätte er eine Meute aufsässiger, verschlagener Hunde zu dressieren. Er scheuchte sie auf, er erriet sie hinter den Klienten, die kamen, um ihn um Hilfe zu bitten, und nach allen möglichen Zeremonien schickte er sie – die Dämonen – zurück. Man wusste nicht, wohin. Sicher war jedenfalls, dass seine Klienten bald frei von ihnen waren und sich vieles in ihrem Leben veränderte. Das war das Geld, das man hineinstecken musste, schon wert.

»Du glaubst mir nicht! Du glaubst mir nicht!«, zeterte die Polackin, als sie die unentschlossene Miene sah, mit der Angélique ihre Vorschläge aufnahm.

Erneut meinte Angélique, die Kirche sei für den Exorzismus zuständig.

»Ja, für die großen Dämonen, für den Teufel schon«, bestätigte die Polackin mit gelehrter Miene. »Aber für die kleinen, alltäglichen Dämonen, die uns das Leben sauer machen, gibt es keinen Besseren als Maître Ludovicus, glaub mir!«

An einem nebligen Oktoberabend hatte einst eine Stimme, die von einem Stand kam, an dem das Horn von einem Einhorn glänzte, dem Advokaten Desgrez zugerufen: »Sagt ihr, dass ich sie von dem Fluch, der auf ihr lastet, befreien möchte …«

Mit einem Mal begann die Polackin sich hektisch zu bekreuzigen.

»Es ist sehr schlecht, von solchen Dingen zu sprechen!«

Sie rannte in den Saal im unteren Stockwerk hinunter und schickte Mort-aux-Rats in die kleine Kirche Saint Cosme, um Weihwasser zu holen.

Angélique trat mit den Kindern zu ihr und fragte, warum sie das Wasser nicht aus der Abtei Saint-Germain holen lasse, die näher liege.

Wie sich herausstellte, mochte die Polackin die »schwarzen Mönche« nicht, die ihre Nachbarn waren. Dagegen beherbergte die Saint-Cosme-Kirche die Zunft der Barbiere und Chirurgen, deren Schutzheilige St. Cosmas und St. Damian waren. Jeden Montag wurden gratis die Kranken versorgt, deren Zustand nur einfache Behandlungen erforderte.

Mort-aux-Rats kehrte mit einigen Kannen Weihwasser zurück. Damit wurden die beiden Kinder überschüttet, und man besprengte auch das Zimmer, in dem sie in dem großen, mit gestohlenen Mänteln ausgepolsterten Koffer schliefen, reichlich damit. Calembredaine war nicht da. Man wusste nicht, was er von dieser Zeremonie gehalten hätte, aber der spanische Meuchelmörder galt als der Gläubigste aus der Gesellschaft. Mort-aux-Rats erstaunte alle durch seine Fähigkeit, enorme Mengen an Nahrung zu verschlingen und doch mager wie ein Skelett zu bleiben. Calembredaine sagte, Mort-aux-Rats sei teuer im Unterhalt, doch er schätzte das Geschick, mit dem er sein langes Rapier führte. Er hatte Calembredaine schon bei vielen Gelegenheiten ungestüm und heftig verteidigt.

Er hatte in seiner Jugend eine schreckliche Probe überstehen müssen, mit der er sich religiöse Verdienste erwerben sollte. Der Magister erzählte die Geschichte an seiner Stelle, als Lehre für alle.

»Satt sein! Diese beiden Worte stellen für ihn die Kunst

des Lebens dar. Die Lektion hat er in den furchtbaren Nächten gelernt, in denen er Brot backen musste, aber nicht davon kosten durfte. Die Leiden auf dem Schlachtfeld, die er später unter den ›tercios‹ erlebt hat, der spanischen Elite-Infanterie, waren nichts im Vergleich zu dem, wozu man ihn gezwungen hatte, um Gott zu dienen.«

Heute wusste der Spanier, dass es nicht Besseres als das Essen gab. Es war zu befürchten, dass sein alter Dienstherr, ein Adliger aus Kastilien, auf seine alten Tage zu demselben Schluss kam, zur Strafe dafür, dass er in seiner Jugend kein Mitleid mit den Schwächen des Fleisches gehabt hatte. »Aber der Spanier sagte, das sei ein großes Unglück, denn die Seelen wie die des kastilischen Edelmanns seien das Salz der Erde, und ihr Verfall sei traurig für alle. Seht diesen Mann an …«, schloss der Magister und unterdrückte ein Lachen, »und ihr werdet verstehen, warum Franzosen und Spanier so vollkommen unterschiedlich sind.«

Kapitel 9

Der September begann kalt und regnerisch. »Da kommt der Winter, der Mörder«, jammerte Pain-Noir und flüchtete sich, in seine feuchten Lumpen eingehüllt, ans Feuer. Im Kamin zischte das feuchte Holz. Ausnahmsweise warteten die Bürger und Kaufleute von Paris in diesem Jahr nicht bis Allerheiligen, sondern holten schon früher ihre Winterkleider hervor und gingen zum Aderlass. Die Traditionen der Hygiene verlangten, dass man sich viermal im Jahr, immer zum Wechsel der Jahreszeiten, der Lanzette des Chirurgen überließ.

Der Adel und die Gauner hatten dagegen andere Sorgen, als sich über den Regen und die Kälte zu unterhalten.

Alle hohen Persönlichkeiten bei Hof und in der Finanzwelt standen unter dem Eindruck der Verhaftung des steinreichen Oberintendanten der Finanzen, Monsieur Fouquet.

Und alle Persönlichkeiten der Unterwelt fragten sich, welche Wendung der Kampf zwischen Calembredaine und Rodogone dem Ägypter bei der Eröffnung des Jahrmarkts von Saint-Germain nehmen würde.

Fouquets Verhaftung war wie ein Blitz aus heiterem Sommerhimmel gekommen. Einige Wochen zuvor hatte der prunkliebende Oberintendant in Vaux-le-Vicomte noch den König und die Königinmutter empfangen. Sie hatten einmal mehr das herrliche, von dem Architekten Le Vau entworfene Schloss bewundert, die Fresken des Malers Le Brun betrachtet und Vatels Küche gekostet. Sie waren durch die wunderbaren, von Le Nôtre entworfenen Garten spaziert, in denen es durch das Wasser, das der Baumeister Francini eingefangen und in Becken, Wasserspielen, Grotten und Springbrunnen geleitet hatte, erfrischend kühl war. Und schließlich hatte der ganze Hof bei einer Freiluftaufführung einer äußerst geistreichen Komödie Beifall geklatscht. *Die Plagegeister*, das Werk eines jungen Autors namens Molière.

Nachdem die letzten Fackeln verloschen waren, hatten sich alle nach Nantes begeben, wo die Generalstände der Bretagne abgehalten wurden. Und dort war eines Morgens ein unbekannter Musketier auf Fouquet zugetreten, als er in seine Kutsche steigen wollte.

»Nicht hier, Monsieur«, hatte der Offizier erklärt. »Für Euch ist dieser Wagen mit den vergitterten Fenstern gedacht, den Ihr dort drüben seht.«

»Wie bitte? Was hat das zu bedeuten?«

»Ich verhafte Euch im Namen des Königs.«

»Nun gut, der König hat zu gebieten«, murmelte der Oberintendant. »Doch um seines Ruhms willen hätte ich gewünscht, er hätte offener gehandelt.«

Einmal mehr trug diese Angelegenheit die Handschrift von Mazarins königlichem Schüler. Und sie ähnelte durchaus der Verhaftung eines bedeutenden Vasallen aus Toulouse, des Grafen de Peyrac, vor einem Jahr, den man dann als Hexer auf der Place de Grève verbrannt hatte …

Doch in der Panik und Angst, die am Hof durch den Sturz des Oberintendanten ausgebrochen waren, kam niemand auf die Idee, die Parallelen zu der Taktik zu suchen, die hier ein weiteres Mal angewendet wurde. Die Großen dachten wenig nach. Doch sie wussten, dass man in Fouquets Büchern nicht nur die Spuren seiner Unterschlagungen finden würde, sondern auch die Namen aller, die er für ihre Gefälligkeiten entlohnt hatte. Man sprach sogar von entsetzlich kompromittierenden Schriftstücken, mit denen sich große Herren und sogar Prinzen von Geblüt während der Fronde an den geschickten Finanzier verkauft hatten.

Nein, niemand erkannte in dieser zweiten Verhaftung, die weit spektakulärer und verblüffender als die erste war, denselben Urheber oder die gleichen, verborgenen Beweggründe …

Nur Ludwig XIV. seufzte auf, als er das Siegel einer Depesche erbrach, die ihn darüber in Kenntnis setzte, dass ein gascognischer Edelmann namens d'Andijos das Languedoc in Aufruhr versetzte.

»Das war höchste Zeit!«

Das Eichhörnchen war auf dem Wipfel seines Baums vom Blitz getroffen worden und stürzte von Ast zu Ast. Es war an der Zeit: Die Bretagne würde nicht um Fouquets willen aufstehen, so wie sich das Languedoc wegen des anderen empört hatte, wegen dieses seltsamen Mannes, den man auf der Place de Grève lebendig hatte verbrennen müssen.

Der Adel, den Fouquet mit verschwenderischen Gaben überschüttet hatte, würde aus lauter Angst, ihm in sein Unglück zu folgen, nicht für ihn eintreten. Und die enormen Reichtümer des Oberintendanten würden in die Staatskasse zurückfließen, was nur recht und billig war. Le Vau, Le Brun, Francini, Le Nôtre und sogar der geistreiche Molière und Vatel, all diese Künstler, die Fouquet ausgewählt und zusammen mit den ihnen untergebenen Zeichnern, Malern, Arbeitern, Gärtnern, Schauspielern und Küchenjungen unterhalten hatte, würden von nun an für einen einzigen Herrn tätig sein. Man würde sie nach Versailles umsiedeln, in dieses »kleine Kartenhaus«, das verloren zwischen Sümpfen und Wäldern lag, wo aber Ludwig XIV. zum ersten Mal die sanfte La Vallière in die Arme geschlossen hatte. Zu Ehren dieser leidenschaftlichen Liebe würde man dort das strahlendste Zeugnis zum Ruhme des Sonnenkönigs errichten.

Dieses tiefe und kaum erklärbare Bestreben Ludwigs XIV., sein erklärter Wille und das unbedingte Beharren darauf, dass Nicolas Fouquet die Todesstrafe erhalten müsse, und das in einer Angelegenheit, in der die zahllosen Freunde und Klienten des steinreichen Herrn von Vaux-le-Vicomte bei ihm allerhöchstens ein Übermaß an Prunksucht und ein paar Unregelmäßigkeiten in den Büchern zu erkennen vermochten, dies alles sollte den sensiblen französischen Adel, der enttäuscht und bestürzt war, noch lange zeichnen.

Fouquet würde ein langer Prozess gemacht werden. Er würde nicht im Justizpalast vor Gericht gestellt, sondern im Arsenal. Und man würde ihn nicht in der Bastille inhaftieren.

Man würde das allzu agile Eichhörnchen in eine Festung im fernen Piemont mit Namen Pignerol sperren. Sie war von Ludwig XIII. erobert und später an Richelieu abgetreten worden, um den Herzog von Savoyen zu überwachen und um erkennen zu können, ob möglicherweise spanische Armeen aus Neapel oder Mailand heranrückten, um in die Franche-Comté und dann nach Flandern zu marschieren.

Angélique hatte keine Zeit, lange über diese neuen Ereignisse nachzudenken. Das Schicksal wollte, dass der Sturz des Mannes, dem Joffrey de Peyrac insgeheim geopfert worden war, nur kurz auf seinen Sieg folgte. Doch für Angélique war es zu spät. Sie versuchte gar nicht, sich zu erinnern, zu verstehen... Die Großen zogen vorüber, schmiedeten Intrigen und begingen Verrat, wurden erneut in Gnaden aufgenommen oder verschwanden. Ein junger, gebieterischer und undurchschaubarer König schwang seine Sense und ließ Köpfe rollen. Und die kleine Giftschatulle lag noch immer in einem Türmchen in Schloss Plessis-Bellière versteckt...

Angélique de Peyrac war nur noch eine namenlose Frau, die ihre Kinder ans Herz drückte und ängstlich das Heranrücken des Winters beobachtete.

Der Hof ähnelte einem Ameisenhaufen, der durch einen plötzlichen Fußtritt zerstört worden ist. Doch auch in der Gaunerzunft brodelte es. Man erwartete einen neuen Kampf, der entsetzlich zu werden versprach. Und während die Königin und die Blumenhändlerinnen vom Pont-Neuf auf die Geburt eines Dauphins warteten, kamen die Zigeuner nach Paris...

Diese Schlacht auf dem berühmten Jahrmarkt von Saint-Germain, die dieses Ereignis am Tag der Eröffnung besudelte, sollte später alle verwirren, die nach einer Erklärung suchten.

Man sah Lakaien, die Studenten verprügelten, Edelmänner, die Gaukler mit dem Schwert aufspießten, Frauen wurden vergewaltigt, Kutschen gingen in Flammen auf. Alles in allem hatte niemand eine Ahnung, wo die erste Brandfackel angezündet worden war.

Doch ein Einziger ließ sich nicht täuschen: ein Bursche

namens Desgrez, ein gebildeter Mann mit einer bewegten Vergangenheit. Desgrez hatte soeben den Rang eines Hauptmanns im Châtelet erhalten. Er wurde gefürchtet, und es hieß, er sei einer der fähigsten Polizisten der Hauptstadt. In der Folge sollte der junge Mann sich in der Tat auszeichnen, indem er die Verhaftung der vielleicht größten Giftmischerin ihrer Zeit – und vielleicht aller Zeiten – vornahm, der Marquise de Brinvilliers, und im Jahre 1678 würde er als Erster den Schleier heben, der über der berühmten Giftaffäre lag, deren Enthüllung sogar die Stufen des Throns beschmutzen würde.

Unterdessen wurden derzeit, Ende 1661, in geheimen Berichten Desgrez und sein Hund Sorbonne als die beiden Bewohner von Paris bezeichnet, die alle Schlupfwinkel und die gesamte Fauna der Stadt am besten kannten.

Schon seit langem verfolgte Desgrez die Rivalität zwischen den beiden mächtigen Gaunerhauptmännern Calembredaine und Rodogone dem Ägypter, bei der es vor allem um den Besitz des Jahrmarkts von Saint-Germain ging. Er wusste, dass sie außerdem in der Liebe Rivalen waren und um die Gunst einer Frau mit smaragdgrünen Augen wetteiferten, die man die Marquise der Engel nannte.

Kurz vor der Eröffnung des Jahrmarktes witterte er strategische Bewegungen in der Unterwelt.

Obwohl sein Rang niedrig war, gelang es ihm noch am Morgen, an dem der Jahrmarkt eröffnet wurde, seinen Vorgesetzten die Erlaubnis abzuringen, sämtliche Polizeikräfte der Hauptstadt in Faubourg Saint-Germain zusammenzuziehen. Er konnte zwar den Ausbruch der Kämpfe nicht verhindern, die sich äußerst rasch und gewalttätig ausbreiteten, doch er dämmte sie zumindest ein, indem er ebenso unvermittelt und brutal zurückschlug. Er löschte Brände, ließ die schwerttragenden Adligen, die sich zufällig dort befanden, Absperrungen bilden und nahm Massenverhaftungen vor. Kaum wurde es nach dieser blutigen Nacht wieder hell, als schon zwanzig hochrangige Halunken aus der Stadt geführt wurden, um an dem düsteren öffentlichen Galgen von Montfaucon gehenkt zu werden.

Der berühmte Jahrmarkt von Saint-Germain war allerdings auch in mehr als einer Hinsicht den erbitterten Kampf wert, den sich die Räuberbanden von Paris wegen des ausschließlichen Vorrechts, dort »ernten« zu dürfen, lieferten.

Von Oktober bis Dezember und von Februar bis zur Fastenzeit tummelte sich dort ganz Paris. Selbst der König war sich nicht zu fein, dort mit seinem Hof einige Abende zu verbringen. Dieser Schwarm bunter Paradiesvögel war wahrhaftig ein Geschenk des Himmels für Beutelschneider und Manteldiebe!

Auf dem Jahrmarkt von Saint-Germain wurde alles angeboten. Die Kaufleute aus großen Provinzstädten wie Amiens, Rouen oder Reims ließen hier Muster ihrer Erzeugnisse ausstellen. In Luxusläden wetteiferte man um Houppelanden aus Marseille, Diamanten aus Alençon und Drageebonbons aus Verdun.

Der Portugiese verkaufte Ambra und feines Porzellan. Der Provenzale Orangen und Zitronen. Der Türke rühmte seinen persischen Balsam und seine Duftwässer aus Konstantinopel. Der Flame stellte seine Gemälde und Käse aus. Unter den Klängen von Glöckchen, Flöten, Rohrpfeifen und Tamburinen war es, als hätte man den Pont-Neuf vielfach vergrößert und mit Sensationen aus der ganzen Welt bestückt.

Die Tier- und Raritätenschausteller zogen die Menge an. Man sah Ratten, die zu Geigenklängen tanzten, oder zwei Fliegen, die einen Fechtkampf mit Strohhalmen vorführten.

Im Publikum drängte sich der zerlumpte Pöbel neben hochrangigen Personen. Auf dem Jahrmarkt von Saint-Germain fanden alle nicht nur ein schillerndes, vielfältiges Warenangebot, sondern auch eine Freiheit der Sitten und des Verhaltens, wie es sie nirgendwo anders gab.

Alles war dazu angetan, die Sinne zu erfreuen.

Zügellose Ausschweifung existierte neben Schlemmerlokalen, schönen, mit Spiegeln und Gold geschmückten Weinstuben und Spielhöllen, in denen man sein Glück mit den Karten versuchte.

Junge Männer und Frauen, die vom Dämon der Liebe besessen waren, fanden dort, was sie suchten.

Doch seit jeher waren die Zigeuner die größte Attraktion auf dem Jahrmarkt von Saint-Germain. Mit ihren Akrobaten und Wahrsagern waren sie die wahren Fürsten des Marktes.

Bereits im Hochsommer sah man ihre Karawanen aus mageren Kleppern mit ihren geflochtenen Mähnen eintreffen, die in buntem Durcheinander mit Frauen und Kindern, Küchengeräten und gestohlenen Schinken und Hühnern beladen waren. Die hochmütigen, wortkargen Männer trugen federgeschmückte Hüte, unter denen ihre glühenden Augen hervorblitzten, und lange Musketen auf den Schultern.

Die Pariser bestaunten sie mit der gleichen eifrigen Neugier, mit der ihre Vorväter diese auf ewiger Wanderschaft befindlichen, dunkelhäutigen Menschen empfangen hatten, als sie im Jahre 1427 zum ersten Mal vor den Stadtmauern von Paris aufgetaucht waren. Man nannte sie Ägypter; auch Böhmen oder Zigeuner. Die Gauner erkannten ihren legitimen Einfluss auf die Gesetze der Unterwelt an, und beim Narrenfest ging der Herzog von Ägypten neben dem König von Tunis, und die hohen Würdenträger des galiläischen Reiches gingen vor den Gefolgsleuten des Großen Coesre her.

Daher nahm Rodogone, der Ägypter, der ebenfalls dem Zigeunervolk angehörte, naturgemäß eine hohe Stellung unter den Gaunern von Paris ein. Da war es nur gerecht, dass er sich die unmittelbare Umgebung dieser magischen Heiligtümer vorbehalten wollte, die die Wahrsagerinnen – die braunen Hexen, wie man sie nannte – im Zentrum des Jahrmarkts von Saint-Germain unterhielten und die mit Kröten, Skeletten und schwarzen Katzen geschmückt waren.

Doch Calembredaine forderte als Herr der Tour de Nesle und des Pont-Neuf das alleinige Besitzrecht an diesem fetten Brocken. Eine solche Feindschaft konnte nur mit dem Tod eines der Gegner enden.

Am Vorabend der Eröffnung hatten Calembredaines Truppen einen ungeordneten Rückzug antreten und sich in die verfallene Tour de Nesle flüchten müssen, während Rodogone entlang den alten Gräben und der Seine eine Art Sicherheitsgürtel um das Viertel errichtet hatte.

Calembredaines Leute versammelten sich um den Tisch im großen Saal, und Cul-de-Bois ereiferte sich ganz fürchterlich.

»Seit Monaten sehe ich dieses Elend schon kommen. Und du bist schuld daran, Calembredaine! Dein Mädchen hat dich um den Verstand gebracht. Du weißt nicht mehr, wie man kämpft, und die anderen Gauner kriegen Oberwasser. Sie spüren, dass du an Boden verlierst, und werden sich auf Rodogones Seite schlagen, um dich zu stürzen. Kürzlich abends habe ich Mathurin-Bleu gesehen …«

Nicolas stand vor dem Feuer, und seine mächtige Gestalt zeichnete sich schwarz ab. Er wusch sich den blutüberströmten Oberkörper, wo er von einer Espignole* getroffen worden war. Er brüllte sogar noch lauter als Cul-de-Bois.

»Wir wissen alle genau, dass du der Verräter in der Bande bist; dass du alle Anführer zusammenbringst, dass du sie aufsuchst und dich anschickst, den Platz des Großen Coesre einzunehmen. Aber nimm dich in Acht! Ich werde Rolin-le-Trapu warnen…«

»Bastard! Aber gegen mich kommst du nicht an!«

Angélique wurde verrückt bei dem Gedanken, das Raubtiergebrüll der beiden könnte Florimond wecken und ihm Angst einjagen.

Sie flog nur so die Treppen zu dem runden Gemach hinauf. Aber die kleinen Engel schlummerten friedlich. Cantor sah aus wie ein Engelchen von einem holländischen Gemälde. Florimonds Wangen waren voller geworden. Wenn seine dunklen Augen im Schlaf geschlossen waren, zeigte er einen kindlich-glücklichen Ausdruck.

Das Geschrei hörte nicht auf.

Das muss ein Ende haben, dachte Angélique und zog die schief in den Angeln hängende Tür zu, so gut sie konnte. Es muss aufhören.

Sie vernahm Cul-de-Bois' heisere Stimme.

»Mach dir nichts vor, Calembredaine: Wenn du zurückweichst, ist es aus mit dir. Rodogone wird keine Gnade walten lassen. Er will nicht nur den Jahrmarkt, sondern auch dein Mädchen, das du ihm auf dem Friedhof der unschuldigen Kindlein abspenstig gemacht hast. Er will sie um jeden Preis, und er kriegt sie nur, wenn du verschwindest. Jetzt heißt es, er oder du!«

* eine mehrschüssige Handfeuerwaffe, Anm. d. Übers.

Nicolas schien sich zu beruhigen.

»Und was soll ich anstellen? All seine Leute, seine verfluchten Ägypter, stehen da vor unserer Nase. Nach dem Schlag, den wir eingesteckt haben, brauchen wir gar nicht dagegen anzugehen. Wir würden bloß alle ins Gras beißen.«

Angélique ging in das Zimmer zurück, ergriff einen Umhang und setzte sich die rote Gesichtsmaske auf, die sie zusammen mit anderen kleinen Gegenständen in einer Schatulle aufbewahrt hatte.

So zurechtgemacht stieg sie in die Halle hinunter, die von lauten Beschimpfungen widerhallte.

Der Streit zwischen Calembredaine und Cul-de-Bois nahm stürmische Formen an. Der Bandenführer hätte das beinlose Männlein auf seinem Holzteller mühelos zerschmettern können. Aber Cul-de-Bois' Einfluss war so stark, dass tatsächlich er die Lage beherrschte.

»Was soll dieser Mummenschanz?«, knurrte Nicolas. »Wohin willst du?«

»Ich will Rodogones Truppen zum Abzug bewegen. In einer Stunde ist alles sauber, Messires, und ihr könnt eure Quartiere wieder beziehen.«

Calembredaine rief Cul-de-Bois als Zeugen an.

»Findest du nicht auch, dass sie sich immer verrückter gebärdet?«

»Ja, aber wenn sie dadurch auf gute Ideen kommt, lass sie nur machen. Bei dieser verflixten Marquise der Engel weiß man nie! Außerdem hat sie dich zum Pantoffelhelden gemacht, da ist es das Wenigste, wenn sie den Schaden wieder auswetzt.«

Im Dunkel rannte Angélique zur Porte Saint-Jacques und überquerte erst dort die Gräben. Plötzlich ragte einer von

Rodogones Zigeunern vor ihr auf. Auf Deutsch radebrechend, erzählte sie ihm eine komplizierte Geschichte: Angeblich war sie eine Händlerin vom Jahrmarkt in Saint-Germain, die zurück zu ihrem Laden wollte. Er ließ die maskierte Frau, die in einen schwarzen Mantel gehüllt war, vorüber, ohne Verdacht zu schöpfen. Ohne einmal anzuhalten, lief Angélique zu einem befreundeten Schausteller, der drei gewaltige Bären besaß. Sie hatte sowohl die drei Bären und ihren alten Herrn als auch den Knaben, der mit der Bettelschale herumging, für sich gewonnen.

Um der schönen Augen der Besucherin willen war die Sache rasch beschlossen.

Von der Abtei Saint-Germain-des-Prés schlug es zehn Uhr, als Rodogones Männer, die entlang der alten Gräben Wache standen, im schwachen Mondlicht eine gewaltige, knurrende Masse auf sich zukommen sahen. Der Mann, der herauszufinden versuchte, wer da versuchte, ihre Absperrung zu durchbrechen, erhielt einen Tatzenhieb auf die Brust, der ihm das Hemd und ein ordentliches Stück Haut abriss.

Die anderen warteten gar nicht auf eine ausführliche Einladung, sondern sprangen über die Wälle. Einige rannten zur Seine, um ihre Kumpane zu warnen. Doch diese hatten bereits an zwei weiteren Stellen den gleichen unangenehmen Besuch erhalten. Schon befanden sich die meisten Räuber im Wasser und schwammen auf das Ufer zu, wo sich der Louvre befand und wo die Gegend ihrer Gesundheit zuträglicher war. Im offenen Kampf gegen Gauner und alte Soldaten anzutreten und sich womöglich umbringen zu lassen, schreckte keinen Mann, der das Herz am rechten Fleck hatte. Aber keiner von Rodogones Männern hatte Lust, sich mit einem Bären anzulegen, der, wenn er sich auf die Hinterbeine stellte, gut und gern zwei Klafter maß!

Gelassen ging Angélique zur Tour de Nesle zurück und teilte mit, das Viertel sei vollständig von allen unerwünschten Gestalten gesäubert. Calembredaines Generalstab sah sich ein wenig um und musste sich den Tatsachen beugen.

Cul-de-Bois' unheimliches, hallendes Gelächter ließ die Damen des Viertels hinter ihren Vorhängen erzittern.

»O là, là! Diese Marquise der Engel«, sagte er immer wieder. »Sie vollbringt wahrlich Wunder.«

Aber Nicolas war anderer Meinung.

»Du hast dich auf ihre Seite geschlagen und uns verraten«, schrie er und zerquetschte Angélique fast das Handgelenk. »Du hast dich an Rodogone verkauft.«

Um seine rasende Eifersucht zu besänftigen, musste sie ihm ihre List erklären.

Dieses Mal fiel der Heiterkeitsausbruch des Männleins in der Holzschale so laut aus, dass die Bewohner des Viertels an die Fenster stürzten und drohten, mit ihren Waffen herunterzukommen und diesen Banditen, die ehrlichen Leuten den Schlaf raubten, eine Lektion zu erteilen.

Dem Beinlosen war das gleichgültig. Von Pflasterstein zu Pflasterstein zog er sich quer durch den Faubourg Saint-Germain und lachte dabei aus vollem Halse. Noch jahrelang sollte man sich bei den abendlichen Zusammenkünften der Gauner die Geschichte von den drei Bären der Marquise der Engel erzählen.

Doch auch dieses geniale Manöver konnte die Tragödie nicht verhindern. Hauptmann Desgrez sollte recht behalten. Am Morgen des ersten Oktober wurde er bei Monsieur de Dreux d'Aubraye, Sire von Offémont und de Villiers, dem Polizeipräfekten der Stadt Paris, vorstellig und überzeugte ihn davon, alle verfügbaren Polizeikräfte um den Jahrmarkt von Saint-Germain zusammenzuziehen.

Doch der Tag verlief ruhig. Calembredaines Leute waren die Herren der Menschenmenge, die immer dichter wurde. Bei Sonnenuntergang trafen nach und nach die Kutschen der vornehmen Gesellschaft ein.

Hunderte von Fackeln, die an jedem Stand brannten, verwandelten den Jahrmarkt in einen Märchenpalast.

Angélique war mit Calembredaine zusammen und beobachtete mit ihm einen Tierkampf, in dem zwei Doggen gegen ein Wildschwein antraten. Die Menge, die versessen auf diese grausamen Vorführungen war, drängte sich gegen den Palisadenzaun, mit dem die kleine Arena umgeben war.

Angélique war ein wenig berauscht, nachdem sie an den Getränkeständen Muskatellerwein, Zitronenlimonade und Zimtwasser gekostet hatte. Bedenkenlos und ohne nachzurechnen hatte sie den Inhalt einer Geldbörse, die Nicolas ihr geschenkt hatte, ausgegeben und Marionetten und Kuchen für Florimond gekauft. Nicolas, der vermutete, dass die Polizeispitzel Ausschau nach ihm hielten, hatte sich ausnahmsweise glatt rasiert und Kleidung angelegt, die etwas weniger löchrig war als sein üblicher Mummenschanz. Mit seinem breitkrempigen Hut, der die stechenden Augen verbarg, wirkte er wie ein einfacher Bauer, der sich trotz seiner Armut auf dem Jahrmarkt amüsieren will.

Hier vergaß man alles andere. Die Lichter spiegelten sich in den Augen der Menschen, und jeder dachte an schöne Jahrmärkte, die er in seiner Kindheit in Marktflecken und Dörfern erlebt hatte.

Nicolas hatte den Arm um Angéliques Taille gelegt. Er hatte eine ganz eigene Art, sie festzuhalten, die ihr den Eindruck vermittelte, in einen dieser Eisenringe eingeschlossen zu sein, den man Gefangenen um die Mitte legt. Doch dieser harte Griff war nicht immer unangenehm. Heute Abend fühlte sie sich in der Umschlingung dieses muskulösen Arms zart und biegsam, schwach und beschützt. Sie hatte die Hände voller Bonbons, Spielzeug und Parfümfläschchen und verfolgte fasziniert den Tierkampf. Zusammen mit den anderen Zuschauern schrie und trampelte sie, als der Keiler, der wie eine schwarze Kugel herumschoss, seine Angreifer durchschüttelte und mit letzter Kraft eine der Doggen, der er den Leib aufgerissen hatte, hochschleuderte.

Mit einem Mal entdeckte sie gegenüber, auf der anderen Seite der Arena, Rodogone.

Er balancierte die Spitze eines langen, schmalen Messers auf den Fingerspitzen und warf es dann. Über die kämpfenden Tiere hinweg zischte die Waffe auf sie zu. Angélique warf sich zur Seite und zog ihren Begleiter mit. Die Klinge flog einen Zoll an Nicolas' Hals vorbei und schlug wie ein Blitz in die Kehle eines Händlers ein, der Chinoiserien feilhielt. Der Mann wurde von einem Krampf ergriffen, sodass er die Arme hochriss und seinen bunt gefleckten Umhang zurückschlug. Einen Augenblick lang sah er aus wie ein riesiger, auf einer Nadel aufgespießter Schmetterling. Dann erbrach er einen Blutschwall und sackte zusammen.

Und der Jahrmarkt von Saint-Germain explodierte buchstäblich.

Gegen Mitternacht wurde Angélique, zusammen mit einem Dutzend Mädchen und Frauen, von denen zwei zu Calembredaines Bande gehörten, in eine Zelle im Untergeschoss des Châtelet geworfen. Selbst als die schwere Tür sich schon geschlossen hatte, meinte sie noch das hysterische Geschrei der Menge zu hören, das Gebrüll der Bettler und Banditen, die von Bütteln und Polizisten erbarmungslos zusammengetrieben wurden und gruppenweise vom Jahrmarkt in Saint-Germain ins Gefängnis abtransportiert wurden.

»Jetzt sind wir geliefert«, meinte ein Mädchen. »Das ist mal wieder mein Glück. Ausnahmsweise spaziere ich anderswo herum als in Glatigny, und gleich muss ich mich erwischen lassen. Die sind in der Lage, mich auf die Folterbank zu spannen, weil ich nicht in dem Viertel geblieben bin, das uns angewiesen ist.«

»Tut das weh, die Folterbank?«, erkundigte sich ein halbwüchsiges Mädchen.

»Ach, Herrgott, meine Adern und Nerven fühlen sich immer noch wie Gummi an. Was habe ich geschrien, als der Folterer mich daraufgelegt hat. ›Herr Jesus! Jungfrau Maria, erbarme dich meiner!‹«

»Also mir«, fiel eine andere ein, »hat der Folterknecht ein hohles Horn in den Schlund gesteckt, und dann hat er mir sechs Töpfe kaltes Wasser hineingeschüttet. Wenn es wenigstens Wein gewesen wäre! Ich dachte, ich würde platzen wie eine Schweinsblase. Nachher haben sie mich in die Küche des Châtelet gebracht und vor ein kräftiges Feuer gesetzt, damit ich wieder zu mir kam.«

Angélique hörte die Stimmen, die aus der von widerlichen Gerüchen erfüllten Dunkelheit zu ihr drangen, und nahm die Worte auf, ohne dass diese Details sie in Aufregung versetzt hätten. Ihr war nicht wirklich bewusst, dass man sie während des Verhörs, dem jeder Angeklagte unterzogen werden musste, wahrscheinlich foltern würde. Stattdessen beherrschte sie ein einziger Gedanke: Und die Kinder? Was soll aus ihnen werden? Wer wird sich um sie kümmern? Vielleicht haben die anderen sie ja im Turm vergessen. Die Ratten werden sie fressen.

Schweiß rann über ihre Schläfen, obwohl die Luft in der Zelle eiskalt und feucht war.

Sie kauerte, an die Wand gelehnt und die Arme um die Knie geschlungen, auf einer Unterlage aus verfaultem Stroh und versuchte, nicht zu zittern. Sie suchte nach Argumenten, um sich zu beruhigen.

Bestimmt wird eine der Frauen sich um sie kümmern. Sie sind nachlässig und unfähig, aber trotzdem denken sie daran, ihren Kindern Brot zu geben ... Da werden sie auch meine durchfüttern. Wenn dann noch die Polackin da ist, bin ich beruhigt ... Und Nicolas wird auf sie aufpassen ...

Aber war Nicolas nicht ebenfalls verhaftet worden? Angélique spürte erneut die Panik, die sie empfunden hatte, als sie von Gasse zu Gasse gelaufen war, um der blutigen Auseinandersetzung zu entkommen, aber jedes Mal eine Barriere aus Bütteln und Sergeanten vor sich erblickt hatte.

Angélique versuchte sich zu erinnern, ob die Polackin Zeit gehabt hatte, den Jahrmarkt vor dem Ausbruch des Scharmützels zu verlassen. Als sie sie das letzte Mal gesehen hatte, da hatte sie einen jungen Provinzler, der verängstigt und entzückt zugleich wirkte, zum Seine-Ufer hinuntergezogen. Aber bevor die beiden dort angekommen wären, hätten sie noch an so vielen Ständen anhalten, flanieren oder in eine Weinschenke einkehren können ...

Mit aller Macht redete Angélique sich schließlich ein, dass die Polackin nicht verhaftet worden sei, und dieser Gedanke beruhigte sie ein wenig. Tief aus ihrer verängstigten Seele stieg ein Flehen auf, und Fetzen halb vergessener Gebete kamen ihr automatisch über die Lippen.

Erbarme dich ihrer! Jungfrau Maria, beschütze sie ... ich schwöre, betete sie ein ums andere Mal, wenn meine Kinder gerettet werden, dann werde ich aus diesem erbärmlichen Sumpf aufsteigen ... Ich werde vor diesen Verbrechern und Dieben fliehen, und ich werde versuchen, mir meinen Lebensunterhalt mit meiner Hände Arbeit zu verdienen …

Da kam ihr die Blumenhändlerin in den Sinn, und sie begann, Pläne zu schmieden. So vergingen die Stunden weniger langsam.

Am Morgen vernahmen sie lautes Schlüsselgerassel, und dann drehten sich die Schlüssel, und die Tür ging auf. Ein Wächter leuchtete mit einer Fackel in das Verlies. Doch das Tageslicht, das durch die Schießscharte in der zwei Klafter dicken Mauer hereinfiel, war so schwach, dass man in der Kerkerzelle nicht allzu viel erkennen konnte.

»He, da sind Marquisen, Leute«, schrie der Wächter freudig erregt. »Setzt euch in Bewegung. Das wird eine schöne Ernte.«

Drei weitere Wachsoldaten traten ein und steckten die Fackel in eine Halterung an der Wand.

»Auf, meine Hübschen. Ihr werdet doch brav sein, oder?«

Einer der Männer zog eine Schere unter seinem Wams hervor.

»Nimm deine Haube ab«, befahl er der Frau, die sich in der Nähe der Tür befand. »Puh, graues Haar. Ein paar Sous bekommen wir wenigstens dafür. Ich kenne einen Barbier in der Nähe des Place Saint-Michel, der daraus billige Perücken für alte Schreiber fertigt.«

Er schnitt der Frau das graue Haar ab, knotete es mit einem Stück Schnur zusammen und warf es in einen Korb. Seine Begleiter nahmen die Köpfe der anderen Gefangenen in Augenschein.

»Bei mir lohnt es nicht«, erklärte eine von ihnen. »Ist noch nicht lange her, dass ihr mich geschoren habt.«

»Wohl wahr«, meinte der Fröhliche unter den Bütteln.

»Ich erkenne dich wieder, Mütterchen. Ha, ha, anscheinend gefällt dir diese Herberge!«

Ein Soldat war auf Angélique zugetreten. Sie spürte, wie er ihr grob das Haar abtastete.

»He, Freunde«, rief er, »da haben wir etwas ganz Feines. Haltet mal die Fackel hierher, damit wir uns das genau ansehen können.«

Nachdem der Soldat Angéliques Haube aufgeknotet und ihr Haar befreit hatte, beleuchtete die Harzfackel ihre dichte, herrliche Mähne, deren warme Farbe von hellen Strähnen aufgelockert wurde. Er stieß einen bewundernden Pfiff aus.

»Wunderbar! Natürlich ist es kein Blond, aber es hat einen schönen Schimmer. Dieses Haar können wir an Sieur Binet in der Rue Saint-Honoré verkaufen. Er schaut nicht auf den Preis, sondern auf die Qualität. ›Nehmt eure Ungeziefernester nur wieder mit‹, sagt er jedes Mal zu mir, wenn ich ihm das Fell von Gefangenen bringe. ›Aus Haaren, die schon von Würmern zerfressen sind, mache ich keine Perücken!‹ Aber dieses Mal wird er nicht Nein sagen können.«

Angélique fuhr mit den Händen an ihren Kopf. Man würde ihr doch wohl nicht das Haar abschneiden? Das war vollkommen undenkbar!

»Nein, nein, nur das nicht«, flehte sie. Doch eine harte Faust hielt ihre Handgelenke fest.

»Komm schon, meine Schöne, wenn du deine Mähne behalten willst, hättest du nicht ins Châtelet kommen dürfen. Verstehst du, wir brauchen unseren kleinen Nebenverdienst.«

Mit lautem, metallischem Klirren fuhr die Schere durch die goldbraunen Locken, die Barbe einst so andächtig gebürstet hatte.

Als die Soldaten fort waren, strich sich Angélique mit zitternder Hand über ihren kahlen Nacken. Ihr Kopf schien ihr kleiner und leichter geworden zu sein.

»Nicht weinen«, meinte eine der Frauen. »Das wächst schon wieder, wenn du dich nicht wieder fangen lässt. Denn die Männer von der Wache schneiden ab, was sie nur können. Bei all diesen Gecken, die Perücke tragen wollen, bringt Haar in Paris einen guten Preis ein.«

Die junge Frau gab keine Antwort und band ihre Haube wieder zu. Ihre Begleiterinnen glaubten, sie weine, weil der Zwischenfall sie erschüttert hatte. Dabei verschwamm das Geschehene für sie bereits. Das hatte schließlich keine Bedeutung. Nur eines zählte für sie: das Schicksal ihrer Kinder.

Kapitel 10

Die Stunden verstrichen furchtbar langsam. Der Kerker, in den man die Gefangenen geworfen hatte, war so klein, dass man kaum Luft bekam.

»Es ist ein gutes Zeichen, dass man uns in diese kleine Zelle gesteckt hat«, meinte eine der Frauen. »Man nennt sie ›zwischen-zwei-Türen‹. Darin sperrt man die Leute ein, bei denen man nicht so genau weiß, ob sie offiziell verhaftet sind. Als man uns eingesackt hat, hatten wir schließlich nichts verbrochen. Wir waren auf dem Jahrmarkt, so wie alle Leute. Und der Beweis dafür ist, dass man uns nicht durchsucht hat, weil auch die Aufseherinnen des Châtelet dort waren und sich auf dem Jahrmarkt von Saint-Germain unterhalten haben.«

»Die Polizei war ebenfalls dort«, bemerkte eines der jungen Mädchen verbittert.

Angélique berührte den Dolch, den sie unter den Kleidern trug; einen ähnlichen Dolch, wie ihn Rodogone auf Nicolas geschleudert hatte.

»Was für ein Glück, dass sie uns nicht gefilzt haben«, sagte die Frau noch einmal. Wahrscheinlich verbarg sie ebenfalls eine Waffe oder einen schmalen Geldbeutel mit ein paar Écus darin.

»Keine Sorge, das kommt schon noch«, sagte ihre Gefährtin.

Die meisten Frauen waren nicht sehr optimistisch gestimmt. Sie erzählten Geschichten über Gefangene, die man zehn Jahre lang im Gefängnis vergessen hatte, ehe man sich an sie erinnerte. Diejenigen, die das Châtelet schon kannten, beschrieben die Arten von Kerkern, die sich in der düsteren Festung befanden. Da gab es die Zelle »Aus-mit-der-Gemütlichkeit«, die voller Unrat und Getier war und wo die Luft so dick war, dass eine Kerze verlosch; »die Metzgerei«, die ihren Namen daher hatte, dass man dort die ekelhaften Ausdünstungen der großen benachbarten Schlachterei einatmete; »die Ketten«, einen großen Raum, in dem die Gefangenen aneinandergekettet waren; dann noch »die Barbarei«, »die Höhle« und noch andere wie »den Schacht« und »die Gruft«. Letztere Zelle hatte die Form eines umkehrten Kegels, sodass die Gefangenen ständig die Füße im Wasser hatten und sich weder richtig aufrichten noch richtig hinlegen konnten. Für gewöhnlich starben sie nach vierzehn Tagen. Nur mit gesenkter Stimme sprach man schließlich von den »Zellen der Vergessenen«, dem unterirdischen Kerker, aus dem niemand zurückkehrte.

Graues Licht drang durch die vergitterte Schießscharte. Unmöglich, zu erraten, wie spät es war. Eine alte Frau nahm ihre schief getretenen Schuhe ab, zog die Nägel aus der Sohle und schob sie mit dem Spitzen nach außen, wieder hinein. Diese Waffe zeigte sie ihren Kameradinnen und riet ihnen, ebenso zu verfahren, um die Ratten erschlagen zu können, die im Lauf der Nacht kommen würden.

Doch gegen Mittag wurde knarrend die Tür geöffnet, und Hellebardiere ließen die Gefangenen heraustreten. Durch lange Flure führten sie die Frauen in einen großen Saal, der mit blauen, mit gelben Lilien geschmückten Wandteppichen ausgestattet war.

Im Hintergrund befand sich auf einem halbkreisförmigen Podium eine Art Katheder aus geschnitztem Holz. Darüber hingen ein Gemälde, das den gekreuzigten Christus darstellte, und ein kleiner Baldachin aus Gobelinstoff.

Dort saß ein Mann in einer schwarzen Robe mit weißem Beffchen und weißer Perücke: der Profoss, der Oberrichter, von Paris, und neben ihm sein Stellvertreter.

Gerichtsdiener, mit Stöcken bewaffnete Sergeanten und Soldaten der königlichen Wache umgaben die Frauen und Mädchen. Sie wurden zum Fuß des Podiums geschoben und mussten vor einen Tisch treten, an dem ein Justizbeamter ihre Namen niederschrieb.

Angélique war wie vor den Kopf gestoßen, als man sie nach ihrem Namen fragte. Sie hatte keinen Namen mehr! Schließlich behauptete sie, Anne Sauvert zu heißen, nach einem Dorf in der Umgebung von Monteloup, dessen Name ihr plötzlich eingefallen war.

Das Urteil war rasch gefällt. Das Châtelet war an diesem Tag überfüllt. Man musste die Insassen rasch sortieren. Nachdem er jeder der Angeklagten ein paar Fragen gestellt hatte, las der Vertreter des Profoss die Namensliste vor, die man ihm überreicht hatte, und erklärte, alle genannten Personen würden öffentlich ausgepeitscht werden. Anschließend würden sie zum Armenhaus geführt, wo fromme Frauen sie lehren würden, zu nähen und zu Gott zu beten.

»Ach, da sind wir rasch wieder draußen«, flüsterte eines der Mädchen Angélique zu. »Das Armenhaus ist kein Gefängnis. Sie werden uns zwar dort einsperren, aber nicht bewachen. Wir werden ganz leicht entwischen können.«

Anschließend wurde eine Gruppe von etwa zwanzig Frauen in einen großen Saal im Erdgeschoss geführt, und Sergeanten ließen sie an der Wand entlang Aufstellung nehmen.

Die Tür öffnete sich, und ein hochgewachsener, korpulenter Soldat trat ein. Er trug eine prächtige, braune Perücke, die ein gerötetes Gesicht mit einem dicken schwarzen Schnurrbart umrahmte. Mit seinem blauen Rock, der sich über seinen feisten Schultern spannte, dem wuchtigen Schwertgehenk, das quer über seinem stattlichen Schmerbauch hing, den breiten, mit Posamenten besetzten Ärmelaufschlägen, seinem Schwert und dem enormen, mit goldenen Eicheln zusammengehaltenen Revers ähnelte er ein wenig dem Großen Matthieu, allerdings ohne die Gutmütigkeit und Jovialität des Quacksalbers. Tief unter buschigen Brauen lagen kleine, hart dreinblickende Augen. Er trug Stiefel mit hohen Absätzen, die seine gewaltige Statur noch betonten.

»Das ist der Hauptmann der Wache«, flüsterte Angéliques Nachbarin. »Oh, er ist schrecklich! Man nennt ihn den Menschenfresser.«

Der Menschenfresser schritt die Reihe der Gefangenen ab, wobei seine Sporen auf dem Steinboden knallten.

»Ha, ha, meine Mädchen, da steht euch eine schöne Tracht Prügel bevor! Macht schon, runter mit dem Mieder. Und passt auf, dass ihr nicht so laut schreit, sonst gibt es noch ein paar Hiebe extra.«

Die Frauen, die schon einmal ausgepeitscht worden waren, machten ergeben den Oberkörper frei. Diejenigen, die Hemden trugen, ließen sie an den Armen hinabgleiten und schlugen sie über ihre Röcke. Die Frauen, die zögerten, wurden von den Bütteln brutal ausgezogen. Einer von ihnen zerrte Angéliques Mieder herunter und riss es entzwei. Eilig machte sie selbst ihren Oberkörper frei, weil sie fürchtete, die Männer könnten den Gürtel bemerken, in dem ihr Messer steckte.

Der Hauptmann der Wache ging auf und ab und musterte die Frauen, die in einer Reihe vor ihm standen. Vor den Jüngsten hielt er an, und seine kleinen Schweinsäuglein leuchteten auf. Schließlich deutete er mit einer gebieterischen Geste auf Angélique.

Verschwörerisch kichernd holte einer der Büttel sie aus der Reihe.

»Bringt dieses Gesindel fort«, befahl der Offizier. »Und seht zu, dass ihr ihnen ordentlich das Fell gerbt! Wie viele sind es?«

»Etwa zwanzig, Monsieur.«

»Wir haben jetzt vier Uhr nachmittags. Ihr müsst bis Sonnenuntergang fertig sein.«

»Zu Befehl, Monsieur.«

Die Büttel trieben die Frauen nach draußen. Auf dem Hof erblickte Angélique einen mit festen Ruten beladenen Karren. Er würde dem jämmerlichen Zug bis zu der Stelle in der Nähe der Kirche Saint-Denis-de-la-Châtre folgen, an der die öffentlichen Züchtigungen vollzogen wurden. Die Tür fiel wieder zu, und Angélique blieb allein mit dem Hauptmann zurück. Verstohlen warf sie ihm einen überraschten, besorgten Blick zu. Warum überließ man sie nicht demselben Los wie ihre Gefährtinnen? Würde sie wieder in den Kerker geworfen werden?

In dem Saal mit seiner niedrigen, gewölbten Decke und den feuchten Wänden war es eiskalt. Zitternd verschränkte Angélique die Arme und umfasste ihre Schultern; vielleicht weniger, um sich vor der Kälte zu schützen, als ihre Brust dem gierigen Blick des Menschenfressers zu entziehen.

Dieser kam schweren Schrittes heran und hüstelte.

»Also, meine Kleine, hast du wirklich Lust, dir deinen hübschen, weißen Rücken zerschlagen zu lassen?«

Da sie nicht antwortete, sprach er weiter.

»Sag etwas! Willst du das wirklich?«

Natürlich konnte Angélique nicht behaupten, sie hätte Lust dazu. Sie entschied sich, den Kopf zu schütteln.

»Nun gut, das könnten wir arrangieren«, fuhr der Mann in süßlichem Ton fort. »Es wäre doch schade, ein so hübsches Hühnchen zu verunstalten. Vielleicht können wir beide uns ja einig werden?«

Er legte einen Finger unter ihr Kinn, damit sie zu ihm aufsehen musste, und stieß einen bewundernden Pfiff aus.

»Teufel noch eins, was für schöne Augen! Deine Mutter muss Absinth getrunken haben, als sie dich erwartete. Komm, lächle einmal für mich.«

Hinterlistig glitten seine dicken Finger über ihren zarten Hals und liebkosten ihre gerundete Schulter.

Sie fuhr zurück und konnte einen Ekelschauer nicht unterdrücken. Der Menschenfresser lachte, dass sein Wanst bebte, doch sie sah ihn aus ihren grünen Augen fest an. Schließlich wurde er als Erster verlegen, obwohl er sie mit seiner kräftigen Gestalt überragte.

»Wir sind uns einig, oder?«, meldete er sich erneut zu Wort. »Du kommst mit mir in mein Schlafgemach, und nachher gehst du wieder zu den anderen Frauen. Aber die Büttel werden dich in Ruhe lassen und nicht auspeitschen … Gefällt dir das, meine Schöne?«

Er brach in lautes Gelächter aus. Energisch zog er sie an sich und begann, ihr Gesicht mit schmatzenden, gierigen Küssen zu übersäen.

Die Berührung dieses feuchten, nach Tabak und Rotwein stinkenden Mundes stieß Angélique ab. Wie ein Aal wand sie sich, um sich dieser Umarmung zu entziehen. Das Schwertgehenk und die Posamenten an der Uniform des Hauptmanns scheuerten ihr die Brust auf.

Endlich konnte sie sich befreien und beeilte sich, ihr zerfetztes Mieder so gut wie möglich zusammenzuziehen.

»Was denn?«, meinte der Hüne verblüfft. »Was ist denn mit dir los? Hast du nicht verstanden, dass ich dir die Strafe ersparen will?«

»Ich danke Euch«, gab Angélique entschieden zurück. »Aber ich möchte mich doch lieber auspeitschen lassen.«

Der Mund des Menschenfressers klappte auf, sein Schnurrbart zitterte, und er wurde knallrot im Gesicht, als drückten ihm die Schnüre seines Kragens mit einem Mal die Luft ab.

»Was … was sagst du da?«

»Ich ziehe es vor, mich auspeitschen zu lassen«, wiederholte Angélique. »Der Profoss von Paris hat mich zur Prügelstrafe verurteilt. Ich darf mich der Justiz nicht entziehen.«

Entschiedenen Schrittes ging sie zur Tür, doch er hatte sie mit einem einzigen Satz eingeholt und packte sie am Hals.

Oh, mein Gott!, dachte Angélique. Nie wieder werde ich ein Huhn am Hals nehmen. Das ist ja ein ganz scheußliches Gefühl!

Der Hauptmann musterte sie aufmerksam.

»Du bist mir aber ein komisches Mädchen«, meinte er ein wenig keuchend. »Für das, was du gerade getan hast, könnte ich dich mit meinem Säbel niedermachen und dich tot auf dem Boden liegen lassen. Aber ich will dir nichts tun. Du bist schön und gut gebaut. Je länger ich dich anschaue, umso mehr begehre ich dich. Es wäre doch zu dumm, wenn wir uns nicht verständigen könnten. Ich kann dir einen Dienst erweisen. Schau doch nicht so böse drein. Sei nett zu mir, und wenn du dann zu den anderen zurückkehrst, wer weiß … Vielleicht wird ja der Wächter, der dich zu ihnen führt, in eine andere Richtung schauen …«

Blitzartig sah Angélique die Möglichkeit zur Flucht vor sich. Florimonds und Cantors kleine Gesichter tanzten vor ihrem inneren Auge.

Verstört betrachtete sie das grobe, gerötete Gesicht, das sich über sie beugte. Gegen ihren Willen rebellierte ihr Körper. Das war unmöglich. Niemals würde sie in der Lage dazu sein! Aus dem Armenhaus konnte man fliehen ... Vielleicht konnte sie es ja schon auf dem Weg dorthin versuchen ...

»Lieber gehe ich ins Armenasyl«, rief sie außer sich. »Ich ...«

Der Rest dessen, was sie hatte sagen wollen, ging in einer wütenden Attacke unter. Sie wurde geschüttelt, dass es ihr den Atem verschlug, und üble Beschimpfungen prasselten auf sie ein. Eine Tür öffnete sich wie ein heller Tunnel, und sie schoss hinaus wie eine Pistolenkugel.

»Schlagt diese Hure, bis ihr die Haut in Fetzen herunterhängt!«

Und die Tür schlug mit einem Donnerschlag zu.

Angélique war in eine Gruppe von Männern von der Bürgerwehr hineingestolpert, die soeben die Nachtwache übernommen hatten. Diese waren meist friedliche Handwerker oder Händler, die nicht ohne Murren diese Verpflichtung übernahmen, die ihre Innungen um der Sicherheit der Stadt willen von ihnen einforderte. Sie waren die sogenannte sitzende oder schlafende Wache, was viele Interpretationen zuließ.

Kaum hatten sie begonnen, ihre Kartenspiele und Pfeifen auszupacken, da fiel ihnen dieses halbnackte Mädchen vor die Füße. Der Hauptmann hatte derart gebrüllt, dass niemand seinen Befehl verstanden hatte.

»Noch eine, der unser tapferer Hauptmann übel mitgespielt hat«, meinte einer von ihnen. »Man kann nicht behaupten, die Liebe mache ihn zartfühlend.«

»Erfolg hat er aber damit. Seine Nächte sind niemals einsam.«

»Na ja, er sucht sich die Frauen unter den Gefangenen aus und lässt sie zwischen dem Kerker und seinem Bett wählen.«

»Wenn der Profoss von Paris das wüsste, würde er ihm die Hölle heißmachen!«

Angélique war aufgestanden. Sie fühlte sich völlig zerschlagen. Die Wachen sahen sie gelassen an. Sie stopften ihre Pfeifen und mischten die Karten.

Zögernd ging sie bis zur Schwelle der Wachstube. Niemand unternahm einen Versuch, sie aufzuhalten.

Sie befand sich in der Rue Saint-Leufroy, der überwölbten Passage, die durch die Festung des Châtelet führte und die Rue Saint-Denis mit dem Pont au Change verband.

Menschen kamen und gingen. Angélique begriff, dass sie frei war. Hals über Kopf rannte sie los.

»Psst! Marquise der Engel! Achtung, geh nicht weiter.«

Angélique näherte sich der Tour de Nesle, als die Stimme der Polackin sie innehalten ließ.

Sie drehte sich um und entdeckte die junge Frau, die sich im Schatten eines Portals verbarg und sie heranwinkte. Sie trat zu ihr.

»Ach, mein armes Kind«, seufzte die Polackin, »da hat man uns schön hereingelegt. Was für eine Geschichte. Zum Glück ist Beau-Garçon eben gekommen. Er hat sich von einem der ›Brüder‹ eine Tonsur scheren lassen und der Polizei erzählt, er sei Priester. Während man ihn vom Châtelet in das Gefängnis des erzbischöflichen Palasts überführen wollte, ist er dann getürmt.«

»Warum soll ich denn nicht in die Tour de Nesle gehen?«

»Verflixt! Weil Rodogone und seine ganze Bande sich dort eingenistet haben.«

Angélique erbleichte.

»Du hättest sehen sollen, wie sie uns hinausgeworfen haben«, berichtete die Polackin. »Wir hatten nicht einmal Zeit, unsere Kleider mitzunehmen! Aber ich habe trotzdem deine Schatulle und deinen Affen gerettet. Sie sind in der Ruhe du Val-d'Amour, in einem Haus, in dem Beau-Garçon Freunde hat und seine Mädchen unterbringt.«

»Und meine Kinder?«, verlangte Angélique zu wissen.

»Niemand hat eine Ahnung, was aus Calembredaine geworden ist«, plapperte die Polackin weiter. »Gefangen, gehenkt …? Ich habe auch gehört, er sei in die Seine gesprungen. Vielleicht konnte er ja aufs Land fliehen …«

»Calembredaine ist mir herzlich egal«, stieß Angélique durch zusammengebissene Zähne hervor.

Sie hatte die Frau bei den Schultern gepackt und grub ihr die Fingernägel in die Haut.

»Wo sind meine Kinder?«

Aus ihren schwarzen Augen sah die Polackin sie ein wenig unsicher an und schlug dann die Lider nieder.

»Ich habe das nicht gewollt, ganz bestimmt nicht … Aber die anderen waren stärker …«

»Wo sind sie?«, fragte Angélique noch einmal mit tonloser Stimme.

»Jean-Pourri hat sie mitgenommen … zusammen mit allen Kindern, die er finden konnte.«

»Er hat sie mitgenommen … nach Faubourg Saint-Denis?«

»Ja. Das heißt, Florimond hat er mitgenommen. Cantor nicht. Er meinte, er sei zu wohlgenährt, um ihn an die Bettler zu vermieten.«

»Und was hat er mit ihm angestellt?«

»Er ... er hat ihn verkauft ... Ja, um dreißig Sous ... an Zigeuner, die ein Kind brauchten, um es zum Akrobaten auszubilden.«

»Wo sind diese Zigeuner jetzt?«

»Woher soll ich das wissen«, rief die Polackin und machte sich ärgerlich los. »Fahr deine Krallen ein, mein Kätzchen, sonst tust du mir noch weh ... Was soll ich dir sagen? Es waren eben Zigeuner. Sie sind fortgezogen. Die nächtliche Prügelei hat sie vergrätzt, und sie haben Paris verlassen.«

»In welche Richtung sind sie gezogen?«

»Sie sind vor knapp zwei Stunden gesehen worden, als sie zur Porte Sainte-Antoine unterwegs waren. Ich habe mich dann lieber hier herumgedrückt, weil ich mir schon dachte, dass du zurückkommen würdest. Du bist schließlich eine Mutter! Und die Mütter tun alles für ihre Kinder ...«

Schmerz und Verzweiflung überwältigten Angélique. Sie hatte das Gefühl, den Verstand zu verlieren.

Florimond in den Händen des abscheulichen Jean-Pourri! Bestimmt weinte er und rief nach seiner Mutter! Und Cantor, für immer ins Unbekannte entführt!

»Wir müssen nach Cantor suchen«, erklärte sie. »Vielleicht haben sich die Zigeuner noch nicht allzu weit von Paris entfernt.«

»Du verlierst den Verstand, meine arme Marquise!«

Aber Angélique hatte sich bereits wieder in Bewegung gesetzt. Die Polackin lief ihr nach.

»Na schön«, sagte sie resigniert, »machen wir uns auf den Weg. Ich habe ein bisschen Geld. Vielleicht können wir ihnen den Kleinen ja wieder abkaufen ...«

Während des Tages hatte es geregnet. Die Luft war feucht und von herbstlichen Düften erfüllt. Die Pflastersteine schimmerten.

Die beiden Frauen folgten dem rechten Seine-Ufer und verließen Paris über das Quai de l'Arsenal. Der Himmel hing tief über der Landschaft und sah aus, als wäre er am Horizont von einem roten Riss gespalten. In der Abenddämmerung kam ein kalter Wind auf. Bewohner aus den Vorstädten erklärten, sie hätten die Zigeuner in der Nähe des Pont de Charenton gesehen. Die Frauen gingen schnellen Schrittes. Ab und zu zuckte die Polackin die Schultern und stieß einen Fluch aus, aber sie widersprach nicht. Sie folgte Angélique mit der Ergebenheit eines Menschen, der schon weit gewandert und vielen nachgefolgt ist, ohne zu begreifen, warum, bei jedem Wetter und auf allen Wegen.

Als sie die Brücke von Charenton erreichten, bemerkten sie unterhalb der Straße Feuer, die auf einer Wiese brannten.

Die Polackin blieb stehen.

»Da sind sie«, flüsterte sie. »Wir haben Glück.«

Sie näherten sich dem Lager. Zweifellos hatte das Wäldchen aus dicken Eichen die Gruppe bewogen, hier eine Rast einzulegen. Zwischen Ästen aufgespannte Planen waren in dieser regnerischen Nacht der einzige Schutz der Zigeuner. Frauen und Kinder saßen an den Feuern. An einem grob zurechtgehauenen Spieß briet ein Hammel. Ein Stück weiter grasten ihre mageren Klepper.

Angélique und ihre Begleiterin traten näher heran.

»Pass bloß auf, dass du sie nicht vergrätzt«, wisperte die Polackin. »Du kannst dir nicht vorstellen, wie böse sie sind! Sie wären in der Lage, uns in aller Ruhe genau wie diesen Hammel aufzuspießen, und man würde nie wieder etwas von uns hören. Lass auf jeden Fall mich reden. Ich verstehe ihre Sprache ein wenig ...«

Ein großer Bursche mit einer Pelzmütze löste sich aus dem Lichtkreis des Feuers und kam auf sie zu. Sie machten die Erkennungszeichen der Gaunerzunft, die der Mann erwiderte. Daraufhin erklärte die Polackin ihm den Grund ihres Besuchs. Angélique verstand kein Wort von ihrem Gespräch. Sie versuchte, vom Gesicht des Zigeuners abzulesen, was er dachte, doch inzwischen war es so stockfinster, dass sie seine Züge nicht erkennen konnte.

Schließlich zog die Polackin ihren Geldbeutel hervor. Der Mann wog ihn in der Hand, reichte ihn ihr wieder und kehrte an das Lagerfeuer zurück.

»Er sagt, er wird mit seinen Stammesgenossen darüber reden.«

Im eiskalten Wind, der von der Ebene heranwehte, warteten sie. Endlich kehrte der Mann mit demselben gelassenen, geschmeidigen Gang zurück.

Er sagte ein paar Worte.

»Was meint er?«, verlangte Angélique keuchend zu wissen.

»Er sagt ... sie wollen das Kind nicht wieder hergeben. Sie finden es schön und anmutig und lieben es jetzt schon. Alles ist gut, wie es ist, sagen sie.«

»Aber das ist doch nicht möglich! Ich will mein Kind«, schrie Angélique.

Sie wollte in das Lager stürzen, aber die Polackin hielt sie mit festem Griff zurück.

Der Zigeuner hatte sein Schwert gezogen. Andere Männer näherten sich.

Die Gaunerin zog ihre Begleiterin zur Straße.

»Du bist ja verrückt! Willst du unbedingt sterben?«

»Das ist nicht möglich«, wiederholte Angélique. »Man

muss doch etwas tun. Sie können Cantor nicht einfach so mitnehmen, weit … weit weg …«

»Mach dir keinen Kopf, so ist das Leben nun einmal. Irgendwann gehen die Kinder immer fort. Ob ein wenig früher oder später ist doch im Grunde egal. Auch ich habe schon Kinder gehabt! Habe ich die geringste Ahnung, wo sie sind? Nein, und trotzdem lebe ich!«

Angélique schüttelte den Kopf, um diese Stimme nicht zu hören. Ein feiner, dichter Regen hatte zu fallen begonnen. Sie musste etwas unternehmen!

»Ich habe eine Idee«, erklärte sie. »Gehen wir nach Paris zurück. Ich will noch einmal zum Châtelet.«

»Gut, also zurück nach Paris«, pflichtete die Polackin ihr bei.

Sie machten sich auf den Weg. Immer wieder traten sie in Schlammpfützen, und Angélique hatte sich in ihren schlechten Schuhen die Füße blutig gelaufen. Der Wind drückte ihr den nassen Rock gegen die Beine. Sie hatte das Gefühl, gleich ohnmächtig zu werden. Seit vierundzwanzig Stunden hatte sie nichts mehr gegessen.

»Ich kann nicht mehr«, murmelte sie und blieb stehen, um zu verschnaufen. »Und dabei muss ich rasch handeln, rasch …«

»Warte, hinter uns sehe ich Laternen. Das sind Reiter, die auf dem Weg nach Paris sind. Wir wollen sie fragen, ob sie uns mit aufs Pferd nehmen.«

Kühn stellte die Polackin sich mitten auf die Straße. Als die Gruppe sie erreichte, sagte sie mit ihrer heiseren Stimme, die aber auch schmeichlerisch klingen konnte:

»He, galante Herren! Habt Ihr nicht vielleicht Mitleid mit zwei hübschen Mädchen, die in Schwierigkeiten stecken? Wir werden uns dann schon erkenntlich zeigen.«

Die Reiter hielten ihre Tiere an. Man sah von ihnen nur die Mäntel, deren Kragen sie hochgeschlagen hatten, und die durchnässten Hüte. Sie wechselten einige Worte in einer fremden Sprache. Dann streckte sich Angélique eine Hand entgegen.

»Steigt auf, meine Schöne«, hörte sie eine junge Stimme auf Französisch sagen.

Der Unbekannte packte energisch zu, und die junge Frau fand sich bequem im Damensitz hinter dem Reiter wieder. Die Pferde setzten sich wieder in Bewegung.

Die Polackin lachte. Der Mann, der sie hinter sich aufs Pferd genommen hatte, war Ausländer, und sie begann, in dem derben Deutsch, das sie auf den Schlachtfeldern gelernt hatte, Scherze mit ihm auszutauschen.

»Haltet Euch gut fest, mein Mädchen«, meinte Angéliques Begleiter, ohne sich umzudrehen. »Mein Pferd hat einen harten Gang, und mein Sattel ist schmal. Ihr lauft sonst Gefahr, herunterzufallen.«

Gehorsam legte sie die Arme um den Oberkörper des jungen Mannes und verschränkte die eiskalten Hände vor seiner warmen Brust. Die Wärme tat ihr gut. Sie lehnte den Kopf an den kräftigen Rücken des Unbekannten und kostete den Moment der Ruhe aus. Da sie jetzt wusste, was sie zu tun hatte, fühlte sie sich ruhiger. Aus den Gesprächen der Reiter schloss sie, dass es sich um eine Gruppe Protestanten handelte, die in Charenton eine Kirche besucht hatten.

Kurz darauf ritten sie in Paris ein. Angéliques Begleiter bezahlte an der Porte Saint-Antoine das Wegegeld für sie.

»Wohin darf ich Euch bringen, meine Schöne?«, fragte er, wobei er sich dieses Mal umwandte und versuchte, ihr Gesicht zu erkennen.

Sie schüttelte die Erstarrung ab, die sie kurz überwältigt hatte.

»Ich will Euch nicht die Zeit stehlen, Monsieur, aber ich wäre Euch zu großem Dank verpflichtet, wenn Ihr mich bis zum Großen Châtelet mitnehmen könntet.«

»Das tue ich gern.«

»Angélique«, rief die Polackin, »du machst eine Dummheit. Pass nur auf!«

»Lass mich … Und gib mir deinen Geldbeutel. Vielleicht brauche ich ihn noch.«

»Na schön ….«, murmelte die Polackin schulterzuckend.

Sie war zu Boden gesprungen und überschüttete ihren Reiter, der im Übrigen kein Deutscher, sondern Holländer war, mit Dankesworten. Angesichts ihres Überschwangs wirkte der Mann entzückt und verlegen zugleich.

Angéliques Begleiter zog den Hut, um sich zu verabschieden. Dann trieb er sein Pferd rasch durch die breite, wenig belebte Straße des Faubourg Saint-Antoine. Ein paar Minuten später hielt er vor dem Châtelet-Gefängnis an, das Angélique erst vor ein paar Stunden verlassen hatte. Sie stieg ab.

Der Torbogen, der den Haupteingang der Festung darstellte, wurde von großen Fackeln, die an den Wänden angebracht waren, erleuchtet. In ihrem rötlichen Schein konnte Angélique ihren Begleiter besser erkennen. Er war ein junger Mann zwischen zwanzig und fünfundzwanzig, der nach Art der Bürger ordentlich, aber einfach gekleidet war.

»Entschuldigt, dass ich Euch von Euren Freunden getrennt habe«, sagte sie.

»Nicht so schlimm. Diese jungen Leute gehören nicht zu mir. Sie sind Ausländer. Ich bin Franzose und lebe in La

Rochelle. Mein Vater, der Reeder ist, hat mich nach Paris geschickt, um mich über den Handel in Paris zu informieren. Mit diesen Fremden war ich unterwegs, weil ich ihnen in der Kirche von Charenton, wo wir an der Beisetzung eines Glaubensbruders teilgenommen haben, begegnet bin. Ihr seht also, dass Ihr in keiner Weise meine Pläne gestört habt.«

»Ich danke Euch für Eure freundliche Erklärung, Monsieur.«

Sie streckte ihm die Hand entgegen. Er nahm sie, und sie sah in das ernsthafte, gutmütige Gesicht des jungen Mannes, der sich lächelnd zu ihr herunterbeugte.

»Freut mich, Euch einen Gefallen getan zu haben, meine Kleine.«

Sie sah zu, wie er sich zwischen den blutigen Fleischerständen der belebten Rue de la Grande-Boucherie entfernte. Er drehte sich nicht noch einmal um; aber die Begegnung mit ihm hatte der jungen Frau neuen Mut geschenkt.

Kurz darauf durchquerte Angélique entschlossenen Schritts das Portal und trat in die Tür der Wachstube. Ein Büttel hielt sie an.

»Ich will mit dem Hauptmann der königlichen Wache sprechen.«

Der Mann zwinkerte vielsagend.

»Mit dem Menschenfresser? Na schön, nur zu, meine Hübsche, wenn das ein Mann nach deinem Geschmack ist.«

Blauer Pfeifenrauch stand in dem Raum. Während sie eintrat, strich Angélique sich automatisch ihren feuchten Rock glatt. Sie bemerkte, dass der Wind ihr einmal mehr ihre Haube abgerissen hatte, und schämte sich bei dem Gedanken an ihren kahl geschorenen Kopf. Daher nahm sie ihr Halstuch, schlang es um ihren Kopf und knotete die Zipfel unter dem Kinn zusammen.

Dann ging sie in den hinteren Teil des Raums. Vor dem Kaminfeuer zeichnete sich dunkel die imposante Gestalt des Hauptmanns ab. Er hielt seine langstielige Pfeife in der einen und ein Weinglas in der anderen Hand und schwadronierte laut. Seine Gesprächspartner lauschten ihm gähnend und wippten auf ihren Stühlen. Offenbar waren sie an seine Volksreden gewöhnt.

»Sieh da, ein Weibsbild stattet uns einen Besuch ab«, meinte einer der Soldaten, offensichtlich froh über die Ablenkung.

Als der Hauptmann Angélique wiedererkannte, fuhr er zusammen und lief hochrot an. Doch sie ließ ihm keine Zeit, sich wieder zu fassen.

»Hört mich an, Hauptmann«, rief sie. »Und Ihr Soldaten, helft mir bitte! Zigeuner haben mein Kind entführt und sind dabei, es aus Paris fortzubringen. Im Moment lagern sie in der Nähe des Pont de Charenton. Ich flehe Euch an, gebt mir ein paar Männer mit, die sie zwingen, mir mein Kind zurückzugeben. Die Befehle der Wache müssen sie schließlich befolgen …«

Verblüfftes Schweigen trat ein, dann begann plötzlich einer der Männer zu lachen.

»Also, so etwas habe ich ja noch nie gehört! Ha, ha, ha! Ein Mädchen, das die Wache in Bewegung setzen will, um … Ha, das ist zu komisch! Für wen hältst du dich eigentlich, Marquise?«

»Sie hat geträumt und glaubt, sie wäre die Königin von Frankreich.«

Alle Männer bogen sich vor Lachen. Wohin Angélique sich auch wandte, sie sah nur offene Münder und Schultern, die vor unbändigem Gelächter bebten. Nur der Hauptmann lachte nicht. Sein dunkelrotes Gesicht nahm einen Furcht einflößenden Ausdruck an.

Er wird mich ins Gefängnis werfen. Ich bin verloren, dachte Angélique.

Sie warf panische Blicke in die Runde.

»Er ist ein Knabe von acht Monaten«, rief sie, »und schön wie ein Engel. Er ist genau wie Eure eigenen Kinder, die in diesem Moment bei ihren Müttern in ihrer Wiege schlafen… Und die Ägypter werden ihn weit, weit fortbringen… Er wird seine Mutter nie wiedersehen, niemals sein Vaterland und seinen König kennenlernen… Er…«

Sie erstickte fast an ihrem Schluchzen. Die ausgelassenen Soldaten und Wachleute wurden ernst. Ein paar Lacher erklangen noch, doch dann wechselten sie verlegene Blicke.

»Herrje«, meinte ein alter, narbenübersäter Mann, »wenn diese Streunerin so an ihrem Kleinen hängt… Es gibt schon genug Frauen, die ihre Kinder an den Straßenecken aussetzen…«

»Ruhe!«, brüllte der Hauptmann.

Er baute sich vor der jungen Frau auf.

»So, so«, meinte er bedrohlich ruhig, »wir sind also nicht nur eine Dirne ohne Hemd, die zur Auspeitschung verurteilt ist, sondern wir spielen auch noch die feine Dame und finden es ganz natürlich, einen Trupp Soldaten aufzuscheuchen! Und was bietest du zum Tausch an, Marquise?«

Sie starrte ihn aufgebracht an.

»Mich.«

Verblüfft zog der Koloss die Augen zusammen.

»Hier entlang«, befahl er schroff.

Er stieß sie in einen Nebenraum, der als Schreibstube diente.

»Was genau sollte das heißen?«, knurrte er.

Angélique schluckte, aber sie wich nicht zurück.

»Ich meine, dass ich tun werde, was Ihr verlangt.«

Plötzlich wurde sie von einer widersinnigen Furcht ergriffen. Und wenn er sie jetzt nicht mehr wollte, weil er sie zu ärmlich fand? Cantors und Florimonds Leben hingen von der Begierde dieses groben Klotzes ab.

Währenddessen sagte er sich, dass er eine solche Frau noch nie gesehen hatte. Sie besaß den Körper einer Göttin! Ja, Donnerwetter, das erriet man sogar trotz ihrer Lumpen. Das wäre einmal eine schöne Abwechslung von den fetten, welken Körpern der Mädchen, mit denen er üblicherweise zu tun hatte. Und das Gesicht erst, dieses Gesicht! Er schaute nie einer Hure ins Gesicht; kein Interesse. Da hatte er nun so alt werden müssen, um zu entdecken, was das Gesicht einer Frau bedeutet! Wirklich, er kam sich wie ein Idiot vor.

Der Menschenfresser wirkte nachdenklich, und Angélique begann schon zu zittern. Schließlich streckte er die Hände aus, fasste sie unter den Achseln und zog sie grob an sich.

»Was ich will …«, stieß er heftig hervor, »was ich will …«

Er zögerte, und sie ahnte nicht einmal, dass er plötzlich schüchtern war.

»Ich will eine ganze Nacht«, schloss er. »Hast du verstanden? Nicht so eine kleine Geschichte zwischen Tür und Angel, wie ich sie dir vorhin angetragen habe … Eine ganze Nacht.«

Er ließ sie los und griff mit einer heftigen Geste nach seiner Pfeife.

»Das wird dich lehren, die Zierpuppe zu spielen! Also, verstanden?«

Sie brachte kein Wort heraus und nickte nur.

»Sergeant!«, brüllte der Hauptmann.

Ein Unteroffizier rannte herbei.

»Sattelt die Pferde ...! Ich brauche fünf Männer. Und Beeilung!«

Als das Zigeunerlager in Sicht kam, hielt die kleine Truppe an. Der Hauptmann erteilte seine Befehle.

»Ich brauche zwei Männer da hinten, hinter dem Wäldchen, falls sie auf die Idee kommen, über das freie Feld zu flüchten. Du, Mädchen, bleibst hier.«

Instinktiv wie Tiere, die es gewöhnt sind, bei Nacht Witterung aufzunehmen, sahen die Zigeuner zur Straße hin und schlossen sich zusammen.

Der Hauptmann und die Büttel rückten vor, während die beiden anderen Männer wie befohlen einen Bogen schlugen.

Angélique hielt sich im Schatten und hörte zu, wie der Hauptmann der Wache dem Anführer des Stammes unter lautem Fluchen befahl, alle seine Leute – Männer, Frauen und Kinder – vortreten zu lassen. Er müsse sie abzählen. Dies sei nur eine Formalität, die wegen der gestrigen Ereignisse auf dem Jahrmarkt von Saint-Germain notwendig sei. Danach würde man sie in Ruhe lassen.

Beruhigt kamen die Fahrensleute dem Befehl nach. Sie waren mit den Polizeischikanen der ganzen Welt vertraut.

»Komm her, Mädchen«, brüllte der Hauptmann.

Angélique lief herbei.

»Das Kind dieser Frau befindet sich bei euch«, fuhr der Offizier fort. »Gebt es heraus, oder wir spießen euch alle auf.«

In diesem Moment entdeckte Angélique Cantor, der an der braunen Brust einer Zigeunerin schlummerte. Sie fauchte wie eine Tigerin, stürzte auf die Frau zu und entriss ihr das Kind, das zu weinen begann. Die Zigeunerin stieß einen Schrei aus, doch der Stammesführer gebot ihr mit rauer Stimme, sie solle still sein. Der Anblick der berittenen Büttel, deren auf sie gerichtete Hellebardenspitzen im Feuerschein schimmerten, machte ihm klar, dass jeder Widerstand sinnlos war.

Dennoch legte er große Arroganz an den Tag und wies darauf hin, sie hätten dreißig Sous für das Kind bezahlt. Angélique warf ihm das Geld zu.

Leidenschaftlich schlossen sich ihre Arme um den kleinen, glatten, wohlgenährten Körper. Cantor gefiel diese etwas stürmische Inbesitznahme gar nicht. Seit seiner Geburt hatte er bewiesen, dass er sich an alle Umstände anpassen konnte, und er hatte sich offensichtlich auf dem Schoß der Zigeunerin wohlgefühlt.

Der gleichförmige Schritt des Pferdes, auf dem Angélique hinter einem der Büttel saß, beruhigte ihn, und der Kleine schlief, den Daumen im Mund, wieder ein. Kalt schien ihm nicht zu sein, obwohl er splitternackt war, denn so hielten es die Zigeuner mit ihren Kindern.

Sie drückte ihn unter ihrem geöffneten Mieder an die Brust und hielt ihn mit einem Arm fest, während sie sich mit dem anderen am Waffengurt des Büttels festklammerte.

In Paris war es immer noch rabenschwarze Nacht. Langsam aber unaufhaltsam rannen die Stunden auf die Zeit der tiefsten Dunkelheit zu, um dann erneut ans Tagslicht zu treten wie ein Wasserlauf, der aus einer grasbewachsenen Ebene oder einem unsichtbaren, unterirdischen Bett wieder auftaucht. Die ehrlichen Leute begannen ihre Fenster zu schließen und die Kerzen auszublasen. Edelleute und Bürger gingen in die Taverne oder ins Theater. Auf ein intimes Abendessen folgten vielleicht einige Gläser Rosenlikör und ein paar galante Küsse.

Vom Uhrturm des Châtelet schlug es zehn.

Angélique sprang zu Boden und lief zu dem Hauptmann.

»Lasst mir Zeit, mein Kind an einem sicheren Ort unterzubringen«, bat sie. »Ich schwöre Euch, dass ich morgen Abend wiederkomme.«

Er setzte eine Furcht einflößende Miene auf.

»Versuch nicht, mich hinters Licht zu führen. Das würdest du bereuen.«

»Ich schwöre Euch, dass ich zurückkomme!«

Da sie nicht wusste, wie sie ihn von ihrer Aufrichtigkeit überzeugen konnte, verkreuzte sie zwei Finger und spuckte auf die Erde; ein Eid nach Gaunerart.

»Nun gut«, meinte der Hauptmann. »Ich habe noch nicht oft erlebt, dass ein solcher Schwur gebrochen wird. Ich warte also auf dich … aber lass mich nicht allzu lange ausharren. Wie wäre es unterdessen mit einem Küsschen als Anzahlung?«

Doch sie fuhr zurück und rannte davon.

Wie konnte er es wagen, sie anzurühren, während sie noch ihr kostbares kleines Kind im Arm hielt! Egal wo, ob auf der Straße oder am Hof, Männer hatten vor gar nichts Achtung.

Die Rue de la Vallée-de-Misère lag unmittelbar hinter dem Châtelet, nur ein paar Schritte weit weg. Ohne auch nur einmal den Schritt zu verlangsamen, erreichte Angélique den Kecken Hahn, durchquerte den Gastraum und trat in die Küche.

Barbe war noch auf und rupfte einen alten Hahn. Angélique stieß ihr das Kind geradezu in die Arme.

»Das ist Cantor«, erklärte sie keuchend. »Pass auf ihn auf, beschütze ihn. Versprich mir, dass du ihn unter keinen Umständen im Stich lässt.«

Die friedliche Barbe drückte mit einer einzigen Bewegung den Säugling und das Federvieh an die Brust.

»Ich verspreche es, Madame.«

»Aber wenn Meister Bourjus zornig wird …«

»Dann soll er doch schreien, Madame. Ich werde ihm sagen, das Kind sei meines, und dass ein Musketier es mir gemacht hat.«

»Gut. Und jetzt, Barbe …«

»Madame?«

»Nimm deinen Rosenkranz.«

»Ja, Madame.«

»Und fang an, für mich zur Jungfrau Maria zu beten …«

»Ja, Madame.«

»Hast du Branntwein, Barbe?«

»Ja, Madame, dort auf dem Tisch …«

Angélique ergriff die Flasche, setzte sie an und trank einen Schluck. Sie hatte das Gefühl, gleich auf dem Steinboden zusammenzubrechen, und musste sich auf den Tisch stützen. Doch kurz darauf konnte sie wieder klar denken und spürte, wie eine angenehme Wärme sich in ihrem Inneren ausbreitete.

Barbe starrte sie aus weit aufgerissenen Augen an.

»Madame … Wo sind denn Eure Haare geblieben?«

»Woher soll ich wissen, wo mein Haar ist?«, gab Angélique bissig zurück. »Ich habe anderes zu tun, als danach zu suchen.«

Festen Schrittes ging sie zur Tür.
»Wohin wollt Ihr, Madame?«
»Ich gehe Florimond holen.«

Kapitel 11

An der Ecke eines aus Strohlehm errichteten Hauses thronte die Statue des Gottes der Gaunerzunft; eine aus der Kirche Saint-Pierre-aux-Bœufs entwendeten Gottvaterfigur. Lästerungen und obszöne Sprüche waren die Gebete, die seine Gläubigen an ihn richteten.

An dieser Figur vorbei drang man durch ein Gewirr übler, stinkender Gassen in das Reich der Nacht und des Schreckens ein. Die Gottvater-Statue bezeichnete die Grenze, die ein einzelner Polizist oder Büttel nicht überschreiten durfte, ohne sein Leben aufs Spiel zu setzen. Auch die ehrbaren Leute wagten sich nicht in diese Gegend. Was hätten sie auch in diesem namenlosen Viertel zu suchen gehabt, wo schwarze, halb zusammengefallene Häuser, wacklige Hütten, alte Kutschen, Karren und Lastkähne Tausenden Familien als Unterkunft dienten? Diese Menschen waren ebenfalls namenlos und ohne Wurzeln und hatten keine andere Zuflucht als die der Gaunerzunft.

Die tiefe Dunkelheit und Stille machten Angélique klar, dass sie in das Reich des Großen Coesre eingedrungen war. Die Gesänge aus den Tavernen waren weit hinter ihr zurückgeblieben, und hier gab es keine Schenken, Laternen oder Lieder mehr.

Nichts als das Elend in Reinzustand mit seinem Dreck, seinen Ratten und streunenden Hunden …

Angélique war einmal bei Tag mit Calembredaine in diesem eigentlich zum Faubourg Saint-Denis gehörenden Viertel gewesen. Er hatte ihr den Sitz des Großen Coesre gezeigt, ein eigentümliches Haus mit mehreren Stockwerken, das einmal ein Kloster gewesen sein musste, denn in dieser Ansammlung von Erde, alten Brettern, Kieseln und Steinen, die man aufgeschüttet hatte, damit das Gebäude nicht zusammenbrach, waren noch Glockentürmchen und die Überreste eines Kreuzgangs zu erkennen. Überall abgestützt, krumm und schief mit seinen Bögen und Spitzbogenfenstern, reckte es überheblich seine Türmchen wie Schmuckfedern und war ein ganz und gar angemessener Palast für den König der Gauner.

Dort lebte der Große Coesre mit seinem Hof, seinen Frauen, seinen Gehilfen und seinem Narren. Und hier war es auch, wo Jean-Pourri unter den Fittichen des großen Meisters seine Ware – gestohlene Kinder, ob ehrbar oder illegitim – zwischenlagerte.

Seit sie dieses unheimliche Viertel betreten hatte, suchte Angélique nach diesem Haus. Ihr Instinkt sagte ihr, dass Florimond dort war. Im Schutz der vollkommenen Finsternis wanderte sie dahin. Die Gestalten, denen sie begegnete, interessierten sich nicht für diese zerlumpte Frau, die genauso aussah wie die anderen Bewohner dieser trübsinnigen Bruchbuden. Und wenn man sie angesprochen hätte, wäre sie in der Lage gewesen, keinen Argwohn zu erwecken, denn sie kannte inzwischen die Sprache und die Sitten der Unterwelt gut genug.

Die Verkleidung, die sie gewählt hatte – die des Elendes und der Verkommenheit –, war wahrhaftig die einzige, die es ihr erlaubte, diese Hölle ungestraft zu durchqueren.

Welche Bettlerin hätte ihr an diesem Abend angesichts

ihrer feuchten, zerrissenen Kleider, ihres abgeschnittenen Haars, das zeigte, dass man sie festgenommen hatte, und ihres von Angst und Müdigkeit verwüsteten Gesichts vorwerfen können, nicht zu ihnen zu gehören und mit feindlicher Absicht in dieses schreckliche, verfluchte Gebiet einzudringen?

Trotzdem musste sie achtgeben, dass man sie nicht erkannte. In diesem Viertel hielten sich zwei Banden versteckt, die mit Calembredaine rivalisierten.

Was würde geschehen, wenn sich das Gerücht verbreitete, die Marquise der Engel streiche hier herum? Die nächtliche Jagd der Tiere in den Tiefen eines Waldes ist weniger grausam als die Hatz, die Menschen in einer Großstadt auf einen der ihren veranstalten!

Um sich sicherer zu fühlen, bückte sich Angélique und beschmierte sich das Gesicht mit Schlamm.

Um diese Uhrzeit unterschied sich das Haus des Großen Coesre dadurch von den anderen, dass es erleuchtet war. Hier und da sah man hinter seinen Fenstern wie einen rötlichen Stern ein einfaches Licht flackern, das aus einem Napf mit Öl und einem alten Lappen als Docht bestand.

Angélique verbarg sich hinter einem Eckstein und beobachtete das Gebäude. Das Haus des Großen Coesre war auch das, aus dem der lauteste Lärm drang. Dort versammelten sich Bettler und Räuber wie einst Calembredaines Leute in der Tour de Nesle.

Da es an diesem Abend kalt war, hatte man Türen und Fenster mit alten Brettern verrammelt.

Angélique beschloss, an eines der Fenster zu treten, und schaute durch den Spalt zwischen zwei Brettern. Der Raum war dicht bevölkert, und ein paar Gesichter erkannte die junge Frau: den Kleinen Eunuchen, den Gefolgsmann Rôt-le-Barbon mit seinem wuchernden Bart und schließlich Jean-Pourri. Er wärmte sich die weißen Hände am Feuer und unterhielt sich mit Rôt-le-Barbon.

»So etwas nenne ich eine schöne Operation, mein teurer Magister. Nicht nur, dass die Polizei uns nichts getan hat; sie hat uns sogar noch geholfen, die Bande dieses dreisten Calembredaine zu zerschlagen.«

»Also, ich finde, jetzt übertreibst du ein wenig. Vierzehn der unsrigen sind ohne Gerichtsverhandlung am Galgen von Montfaucon gehenkt worden! Und man ist sich nicht einmal sicher, ob Calembredaine ebenfalls hingerichtet worden ist!«

»Pah, jedenfalls ist er angeschlagen und wird seine Stellung noch lange nicht wieder einfordern können ... vorausgesetzt, er taucht wieder auf, was ich bezweifle. Rodogone hat ihn von all seinen Stammplätzen verdrängt.«

Le Barbon seufzte.

»Dann müssen wir eines Tages gegen Rodogone kämpfen. Diese Tour de Nesle, von der aus man den Pont-Neuf und den Jahrmarkt von Saint-Germain beherrscht, ist eine starke strategische Stellung. Einstmals, als ich am Kollegium von Navarra noch ein paar Schelme in Geschichte unterrichtet habe ..«

Jean-Pourri hörte ihm nicht zu.

»Sei nicht so pessimistisch bezüglich der Tour de Nesle. Ich für meinen Teil kann mir gar nichts Besseres denken als ab und zu eine kleine Revolution von dieser Art. Was ich in der Tour de Nesle für eine Ernte eingefahren habe! Ungefähr zwanzig ausgezeichnete Kinder, die mir viele klingende Écus einbringen werden.«

»Und wo sind diese Engelchen?«

Jean-Pourri wies zur rissigen Decke.

»Da oben … Madeleine, mein Kind, komm doch einmal her und zeige mir deinen Säugling.«

Eine dicke Frau mit abgestumpftem Blick löste ein Kind von ihrer Brust und hielt es dem abscheulichen Individuum hin. Jean-Pourri nahm es und hielt es bewundernd in die Höhe.

»Ist er nicht schön, der kleine Mohr? Wenn er groß ist, lasse ich ihm einen himmelblauen Anzug machen und verkaufe ihn bei Hof.«

In diesem Moment nahm einer der Gauner seine Rohrflöte, und zwei andere begannen eine ländliche Bourrée zu tanzen. Angélique konnte nicht mehr hören, was Jean-Pourri und Le Barbon sprachen.

Doch eines war sicher: Die aus der Tour de Nesle entführten Kinder befanden sich in diesem Haus; anscheinend in einem Raum, der über dem Großen Saal lag.

Sehr langsam tastete sie sich an der Mauer entlang. Schließlich fand sie eine Öffnung, die zu einer Treppe führte. Sie zog die Schuhe aus und schlich auf nackten Füßen weiter, um nicht das leiseste Geräusch zu erzeugen.

Sie begann die Wendeltreppe hinaufzusteigen. Ein schwaches Licht, dessen Quelle nicht zu bestimmen war, erleuchtete die ziemlich hohen und steilen Stufen aus gestampftem Lehm. Neben ihnen her verlief eine Art glatte Spur, die ebenfalls aus gestampfter Erde bestand und immer wieder die Stufen zu einem Absatz erweiterte und sich dann auf der anderen Seite fortsetzte.

Während Angélique, verkrampft vor Angst, hinaufstieg, nahm sie jede Einzelheit in sich auf. Sie erkannte, dass diese Rampe, die sich um die Treppe wand, für eine besondere Gruppe unter den Einwohnern dieses verfluchten Labyrinths ersonnen worden war. Beinlose wie Cul-de-Bois oder Männer mit verkrüppelten Beinen wie Rolin-le-Trapu, der Große Coesre, konnten sich auf diese Weise allein fortbewegen und ihre Unterlage oder ihren Karren mit der Kraft ihrer Arme vorantreiben. So konnten sie zwischen den Etagen wechseln, ohne ständig auf die Hilfe anderer zurückgreifen zu müssen. Mit zugeschnürter Kehle stellte sie sich dieses monströse Leben vor, die scharfe und ständig wachsame Intelligenz dieser gefährlichen Wesen, die aus dieser von Schlamm und Holz zusammengehaltenen Ruine eine uneinnehmbare Festung gemacht hatten. Aber nichts hätte sie auf dem Weg in deren feindliche Tiefen aufhalten können, in denen ihr Kind gefangen war.

Die Treppe mündete in einen Gang. Die Wände und der Boden waren mit Lehm und Stroh verputzt. Zu ihrer Linken erblickte sie einen verlassenen Raum, in dem ein Öllämpchen brannte. In die Wände waren Ketten eingelassen. Wer wurde dort angekettet und gefoltert…? Da erinnerte sie sich: Man erzählte sich, während der Kriege der Fronde habe Jean-Pourri alleinstehende junge Burschen und Bauern entführen lassen, um sie an die Werber der verschiedenen Armeen zu verkaufen… In diesem Teil des Hauses herrschte eine beängstigende Stille.

Angélique ging weiter.

Eine Ratte streifte sie, und sie unterdrückte einen Aufschrei.

Plötzlich schien ein neues Geräusch aus den Tiefen des Gebäudes aufzusteigen.

Ein Seufzen war das, ein fernes Klagen, das nach und nach deutlicher wurde. Das Herz wurde ihr schwer, denn sie erkannte, dass da Kinder weinten. Sie stellte sich Florimonds Gesicht mit seinen entsetzten schwarzen Augen vor und sah, wie Tränen über seine blassen Wangen liefen. Er fürchtete sich im Dunkel, und er rief nach ihr… Immer rascher ging sie weiter, angezogen von diesen Jammerlauten. Sie stieg noch ein Stockwerk höher und durchquerte zwei Räume. Öllämpchen verbreiteten dort ihr trübes Licht. An den Wänden bemerkte sie Kupfergongs, die, zusammen mit auf den Boden geworfenen Strohbündeln und ein paar Tonschalen, die einzige Einrichtung dieser unheimlichen Herberge darstellten.

Endlich ahnte sie, dass sie ihr Ziel erreicht hatte. Sie konnte jetzt deutlich das traurige Konzert der kindlichen Klagen hören, das sich mit beruhigendem Stimmengemurmel mischte.

Angélique trat in einen kleinen Raum zur Linken eines Flurs, den sie seit einer Weile entlangging. In einer Nische brannte ein Öllicht. Das Zimmer war leer, aber trotzdem kamen die Geräusche von dort. An der hinteren Wand entdeckte sie eine Tür aus dickem Holz mit vielen Schlössern. Das war überhaupt die erste Tür, auf die sie traf, denn alle anderen Räume standen weit offen.

In der Tür befand sich ein kleines vergittertes Fenster. Sie konnte nichts sehen, doch sie erkannte, dass die Kinder dort eingesperrt waren, in diesem Verlies ohne Licht und Luft. Wie konnte man die Aufmerksamkeit eines zweijährigen Kleinkinds auf sich lenken?

Die junge Frau presste die Lippen an das Fenster.

»Florimond! Florimond«, rief sie leise.

Das Weinen wurde ein wenig leiser. Dann ließ sich von drinnen ein Flüstern vernehmen.

»Bist du das, Marquise der Engel?«

»Wer ist da?«

»Ich bin's, Linot. Jean-Pourri hat uns zusammen mit Flipot und den anderen einkassiert.«

»Ist Florimond bei euch?«

»Ja.«

»Weint er?«

»Er hat geweint, aber ich habe ihm gesagt, du würdest ihn holen kommen.«

Angélique konnte erahnen, dass der Knabe sich umdrehte.

»Siehst du, Flo, die Mama ist gekommen«, wisperte er.

»Geduld, ich hole euch heraus«, versprach sie.

Sie trat zurück und nahm die Tür in Augenschein. Die Schlösser schienen solide zu sein; aber die Wand war brüchig. Vielleicht konnte sie die Türangeln herausreißen. Schon krallte sie die Fingernägel in die Steine.

Da hörte sie hinter sich ein seltsames Geräusch; eine Art Glucksen, das zuerst erstickt klang und dann lauter wurde, immer lauter, bis sie erkannte, dass da jemand lachte.

Angélique fuhr herum und erblickte auf der Schwelle des Raums den Großen Coesre.

Das Monstrum hockte auf einem niedrigen, vierrädrigen Wägelchen und bewegte sich mit Hilfe seiner Hände, die er auf dem Boden abstützte, durch die abfallenden Korridore seines unheimlichen Labyrinths.

Von der Tür her richtete Rolin seinen durchdringenden, grausamen Blick auf die junge Frau. Vor Angst wie erstarrt, erkannte sie die fantastische Erscheinung vom Friedhof der Unschuldigen Kinder wieder.

Immer noch lachte er und stieß widerwärtige, glucksende Laute aus, die seinen verkrüppelten Oberkörper und die winzigen, dünnen und schlaffen Beinchen erbeben ließen.

Ohne zu verstummen, setzte er sich in Bewegung. Faszinierten Blickes verfolgte sie den Weg des kleinen, knarrenden Karrens. Und dann, mit einem Mal, bemerkte sie an der Wand einen der kupfernen Gongs, wie sie sie schon in anderen Räumen gesehen hatten. Darunter lag auf dem Boden eine Eisenstange.

Der Große Coesre schickte sich an, den Gong zu schlagen. Und auf seinen Ruf hin würden aus den Tiefen des Hauses alle Bettler, alle Räuber, alle Dämonen dieses Höllenschlundes auftauchen und sich auf Angélique und Florimond stürzen …

Die Augen des Toten begannen glasig zu werden.

»Oh, du hast ihn erstochen!«, rief jemand.

Auf derselben Schwelle, wo eben der Grand Coesre aufgetaucht war, stand ein junges Mädchen mit einem Madonnengesicht, fast noch ein Kind.

Angélique schaute auf die blutrote Spitze ihres Messers hinunter.

»Schrei nicht! Sonst muss ich dich auch töten«, sagte sie leise.

»O nein, ich werde nicht schreien. Ich bin doch froh, dass du ihn umgebracht hast!«

Sie kam näher.

»Niemand hatte den Mut dazu. Alle hatten Angst. Und dabei war er nur ein abscheulicher kleiner Mann.«

Aus ihren schwarzen Augen sah sie zu Angélique auf.

»Aber jetzt musst du rasch davonlaufen.«

»Wer bist du?«

»Ich bin Rosine … die letzte Frau des Großen Coesre.«

Angélique steckte das Messer in ihren Gürtel. Sie legte ihre zitternde Hand auf die frische, rosige Wange des Mädchens.

»Ich brauche deine Hilfe, Rosine. Mein Kind befindet

sich hinter dieser Tür. Jean-Pourri hat es eingesperrt. Ich muss es holen.«

»Ein Doppel der Türschlüssel ist dort«, erklärte das Mädchen. »Jean-Pourri hat es dem Großen Coesre überlassen. Der Schlüssel ist in seinem Karren.«

Sie beugte sich über den unbeweglichen Körper. Angélique sah nicht hin. Dann richtete Rosine sich wieder auf.

»Hier«, sagte sie.

Angélique steckte den Schlüssel in das Schloss und drehte ihn. Knarrend öffnete sich die Tür, und sie stürzte in das Verlies und riss Florimond aus Linots Armen. Der Kleine weinte oder schrie nicht, aber er war eiskalt und klammerte sich so fest an den Hals seiner Mutter, dass sie kaum noch Luft bekam.

»Jetzt hilf mir, hier fortzukommen«, bat sie Rosine.

Linot und Flipot rannten herbei.

»Ich kann euch nicht alle mitnehmen.«

Sie schüttelte die kleinen Schmutzhände ab, aber die beiden Knaben liefen ihr nach.

»Marquise der Engel! Lass uns nicht im Stich, Marquise der Engel!«

Rosine hatte sie zu einer Treppe gezogen. Jetzt legte sie den Finger auf die Lippen.

»Psst! Da kommt jemand.«

Aus dem Stockwerk unter ihnen drangen schwere Schritte herauf.

»Das ist Bavottant, der Idiot. Hier entlang.«

Wie eine Wahnsinnige rannte sie los, durch die Flure und Treppen hinunter. Angélique folgte ihr zusammen mit den beiden Knaben. Als sie die Straße erreichten, stieg aus den Tiefen des Palastes des Großen Coesre ein unmenschliches Geheul auf. Bavottant, der Idiot, hatte die Leiche des königlichen Gnoms entdeckt, den er so lange umhegt hatte, und schrie seinen Schmerz heraus.

»Lauf!«, rief Rosine.

Gefolgt von den keuchenden Jungen, rannten die beiden Frauen durch die dunklen Gassen. Ihre nackten Füße glitten auf dem schmierigen Pflaster aus. Endlich blieb das junge Mädchen stehen.

»Schau, die Laternen«, sagte sie. »Das ist die Rue Saint-Martin.«

»Wir müssen weiter. Vielleicht werden wir verfolgt.«

»Bavottant kann nicht sprechen. Niemand wird ihn verstehen, oder man wird sogar glauben, er hätte ihn getötet. Man wird einen anderen Großen Coesre einsetzen, und ich brauche nie wieder in dieses Haus zurückzukehren. Ich werde bei dir bleiben, weil du ihn getötet hast.«

»Und wenn Jean-Pourri uns findest?«, wollte Linot wissen.

»Er wird euch nicht finden. Ich werde euch alle beschützcn«, erklärte Angélique.

Rosine deutete auf eine schwache Morgenröte weit hinter der Straße, in der die Laternen verblassten.

»Schau doch, die Nacht ist vorüber.«

»Ja, die Nacht ist vorüber«, wiederholte Angélique heftig.

Jeden Morgen wurde im Kloster Saint-Martin-des-Champs Suppe an die Armen ausgegeben. Die feinen Damen, die an der Frühmesse teilgenommen hatten, unterstützten die Nonnen bei diesem wohltätigen Werk.

Die Armen, die oft nur eine Straßenecke zum Schlafen hatten, fanden im großen Refektorium vorübergehend ein wenig Ruhe. Jeder erhielt eine Schale mit heißer Brühe und ein rundes Brot.

Dort fand sich Angélique ein, die Florimond auf dem Arm trug und von Rosine, Linot und Flipot gefolgt wurde. Alle fünf wirkten verstört und waren mit Schmutz und Unrat bedeckt.

Zusammen mit einer Gruppe anderer Elendsgestalten ließ man sie ein, und sie nahmen auf Bänken an Holztischen Platz.

Dann brachten Bedienstete große Schüsseln mit Brühe herbei.

Die Suppe duftete appetitlich. Doch ehe Angélique aß, wollte sie Florimond zu trinken geben.

Behutsam hielt sie dem Kind die Schale an die Lippen.

Jetzt erst konnte sie ihn in dem schwachen Licht, das durch ein Buntglasfenster hereinfiel, richtig erkennen. Seine Augen waren halb geschlossen, und die Nase wirkte spitz. Er atmete rasch, als sei sein Herz von den erlittenen Schrecken so überanstrengt, dass es nicht zu seinem normalen Rhythmus zurückfand. Teilnahmslos ließ er die Brühe aus dem Mund laufen. Doch die warme Flüssigkeit munterte ihn auf. Er schluckte und streckte dann selbst die Hände nach der Schale aus, um endlich begierig zu trinken.

Angélique betrachtete das kleine, abgehärmte Gesicht unter den dunklen, verfilzten Haaren.

Das also, sagte sie sich, hast du aus dem Sohn von Joffrey de Peyrac gemacht, dem Erben der Grafen von Toulouse, dem Kind der Blumenspiele, das für das Licht und die Freude geboren ist!

Sie erwachte wie aus einer langen Erstarrung und betrachtete ihr furchtbares, zerstörtes Leben, und mit einem Mal wurde sie von einem heftigen Zorn gegen sich selbst und die ganze Welt ergriffen. Nach dieser entsetzlichen Nacht hätte sie eigentlich völlig erschöpft und leer sein müssen, doch stattdessen stieg eine wundersame Kraft in ihr auf.

Nie mehr, sagte sie sich, nie mehr soll er hungern … Nie mehr soll er frieren … Und er soll sich nie mehr fürchten. Das schwöre ich.

Aber warteten auf der anderen Seite des Klosterportals nicht gerade Hunger, Kälte und Furcht auf sie alle?

Ich muss etwas unternehmen. Sofort.

Angélique schaute sich um. Sie war nur eine dieser zerlumpten Mütter, dieser Armen, die keine Rechte hatten und zu denen sich juwelenbehängte Damen aus Wohltätigkeit herabneigten, bevor sie wieder zu dem leeren Geschwätz ihrer »ruelles« – der literarischen Zirkel, die sie in ihren Salons abhielten – und ihren Hofintrigen zurückkehrten.

Einen Spitzenschal über das Haar gebreitet, um das Aufblitzen von Perlen zu verbergen, und eine Schürze vor ihre Kleider aus Samt und Seite gesteckt, gingen sie von einem zum anderen. Eine Zofe folgte ihnen mit einem Korb, aus dem die Damen Kuchen, Früchte und manchmal auch Pasteten oder halbe Hühner zogen, die Speisereste von den Tafeln der Adligen.

»Oh, meine Liebe«, meinte eine von ihnen, »es ist sehr mutig von Euch, dass Ihr Euch in Eurem Zustand so früh am Tag an der Armenspeisung beteiligt. Gott wird Euch dafür segnen.«

»Das hoffe ich, meine Teure.«

Das leise Lachen, das auf diese Worte folgte, kam Angélique bekannt vor. Sie sah auf und erkannte die Gräfin de Soissons, der die rothaarige Bertille soeben einen Umhang aus pflaumenblauer Seite hinhielt. Die Gräfin hüllte sich fröstelnd hinein.

»Es ist nicht nett von Gott, dass er die Frauen zwingt, neun Monate lang die Frucht eines einzigen Augenblicks der Lust in ihrem Schoß zu tragen«, meinte sie zu der Äbtissin, die sie zur Tür begleitete.

»Was bliebe denn noch für die Nonnen, wenn auf der Welt nur eitel Freude herrschen würde?«, erwiderte die Ordensfrau lächelnd.

Angélique sprang auf und reichte ihren Sohn an Linot weiter.

»Pass auf Florimond auf«, bat sie.

Aber der Kleine klammerte sich schreiend an sie, sodass sie ihn widerstrebend bei sich behielt.

»Bleibt hier und rührt euch nicht von der Stelle«, befahl sie den anderen.

In der Rue Saint-Martin wartete eine Kutsche. Gerade als die Gräfin de Soissons einsteigen wollte, trat eine ärmlich gekleidete Frau auf sie zu, die ein Kind auf dem Arm trug.

»Mein Kind stirbt vor Hunger und Kälte, Madame«, erklärte sie. »Ich will, dass Ihr einem Eurer Lakaien befehlt, einen vollen Karren Holz, einen Topf Suppe, Brot, Decken und Kleidung an einen Ort zu bringen, den ich ihm nenne.«

Verblüfft betrachtete die adlige Dame die Bittstellerin.

»Ihr seid ziemlich dreist, Tochter. Habt Ihr heute Morgen nicht schon Eure Schale Suppe bekommen?«

»Von einer Schale Suppe kann man nicht leben, Madame. Was ich von Euch verlange, ist im Vergleich zu Eurem Reichtum sehr wenig. Ein Karren Holz und etwas zu essen, und das so lange, bis ich mich auf andere Weise erhalten kann.«

»Unerhört!«, rief die Gräfin aus. »Hast du das gehört, Bertille? Diese Bettlerinnen werden mit jedem Tag frecher! Lasst mich in Ruhe, Weib! Und fasst mich nicht mit Euren schmutzigen Händen an, sonst befehle ich meinen Lakaien, Euch zu schlagen.«

»Passt nur auf, Madame«, erwiderte Angélique fast unhörbar, »und seht Euch vor, dass ich nicht von Kouassi-Bas' Kind spreche!«

Die Gräfin, die soeben ihre Röcke gerafft hatte, um in die Kutsche zu steigen, erstarrte mit erhobenem Fuß.

Angélique fuhr fort.

»Ich kenne ein Haus in Faubourg Saint-Denis, wo man ein Mohrenkind aufzieht...«

»Sprecht leiser«, fuhr Madame de Soissons sie wütend an.

Sie schob Angélique zurück, weg von der Kutsche, und zog sie beiseite.

»Was ist das für eine Geschichte?«, verlangte sie in scharfem Ton zu wissen.

Angélique, der Florimond zu schwer wurde, hob den Kleinen auf den anderen Arm.

»Ich kenne ein Mohrenkind, das von Fremden großgezogen wird«, fuhr sie fort. »Es ist an einem Tag, der mir bekannt ist, in Fontainebleau geboren, mit Hilfe einer gewissen Frau, deren Namen ich jedem sagen kann, der es hören will. Wäre man bei Hofe nicht sehr amüsiert, wenn man erführe, dass Madame de Soissons ihr Kind dreizehn Monate unter dem Herzen getragen hat?«

»Was für eine unverschämte Person!«, rief die schöne Olympe aus, wie immer von ihrem südländischen Temperament überwältigt.

Sie musterte Angélique und versuchte zu erkennen, wen sie vor sich hatte. Aber diese hatte die Augen niedergeschlagen und war überzeugt davon, dass in dem traurigen Zustand, in dem sie sich befand, niemand in ihr die strahlende Madame de Peyrac wiedererkennen würde.

»Jetzt ist es genug«, sagte die Gräfin de Soissons erzürnt und marschierte eilig auf ihre Kutsche zu. »Ihr hättet es verdient, dass ich Euch verprügeln lasse. Ich kann es nämlich nicht leiden, wenn man sich über mich lustig macht.«

»Der König mag es ebenso wenig, wenn man ihn hinters Licht führt«, flüsterte Angélique, die ihr gefolgt war.

Die edle Dame lief hochrot an, ließ sich auf die samtbezogene Sitzbank sinken und trommelte erregt auf ihren Röcken herum.

»Der König! Der König! Eine Bettlerin ohne Hemd wagt es, vom König zu sprechen! Das ist unerträglich! Und, was wollt Ihr nun?«

»Das habe ich Euch bereits erklärt, Madame. Es ist nur wenig: ein Karren mit Brennholz, warme Kleider für mich, meinen Kleinen und meine acht und zehn Jahre alten Söhne, ein wenig zu essen…«

»Oh, was für eine Demütigung, dass ich so mit mir reden lassen muss«, klagte Madame de Soissons und biss in ihr Spitzentaschentuch. »Und dieser Schwachkopf von einem Polizeipräfekten klopft sich für seine Operation auf dem Jahrmarkt von Saint-Germain auf die Schulter und behauptet, er habe die übelsten Gauner der Stadt besiegt… Worauf wartet ihr noch? Schließt die Türen«, rief sie, an ihre Lakaien gerichtet.

Einer von ihnen stieß Angélique beiseite, um dem Befehl seiner Herrin nachzukommen. Aber sie gab sich nicht geschlagen und trat erneut an die Tür heran.

»Darf ich nun beim Palais der Soissons in der Rue Saint-Honoré vorstellig werden?«

»Tut das«, versetzte die Gräfin knapp. »Ich werde entsprechende Anweisungen erteilen.

Kapitel 12

So kam es, dass Meister Bourjus, seines Zeichens Bratkoch aus der Straße Vallée-de-Misère, als er gerade seinen ersten Krug Wein in Angriff nahm und melancholisch an die fröhlichen Lieder dachte, die einst Meisterin Bourjus um diese Stunde geträllert hatte, einen seltsamen Zug in seinen Hof einmarschieren sah.

Eine Gruppe zerlumpter Menschen, die aus zwei jungen Frauen und drei Kindern bestand, ging vor einem Diener her, der in die kirschrote Livree eines vornehmen Hauses gekleidet war und einen mit Holz und Kleidungsstücken beladenen Karren zog.

Vervollständigt wurde das Bild durch ein Äffchen, das auf dem Karren saß, die Spazierfahrt offenbar genoss und den Passanten Grimassen schnitt. Einer der Knaben trug eine Leier, deren Saiten er fröhlich zupfte.

Fluchend sprang Meister Bourjus auf, schlug mit der Faust auf den Tisch und trat gerade noch rechtzeitig in die Küche, um zu sehen, wie Angélique Florimond in Barbes Arme legte.

»Wie das denn? Was soll das heißen?«, stammelte er außer sich. »Willst du mir weismachen, der sei auch noch deiner? Und ich habe dich für ein braves, ehrbares Mädchen gehalten, Barbe…«

»Hört mich an, Meister Bourjus…«

»Ich will nichts mehr hören! Ihr haltet meine Bratküche wohl für ein Armenasyl! Ich bin entehrt …«

Er warf seine Kochmütze zu Boden und rannte nach draußen, um die Wache zu rufen.

»Sieh zu, dass die beiden Kleinen im Warmen bleiben«, meinte Angélique zu Barbe. »Ich werde in deinem Zimmer Feuer machen.«

Der verblüffte und empörte Lakai von Madame de Soissons musste die Holzscheite über eine wacklige Treppe in den siebten Stock schleppen und in ein kleines Zimmer bringen, in dem das Bett nicht einmal Vorhänge hatte.

»Und richte der Gräfin noch einmal aus, dass sie mir jeden Tag das Gleiche bringen lassen soll«, erklärte Angélique, als sie ihn entließ.

»Also, wenn du meine Meinung dazu hören willst, meine Hübsche …«, begann der Lakai.

»Ich verzichte auf deine Meinung, Bauernrüpel, und ich verbiete dir, mich zu duzen«, schnitt ihm Angélique in einem Ton, der so gar nicht zu ihrem zerrissenen Mieder und ihrem kurz geschorenen Haar passen wollte, das Wort ab.

Als der Lakai die Treppe hinunterstieg, fühlte er sich entehrt, genau wie Meister Bourjus zuvor.

Ein wenig später kam Barbe, Florimond und Cantor auf den Armen, die Treppe herauf. Sie traf Linot und Flipot dabei an, wie sie aus vollen Backen in ein herrliches Holzfeuer bliesen. Es war erstickend heiß, und alle hatten schon rote Wangen.

Barbe erzählte, dass der Bratkoch sich immer noch nicht beruhigt hatte und dass er Florimond Angst mache.

»Hier ist es jetzt schön warm«, sagte Angélique. »Lass die beiden hier und geh ruhig wieder an deine Arbeit. Du bist doch nicht böse, Barbe, weil ich einfach mit meinen Kleinen zu dir gekommen bin?«

»O nein, Madame, das ist mir eine große Ehre.«

»Und diese armen Kinder müssen wir ebenfalls aufnehmen«, erklärte Angélique und wies auf Rosine und die beiden Knaben. »Wenn du wüsstest, woher sie kommen …«

»Mein ärmliches Zimmer gehört Euch, Madame.«

Aus dem Hof stieg lautes Gebrüll auf.

»Barbe! Barbe!«

Die ganze Nachbarschaft hallte von Meister Bourjus' Geschrei wider. Jetzt wurde sein Haus nicht nur von Bettlern überrannt, sondern seine Dienstmagd hatte auch noch den Verstand verloren. Sie hatte einen Spieß mit sechs Kapaunen anbrennen lassen … Und was hatte dieser Funkenschauer zu bedeuten, der da aus dem Kamin aufstieg? Einem Kamin, in dem seit fünf Jahren kein Feuer mehr gebrannt hatte … Alles würde in Flammen aufgehen! Das war sein Ende. Ach, warum hatte Meisterin Bourjus sterben müssen!

In dem Topf, den Madame de Soissons geschickt hatte, waren gekochtes Rindfleisch, Suppe und schönes Gemüse. Auch zwei Brote und ein Krug Milch waren dabei.

Rosine ging hinunter, um aus dem Brunnen im Hof einen Eimer Wasser zu holen, den sie dann zum Heißwerden auf den Kaminbock stellten. Angélique wusch ihre Kinder und hüllte sie dann in frische Hemden und warme Decken. Nie wieder sollten sie hungern oder frieren!

Cantor saugte an einem Hühnerknochen, den er in der Küche aufgehoben hatte, und spielte plappernd mit seinen Füßchen. Florimond allerdings schien sich noch nicht erholt zu haben. Er schlief immer wieder ein und wachte dann schreiend auf. Doch nachdem er ein Bad genommen hatte, schwitzte er stark und schlummerte dann friedlich.

Angélique schickte Linot und Flipot hinaus und wusch sich ebenfalls in dem Zuber, in dem sonst die einfache Dienstmagd ihre Toilette verrichtete.

»Wie schön du bist«, sagte Rosine zu ihr. »Ich habe dich noch nie gesehen, aber du bist bestimmt eines von Beau-Garçons Mädchen.«

Angélique schrubbte sich energisch den Kopf ab und stellte fest, dass das Haarewaschen sehr einfach geht, wenn man keine mehr hat.

»Nein, ich bin die Marquise der Engel.«

»Ach, du bist das«, rief das junge Mädchen entzückt. »Ich habe so viel von dir gehört. Stimmt es, dass Calembredaine gehenkt worden ist?«

»Ich habe keine Ahnung, Rosine. Sieh mal, wir befinden uns in einem sehr einfachen und ehrbaren Zimmerchen. An der Wand hängen ein Kruzifix und ein Weihwasserbecken. Wir wollen von all dem nicht mehr sprechen.«

Sie zog ein Hemd aus grobem Stoff an, einen Rock und ein Mieder aus dunkelblauem Serge, die auch auf dem Karren gelegen hatten. Angéliques zarte Gestalt schwamm beinahe in den formlosen und groben Kleidern, aber zumindest waren sie sauber. Zutiefst erleichtert warf sie ihre alten Lumpen zu Boden.

Aus der Schatulle, die sie zusammen mit dem Affen Piccolo in der Rue du Val-d'Amour abgeholt hatte, nahm sie einen Spiegel. In der Schachtel befanden sich alle möglichen interessanten Gegenstände, an denen sie hing, darunter auch ein Schildpattkamm, mit dem sie durch ihr Haar fuhr. Mit ihrem kurzen Haar hatte sie das Gefühl, in das Gesicht einer Fremden zu sehen.

»Hat die Polente dir das Fell geschoren?«, erkundigte sich Rosine.

»Ja … Pah, das wächst wieder. Herrje, Rosine, was habe ich denn da?«

»Wo denn?«

»In meinem Haar. Schau doch.«

Rosine sah nach.

»Das ist eine weiße Haarsträhne«, erwiderte sie.

»Weißes Haar«, wiederholte Angélique entsetzt. »Aber das ist doch nicht möglich. Ich … gestern war das noch nicht da, ganz bestimmt nicht.«

»Dann ist es einfach so gekommen. Vielleicht heute Nacht?«

»Ja, heute Nacht.«

Angélique zitterten die Beine, und sie musste sich auf Barbes Bett setzen.

»Rosine … heißt das etwa, dass ich alt werde?«

Das junge Mädchen ging vor ihr auf die Knie und betrachtete sie ernst. Dann strich sie ihr über die Wange.

»Ich glaube nicht. Du hast keine Falten, und deine Haut ist glatt.«

Angélique frisierte sich, so gut es eben ging, und versuchte, die unselige weiße Strähne unter den anderen Haaren zu verbergen. Dann band sie sich ein schwarzes Baumwolltuch um den Kopf.

»Wie alt bist du, Rosine?«

»Ich weiß es nicht. Vierzehn vielleicht oder fünfzehn.«

»Jetzt erinnere ich mich auch an dich. Ich habe dich eines Nachts auf dem Friedhof der Unschuldigen Kinder gesehen. Du bist mit bloßen Brüsten im Zug des Großen Coesre gegangen. Und es war Winter. Hast du nicht schrecklich gefroren, so halbnackt?«

Rosine sah aus ihren großen dunklen Augen, in denen ein leiser Vorwurf lag, zu ihr auf.

»Du hast selbst gesagt, dass wir nicht mehr darüber sprechen sollten.«

In diesem Moment trommelten Flipot und Linot an die Tür und kamen vergnügt herein. Barbe hatte ihnen heimlich eine Pfanne, ein Stück Speck und einen Topf mit Teig zugesteckt. Sie würden Pfannkuchen backen.

An diesem Abend gab es in Paris bestimmt keinen Ort, an dem es fröhlicher zuging als in diesem kleinen Zimmer in der Rue de la Vallée-de-Misère. Angélique machte die Pfannkuchen, und Linot kratzte auf Thibault-le-Vielleurs Leier. Die Polackin hatte das Instrument an einer Straßenecke gefunden und es dem Enkel des alten Musikanten gebracht. Niemand wusste, was bei der großen Prügelei aus dem Alten geworden war.

Ein wenig später kam Barbe mit ihrem Kerzenleuchter herauf. Sie erklärte, in der Bratküche sei kein Gast mehr gewesen, und Meister Bourjus habe verärgert die Tür abgeschlossen. Um dem Unglück des Bratkochs noch die Krone aufzusetzen, hatte man ihm die Uhr gestohlen. Kurz gesagt, Barbe hatte früher als üblich Feierabend. Gerade als sie geendet hatte, fiel ihr Blick auf eine seltsame Ansammlung von Gegenständen auf der hölzernen Truhe, in der sie ihre Kleider verwahrte.

Da waren zwei Tabakreiben, ein leinener Geldbeutel mit einigen Écus darin, Knöpfe, ein Haken, und in der Mitte …

»Aber … das ist ja Meister Bourjus' Uhr«, sagte sie verblüfft.

»Flipot!«, rief Angélique.

Flipot setzte eine angemessen beschämte Miene auf.

»Ja, das war ich«, erklärte er stolz. »Als ich wegen des Pfannkuchenteigs in die Küche gegangen bin …«

Angélique packte ihn am Ohr und schüttelte ihn gehörig durch.

»Wenn du wieder mit dem Beutelschneiden anfängst, du Früchtchen, dann setze ich dich vor die Tür, und du kannst gern zu Jean-Pourri zurückgehen!«

Betrübt legte der Knabe sich zum Schlafen in einer Zimmerecke nieder und war bald eingeschlummert. Linot tat es ihm nach. Dann streckte sich Rosine auf einem Stück der Matratze aus. Die Kleinen waren längst eingeschlafen.

Jetzt waren nur noch Barbe und Angélique wach, die vor dem Feuer kniete. Man hörte kaum einen Laut, denn das Zimmer ging zum Hof hinaus und nicht auf die Straße, die sich um diese Uhrzeit mit Zechern und Spielern bevölkerte.

»Es ist noch nicht spät. Vom Uhrturm des Châtelet schlägt es gerade neun«, sagte Barbe.

Erstaunt sah sie, wie Angélique mit leicht verstörter Miene den Kopf hob und dann abrupt aufstand.

Einen Moment lang sah die junge Frau auf ihre schlafenden Söhne hinunter. Dann ging sie zur Tür.

»Bis morgen, Barbe«, flüsterte sie.

»Wohin geht Ihr, Madame?«

»Ein Letztes muss ich noch tun«, antwortete Angélique. »Danach ist es vorüber, und das Leben kann von Neuem beginnen.«

Von der Rue de la Vallée-de-Misère bis zum Châtelet war es nur ein Katzensprung. Von der Bratküche zum Kecken Hahn aus konnte man die spitzen Dächer des großen Turms der Festung erkennen.

So langsam Angélique auch ging, es dauerte nicht lange, bis sie sich vor dem von zwei Türmen eingerahmten und von einem Uhrturm überragten Hauptportal des Gefängnisses wiederfand.

Genau wie am gestrigen Abend erhellten Fackeln das Torgewölbe.

Angélique trat auf den Eingang zu, wich dann zurück und lief in der Hoffnung, ein plötzliches Wunder könne dieses düstere Gemäuer, dessen dicke Wände schon sechs Jahrhunderten widerstanden hatten, verschwinden lassen, ziellos durch die benachbarten Straßen. Über die bewegten Ereignisse des letzten Tages hatte sie das Versprechen, das sie dem Hauptmann der Wache gegeben hatte, ganz vergessen. Erst Barbes Worte hatten sie wieder daran erinnert. Und jetzt war die Zeit gekommen, ihr Versprechen einzulösen. Die Gassen, in denen Angélique Zeit zu schinden versuchte, stanken entsetzlich. Das waren die Rue de la Pierre-à-Poisson, die Rue de la Tuerie und die Rue de la Triperie, in denen sich die Ratten um die diversen Abfälle des Schlachthofviertels stritten.

Komm schon, sagte sie sich, du hast nichts davon, dich hier herumzudrücken. Es geht ja nicht anders.

Sie kehrte zum Gefängnis zurück und trat in die Wachstube.

»Ah, da bist du ja«, meinte der Hauptmann.

Er hatte beide Füße auf den Tisch gelegt und rauchte.

»Na, ich hätte nicht gedacht, dass sie wiederkommen würde«, sagte einer der Männer.

»Also, ich war mir sicher«, erklärte der Hauptmann. »Denn ich habe schon erlebt, dass Männer ihr Wort brechen, aber eine Hure nie! Also, meine Hübsche …?«

Eisigen Blickes sah sie in sein rotes Gesicht. Der Hauptmann streckte die Hand aus und kniff sie herzhaft ins Hinterteil.

»Man wird dich zum Bader bringen, damit er dich wäscht und nachsieht, ob du nicht krank bist. Wenn ja, legt er dir eine Salbe auf. Da bin ich sehr eigen. So, und nun hinaus!«

Ein Soldat führte Angélique zur Amtsstube des Baders, der dabei war, mit einer der Gefängnisaufseherinnen zu schäkern.

Angélique musste sich auf einer Bank ausstrecken und sich der widerwärtigen Untersuchung unterziehen.

»Sag dem Hauptmann, sie ist sauber wie ein frischgeprägter Sou und frisch wie eine Rose«, rief der Bader dem sich entfernenden Soldaten nach. »So etwas bekommen wir hier nicht oft zu sehen!«

Daraufhin führte die Frau sie zum Zimmer des Hauptmanns, das er hochtrabend als seine »Wohnung« bezeichnet hatte.

Angélique blieb allein in dem Raum zurück, dessen Fenster vergittert wie eine Gefängniszelle waren und dessen nackte Wände von ein paar abgeschabten, ausgefransten Tapisserien aus Bergamo kaum verborgen wurden.

Auf dem Tisch, neben einem Säbel und einem Schreibpult, stand ein Leuchter, der jedoch kaum die Schatten unter der gewölbten Decke zerstreute. Der Raum roch nach altem Leder, Tabak und Wein. Krank vor Nervosität und unfähig, sich zu setzen oder sonst etwas zu tun, blieb Angélique neben dem Tisch stehen. Je länger sie sich dort aufhielt, umso kälter wurde ihr, denn die Luft war hier überall sehr feucht.

Schließlich hörte sie den Hauptmann kommen. Noch im Eintreten stieß er eine Flut von Beschimpfungen aus.

»Bande von Faulenzern! Sind nicht in der Lage, einmal etwas allein zu tun! Wenn ich nicht wäre!«

Er warf sein Schwert und seine Pistole im hohen Bogen auf den Tisch, setzte sich schnaufend und streckte Angélique den Fuß hin.

»Zieh mir die Stiefel aus«, befahl er.

Angélique geriet in Rage.

»Ich bin nicht Eure Dienstmagd!«

»Also, so etwas«, brummte er und stützte die Hände auf die Knie, um sie besser ansehen zu können.

Angélique sagte sich, sie sei verrückt, ausgerechnet in dem Moment, in dem sie dem Menschenfresser vollkommen ausgeliefert war, seinen Zorn zu provozieren. Sie versuchte, ihren Worten die Schärfe zu nehmen.

»Ich würde es schon gern tun, aber von Eurer Soldatenausrüstung verstehe ich nichts. Eure Stiefel sind so groß und meine Hände so klein! Schaut doch.«

»Du hast recht, deine Hände sind winzig«, räumte er ein. »Du hast die Hände einer Herzogin.«

»Ich kann es versuchen ...«

»Lass nur, mein zartes Vögelchen«, knurrte er und schob sie zurück.

Er packte einen seiner Stiefel und begann daran zu zerren, wobei er sich verrenkte und Grimassen zog.

In diesem Moment waren vom Gang her Schritte zu vernehmen.

»Hauptmann! Hauptmann«, rief jemand.

»Was ist?«

»Gerade ist eine Leiche reingekommen, die man in der Nähe des Petit Pont aus dem Wasser gefischt hat.«

»Bringt sie ins Leichenhaus.«

»Ja ... Das Problem ist bloß, dass sie einen Messerstich im Bauch hat. Ihr müsstet das schon bestätigen.«

Der Hauptmann fluchte so gotteslästerlich, dass davon

eigentlich der Turm der benachbarten Kirche hätte einstürzen müssen, und rannte nach draußen.

Angélique wartete und fror immer stärker. Sie begann zu hoffen, die Nacht könne auf diese Weise vergehen. Vielleicht würde ja der Hauptmann nicht zurückkehren, oder – wer weiß? – es stieß ihm etwas zu. Doch bald vernahm sie von Neuem seine laute, polternde Stimme. Ein Soldat begleitete ihn.

»Zieh mir die Stiefel aus«, befahl er dem Mann. »Gut so. Und nun verzieh dich. Und du, Mädchen, kriech schon mal ins Bettchen, statt stocksteif da herumzustehen und mit den Zähnen zu klappern.«

Angélique wandte sich ab und trat an den Alkoven. Dann begann sie sich zu entkleiden. Sie fühlte sich, als ob ein Stein in ihrer Magengrube säße. Sollte sie ihr Hemd ausziehen? Schließlich entschied sie, es anzubehalten. Sie kletterte ins Bett und spürte trotz ihrer Beklommenheit doch ein Gefühl des Wohlbehagens, als sie unter das Oberbett schlüpfte. Die Decken waren weich, und bald wurde ihr wärmer. Sie hielt das Laken bis unters Kinn hochgezogen und sah zu, wie der Hauptmann sich auskleidete.

Dieser Mann war ein Naturereignis: Er knirschte, prustete, stöhnte und knurrte, und der Schatten, den seine gewaltige Gestalt warf, nahm eine ganze Wand ein.

Er nahm seine prächtige braune Perücke ab und stülpte sie sorgfältig über einen hölzernen Halter.

Nachdem er sich kräftig über den Schädel gerieben hatte, legte er die letzten Kleidungsstücke ab.

Auch ohne Stiefel und Perücke und nackt wie eine klassische Herkules-Statue wirkte der Hauptmann der Wache noch äußerst imposant. Sie hörte, wie er in einem Wassereimer planschte. Als er zurückkam, hatte er sich züchtig ein Handtuch um die Lenden geschlungen.

In diesem Moment wurde erneut an die Tür geklopft.

»Hauptmann! Hauptmann!«

Er öffnete.

»Hauptmann, die Wache ist zurück und meldet, dass in einem Haus in der Rue des Martyrs eingebrochen wurde, und ...«

»Himmelherrgott noch mal!«, brüllte der Hauptmann. »Wann kapiert ihr endlich, dass ich der einzige Märtyrer hier bin! Wisst ihr denn nicht, dass ich in meinem Bett ein hübsches Täubchen habe, das seit drei Stunden auf mich wartet? Glaubt ihr, ich hätte Zeit, mich um euren Schwachsinn zu kümmern?«

Er schlug die Tür zu und schob knallend die Riegel vor. Nackt blieb er dann einen Moment lang dort stehen und stieß eine Flut von Beschimpfungen aus. Nachdem er sich beruhigt hatte, band er sich ein Tuch um den Kopf und verknotete es so, dass über seiner Stirn zwei Zipfel kokett emporragten.

Schließlich nahm er den Leuchter und trat vorsichtig an den Alkoven heran.

Angélique, die ihre Decken bis unters Kinn gezogen hatte, sah zu, wie sich dieser von unten rötlich angestrahlte Riese näherte, dessen Kopf einen grotesken, gehörnten Schatten an die Decke warf.

In ihrem Zustand – entspannt durch die Bettwärme, erschöpft vom Warten und beinahe schon eingeschlummert – kam ihr diese Erscheinung so komisch vor, dass sie mit einem Mal losprusten musste.

Der Menschenfresser hielt inne und betrachtete sie verblüfft. Sein rundes Gesicht nahm einen freundlichen, gutmütigen Ausdruck an.

»Ho, ho! Das Schätzchen lacht mich an! Na, darauf war ich nicht gefasst! Denn bisher hast du dich vor allem darauf verstanden, mir eisige Blicke zuzuwerfen! Aber ich sehe schon, dass man mit dir auch Spaß haben kann. Ha, du lachst, meine Schöne! Gut so! Hehe, hohoho!«

Er begann aus vollem Halse zu lachen, und mit seinen Hörnchen und seinem Kerzenleuchter sah er so witzig aus, dass Angélique in ihrem Kissen fast vor Lachen erstickte und ihr die Tränen in die Augen stiegen. Schließlich gelang es ihr, sich zusammenzunehmen. Sie war wütend auf sich selbst, denn sie hatte sich gelobt, sich würdevoll und unnahbar zu verhalten und ihm nichts zuzugestehen, was er nicht ausdrücklich von ihr verlangte. Und jetzt lachte sie wie ein Freudenmädchen, das seinen Kunden für sich einnehmen will.

»So ist es gut, meine Hübsche«, wiederholte der Hauptmann hochzufrieden. »Und jetzt rück ein wenig beiseite und mach mir ein Plätzchen neben dir frei.«

Sein Ausspruch von einem »Plätzchen« hätte Angélique fast erneut zu Heiterkeitsausbrüchen hingerissen. Doch zugleich war sie bedrückt bei dem Gedanken, was sie erwartete. Sie rutschte auf die andere Seite der Matratze und lag dort zusammengerollt, stumm und wie gelähmt, während der Hauptmann mit militärischem Selbstbewusstsein auf das Bett vorrückte.

Die Matratze bog sich unter seinem gewaltigen Gewicht. Der Hauptmann hatte die Kerze ausgeblasen und zog die Bettvorhänge zu. In der feuchten Dunkelheit war sein Geruch nach Wein, Tabak und Stiefelleder unerträglich stark.

Er schnaufte laut und brummte vage Verwünschungen. Schließlich tastete er die Matratze ab, und seine Pranke senkte sich auf Angélique, die sogleich erstarrte.

»Na, na«, meinte er. »Du bist ja steif wie eine Holzpuppe. Das ist nicht der richtige Moment, um zimperlich zu sein, meine Schöne. Aber ich will dich nicht einfach überfallen. Ich will es dir freundlich erklären, weil du's bist. Vorhin, als du mich angeschaut hast, als wäre ich nicht größer als eine Erbse, da dachte ich mir schon, dass du keine Lust hast, mit mir zu schlafen. Dabei bin ich doch ein schöner Mann, und für gewöhnlich finden die Damen Gefallen an mir. Na ja, verstehe einer die Frauen … Aber eines ist sicher, nämlich, dass du mir gefällst. Ein richtiges kleines Liebchen! Und so ganz anders als die anderen. Du bist zehnmal schöner. Seit gestern denke ich ständig an dich …«

Mit seinen dicken Fingern kniff und tätschelte er sie liebevoll.

»Man könnte meinen, du wärest unerfahren. Doch so schön, wie du bist, musst du doch Männer gekannt haben! Was uns beide angeht, so will ich ganz offen zu dir sein. Eben, als ich dich in der Wachstube gesehen habe, dachte ich mir, dass du mit deiner hochnäsigen Art bestimmt dafür sorgen würdest, dass mir die Lust vergeht. So etwas passiert auch dem besten Liebhaber einmal. Um dir also ganz bestimmt Ehre erweisen zu können und nicht zu versagen, habe ich mir einen ordentlichen Krug Zimtwein kommen lassen. Pech für mich! Denn von diesem Moment an haben mich all diese Geschichten von Einbrechern und Leichen angesprungen. Man könnte meinen, die Leute ließen sich absichtlich abstechen, um mich zu ärgern. Zwei Stunden bin ich zwischen Schreibstube und Leichenschauhaus hin und her gelaufen, während der verfluchte Zimtwein mir das Blut erhitzt hat. Ich will dir nicht verbergen, dass ich inzwischen kurz davor bin. Aber es wäre trotzdem besser für uns beide, wenn du ein wenig guten Willen zeigst, oder, Mädel?«

Diese Absichtserklärung beruhigte Angélique eher. Im Gegensatz zu den meisten Frauen ließen sich ihre Reflexe und Reaktionen, sogar die körperlichen, immer noch durch den Verstand beeinflussen. Das hatte der Hauptmann, der keineswegs dumm war, instinktiv erfasst. Man plündert nicht etliche Städte und tut Frauen und Mädchen aller Völker und aller Länder Gewalt an, ohne wenigstens ein paar Lehren daraus zu ziehen!

Und seine Geduld wurde belohnt, denn er fand in seinen Armen eine schöne, geschmeidige Frau vor, die schwieg, aber sich fügte. Lüstern aufstöhnend nahm er ihren Körper in Besitz.

Angélique hatte nicht einmal Zeit, Ekel oder Widerwillen zu empfinden. Seine Umarmung schüttelte sie wie ein Wirbelsturm, und fast sofort war sie wieder frei.

»Siehst du, schon ist es passiert.« Der Hauptmann seufzte.

Mit der flachen Pranke rollte er sie herum wie ein Holzscheit, so dass sie auf der anderen Seite des Betts zu liegen kam.

»Jetzt schlaf schön, mein hübsches Kind. Morgen früh machen wir's noch einmal, und dann sind wir quitt.«

Sekunden später schnarchte er laut.

Angélique war sich sicher, so bald nicht einschlafen zu können, aber die Nachwirkungen dieses heftigen Akts ließen sie, zusammen mit der Erschöpfung der letzten Stunden und der angenehmen Wärme des weichen Betts, rasch in einen tiefen Schlummer sinken.

Als sie im Dunkeln erwachte, dauerte es lange, bis sie sich darauf besann, wo sie war. Der Hauptmann schnarchte nur noch leise. Es war so warm, dass Angélique ihr Hemd auszog, dessen rauer Stoff ihre zarte Haut reizte.

Angst hatte sie keine mehr, aber eine unbestimmte Unruhe war noch da. Sie fühlte sich unwohl, und das lag nicht an dem massigen Körper des schlafenden Menschenfressers. Da war etwas anderes … undefinierbar, aber Furcht einflößend …

Sie versuchte, wieder einzuschlafen und drehte sich mehrere Male um. Schließlich spitzte sie die Ohren.

Da nahm sie die vagen, unbestimmten Laute wahr, die sie gegen ihren Willen wach hielten. Es klang wie Stimmen, sehr ferne Stimmen, die einen ununterbrochenen Klagegesang von sich gaben und an- und wieder abschwollen. Plötzlich begriff sie: Das waren die Gefangenen.

Durch den Boden und die dicken Wände drangen ihre erstickten Klagen zu ihr, die verzweifelten Schreie der Unglücklichen, die angekettet waren, die froren und sich mit Fußtritten gegen die Ratten in den Zellen wehrten oder die gegen das Wasser, gegen den Tod kämpften. Verbrecher schmähten Gott, während Unschuldige ihn anriefen. Andere, die von den Foltern bei den Verhören erschöpft und halb erstickt waren und vor Hunger und Kälte umkamen, stöhnten nur noch. Das waren die geheimnisvollen, unheimlichen Geräusche.

Angélique zitterte. Ihr war, als laste das ganze Gewicht der Châtelet-Festung mit all ihren Jahrhunderten und ihren ganzen Schrecken auf ihr. Die junge Frau fragte sich, ob sie wirklich die Sonne wiedersehen würde. Ob der Menschenfresser sie gehen ließ? Er schlief. Er war stark und mächtig und der Herr über diese Hölle.

Ganz leise rückte sie an den korpulenten Mann heran, der neben ihr schnarchte, und als sie die Hand auf seinen

Körper legte, war sie erstaunt, dass ihr die Berührung seiner dicken, ledrigen Haut gar nicht so unangenehm war.

Der Hauptmann bewegte sich und zerquetschte sie beinahe, als er sich umdrehte.

»Ha, ha, das kleine Täubchen ist aufgewacht«, meinte er mit schläfriger Stimme.

Er zog sie an sich, und sie fühlte sich überrollt von seinem üppigen Körper, unter dessen Haut kraftvolle Muskeln spielten.

Der Mann gähnte laut. Dann zog er die Bettvorhänge auf und erblickte hinter den Fenstergittern einen schwachen Lichtschein.

»Du bist früh wach, mein Kätzchen.«

»Diese Geräusche, was ist das?«

»Das sind die Gefangenen. Sie amüsieren sich nicht so gut wie wir …«

»Sie leiden …«

»Na ja, man steckt sie nicht ins Loch, damit sie Spaß haben. Du hast Glück, weißt du, dass du nicht dort gelandet bist. Komm schon, hier in meinem Bett geht es dir doch besser als auf der anderen Seite der Wand, wo du nur Stroh zum Liegen hättest. Habe ich nicht recht?«

Angélique nickte so eifrig, dass der Hauptmann begeistert war.

Er nahm einen Krug Rotwein von einem Tisch, der am Bett stand, und trank. Wenn er schluckte, hüpfte sein Adamsapfel in seinem mächtigen Hals auf und ab.

Dann reichte er Angélique das Gefäß.

»Du auch.«

Sie nahm an, denn sie spürte, dass allein der Wein sie vor der Verzweiflung retten konnte, der in den düsteren Mauern des Châtelet herrschte; dass der Alkohol und die Befriedigung der Sinne zu einer Art primitivem Wohlergehen führen würden, das einem hilft zu vergessen.

Er ermunterte sie.

»Trink nur, mein Kätzchen, trink, meine Schöne. Das ist ein edler Wein und wird dir guttun.«

Als sie sich endlich wieder in die Kissen sinken ließ, war ihr schwindelig, und der herbe, starke Trank umnebelte ihren Geist. Sie wollte leben, nur darauf kam es noch an.

Schwerfällig kam er erneut näher, aber sie fürchtete ihn nicht mehr. Sie empfand sogar einen Anflug von Lust, als er sie ohne viel Zärtlichkeit, aber energisch und erfahren liebkoste. Diese Berührungen, die eher einer etwas groben Massage als dem Hauch des Zephir glichen, halfen ihr, sich zu entspannen. Er küsste sie auf bäuerliche Weise, mit genießerischen Schmatzern, was Angélique verblüffte und sie zum Lachen reizte.

Schließlich nahm er sie in seine behaarten Arme und legte sie bewusst langsam quer über das Bett. Sie begriff, dass er dieses Mal fest entschlossen war, seine Gelegenheit weidlich auszukosten, und schloss die Augen.

Angélique hatte sich ohnehin vorgenommen, die Minuten zu vergessen, die nun folgen mussten.

Doch es war gar nicht so schlimm, wie sie sich vorgestellt hatte. Der Menschenfresser war nicht bösartig. Eher war es so, dass der Mann sich seines Gewichts und seiner Kraft gar nicht bewusst war, doch trotz seiner Masse, die sie halb erdrückte, musste Angélique sich eingestehen, dass sie in den Armen dieses kräftigen und unermüdlichen Kolosses beinahe Lust empfunden hätte.

Während der Hauptmann sich anzog, brummte er einen Marsch vor sich hin.

»Sapperlot«, sagte er immer wieder, »das hat aber Spaß gemacht. Und dabei hast du mir zuerst Angst eingejagt...«

Der Bader des Châtelet trat ein, bewaffnet mit seiner Rasierschale und seinen Messern.

Angélique zog sich an, während ihr massiger Liebhaber einer Nacht sich ein Tuch um den Hals binden und das Gesicht einschäumen ließ. Noch immer gab er wortreich seiner Zufriedenheit Ausdruck.

»Wie du gesagt hast, Barbier! Frisch wie eine Rose!«

Angélique hatte keine Ahnung, wie sie sich verabschieden sollte. Mit einem Mal warf der Hauptmann einen Geldbeutel auf den Tisch.

»Für dich.«

»Ich bin schon bezahlt worden.«

»Nimm«, brüllte der Hauptmann, »und mach dich dann vom Acker.«

Das ließ Angélique sich nicht zweimal sagen. Nachdem sie das Châtelet verlassen hatte, fand sie nicht gleich den Mut, in die Rue de la Vallée-de-Misère zurückzukehren. Zu nahe lag ihre Unterkunft bei dem schrecklichen Gefängnis. Stattdessen ging sie zur Seine hinunter. Am Quai des Morfondus hatten die Schifferfrauen während des Sommers Bäder für Frauen eingerichtet. Seit alter Zeit verbrachten Pariser und Pariserinnen die drei heißen Monate des Jahres damit, in der Seine zu planschen. Die Bäder bestanden aus ein paar Pfählen, die mit einer Plane verkleidet waren, und die Frauen stiegen, angetan mit Hemd und Haube, hinein.

Die Schifferin, bei der Angélique ihren Eintrittspreis entrichten wollte, schrie empört auf.

»Du bist ja verrückt, um diese Zeit baden zu wollen. Das Wasser ist eiskalt.«

»Das macht nichts.«

Das Wasser war in der Tat kalt. Aber nachdem Angélique kurz mit den Zähnen geklappert hatte, fand sie es angenehm. Da sie der einzige Gast war, streifte sie ihr Hemd ab und machte zwischen den Pfählen ein paar Schwimmzüge. Nachdem sie sich abgetrocknet und wieder angekleidet hatte, ging sie noch ein Weilchen am Seine-Ufer entlang und genoss den warmen Herbstsonnenschein.

Eine Obsthändlerin, die ihren Stand aufbaute, schenkte ihr einen Korb voll mit runzligen, braunen und gelben Äpfelchen.

»Hier, meine Schöne. Nimm nur. Die kauft mir niemand mehr ab. Und dabei kann ich dir versprechen, dass es nichts Besseres gibt als diese kleinen Winteräpfel! Nimm sie, damit deine Lebensgeister wieder erwachen. Den Korb darfst du ruhig behalten.«

Die Frau sah ihr nach.

»Du bist wahrhaftig schön wie eine Prinzessin«, meinte sie dann nachdenklich.

In Gedanken versunken, verzehrte Angélique egoistisch in einer Ecke am Kai alle Äpfel.

Ihr Duft und ihr festes und doch zartes Fruchtfleisch kamen ihr vor wie ein ganz außerordentlicher Leckerbissen. Dann ging sie weiter und fand sich am Pont-Neuf wieder, der zu dieser Morgenstunde seltsam verlassen dalag. Sie blieb stehen und atmete ein wenig ängstlich, aber auch zufrieden, tief die Luft ein.

Der Wind, der von der Seine heranwehte, drückte ihren Lippen eine feuchte Liebkosung auf. Am Himmel hingen noch dichte Wolken, aber die Sonne durchdrang sie bereits, und am pastellfarbenen Horizont des Flusses zeichnete sich die bezaubernde Silhouette der Umgebung von Paris ab: Wälder und Wiesen, Mühlen und neu errichtete, weiße Gebäude.

Angéliques Blick glitt über die vertraute Umgebung und erfasste den Justizpalast, der den Schatten seiner Türme über den Pont-Neuf warf und Erinnerungen in ihr wachrief. Doch sie blieben unbestimmt. Sie fühlte sich wohl und sicher. Der Gedanke ging ihr durch den Kopf, dass sie mit dem Korb in der Hand weniger verdächtig wirkte. Langsam trat sie wieder in die Welt der Lebenden ein.

War Calembredaine, der illustre Haderlump vom Pont-Neuf, tatsächlich verschwunden? Wo war er? Ertrunken? Gehenkt?

Starren Blickes schaute sie in die langsam fließenden, blaugrauen Wasser der Seine. Sie fühlte nichts. Ja, sie gestand sich sogar ein, dass die Vorstellung, dieser eisernen Hand entkommen zu sein, die sie zwar beschützt, aber auch tief in den Abgrund des Verbrechens gezogen hatte, sie zutiefst erleichterte.

Regelrecht berauscht fühlte sie sich angesichts ihrer wiedergewonnenen Freiheit.

Es ist vorbei, sagte sie sich. Ich will nicht mehr im Elend leben. Ich will nicht mehr gezwungen sein, schreckliche Dinge zu tun, wie den Mord an dem Großen Coesre, oder solche, die mir schwerfallen, zum Beispiel mit einem Hauptmann der Wache zu schlafen. Ich will, dass meine Kinder nie wieder frieren oder hungern müssen …

Sie fühlte sich von einer unbezähmbaren Kraft erfüllt. Schritt für Schritt würde sie sich wieder nach oben kämpfen, um ihren Söhnen einen Namen zu geben. Nie wieder sollten sie Hunger leiden, nie mehr frieren, nie wieder Angst haben …

ZWEITER TEIL

Die Bratküche zum Kecken Hahn

Kapitel 13

Als Angélique sich so unauffällig wie möglich in den Hof der Bratküche zum Kecken Hahn schlich, tauchte Meister Bourjus auf und stürzte sich, mit einer Suppenkelle bewaffnet, auf sie.

Sie hatte halb damit gerechnet, daher gelang es ihr gerade noch, hinter dem kleinen Brunnen in Deckung zu gehen. Die beiden umkreisten den Brunnenrand.

»Hinaus, Bettlerin, Hure!«, brüllte der Bratkoch. »Was habe ich dem Himmel getan, dass ich von Leuten überrannt werde, die aus dem Armenasyl oder der Irrenanstalt entwichen sind … oder noch Schlimmerem? Man weiß doch, was ein geschorener Kopf, wie du ihn hast, bedeutet … Geh wieder ins Châtelet, wo du hergekommen bist … Oder ich sorge dafür, dass du wieder dorthin gebracht wirst … Ich weiß gar nicht, was mich daran gehindert hat, gestern die Wache zu holen … Ich bin einfach zu gutmütig. Ach, was würde meine fromme Frau sagen, wenn sie sähe, dass ihr Lokal so entehrt wird!«

Während Angélique sich den Attacken der Suppenkelle entzog, schrie sie noch lauter als er zurück.

»Und was würde Eure fromme Gattin über einen so ehrlosen Mann sagen … der schon in aller Frühe zu trinken anfängt?«

Der Bratkoch blieb wie angewurzelt stehen, und Angélique nutzte ihren Vorteil aus.

»Und was würde sie zu dem Dreck in ihrem Lokal sagen, und zu der Auslage mit den sechs Tage alten Hühnern, die zäh wie Pergament sind, zu ihrem leeren Keller und ihren schlecht gewachsten Tischen und Bänken …?«

»Zum Teufel«, stotterte er.

»Und was würde sie dazu sagen, dass ihr Mann flucht? Die arme Meisterin Bourjus, die vom Himmel auf dieses ganze Elend herabblickt! Ich kann Euch zweifelsfrei versichern, dass Eure verstorbene Gattin nicht weiß, wie sie ihre Schande vor den Engeln und allen Heiligen des Paradieses verbergen soll!«

Meister Bourjus schaute immer verwirrter drein. Schließlich ließ er sich schwer auf den Brunnenrand sinken.

»Herrje«, seufzte er, »warum musste sie nur sterben? Sie war eine so vollendete Hausfrau, immer beherzt und fröhlich. Ich weiß nicht, was mich davon abhält, am Grunde dieses Brunnenschachts Vergessen zu suchen!«

»Ich will Euch sagen, was Euch daran hindert, nämlich der Gedanke, dass sie Euch dort oben empfangen und zu Euch sagen würde: ›Ah, da bist du ja, Meister Pierre …‹«

»Verzeihung, Meister Jacques.«

»Na schön, also: ›Da bist du ja, Meister Jacques! Ich kann dich wirklich nicht loben. Immer habe ich dir gesagt, du würdest nie allein zurechtkommen. Schlimmer als ein Kind bist du! Das hast du zur Genüge bewiesen! Wenn ich sehe, was du aus meinem Lokal gemacht hast, das zu meinen Lebzeiten so schön und blitzsauber war … Wenn ich unser Wirtshausschild sehe, das ganz verrostet ist und in windigen Nächten so knarrt, dass die Nachbarn nicht schlafen können … Und meine Zinnschüsseln, meine Kuchenformen, meine Fischtöpfe, die ganz zerkratzt sind, weil dein Neffe, dieser Idiot, sie mit Asche reinigt, statt weiche Kreide zu verwenden, die ich immer speziell auf dem Platz im Temple gekauft habe ... Und wenn ich sehe, wie du dich von diesen betrügerischen Geflügel- oder Weinhändlern übers Ohr hauen lässt, die dir Hähne ohne Kamm als Kapaunen verkaufen oder Fässer mit saurer Plörre statt gutem Wein ... Wie soll ich dann mein himmlisches Dasein genießen, ich, die ich eine fromme und ehrliche Frau gewesen bin?‹«

Völlig außer Atem verstummte Angélique. Doch Meister Bourjus war mit einem Mal ganz aufgeregt.

»Das stimmt«, stammelte er, »ganz richtig ... genauso hätte sie gesprochen. Sie war so ... so ...«

Seine dicklichen Wangen bebten.

»Das ganze Jammern nützt nichts«, sagte Angélique schroff. »So werdet Ihr den Besenschlägen, die Euch im Jenseits erwarten, bestimmt nicht entgehen. Nein, dafür müsst Ihr Euch an die Arbeit machen, Meister Bourjus. Barbe ist ein gutes Mädchen, aber ein wenig schwerfällig; man muss ihr sagen, was sie zu tun hat. Euer Neffe kommt mir ziemlich begriffsstutzig vor. Und die Gäste kommen nicht gern in ein Lokal, in dem man sie knurrend wie ein Wachhund empfängt.«

»Wer knurrt denn hier?«, verlangte Meister Bourjus zu wissen und setzte gleich wieder eine drohende Miene auf.

»Ihr.«

»Ich?«

»Ja. Eure Frau, die immer so fröhlich war, hätte die Leichenbittermiene, mit der Ihr vor Eurer Weinkanne sitzt, keine drei Minuten ertragen.«

»Aber du glaubst, sie hätte auf ihrem Hof gern eine schmutzige Streunerin wie dich gesehen?«

»Ich bin nicht schmutzig«, protestierte Angélique und richtete sich hoch auf. »Seht selbst, meine Kleider sind sauber.«

»Meinst du, sie wäre damit einverstanden gewesen, deine frechen Bengel, diese sauberen Beutelschneider, in ihrer Küche herumlungern zu sehen? Ich habe sie erwischt, wie sie sich in meinem Keller mit Speck vollgestopft haben, und ich bin mir sicher, dass sie auch meine Uhr gestohlen haben.«

»Da habt Ihr Eure Uhr«, erwiderte Angélique verächtlich und zog den besagten Gegenstand aus ihrer Tasche. »Ich habe sie unter der Treppe gefunden. Wahrscheinlich habt Ihr sie gestern Abend verloren, als Ihr nach oben gegangen seid, um schlafen zu gehen. Betrunken genug wart Ihr ja …«

Über den Brunnenrand hinweg hielt sie dem Bratkoch die Uhr hin.

»Ihr seht, dass auch ich keine Diebin bin«, fügte sie hinzu. »Ich hätte sie ebenso gut behalten können.«

»Lass sie nicht in den Brunnen fallen«, sagte er besorgt.

»Ich würde sie Euch ja geben, aber ich habe Angst vor Eurer Suppenkelle.«

Meister Bourjus brummte einen Fluch und warf seine Kelle zu Boden. Mit schelmischer Miene trat Angélique auf ihn zu. Sie spürte, dass die Erfahrung der Nacht mit dem Hauptmann der Wache sie ein paar Kniffe über die Kunst, griesgrämigen Männern zu schmeicheln und Grobianen standzuhalten, gelehrt hatte. Diese neue Unbekümmertheit würde ihr in Zukunft gut zustattenkommen.

Sie hatte es nicht eilig, ihm die Uhr zurückzugeben.

»Das ist eine schöne Uhr«, meinte sie und musterte sie interessiert.

Die Miene des Bratkochs hellte sich auf.

»Nicht wahr? Ich habe sie bei einem Hausierer aus dem Jura gekauft, einem dieser Bergbewohner, die im Winter mit ihren Ballen voller Waren nach Paris kommen. Sie haben wahre Schätze in ihren Taschen ... Aber die verkaufen sie nicht jedem Beliebigen, nicht einmal, wenn er von Adel ist. Sie müssen wissen, mit wem sie es zu tun haben.«

»Sie wollen eben lieber ehrlich handeln, als einen betrügen ... vor allem bei diesen kleinen mechanischen Wunderwerken, die richtige Kunstwerke sind.«

»Sie ist, wie du sagst, ein richtiges Kunstwerk«, wiederholte der Bratkoch und ließ das silberne Gehäuse in der Sonne, die schüchtern zwischen zwei Wolken hervorlugte, aufblitzen.

Dann steckte er sie wieder in sein Uhrtäschchen, befestigte sie mit zahlreichen Ketten und Anhängern an seinen Knopflöchern und warf Angélique erneut einen argwöhnischen Blick zu.

»Ich frage mich wirklich, wie diese Uhr mir so einfach aus der Tasche fallen konnte«, meinte er. »Außerdem kommt es mir komisch vor, dass du auf einmal in der Lage bist, wie eine feine Dame zu reden, nachdem du gestern Abend eine so üble Gaunersprache geführt hast, dass einem die Haare zu Berge standen. Ganz bestimmt versuchst du mich auf hinterhältige Weise einzuwickeln.«

Angélique ließ sich nicht beirren.

»Es ist gar nicht so einfach, mit Euch zu diskutieren, Meister Jacques«, hielt sie ihm vorwurfsvoll entgegen. »Ihr kennt die Frauen einfach zu gut.«

Der Bratkoch verschränkte die gedrungenen Arme über seinem Bauch, der so rund wie ein Fass war, und setzte eine grimmige Miene auf.

»Allerdings, ich kenne sie und lasse mir nichts vormachen.«

Er verstummte bedeutungsvoll und starrte sie an. Angélique schlug die Augen nieder.

»Und?«, hob er in entschiedenem Ton erneut an.

Angélique, die größer war als er, fand, dass er mit seiner schief sitzenden Kochmütze und seiner strengen Miene sehr komisch aussah.

»Ich werde tun, was Ihr sagt, Meister Bourjus«, erklärte sie dennoch unterwürfig. »Wenn Ihr mich und meine zwei kleinen Kinder davonjagt, werde ich gehen. Aber ich weiß nicht, wohin ich mich wenden soll, wohin ich meine Kleinen bringen soll, um sie vor Kälte und Regen zu schützen. Glaubt Ihr, Eure Frau hätte uns aus dem Haus gewiesen? Ich wohne in Barbes Zimmer und werde Euch nicht stören. Außerdem habe ich mein eigenes Brennholz und genug zu essen. Die Knaben und das Mädchen, die mich begleiten, könnten ein paar einfache Arbeiten verrichten; Wasser tragen oder den Boden schrubben. Und die Kinder werden oben bleiben …«

»Und warum willst du sie im Zimmer lassen?«, rief der Bratkoch. »Kinder gehören nicht in einen Taubenschlag, sondern in die Küche, an den Kamin, wo sie es warm haben und nach Herzenslust herumlaufen können. So sind diese losen Weiber! Weniger Herz im Leib als ein Tier! Und nun hol schon deine Gören in die Küche herunter, wenn du nicht willst, dass ich böse werde! Außerdem wirst du mir sonst da oben noch meine hölzernen Dachschindeln in Brand setzen!«

Leicht wie eine Elfe flog Angélique die sieben Stockwerke bis zu Barbes Mansardenzimmerchen hinauf. Die Häuser in diesem Händlerviertel, die sich im Mittelalter unter dem Druck der stürmisch wachsenden Stadt zusammengedrängt hatten, waren außerordentlich hoch und schmal. Sie hatten höchstens zwei, meist aber nur ein Zimmer pro Etage, die durch eine Wendeltreppe miteinander verbunden waren, die bis in den Himmel zu führen schien.

Auf einem Treppenabsatz begegnete Angélique einer flüchtigen Gestalt, in der sie David erkannte, den Neffen des Wirts. Der Küchenjunge drückte sich an die Wand und warf ihr einen beleidigten Blick zu. Doch Angélique erinnerte sich nicht mehr an die harten Worte, die sie ihm bei ihrem ersten Besuch bei Barbe damals ins Gesicht geschleudert hatte.

Sie lächelte ihm zu, denn sie war entschlossen, sich in diesem Haus, in dem sie sich eine ehrbare Existenz aufbauen wollte, beliebt zu machen.

»Guten Tag, mein Kleiner.«

»Kleiner?«, knurrte er und fuhr zusammen. »Ich weise dich darauf hin, dass ich dir auf den Kopf spucken könnte, wenn ich wollte. Im Herbst bin ich schon sechzehn geworden.«

»Oh, Pardon, Messire! Ein schwerer Fehler meinerseits. Ich hoffe, Ihr seid so ritterlich, mir zu verzeihen.«

Der Bursche, der ganz offensichtlich an solche Wortgeplänkel nicht gewöhnt war, zuckte ungeschickt die Schultern.

»Vielleicht«, stammelte er.

»Ihr seid zu liebenswürdig. Ich bin gerührt. Wenn Ihr dafür die gute Kinderstube hättet, eine Dame von Rang nicht so vertraulich zu duzen?«

Der arme Kochlehrling schien mit einem Mal Qualen zu leiden. Aus dem mageren, blassen Gesicht des linkischen Burschen blickten recht hübsche schwarze Augen, aber seine Selbstsicherheit hatte ihn im Stich gelassen.

Angélique wollte schon weiter die Treppe hinaufsteigen, als sie innehielt.

»Du mit deinem Akzent bist doch bestimmt aus dem Süden, oder?«

»Ja… M'dame. Ich komme aus Toulouse.«

»Toulouse«, rief sie aus. »Oh, ein Landsmann!«

Sie fiel ihm um den Hals und küsste ihn.

»Toulouse!«, seufzte sie noch einmal.

Der Küchenjunge war rot wie eine Tomate geworden. Angélique sagte noch ein paar Worte aus dem Languedoc zu ihm, und Davids Verwirrung nahm zu.

»Dann seid Ihr auch von dort?«

»Beinahe.«

Sie war geradezu närrisch glücklich über dieses Zusammentreffen. So weit war es also mit ihr gekommen! Nachdem sie eine der großen Damen von Toulouse gewesen war, küsste sie einen Küchenjungen, bloß weil er diesen Akzent auf der Zunge führte, der nach Sonne klang und den Duft von Knoblauch und Blumen wachzurufen schien!

»Die Stadt ist so schön«, murmelte sie. »Warum bist du nicht in Toulouse geblieben?«

»Vor allem, weil mein Vater gestorben ist«, erklärte David. »Außerdem hat er immer gewollt, dass ich nach Paris gehe, wo der Handel blüht, um das Handwerk eines Limonadenschenks zu erlernen. Er selbst ist Gewürzhändler gewesen. Ich habe es ihm nachgetan und stand sogar kurz davor, mein Meisterstück in Wachs, Pastillen, Zucker und Gewürzen abzulegen, als er starb. Also bin ich nach Paris gereist und just an dem Tag angekommen, an dem meine Tante, Meisterin Bourjus, an den Pocken gestorben ist. Ich habe noch nie Glück gehabt. Bei mir geht immer etwas schief.«

Völlig außer Atem verstummte er.

»Das Glück wird sich schon wieder einstellen«, versprach ihm Angélique und setzte ihren Weg nach oben fort.

In der Mansarde traf sie Rosine an, die Florimond und Cantor hütete. Barbe war im Erdgeschoss, und die Knaben waren »spazieren gegangen«, was in der Gaunersprache hieß, dass sie zum Betteln unterwegs waren.

»Ich will nicht, dass sie betteln«, erklärte Angélique kategorisch.

»Du willst nicht, dass sie stehlen, und du willst nicht, dass sie betteln. Was sollen sie denn deiner Meinung nach anfangen?«

»Arbeiten.«

»Aber das ist doch Arbeit«, protestierte das Mädchen.

»Nein. Und jetzt hinaus! Hilf mir, die Kleinen in die Küche hinunterzubringen. Du wirst auf sie aufpassen und Barbe zur Hand gehen.«

Beruhigt ließ sie ihre zwei Söhne in diesem weitläufigen, warmen und von köstlichen Küchendünsten erfüllten Reich zurück. Das Feuer im Kamin brannte hell. Sie sollen nie wieder frieren oder hungern, sagte sich Angélique ein weiteres Mal. Herrje, dazu konnte ich wirklich nichts Besseres tun, als sie in eine Bratküche zu bringen!

Florimond trug ein Kleidchen aus graubraunem Etamine-Stoff, ein gelbes Oberteil und dazu eine Schürze aus grünem Serge. Das Häubchen auf seinem Kopf war ebenfalls aus grünem Serge gefertigt. Diese Farben ließen sein ohnehin zartes Gesichtchen noch kränklicher erscheinen. Sie fühlte ihm die Stirn und legte die Lippen an sein kleines Handgelenk, um festzustellen, ob er Fieber hatte. Doch er schien wohlauf zu sein, wenn auch ein wenig launisch und mürrisch. Cantor unterhielt sich seit dem Morgen damit, die Windeln herunterzureißen, mit denen Rosine ihn – im Übrigen ziemlich ungeschickt – zu wickeln versucht hatte. In dem Korb, in dem er lag, zappelte er jetzt nackt wie ein Engelchen herum und versuchte herauszuklettern, um nach den Flammen zu haschen.

»Dieses Kind ist nicht richtig großgezogen worden«, meinte Barbe besorgt. »Hat man ihm überhaupt Arme und Beine mit Binden gewickelt, wie es sich gehört? So wird er sich später nicht gerade halten können und wird womöglich bucklig.«

»Im Moment wirkt er für ein Kind von neun Monaten ziemlich kräftig«, bemerkte Angélique und bewunderte die wohlgerundeten Hinterbacken ihres Jüngsten.

Aber Barbe konnte sich nicht beruhigen. Es bereitete ihr Sorgen, dass Cantor sich so frei bewegen konnte.

»Sobald ich eine Minute Zeit habe, werde ich Binden aus Scharpie zuschneiden, um ihn fest zu umwickeln. Aber heute Morgen kommt das nicht in Frage. Meister Bourjus scheint irgendwie wütend zu sein. Stellt Euch vor, Madame, er hat mir befohlen, den Boden zu schrubben und die Tische zu wachsen. Außerdem soll ich zum Temple laufen, um weiche Kreide zum Polieren des Zinngeschirrs zu kaufen. Ich weiß gar nicht mehr, wo mir der Kopf steht…«

»Dann bitte doch Rosine, dir zu helfen.«

Nachdem sie in ihrer kleinen Welt alles geordnet hatte, schlug Angélique fröhlich den Weg zum Pont-Neuf ein.

Die Blumenhändlerin erinnerte sich nicht an sie. Angélique sah sich genötigt, ihr den Tag, an dem sie ihr beim Sträußebinden geholfen und an dem sie ihr Komplimente gemacht hatte, in allen Einzelheiten zu schildern.

»He, wie hätte ich dich auch wiedererkennen sollen?«, rief die gute Frau aus. »An jenem Tag hattest du Haare, aber keine Schuhe. Heute hast du Schuhe, aber keine Haare mehr. Na, wenigstens hoffe ich, dass deine Hände noch dieselben sind, oder? Komm, setz dich doch zu uns. So kurz vor Allerheiligen mangelt es uns nicht an Arbeit. Bald werden die Friedhöfe und Kirchen mit Blumen übersät sein, gar nicht zu reden von den Bildern der Toten.«

Angélique setzte sich unter den roten Sonnenschirm und machte sich gewissenhaft und geschickt an die Arbeit.

Sie sah nicht von ihrem Werk auf, denn sie fürchtete, am Horizont des Flusses die alte Silhouette der Tour de Nesle zu erblicken oder unter den Passanten auf dem Pont-Neuf einen von Calembredaines Bettlern zu erkennen. Aber auf dem Pont-Neuf war es an diesem Tag ruhig.

Nicht einmal die laute, durchdringende Stimme des Großen Matthieu war zu hören, denn zu dieser Zeit war er mit seinem Karren, der ihm zugleich als Bühne diente, und seinem Orchester auf den Jahrmarkt von Saint-Germain gezogen, von dem man noch nicht wusste, ob er wieder zu seiner üblichen fröhlichen Geschäftigkeit zurückgefunden hatte.

Der Pont-Neuf erlebte so etwas wie ein ruhiges Zwischenspiel: weniger Spaziergänger, weniger Schausteller, weniger Bettler. Angélique war froh darüber.

Die Blumenhändlerinnen unterhielten sich über die Schlacht auf dem Jahrmarkt von Saint-Germain. Offenbar wusste man immer noch nicht genau, wie viele Tote diese besonders blutige Auseinandersetzung gefordert hatte. Doch ausnahmsweise war die Polizei ihrer Aufgabe gewachsen gewesen. Sei jenem berühmt-berüchtigten Abend sah man in den Straßen Scharen von Vagabunden, die von den Armenbütteln ins Arbeitshaus getrieben wurden, oder sogar zusammengekettete Sträflinge, die man auf die Galeeren brachte. Auch die Hinrichtungen gingen weiter: Jeden Morgen bei Sonnenaufgang hingen zwei oder drei Gehenkte auf der Place de Grève.

»Ihr werdet schon sehen«, versicherte die dicke Matrone, die eine wichtige Stellung in der Innung der Blumenhändlerinnen einzunehmen schien, »unser junger König wird uns von diesem Gesindel befreien. Es heißt, er sei entschlossen, bedeutende Reformen vorzunehmen. Bald wir jeder Bettler oder Vagabund, der keinen Wohnort nachweisen kann, festgenommen und zwangsweise ins Asyl verbracht werden.«

»Das ist ein König nach unserem Geschmack«, rief ein hübsches Mädchen mit einem Korb voller Nelken. »Er ist so schön! Ich habe ihn eines Tags gesehen, als er mit der Kutsche durch die Rue de la Vannerie fuhr. ›Es lebe der König!‹, habe ich gerufen und ihm ein Sträußchen zugeworfen. Es ist in den Rinnstein gefallen, aber er hat es gesehen und freundlich gelächelt.«

»Anscheinend ist er verliebt in eine der Hofdamen der Königin und hat sie zu seiner Favoritin gemacht. Es heißt, er überschütte sie mit Juwelen.«

»Das ist noch so ein Gerücht, das der Schmutzpoet, diese Schlange, verbreitet«, meinte die dicke Händlerin. »Schön, man weiß ja, dass Männer nichts taugen. Aber trotzdem möchte ich gern glauben, dass der Schmutzpoet dieses Mal gelogen hat. Auch wenn die Männer große Schweine sind, würde doch keiner seiner Frau so etwas antun, wenn sie ihr erstes Kind erwartet. Später ist das natürlich etwas anderes. Das Fleisch ist schwach.«

»Ich werde dem Schmutzpoeten weitererzählen, was Ihr über den König gesagt habt, Patin.«

»Erzähl nur, was du willst, Herzchen. Er sitzt im Gefängnis, und sie werden ihn aufhängen.«

»Das glaube ich nicht. Er kommt doch immer irgendwie davon. Außerdem brauchen wir ihn, damit er unseren Glückwunsch an die Königin aufsetzt.«

»Dazu brauchen wir doch nicht unbedingt diesen Reimeschmied«, meinte die dicke Händlerin, die offensichtlich nicht viel von ihm hielt. »Es gibt noch genügend andere Poeten, die sich ein Bein ausreißen würden, um für uns zu dichten. Außerdem müssen wir dazu den ersten Böllerschuss abwarten …«

»Den fünfundzwanzigsten meinst du wohl, denn erst dann werden wir wissen, ob es ein Junge oder ein Mädchen ist. Vierundzwanzig Kanonenschüsse für eine Prinzessin, und hundert für einen Dauphin.«

Eifrig wurde darüber diskutiert, welchen Putz die Blumen- und Orangenverkäuferin vom Pont-Neuf anlegen würden, wenn sie, zusammen mit den Heringsfrauen aus den Markthallen, der jungen königlichen Mutter und dem Dauphin die Glückwünsche der Händlerinnen von Paris darbringen würden.

»So weit ist es aber noch nicht«, warf Angéliques Meisterin ein. »Mir geht unterdessen eine andere Sorge im Kopf herum. Wo soll unsere Innung ein würdiges Festmahl zum Tag von Saint-Valbonne abhalten? Der Wirt der Guten Kinder hat uns im vergangenen Jahr ordentlich übers Ohr gehauen. Keinen Sou möchte ich mehr in seinen Geldbeutel tun.«

An dieser Stelle mischte Angélique sich in das Gespräch ein, dem sie bisher respektvoll und schweigend gelauscht hatte, wie es sich für ein Lehrmädchen gehört.

»Ich kenne da eine ausgezeichnete Bratküche in der Rue de la Vallée-de-Misère. Die Preise sind günstig, und man bereitet dort köstliche, neuartige Speisen.«

Rasch zählte sie einige Spezialitäten von der Tafel des Palasts der Fröhlichen Wissenschaft auf, bei denen sie einst selbst Hand angelegt hatte.

»Flusskrebspasteten, mit Fenchel gefüllter Truthahn, geschmorte Lammkutteln, gar nicht zu reden von dem Mandelgebäck mit Pistazien, den Fleischpasteten und Aniswaffeln. Aber vor allem bekommt Ihr, Mesdames, in diesem Lokal etwas zu essen, das nicht einmal Seine Majestät, Ludwig XIV., je auf seiner Tafel gesehen hat: glühend heiße und ganz leichte Brioches, die mit einem Stückchen gefrorener Gänseleber gefüllt sind. Ein wahres Wunderwerk!«

»Hm, mein Mädchen, da läuft einem ja das Wasser im Mund zusammen«, riefen die Händlerinnen aus, auf deren Mienen sich bereits die Genießerlust zeigte. »Von welchem Lokal sprichst du?«

»Vom Kecken Hahn, der letzten Bratküche in der Rue de la Vallée-de-Misére, wenn man in Richtung Quai des Tanneurs geht.«

»Meine Liebe, ich glaube nicht, dass man dort so gutes Essen serviert. Mein Mann, der im großen Schlachthof arbeitet, geht dort oft auf einen Happen hinüber und sagt, das Lokal sei trübsinnig und wenig einladend.«

»Dann hat man Euch schlecht informiert. Meister Bourjus, der Wirt, hat kürzlich einen Neffen aus Toulouse aufgenommen, der ein ausgezeichneter Koch ist und zahlreiche Gerichte aus dem Süden kennt. Vergesst nicht, dass Toulouse eine der französischen Städte ist, in denen die Blumen regieren. Der heilige Valbonne wird begeistert sein, wenn man ihn unter diesem Motto ehrt! Außerdem gibt es im Kecken Hahn ein Äffchen, das Grimassen schneidet, und einen Leierspieler, der alle Lieder vom Pont-Neuf kennt. Kurz gesagt alles, was man braucht, um sich in angenehmer Gesellschaft zu zerstreuen.«

»Meine Tochter, als Marktschreierin scheinst du noch begabter zu sein als zum Blumenbinden. Ich werde dich gleich zu dieser Bratstube begleiten.«

»O nein, heute geht es nicht. Der Toulouser Koch ist aufs

Land gefahren, um in eigener Person den Kohl für einen Eintopf mit gebratenem Speck auszuwählen, dessen Rezept er allein hütet. Aber morgen Abend wird man Euch und zwei Begleiterinnen erwarten, um darüber zu sprechen, welches Menü Ihr wünscht.«

»Und was hast du mit dieser Bratküche zu tun?«

»Ich bin mit Meister Bourjus verwandt«, versicherte Angélique.

Da fiel ihr ein, dass sie ziemlich abgerissen ausgesehen hatte, als sie der Händlerin zum ersten Mal begegnet war.

»Mein Mann war Zuckerbäcker«, beeilte sie sich zu erklären. »Als er im letzten Winter an der Pest gestorben ist, hatte er noch nicht einmal sein Gesellenstück abgelegt. So bin ich in Armut zurückgeblieben, denn wir hatten wegen seiner Krankheit hohe Schulden beim Apotheker gemacht.«

»Man weiß ja, was es mit Apothekerrechnungen auf sich hat«, seufzten die guten Frauen und verdrehten die Augen zum Himmel.

»Meister Bourjus hat mich aus Gnade und Barmherzigkeit aufgenommen, und ich helfe ihm dafür im Geschäft. Aber da wir nicht viele Gäste haben, versuche ich, anderswo ein wenig Geld zu verdienen.«

»Wie heißt du, meine Schöne?«

»Angélique.«

Damit stand sie auf und erklärte, sie müsse aufbrechen, um dem Wirt Bescheid zu geben.

Während sie eilig zur Rue de la Vallée-de-la-Misère zurücklief, staunte sie darüber, wie viele Lügen sie an einem einzigen Vormittag erzählt hatte. Sie versuchte erst gar nicht zu verstehen, warum sie auf die Idee gekommen war, Gäste für Meister Bourjus zu werben. Wollte sie sich dem Bratkoch gegenüber dankbar erweisen, weil er sie schließlich doch nicht hinausgeworfen hatte? Oder erwartete sie, dass er sich erkenntlich zeigte? Nein, sie stellte sich keine Fragen. Sie folgte dem inneren Drang, der sie dazu zwang, zuerst das eine und dann etwas anderes zu tun. Der Instinkt einer Mutter, die ihre Kleinen schützt, war erwacht und trieb sie voran.

Jede einzelne Lüge, jede Idee, jeder wagemutige Plan würde dazu beitragen, dass sie sich und ihre Kinder rettete, da war sie sich ganz sicher!

An der Biegung des Quai de la Mégisserie lagen die Türme des Châtelet vor ihr. Aber die Ereignisse der vergangenen Nacht schienen bereits in weite Ferne gerückt. Unwillkürlich machte sie eine Handbewegung, als werfe sie etwas über die Schulter. Sie ließ diese Erinnerung und auch viele andere hinter sich.

Kapitel 14

Am nächsten Tag stand Angélique im ersten Morgengrauen auf. Dieses Mal war sie es, die Barbe weckte, nicht umgekehrt.

»Kommt, aufstehen, die Herrschaften! Vergesst nicht, dass heute die Damen vorbeikommen, die über das Festmahl der Innung sprechen wollen. Wir müssen uns Mühe geben, damit ihnen nur so die Augen übergehen.«

Offenbar hatte das Mädchen noch nicht ganz begriffen, welche Rolle Angélique bei der Vorbereitung des Innungs-Festschmauses zu spielen gedachte.

»Schlaft doch weiter, Gräfin«, meinte sie gähnend und rieb sich die Augen. »Zu Hause bei Eurer Familie wart Ihr es sicher nicht gewöhnt, so früh aufzustehen.«

»Da irrst du dich, Barbe. Ich stehe gern früh auf, eine alte Gewohnheit vom Lande. Und was meine Familie angeht, so kennst du sie – außer meiner Schwester – gar nicht, und Hortense ist nicht unbedingt das beste Beispiel. Wie auch immer, das Vergangene ist vorbei, und wenn du mir Freude machen willst, dann spar dir in Zukunft die Anspielungen.«

Barbe riss Mund und Augen auf, schnäuzte sich laut und protestierte.

»Ich und Anspielungen? Oh, Madame!«

Behutsam hatte Angélique auch Linot und Flipot geweckt, die, in Decken gewickelt, auf dem Boden schliefen.

Flipot mischte sich in das Gespräch ein.

»Warum arbeiten eigentlich immer nur wir?«, verlangte er zu wissen. »Warum schläft eigentlich dieser Nichtsnutz David noch und geht erst in die Küche hinunter, wenn das Feuer brennt, der Topf heiß und der ganze Raum gekehrt ist? Den solltest du mal unsanft aus der Falle werfen, Marquise!«

»Passt auf, ihr Bengel, ich bin nicht mehr die Marquise der Engel, und ihr seid keine Gauner mehr. Im Moment sind wir Dienstboten, Mägde und Gehilfen. Und bald werden wir Bürger sein.«

»Verflixt noch mal«, stieß Flipot hervor. »Ich kann die Bürger nicht leiden. Den Bürgern schneidet man die Geldbörse ab oder stiehlt ihnen den Mantel. Ich will kein Bürger sein.«

»Und wie sollen wir dich nennen, wenn du nicht mehr die Marquise der Engel bist?«, verlangte Linot zu wissen.

»Nennt mich Madame und sagt ›Ihr‹ zu mir.«

»Das hätte gerade noch gefehlt«, witzelte Flipot.

Angélique versetzte ihm eine Ohrfeige, die ihm begreiflich machte, dass jetzt ein anderer Wind wehte … Während er noch jammerte, überprüfte sie die Kleidung der beiden Knaben. Sie trugen die ärmlichen Kleider, die die Gräfin de Soissons geschickt hatte; geflickt und hässlich, aber sauber und anständig. Außerdem trugen sie dicke, genagelte Schuhe, in denen sie sich sehr linkisch bewegten. Aber die würden sie den ganzen Winter hindurch vor der Kälte schützen.

»Flipot, du wirst David und mich zum Markt begleiten. Linot, du tust alles, was Barbe dir aufträgt; Wasser holen, Holz holen und so weiter. Rosine wird in der Küche auf die Kleinen aufpassen und ein Auge auf die Bratspieße haben.«

Flipot seufzte betrübt.

»Dieses neue Handwerk ist aber nicht besonders lustig. Als Bettler und Beutelschneider lebt man wie die feinen Leute. An einem Tag hat man jede Menge Geld. Man isst, bis man platzt, und säuft wie ein Loch. Am nächsten Tag hat man nichts. Dann legt man sich in eine Ecke und schläft, so viel man will, damit man den Hunger nicht spürt. Hier heißt es immer rackern, und zu essen gibt es Suppenfleisch.«

»Wenn du wieder zum Großen Coesre zurückwillst, halte ich dich nicht auf.«

Die beiden Knaben schrien empört auf.

»O nein! Außerdem können wir jetzt nicht mehr zurück. Die würden uns abmurksen, und dann ist es aus mit uns.«

Angélique seufzte.

»Euch fehlt das Abenteuer, meine Kleinen. Ich kann euch ja verstehen. Aber am Ende wartet immer der Galgen. Auf diesem Weg werden wir vielleicht nicht so reich, aber man wird uns achten. Und jetzt hinaus!«

Die kleine Truppe polterte geräuschvoll die Treppe hinunter.

Auf einer der Etagen blieb Angélique stehen, trommelte an die Zimmertür des jungen Chaillou und trat schließlich ein.

»Aufstehen, Lehrbursche!«

Das erschrockene Gesicht des jungen Mannes tauchte unter dem Laken hervor auf.

»Was, Ihr?«, stammelte er. »Hört mal, ich bin weder ein Diener noch ein Lehrling, sondern der Neffe des Wirts und vor allem … der Sohn meines Vaters, Monsieur Chaillou aus Toulouse.«

»Sehr interessant, was du da sagst«, fiel sie sarkastisch

ein. »Stell dir vor, wir alle sind die Söhne oder Töchter unseres Vaters!«

Sie unterbrach sich, als ihr mit einem Mal klar wurde, dass sie selbst entwurzelt war und, anders als dieser junge Mann von einfacher Abstammung, kein Recht mehr hatte, stolz den Namen ihres Vaters oder ihres Gatten zu tragen. Doch sie straffte die Schultern, schüttelte sich und packte den Burschen, der unter seiner Bettdecke nackt war, am Arm.

»Auf, David Chaillou«, wiederholte Angélique munter. »Vergiss nicht, dass du von heute an ein berühmter Koch bist, nach dessen Rezepten ganz Paris verlangen wird.«

Der Junge hatte sich schüchtern in seine Decken gewickelt und schwieg. Sie sah, wie sein Gesicht zuerst rot und dann bleich wurde.

»Was hast du denn, David? Wenn du krank bist, bleib nur liegen. Ich komme mit den Einkäufen schon ohne dich zurecht.« – »Nein, nein«, protestierte er aufgeregt. »Ich will Euch ja begleiten. Aber Ihr müsst schon hinausgehen, damit ich aufstehen und mich ankleiden kann.«

Angélique warf Flipot, der ihr gefolgt war, einen resignierten Blick zu. Der Knabe zwinkerte, dann wies er vielsagend mit dem Finger auf den Kochlehrling.

»Dem hast du den Kopf verdreht!«

Die junge Frau vermochte ein Lächeln nicht zu unterdrücken und zog ihn mit sich nach draußen.

Na, das wird sicher keine einfache Zusammenarbeit, sagte sich Angélique. Der Bursche ist ein wenig lahm und steckt mitten in der Umwälzung der Jugend. Schön, wenn er aufdringlich wird, bekommt er eben eines hinter die Ohren. Außerdem kann ich mir vorstellen, dass er gar nicht so dumm ist, wie er aussieht, zumindest, was seine kulinarischen Talente angeht. Und darauf kommt es schließlich an.

Überrumpelt, jammernd, gegen seinen Willen gerührt und fasziniert von Angéliques gebieterischem Auftreten, war Meister Bourjus bereit, ihr eine gut gefüllte Geldbörse zu überlassen.

»Wenn Ihr Angst habt, ich könnte Euch bestehlen, könnt Ihr ja mit mir in die Markthallen kommen«, erklärte sie ihm, »aber es wäre schon besser, wenn Ihr hierbleibt, um Kapaune, Puten, Enten und Braten vorzubereiten. Versteht Ihr, die Damen, die sich bald hier einstellen werden, wollen einen Rahmen vorfinden, der ihnen Vertrauen einflößt. Eine leere oder mit verstaubtem Geflügel geschmückte Auslage, ein schmutziger und nach kaltem Tabakrauch stinkender Gastraum und eine Atmosphäre von Armut und Not – all das wird Leute, die üppig tafeln wollen, nicht locken. Da kann ich Ihnen die außergewöhnlichsten Speisen in Aussicht stellen, sie würden mir nicht glauben.«

»Aber was willst du denn heute Morgen überhaupt einkaufen, wenn du sagst, dass diese Personen noch gar nicht über das Menü entschieden haben?«

»Ich will die Dekoration kaufen.«

»Die … was?«

»Alles, was es braucht, damit Eure Bratküche verlockend aussieht: Hasen, Fisch, Würste, Obst und schönes Gemüse.«

»Aber ich bin kein Gastwirt«, jammerte der Dicke. »Ich bin BRATKOCH. Willst du, dass die Innungen der Gastwirte und der Pastetenbäcker mir Schwierigkeiten machen?«

»Was sollen sie Euch denn antun?«

»Frauen verstehen einfach nichts von diesen ernsten Angelegenheiten«, stöhnte Meister Bourjus und reckte die kurzen Ärmchen zur Decke. »Die Oberen der Innungen werden mir einen Prozess anhängen und mich vor Gericht zerren. Kurz gesagt, du hast wohl vor, mich zu ruinieren!«

»Ach, das seid Ihr doch schon«, erwiderte Angélique. »Ihr habt also nichts zu verlieren, wenn Ihr einmal etwas anderes probiert und Euch ein wenig bewegt. Bringt Euer Geflügel auf den Weg und macht dann einen Spaziergang zum Grève-Hafen. Ich habe gehört, wie ein Ausrufer verkündet hat, es seien schöne Fässer aus Burgund und der Champagne angeliefert worden.«

Die Markthalle von Paris stand in dem Ruf, gut sortiert zu sein, außer – wie böse Zungen behaupteten – »in Zeiten der Hungersnot, des Krieges, der Pest und des Aufstands«. Sie zeichnete sich vor allem durch die Üppigkeit und die Vielfalt der angebotenen Waren aus. In diesem Viertel herrschten starke Gerüche und eine verschwenderische, chaotische Fülle, die zum einen eine wohlüberlegte Auswahl erschwerten und auch das Treiben der Beutelschneider begünstigten.

Als Angélique auf dem Platz mit dem Pranger eintraf, hatten die Beamten der königlichen Intendanz soeben ihre Gebühren eingetrieben, und der Henker hatte seine Runde an den Ständen beendet, die ihm Abgaben schuldeten, entweder aufgrund eines alten Privilegs oder weil sie ihm praktisch gehörten.

Das war die beste Zeit für die Frühaufsteherinnen unter den Hausfrauen. Angélique nutzte die Gelegenheit, die Hasen mit dem braunen Fell zu betasten, die erst im Morgengrauen in Vaugirard geschossen worden und noch ganz warm waren, den Duft von Käse und Melonen einzuatmen und die silbrig blitzenden Fische zu untersuchen, die, in Eis frischgehalten, von der normannischen Küste mindestens zwei Tage unterwegs gewesen waren.

Sie tätigte ihre Einkäufe, ohne sich allzu sehr von den Händlerinnen übervorteilen zu lassen, die das große Wort führten und sich in ihrer Kunst, schüchternen Kundinnen alte oder schlechte Ware zu verkaufen, durchaus mit den Quacksalbern vom Pont-Neuf messen konnten.

Sie versuchte, sich mit dieser neuen Welt vertraut zu machen; doch dies wurde durch David erschwert, der unablässig zeterte.

»Das ist viel zu schön! Und dieses ist viel zu teuer. Was soll mein Onkel dazu sagen?«

»Papperlapapp!«, fuhr sie ihn schließlich an. »Schämst du dich nicht als Sohn des Südens, dass du alles so kleinlich anschaust wie ein kaltherziger Geizkragen? Behaupte nicht noch einmal, du wärest aus Toulouse.«

»Doch, ich komme aus Toulouse«, protestierte der Küchenjunge. »Mein Vater war Monsieur Chaillou. Sagt der Name Euch denn gar nichts?«

»Nein. Was genau war denn der Beruf deines Vaters?«

Der hoch aufgeschossene David wirkte enttäuscht wie ein Kind, dem man sein Bonbon weggenommen hat.

»Aber das wisst Ihr doch! Der bekannte Gewürzhändler an dem Place de la Garonne! Der Einzige, der exotische Würzkräuter für die Küche führte!«

Damals bin ich nicht selbst einkaufen gegangen, dachte Angélique.

»Er war früher Koch auf den Schiffen des Königs und hatte von seinen Reisen viele unbekannte Dinge mitgebracht«, hob David erneut an. »Ihr wisst doch … Er war es, der in Toulouse die Schokolade einführen wollte.«

Angélique musste sich Mühe geben, um ein Ereignis, an das sie das Wort Schokolade erinnerte, aus ihrem Gedächtnis hervorzugraben. Ja, sie hatte in den Salons davon gehört. Sie erinnerte sich wieder an den empörten Kommentar einer Toulouser Dame.

»Schokolade? Aber das ist doch ein Indianergetränk«, sagte sie.

David wirkte verstört, denn schon jetzt hatten Angéliques Meinungsäußerungen für ihn eine übersteigerte Bedeutung bekommen.

Er trat nahe an sie heran und erklärte, um sie von den großartigen Ideen seines Vaters zu überzeugen, werde er ihr ein Geheimnis anvertrauen, das er noch nie jemandem verraten habe, nicht einmal seinem Onkel.

Er versicherte, sein Vater, der in jungen Jahren viel herumgekommen sei, habe die Schokolade, die man aus Mexiko importiere, in verschiedenen fremden Ländern probiert. So habe er sich in Spanien, Italien und sogar Polen von den ausgezeichneten Eigenschaften des neuartigen Produkts überzeugen können, das von angenehmem Geschmack sei und hervorragende medizinische Eigenschaften besitze.

Nachdem der junge David sich einmal auf dieses Thema eingelassen hatte, war er nicht mehr aufzuhalten. In seinem Bemühen, das Interesse der Dame seines Herzens zu fesseln, rasselte er mit schriller Stimme alles herunter, was er darüber wusste.

»Puh,« meinte Angélique, die nur mit einem Ohr zuhörte, »ich habe dieses Getränk noch nie gekostet und fühle mich auch nicht versucht. Es heißt, die Königin, die Spanierin ist, sei ganz versessen darauf. Aber genau deswegen fühle sich der ganze Hof durch diese Geschmacksverirrung bestürzt und spotte über sie.«

»Das liegt daran, dass die Höflinge nicht an die Schokolade gewöhnt sind«, versicherte der Kochlehrling, was durchaus Logik hatte. »Mein Vater dachte ebenso und hat sich einen königlichen Patentbrief ausstellen lassen, der ihn zur Bekanntmachung dieses neuen Produkts berechtigte.

Aber leider ist er gestorben, und da meine Mutter schon vor ihm tot war, kann nur noch ich mich dieses Patents bedienen. Aber ich habe keine Ahnung, wie ich das anfangen soll. Mit meinem Onkel habe ich noch nicht darüber gesprochen. Ich fürchte, er wird sich über mich und meinen Vater lustig machen. Er wiederholt ja bei jeder Gelegenheit, mein Vater sei verrückt gewesen.«

»Du bist also im Besitz dieses Patents?«, verlangte Angélique schroff zu wissen. Sie blieb stehen und stellte ihre Körbe ab, um ihren jungen Verehrer scharf anzusehen.

Dieser wurde angesichts des Blicks aus ihren strahlend grünen Augen beinahe ohnmächtig. Wenn Angélique mehr oder weniger intensiv nachdachte, bekamen ihre Augen ein beinahe magnetisches Leuchten, das seinen Eindruck auf ihren Gesprächspartner nie verfehlte, zumal dieser sich den Grund für dieses Strahlen nicht immer erklären konnte.

Der arme David war wegen dieser Augen verloren und leistete keinen Widerstand.

»Hast du ihn, diesen Brief?«, fragte Angélique noch einmal.

»Ja«, flüsterte er.

»Welches Datum trägt er?«

»Den 28. Mai 1659, und er gilt für neunundzwanzig Jahre.«

»Kurz gesagt, du hast neunundzwanzig Jahre lang die Erlaubnis, dieses exotische Produkt herzustellen und zu vertreiben?«

»Nun, ja ...«

»Man müsste wissen, ob diese Schokolade nicht gefährlich ist«, murmelte Angélique nachdenklich, »und ob die Leute Geschmack daran finden würden. Hast du schon davon gekostet?«

»Ja.«

»Und was hältst du davon?«

»Also ich«, meinte David, »finde das Getränk ziemlich süß. Wenn man Pfeffer und Piment hineintut, schmeckt es ein wenig würziger. Ich ziehe allerdings ein schönes Glas Wein vor«, fügte er stutzerhaft hinzu.

»Vorsicht, Wasser!«, schrie jemand über ihnen. Sie hatten gerade noch Zeit, zur Seite zu springen, um der übelriechenden Dusche aus dem Weg zu gehen. Angélique hatte den Arm des Lehrlings ergriffen und spürte, dass er zitterte.

»Ich wollte Euch sagen«, stotterte er hastig, »dass ich noch nie so eine… eine schöne Frau gesehen habe wie Euch.«

»Aber sicher hast du das, mein armer Junge«, erwiderte sie gereizt. »Du brauchst dich nur umzuschauen, statt an den Fingernägeln zu kauen und Trübsal zu blasen. Wenn du mir unterdessen einen Gefallen tun willst, erzähl mir lieber von deiner Schokolade, statt mir überflüssige Komplimente zu machen.«

Doch als sie seine jämmerliche Miene sah, versuchte sie, ihn zu trösten. Sie sagte sich, dass sie ihn nicht vollkommen verprellen durfte. Mit diesem Patentbrief, den er besaß, konnte er noch interessant werden.

»Leider bin ich kein fünfzehnjähriges Mädchen mehr, mein Junge«, meinte sie lachend. »Schau, ich bin eine alte Frau und habe schon weißes Haar.«

Unter ihrer Haube zog sie die Haarsträhne hervor, die im Lauf der entsetzlichen Nacht in Faubourg Saint-Denis auf so merkwürdige Weise ergraut war.

»Wo ist Flipot?«, fuhr Angélique fort und sah sich um. »Streunt der kleine Halunke etwa schon wieder herum?«

Sie war ein wenig besorgt, denn sie fürchtete, angesichts dieser Menschenmengen würde Flipot versucht sein, die Lehren von Jactance-le-Coupe-Bourse in die Tat umzusetzen.

»Nicht nötig, dass Ihr Euch Gedanken um den kleinen Schurken macht«, meinte David in verbittertem, eifersüchtigem Ton. »Gerade eben habe ich gesehen, wie er ein Zeichen mit einem von Schwären bedeckten Bettler ausgetauscht hat, der vor der Kirche um Almosen bettelte. Dann ist er verschwunden... und hat seinen Tragekorb mitgenommen. Mein Onkel wird einen Wutanfall bekommen!«

»Du siehst immer alles viel zu schwarz, mein armer David.«

»Ich habe eben nie Glück.«

»Gehen wir ein Stück zurück, wir werden den Strolch schon finden.«

Doch da tauchte der Kleine bereits im Laufschritt wieder auf. Angélique fand ihn niedlich mit seinen lebhaften Augen eines Pariser Spatzen, seiner roten Nase unter seinen struppigen, langen Haaren, die unter einem großen, zerdrückten Hut hervorschauten. Sie hing an ihm, genau wie an dem kleinen Linot, den sie schon zweimal aus Jean-Pourris Klauen gerissen hatte.

»Stell dir nur vor, Marquise der Engel«, keuchte Flipot und vergaß in seiner Aufregung alle Vorsicht. »Weißt du, wer unser neuer Großer Coesre ist? Cul-de-Bois, ja, meine Liebe, unser Cul-de-Bois aus der Tour de Nesle!«

Er senkte die Stimme und fügte mit ängstlichem Flüstern hinzu:

»Und sie haben zu mir gesagt: Passt auf euch auf, ihr Knirpse, die ihr euch hinter den Röcken einer Verräterin versteckt!«

Angélique spürte, wie ihr das Blut stockte.

»Glaubst du, sie wissen, dass ich Rolin-le-Trapu getötet habe?«

»Davon haben sie nichts gesagt. Aber… Pain-Noir hat davon geredet, dass du den Ägyptern die Polizei auf den Hals geschickt hättest.«

»Wer war dabei?«

»Pain-Noir, Pied-Léger, drei alte Weiber von uns und zwei Burschen aus einer anderen Bande.«

Die junge Frau und der Knabe hatten diese Worte in der Gaunersprache gewechselt, die David zwar nicht verstand, deren bedrohliche Untertöne er jedoch ohne Mühe erkannte. Diese geheimnisvolle Verbindung seiner neuen Liebe zu dieser schwer fassbaren, allgegenwärtigen Unterwelt, die in Paris eine große Rolle spielte, erfüllte ihn mit Sorge und Bewunderung zugleich.

Auf dem Rückweg sagte Angélique kein Wort, doch sobald sie durch die Tür der Bratküche getreten war, schüttelte sie entschlossen ihre Ängste ab.

Mein Mädchen, sagte sie sich, es ist sehr gut möglich, dass du eines schönen Morgens mit durchschnittener Kehle aufwachst oder in der Seine treibst. Aber in dieser Gefahr schwebst du schon lange. Wenn nicht die Fürsten dir ans Leder wollen, dann die Gauner! Ach, was soll's! Du musst kämpfen, selbst wenn dieser Tag dein letzter sein sollte. Mit Problemen wird man nur fertig, wenn man sich Hals über Kopf hineinstürzt und auch ein wenig von sich selbst opfert. Hat nicht Sieur Molines mir einst genau das Gleiche gesagt?

»Vorwärts, Kinder«, rief sie laut, »die Damen von der Blumeninnung sollen dahinschmelzen wie Butter in der Sonne, sobald sie diese Schwelle überschreiten.«

Die Damen waren in der Tat begeistert, als sie in der Abenddämmerung die drei Stufen zur Gaststube des Kecken Hahns hinabstiegen. Nicht nur, dass köstlicher Waffelduft in der Luft hing, sondern der Raum wirkte zugleich anheimelnd und originell.

Im Kamin knisterte ein kräftiges Feuer und verbreitete seinen goldenen Schein. Zusammen mit einigen Kerzen, die auf den benachbarten Tischen standen, entlockte es dem Geschirr und den Utensilien aus Zinn – Töpfe, Kannen, Fischkessel und Kuchenformen –, die kunstvoll auf den Anrichten aufgestellt waren, wunderschöne Reflexe. Außerdem hatte Angélique einige Silbergegenstände konfisziert, die Meister Bourjus eifersüchtig in seinen Truhen hütete: zwei Wasserkannen, ein Essigfläschchen, zwei Eierbecher und zwei Fingerschalen. Letztere schmückten, üppig mit Obst, Trauben und Birnen gefüllt, die Tische, zusammen mit schönen Karaffen mit Rot- und Weißwein, in denen das Licht des Feuers rubinrote und goldene Reflexe aufscheinen ließ. Gerade diese sorgsam arrangierten Einzelheiten versetzten die würdigen Matronen in Erstaunen.

Sie belieferten häufig große Festmähler in adligen Häusern mit ihrem Blumenschmuck, und durch dieses Arrangement aus Silber, Obst und Weinkaraffen fühlten sie sich vage an die Empfänge des Adels erinnert, was ihnen insgeheim schmeichelte.

Als gewiefte Geschäftsfrauen mochten sie allerdings ihrer Zufriedenheit nicht allzu offen Ausdruck verleihen. So betrachteten sie kritischen Blickes die an den Deckenbalken aufgehängten Hasen und Schinken, beschnüffelten misstrauisch die Platten mit Wurst und kaltem Fleisch und den mit grüner Sauce überzogenen Fisch und betasteten mit fachmännischem Griff das Geflügel. Die Innungsälteste, die auf den Namen Mutter Marjolaine hörte, fand schließlich den Fehler in diesem allzu perfekten Bild.

»Es fehlt an Blumen«, erklärte sie. »Dieser Kalbskopf würde mit zwei Nelken in den Nüstern und einer Pfingstrose zwischen den Ohren noch ganz anders wirken.«

»Madame«, hielt ihr Meister Bourjus galant entgegen, »wir wollten absichtlich nicht einmal mit einem Petersilienstängel in Konkurrenz zu der Anmut und Geschicklichkeit treten, die Ihr auf dem Gebiet, auf dem Ihr die Königinnen seid, an den Tag legt.«

Man führte die drei liebenswürdigen Damen zu einem Platz am Kamin und holte einen Krug vom besten Wein aus dem Keller.

Der entzückende Linot saß auf der Kamineinfassung und drehte die Kurbel seiner Leier, und Florimond spielte mit Piccolo.

In herzlicher Stimmung stellte man das Menü für das Festessen zusammen. Man verstand sich prächtig.

»So«, seufzte der Bratkoch, nachdem er die Blumenhändlerinnen unter tiefen Verbeugungen zur Tür geführt hatte. »Und was sollen wir jetzt mit diesem ganzen feinen Zeug anfangen, das auf unseren Tischen steht? Bald kommen die Handwerker und Arbeiter zu ihrem Mittagsimbiss. Sie werden diese Delikatessen weder essen und erst recht nicht bezahlen. Warum also diese unnötige Ausgabe?«

»Ihr erstaunt mich wirklich, Meister Bourjus«, sagte Angélique streng. »Ich hatte Euch für einen besseren Geschäftsmann gehalten. Durch diese unnötige Ausgabe habt Ihr einen Auftrag eingeholt, der Eure heutige Investition verzehnfachen wird. Nicht zu vergessen, dass man noch gar nicht weiß, was die Damen ausgeben werden, wenn das Fest einmal richtig im Gang ist. Wir werden sie zum Singen und Tanzen anstacheln, und wenn die Passanten auf der Straße sehen, wie lustig es in dieser Bratküche zugeht, werden sie bei dem Spaß auch noch mittun wollen.«

Meister Bourjus wollte sich nichts anmerken lassen, doch insgeheim teilte er Angéliques Hoffnungen. Der Elan und Tatendrang, den er bei den Vorbereitungen für das Festmahl des Heiligen Valbonne an den Tag legte, ließen ihn seinen Hang zum Wein vergessen. Er sprang auf seinen kurzen Beinchen herum und fand zu der Behändigkeit eines Gastwirts und dem gebieterischen Auftreten gegenüber den Lieferanten zurück, sowie zu der natürlichen und salbungsvollen Liebenswürdigkeit jedes Wirts, der auf sich hält. Nachdem Angélique ihn mühsam davon überzeugt hatte, dass ein gepflegtes Äußeres für den Erfolg seiner Unternehmung vonnöten sei, bestellte er sogar ein vollständiges Küchenjungenkostüm für seinen Neffen … und gleich noch eines für Flipot.

Am Morgen des großen Tages trat Meister Bourjus strahlend und händereibend auf Angélique zu.

»Meine Liebe«, begann er liebenswürdig, »du hast wahrhaftig diesem Haus die Fröhlichkeit und den Schwung zurückgebracht, die hier einst meine fromme, gute Frau verbreitet hat. Und das hat mich auf eine Idee gebracht. Komm einmal kurz mit mir.«

Mit einem verschwörerischen Zwinkern forderte er sie auf, ihm zu folgen. Angélique ging hinter ihm die Wendeltreppe des Hauses hinauf. In der ersten Etage hielten sie an, und als Angélique in das Eheschlafzimmer von Meister Bourjus trat, stieg eine Angst in ihr auf, die sie bis dahin nie gespürt hatte. Der Bratkoch wollte doch wohl – nachdem sie dabei war, zu einem so vorteilhaften Ersatz für seine Ehefrau zu werden – nicht von ihr verlangen, dass sie diese schwierige Rolle noch auf anderen Gebieten übernahm?

Sein strahlendes Gesicht war nicht dazu angetan, sie zu

beruhigen. Er schloss die Tür und ging mit geheimnisvoller Miene auf den Kleiderschrank zu.

Panisch fragte sich Angélique, wie sie mit dieser katastrophalen Situation fertigwerden sollte.

Würde sie ihre schönen Pläne in den Wind schreiben, dieses behagliche Dach über dem Kopf verlassen und erneut mit ihren zwei Kindern und ihrem traurigen kleinen Häuflein von dannen ziehen müssen?

Oder sollte sie nachgeben? Bei dem Gedanken glühten ihre Wangen. Beklommen schaute sie sich in dem kleinbürgerlichen Schlafzimmer um. Da waren das große Bett mit den Vorhängen aus grünem Serge, zwei einfache Stühle ohne Armlehnen und der Waschtisch aus Nussbaumholz, auf dem eine Waschschüssel und eine silberne Kanne standen.

Über dem Kamin hingen zwei Gemälde, die Szenen aus der Passion Christi darstellten, und auf Halterungen waren die Waffen ausgestellt, die der Stolz jedes bürgerlichen Handwerkers waren: zwei kleine Gewehre, eine Muskete und eine Arkebuse, eine Pike sowie ein Schwert, dessen Stichblatt und Heft aus Silber bestanden.

So phlegmatisch der Wirt des Kecken Hahns sich auch im täglichen Leben zeigte, war er doch Sergeant bei der Bürgermiliz, worauf er sich viel zugutehielt. Im Gegensatz zu vielen seiner Standesgenossen begab er sich gern ins Châtelet, wenn er mit dem Wachdienst an der Reihe war.

Angélique hörte ihn in dem kleinen Nebenraum keuchen und laut herumkramen.

Als er wieder erschien, schob er eine große Truhe aus schwärzlichem Holz vor sich er.

»Hilf mir doch mal, Mädchen.«

Sie fasste an, und gemeinsam zogen sie den Kasten in die Mitte des Raums.

Meister Bourjus tupfte sich die Stirn ab.

»So«, sagte er, »ich dachte… Du hast mir schließlich selbst erklärt, für das Festmahl müssten wir uns alle herausputzen wie die Schweizer Gardisten. David, die beiden Knaben und ich selbst stehen Gewehr bei Fuß. Ich werde meine braune Seidenhose anziehen. Aber du, mein armes Mädchen, machst uns trotz deines hübschen Gesichtchens keine Ehre. Und da kam ich auf die Idee…«

Zögernd unterbrach er sich und öffnete dann die Truhe. Da lagen, sorgfältig geordnet und mit einem Lavendelzweig parfümiert, Meisterin Bourjus' Röcke, ihre Mieder, ihre Hauben, ihre Halstücher und ihre schöne Überhaube aus schwarzem, mit Atlasstücken besetztem Tuch.

»Sie war ein wenig breiter als du«, meinte der Bratkoch mit erstickter Stimme. »Aber wenn du die Sachen mit Nadeln absteckst…«

Mit einem Finger zerdrückte er eine Träne.

»Steh da nicht und glotz mich an«, polterte er mit einem Mal. »Such dir etwas aus.«

Angélique hob die Kleidungsstücke der Verstorbenen hoch. Bescheidene Ensembles aus Serge oder Halbseide waren das, doch die Samtbordüren und bunten Futterstoffe und das feine Leinenzeug zeigten, dass die Wirtin des Kecken Hahns gegen Ende ihres Lebens eine der wohlhabendsten Geschäftsfrauen ihres Viertels gewesen war. Sie hatte sogar einen kleinen Muff aus rotem, mit goldenen Rankenornamenten besticktem Samt besessen, den Angélique jetzt mit unverhohlenem Vergnügen über ihr Handgelenk streifte.

»Eine Grille«, meinte Meister Bourjus nachsichtig lächelnd. »Sie hatte ihn in der Galerie des Justizpalasts gesehen und lag mir damit in den Ohren. ›Amandine‹, habe ich zu ihr gesagt, ›was willst du denn mit diesem Muff? Er ist für eine feine Dame aus dem Marais-Viertel gemacht, die an einem sonnigen Wintertag in den Tuilerien oder dem Cours-de-la-Reine herumstolziert.‹ Und was hat sie mir geantwortet? ›Schön, dann werde ich eben in den Tuilerien oder dem Cours-de-la-Reine herumstolzieren.‹ Das hat mich in Rage gebracht. Ich habe ihn ihr dann zum Geburtstag geschenkt. Wie sie sich gefreut hat! Wer hätte ahnen können, dass sie ein paar Tage später … tot sein würde?«

Angélique kämpfte ihre Rührung nieder.

»Sie freut sich ganz bestimmt, wenn sie vom Himmel herunterschaut und sieht, wie gut und großzügig Ihr seid. Diesen Muff werde ich nicht tragen; er ist hundert Mal zu schön für mich. Aber ansonsten nehme ich Eure Gabe gern an, Meister Bourjus. Ich werde schauen, was mir passt. Vielleicht könntet Ihr mir Barbe schicken, damit sie mir hilft, die Kleider zu ändern?«

Sie sah den Umstand, dass sie mit einer Zofe zu ihren Füßen vor einem Spiegel stand, als ersten Schritt zu dem Ziel an, das sie sich gesetzt hatte. Auch Barbe, die den Mund voller Nadeln hatte, spürte das und redete sie – offensichtlich zufrieden – noch öfter als zuvor mit »Madame« an.

Und dabei besteht mein ganzes Vermögen aus den paar Sols, die ich mir bei den Blumenverkäuferinnen vom Pont-Neuf verdient habe, und dem Almosen, das mir die Gräfin de Soissons täglich schickt, sagte sich Angélique belustigt.

Sie hatte ein Mieder und einen Rock aus grünem Serge gewählt, die mit schwarzem Satin abgesetzt waren. Eine mit goldenen Blümchen bestickte Schürze komplettierte die Ausstattung einer wohlhabenden Geschäftsfrau. Leider hatte Meisterin Bourjus eine ausladende Oberweite besessen, sodass sich das Kleidungsstück nicht perfekt an Angéliques feste und hoch angesetzte Brüste anpassen ließ. Doch ein rosafarbenes, grün besticktes Halstuch verbarg, dass der Ausschnitt des Mieders ein wenig klaffte.

In einem Stoffsäckchen fand Angélique den bescheidenen Schmuck der Bratköchin: drei goldene, mit Karneolen und Türkisen besetzte Ringe, zwei Kreuze, Ohrringe sowie acht schöne Rosenkränze, von denen einer aus Jettsteinen und die anderen aus Kristall bestanden.

Als Angélique hinunterging, trug sie ihre gestärkte Haube, die das geschorene Haar verbarg, die Ohrringe aus Achat und Perlen und am Hals ein kleines Kreuz an einem Samtband.

Der gute Bratkoch verbarg nicht, wie sehr ihn diese anmutige Erscheinung entzückte.

»Beim Heiligen Nikolaus, du ähnelst der Tochter, die wir uns immer gewünscht und nie bekommen haben! Oft haben wir von ihr geträumt. Sie wäre jetzt fünfzehn, sechzehn Jahre alt, pflegten wir uns zu sagen, und so und so gekleidet … Sie würde in unserer Gaststube umhergehen und fröhlich mit den Gästen lachen …«

»Ihr seid sehr freundlich, Meister Jacques, mir diese schönen Komplimente zu machen. Doch leider bin ich keine fünfzehn oder sechzehn mehr, sondern Mutter von zwei Kindern.«

»Ich weiß nicht, wer oder was du bist«, meinte er und schüttelte gerührt sein hochrotes Haupt. »Du kommst mir nicht ganz wirklich vor. Seit du wie ein Wirbelwind durch mein Haus fährst, habe ich das Gefühl, dass sogar die Zeit anders abläuft, und ich habe die unbestimmte Ahnung, dass du eines Tages so verschwinden wirst, wie du gekommen bist … Es scheint mir schon eine Ewigkeit her zu sein, dass du eines Tages, noch mit deinem langen Haar, hier hereingeschneit bist und gefragt hast: ›Habt Ihr nicht eine Magd, die Barbe heißt?‹ In meinem Kopf hat es gehallt wie von einem Glockenschlag … Vielleicht sollte das bedeuten, dass du hier eine Rolle spielen würdest.«

Das hoffe ich doch, dachte Angélique. Doch sie widersprach in einem Ton freundlichen Grolls.

»Ihr wart betrunken, deswegen hat es in Eurem Kopf gehallt wie von Glockengeläut.«

Nachdem sie in sentimentale Überlegungen und mystische Vorahnungen geraten waren, schien ihr der Moment ungeeignet, um ernstlich mit Meister Bourjus zu sprechen. Aber sie erhoffte sich aus dieser Zusammenarbeit sehr wohl eine finanzielle Entschädigung für sich und ihre kleine Truppe.

Wenn Männer ins Träumen geraten, darf man sie nicht allzu schroff in die Realität zurückholen, die sie doch stets zu verfechten behaupten. Angélique beschloss, ihre ganze Impulsivität aufzubieten und ein paar Stunden lang ohne falsche Untertöne die Rolle der bezaubernden Wirtstochter zu spielen.

Das Festmahl der Saint-Valbonne-Innung wurde ein Erfolg, und der Heilige selbst bedauerte nur eines, nämlich dass er nicht auf die Erde zurückkehren konnte, um nach Herzenslust mitzufeiern.

Drei Körbe voller Blumen schmückten die Tische. Meister Bourjus und Flipot hatten sich in Schale geworfen, machten die Honneurs und reichten die Platten herum. Rosine half Barbe in der Küche. Angélique ging zwischen allen herum, behielt die Töpfe und Bratspieße im Auge, antwortete keck auf die freundlichen Begrüßungen der Festgäste und munterte David, den sie zum großen Spezialisten für die Küche des Südens befördert hatte, abwechselnd durch

Komplimente und Vorwürfe auf. Die Wahrheit war, dass sie durchaus recht gehabt hatte, ihn als talentierten Küchenmeister vorzustellen. Er wusste allerhand, und nur seine Trägheit und vielleicht der Mangel an Gelegenheit hatten ihn bisher davon abgehalten, auch zu zeigen, was in ihm steckte. Doch von Angéliques Elan mitgerissen und von ihrer Anerkennung beflügelt, übertraf er sich unter ihrer Anleitung selbst. Als sie ihn errötend in die Gaststube zerrte, klatschte man ihm Beifall. Die vom guten Wein erheiterten Damen fanden, er habe schöne Augen. Sie stellten ihm indiskrete, anzügliche Fragen und küssten, tätschelten und kitzelten ihn …

Linot hatte seine Leier zur Hand genommen, und alle sangen, ein Glas in der Hand. Dann hatte Piccolo seinen großen Auftritt und imitierte erbarmungslos das Gebaren Mutter Marjolaines und ihrer Gefährtinnen.

Unterdessen vernahm eine Gruppe Musketiere, die auf der Suche nach Zerstreuungen durch die Rue de la Vallée-de-Misère schlenderten, die fröhlichen Frauenstimmen und stürmten, nach »Braten und Wein« rufend, die Gaststube des Kecken Hahn. Nun nahmen die Feierlichkeiten eine Wendung, die dem Heiligen Valbonne eigentlich hätte missfallen müssen, wäre der gute provenzalische Heilige nicht ein Freund der Sonne und der Freude gewesen und daher von seinem Wesen her nachsichtig mit der moralischen Unordnung, die zwangsläufig aus dem Zusammentreffen von Blumenfrauen und galanten Soldaten entsteht. Heißt es nicht, Traurigkeit sei eine Sünde? Wenn man recht von Herzen lachen will, gibt es zwanzig Arten, dies zu tun. Die Beste aber ist es immer noch, sich in einem warmen Raum zu befinden, in dem schwer der Duft nach Wein, Saucen und Blumen hängt, zusammen mit einem unermüdlichen

Leierspieler, der einen zum Singen und Tanzen anhält, einem Affen, der zum Staunen reizt, und jungen und nicht scheuen, lachlustigen Frauen, die sich mit der nachsichtigen Billigung dicker, heiterer Gevatterinnen küssen lassen.

Angélique kam wieder zu sich, als es von der Kirche Sainte-Opportune zum Angelus-Gebet läutete. Mit geröteten Wangen und schweren Augenlidern, die Arme schmerzend vom Tragen der Platten und Krüge, und mit brennenden Lippen von einigen kühnen, schnurrbartgarnierten Küssen, wurde sie wieder munter, als sie sah, wie Bourjus mit gewitzter Miene seine Goldstücke zählte.

»Haben wir nicht gut gearbeitet, Meister Jacques?«, rief sie aus.

»O ja, mein Mädchen. So ein Fest hat meine Bratküche lange nicht gesehen! Und sogar die Herren haben sich nicht so knauserig gezeigt, wie es ihre Federbüsche und Rapiers erwarten ließen.«

»Meint Ihr nicht, dass sie demnächst ihre Freunde zu uns mitbringen werden?«

»Schon möglich.«

»Ich habe Euch einen Vorschlag zu machen«, erklärte Angélique. »Ich und alle meine Kinder – Rosine, Linot, Flipot und der Affe – helfen Euch weiter. Und Ihr tretet ein Viertel Eures Gewinns an mich ab!«

Der Bratkoch runzelte die Stirn. Diese Art von Geschäft kam ihm äußerst ungewöhnlich vor. Außerdem war er sich nicht sicher, ob er nicht doch eines Tages Schwierigkeiten mit den Innungen oder dem Profoss der Händler bekommen würde. Aber das fröhliche Trinkgelage der Nacht umnebelte sein Hirn immer noch, sodass er Angélique hilflos ausgeliefert war.

»Wir werden einen Vertrag vor einem Notar abschließen«, fuhr diese fort, »doch der muss geheim bleiben. Nicht nötig, dass Ihr den Nachbarn von Euren Privatangelegenheiten erzählt. Sagt einfach, ich sei eine junge Verwandte, die Ihr aufgenommen habt, und das Ganze ein Familienunternehmen. Ihr werdet sehen, Meister Jacques, dass wir herrliche Geschäfte machen werden. Das ganze Viertel wird Euren Geschäftssinn rühmen, und die Leute werden Euch beneiden. Mutter Marjolaine hat mich schon auf das Festmahl der Innung der Apfelsinenverkäuferinnen vom Pont-Neuf angesprochen, das auf den Saint-Fiacre-Tag fällt. Glaubt mir, Ihr werdet nur Vorteile haben, wenn Ihr uns bleiben lasst. So, und für dieses Mal schuldet Ihr mir folgende Summe.«

Rasch zählte sie den Anteil ab, der ihr zustand, und ging dann. Der gute Mann blieb verblüfft zurück. Doch in ihm verfestigte sich bereits die Überzeugung, ein wagemutiger Geschäftsmann zu sein.

Angélique trat auf den Hof, um die frische Morgenluft zu atmen. Fest schloss sie die Hand um die Münzen und drückte sie an die Brust. Diese Goldstücke waren der Schlüssel zur Freiheit. Meister Bourjus hatte gewiss keinen Anlass, sich betrogen zu fühlen. Aber wenn ihre kleine Truppe sich von den Resten der Festmähler ernährte, so rechnete sie sich aus, könnte sie ihren ganzen Verdienst, der noch anwachsen würde, sparen und so ein Vermögen zusammenbringen. Anschließend konnte sie etwas anderes probieren. Warum zum Beispiel nicht dieses Patent nutzen, das David Chaillou zu besitzen behauptete und in dem es um die Herstellung eines exotischen Getränks mit Namen Schokolade ging? Das einfache Volk würde das Getränk zwar kaum zu schätzen wissen, aber die eleganten jungen Herren und die preziösen Damen, die stets auf der Suche nach Neuheiten und Merkwürdigkeiten waren, würden es vielleicht in Mode bringen.

Angélique sah schon vor sich, wie die Kutschen edler Damen und mit Bändern geschmückter Adliger in der Rue de la Vallée-de-Misère hielten.

Sie schüttelte den Kopf, um ihre Tagträume zu verscheuchen. Besser, man setzte sich keine allzu ehrgeizigen Ziele. Das Leben war immer noch ungewiss und wechselhaft. Vor allem musste sie Geld scheffeln und es sammeln wie eine Ameise. Reichtum war der Schlüssel zur Freiheit und verlieh ihr das Recht, nicht zu sterben, und ihre Kinder nicht sterben, sondern lächeln zu sehen. Wenn mein Vermögen nicht beschlagnahmt worden wäre, sagte sich die junge Frau, hätte ich Joffrey bestimmt retten können! Doch sofort schüttelte sie den Kopf. Sie durfte nicht mehr daran denken. Denn jedes Mal, wenn sie sich darauf besann, spürte sie, wie verstohlen der Tod durch ihre Adern floss, und sie wurde von dem Wunsch ergriffen, in alle Ewigkeit zu schlafen, so wie man in der Strömung eines Wasserlaufs, der einen davonträgt, einschlummern mag.

Nein, sie würde nie wieder daran denken. Sie hatte anderes zu tun, musste Florimond und Cantor retten. Und dazu würde sie zusammentragen so viel sie konnte! Ihr Gold würde sie in der hölzernen Schatulle verwahren, diesem kostbaren Erinnerungsstück an eine scheußliche Zeit, in der bereits der Dolch von Rodogone lag. Und neben dieser Waffe, die jetzt nutzlos geworden war, würde sich das Gold häufen, dieses Instrument der Macht.

Angélique sah zum feuchten Himmel auf, an dem das Morgenrot verblasste und einem schweren Bleigrau wich.

In den Straßen war der Ruf des Branntweinhändlers zu hören. Am Hofeingang leierte ein Bettler seinen Klagegesang herunter. Als sie ihn ansah, erkannte sie Pain-Noir;

Pain-Noir mit seinen Lumpen, seinen Schwären und den Muscheln dieses ewigen Pilgers des Elends.

Von Furcht ergriffen, rannte sie nach einem Brotkanten und einem Napf Brühe und brachte ihm beides. Der Gauner warf ihr unter seinen struppigen weißen Brauen einen finsteren Blick zu.

Kapitel 15

November 1661

Noch einige Tage teilte Angélique ihre Arbeitszeit zwischen Meister Bourjus' Kochtöpfen und Mutter Marjolaines Blumen auf. Die Blumenhändlerin hatte sie um ein wenig Unterstützung gebeten, denn die Geburt des königlichen Erben rückte näher, und die Damen wurden mit Aufträgen überhäuft.

Als sie eines Novembertags auf dem Pont-Neuf saßen, begann die Palastuhr zu schlagen. Die Samaritaine fiel ein, und in der Ferne hörte man die dumpfen Böllerschüsse der Kanone der Bastille.

Das ganze Volk von Paris geriet in Aufregung.

»Die Königin ist niedergekommen! Die Königin ist niedergekommen!«

In atemloser Spannung zählte die Menge mit.

»Zwanzig, einundzwanzig, zweiundzwanzig …«

Beim dreiundzwanzigsten Schuss brachen Handgreiflichkeiten aus. Manche meinten, es wäre der fünfundzwanzigste gewesen, andere beharrten auf zweiundzwanzig. Die Optimisten waren mit dem Zählen schon weiter, die Pessimisten hingen zurück. Weiter regneten Kirchenläuten und Böllerschüsse auf das im Freudentaumel befindliche Paris herunter. Es gab es keinen Zweifel mehr: ein Knabe!

»Ein Dauphin! Ein Dauphin! Es lebe der Dauphin! Es lebe die Königin! Es lebe der König!«

Die Menschen lagen sich in den Armen. Auf dem Pont-Neuf wurde gesungen. Spontan bildeten sich Reigen. Läden und Werkstätten schlossen. Aus den Springbrunnen floss der Wein in Strömen. An großen Tischen, die von Lakaien des Königs aufgestellt wurden, ergötzte man sich an Pasteten und Süßigkeiten.

Am Abend wurde über der Seine, gegenüber dem Louvre, ein Feuerwerk abgehalten, das jedermann begeisterte. Ein Schiff, umgeben von Funken speienden Seeungeheuern, die Frankreichs Feinde darstellen sollten, glitt über das Wasser. Ein schöner Reiter, der auf einem Schlachtross saß, sprang vom Dach der Louvre-Galerie und durchbohrte die Monster mit seiner Lanze. Ihre Innereien zerstoben in Form Tausender bunter Glühwürmchen.

Schließlich stieg inmitten von Raketen eine strahlende Sonne am Nachthimmel auf, und Hunderte von Sternen bildeten die Namen Ludwig und Maria-Theresia.

Nachdem die Königin aus Fontainebleau zurückgekehrt war und zusammen mit dem königlichen Säugling erneut den Louvre bezogen hatte, schickten sich die Zünfte der Stadt an, ihr ihre Glückwünsche zu überbringen.

»Du kommst mit uns«, meinte Mutter Marjolaine zu Angélique, zu der sie große Zuneigung entwickelt hatte. »Ganz richtig ist das nicht, aber ich erkläre dich einfach zu meinem Lehrmädchen, das mir die Blumenkörbe trägt. Das wird dir bestimmt gefallen, die Wohnstatt der Könige zu sehen, den schönen Louvre-Palast, oder? Es heißt, die Räume dort seien größer und höher als Kirchen!«

Angélique wagte nicht, den Vorschlag abzulehnen. Die gute Frau trug ihr eine große Ehre an. Außerdem reizte es sie – ohne dass sie sich das eingestanden hätte –, diese Orte wiederzusehen, die in ihrem Leben Zeugen von so vielen Ereignissen und Tragödien gewesen waren. Ob sie die Grande Mademoiselle sehen würde? Bestimmt waren ihre Augen angeschwollen von Tränen der Rührung. Oder die vorwitzige Gräfin de Soissons, den sprühenden Lauzun, den düsteren Guiche oder Vardes … Wer von diesen Damen und Herren würde wohl unter den Händlerinnen die Frau wiedererkennen, die vor gar nicht allzu langer Zeit in ihrem Hofkleid, gefolgt von ihrem gleichmütigen Mohren, durch die Flure des Louvre geeilt war? Von einem zum anderen war sie, zuerst besorgt und dann flehend, gelaufen und hatte um das Unmögliche gebettelt, um Gnade für ihren schon ihm Vorhinein verurteilten Ehemann …

Am verabredeten Tag gesellte sie sich im Palasthof zu den Blumenfrauen und Orangenverkäuferinnen vom Pont-Neuf und den Heringsfrauen aus den Markthallen mit ihren klangvollen Stimmen und gestärkten Röcken. Sie hatten ihre Waren bei sich, die gleich schön waren, aber ganz unterschiedlich dufteten.

Blumen- und Obstkörbe und Fässer mit Heringen würden Seite an Seite vor den Dauphin hingestellt, damit er mit seinen kleinen Händchen zarte Rosen, leuchtende Orangen und schöne silbrige Fische berührte.

Als die Gruppe der Damen lärmend und wohlduftend die Treppe zu den königlichen Gemächern hinaufstieg, begegnete sie dem Apostolischen Nuntius, der soeben dem mutmaßlichen Thronerben Frankreichs die traditionelle Kinderwäsche überbracht hatte, die Gabe des Papstes, die »bezeugte, dass er ihn als ältesten Sohn der Kirche anerkannte«.

Im Vorzimmer, wo sie warten mussten, begeisterten sich die braven Frauen über die Wunder, die aus drei mit rotem Samt bezogenen Schatullen mit silbernen Schlössern hervorkamen.

Anschließend ließ man sie ins Gemach der Königin vor. Die Damen der Händlerinnungen knieten nieder und trugen ihre Ansprachen vor. Angélique, die zusammen mit ihnen auf den bunten Teppichen kniete, erblickte im Halbdunkel des mit goldenen Verzierungen übersäten Betts die Königin, die darin lag und ein prachtvolles Kleid trug. Sie hatte immer noch diese etwas starre Miene wie schon in Saint-Jean-de-Luz, als sie gerade aus ihrem düsteren Madrider Palast angekommen war. Aber die französische Kleider- und Haarmode stand ihr weniger gut als der exotische Putz einer Infantin, auch ihre durch Haarteile aufgepolsterte Frisur kleidete sie schlechter als die langen, strengen Linien, die einst das Gesicht und die Gestalt der jungen Göttin, die dem Sonnenkönig versprochen war, umgeben hatten.

Als glückliche Mutter und verliebte, durch die Aufmerksamkeiten des Königs beruhigte Frau ließ sich Maria-Theresia herab, der bunt gemischten, bodenständigen Gruppe zuzulächeln, die an ihrem Bett auf den salbungsvollen Auftritt des Apostolischen Botschafters folgte.

Überwältigt von den schmerzlichen Erinnerungen, die in ihr aufstiegen, als sie unter diesen einfachen Frauen zu Füßen des Königs kniete, fühlte Angélique sich wie geblendet und gelähmt. Sie sah nur noch den König.

Später, als sie zusammen mit ihren Gefährtinnen wieder das Gemach verlassen hatte, sollte man ihr berichten, die Königinmutter sei anwesend gewesen, außerdem Madame d'Orléans und Mademoiselle de Montpensier, der Herzog von Enghien, der Sohn des Prinzen von Condé und eine ganze Reihe junger Männer und Frauen aus deren Familien.

Doch sie hatte nichts gesehen außer dem König, der lächelnd auf den Stufen des großen Betts der Königin stand, und große Angst empfunden. Er hatte kaum noch Ähnlichkeit mit dem jungen Mann, der sie in den Tuilerien empfangen hatte und den sie am liebsten an seinem Jabot gepackt und durchgeschüttelt hätte. An diesem Tag hatten sie einander gegenübergestanden wie zwei gleich starke Gegner, die sich einen heftigen Kampf lieferten, bei dem jeder sicher war, den Sieg zu verdienen.

Wie verblendet sie gewesen war! Wie hatte sie nicht gleich begreifen können, dass sich hinter dem noch empfindsamen, verletzlichen Äußeren in diesem Monarchen ein gefestigter Charakter verbarg, der in seinem ganzen Leben keinerlei Zweifel an seiner Autorität gestatten würde? Es war von Anfang an ausgemacht gewesen, dass der König siegen würde, doch Angélique hatte das nicht erkannt und war zerbrochen worden wie ein Halm.

Sie folgte der Gruppe der Lehrmädchen, die sich zu den Nebengebäuden begaben, um den Palast zu verlassen. Die Innungsmeisterinnen blieben noch, um an einem großen Festmahl teilzunehmen, doch dazu waren die Lehrlinge nicht eingeladen.

Als Angélique die Räume durchquerte, in denen die fertig angerichteten Platten mit Süßigkeiten oder Fleisch darauf warteten, in die Säle getragen zu werden, hörte sie hinter sich ein Pfeifen; einen langen Pfiff und zwei kurze Töne. Sie erkannte das Signal von Calembredaines Bande und glaubte zu träumen. Hier, im Louvre …?

Sie wandte sich um. In einem Türrahmen stand eine kleine Gestalt, deren Schatten auf die Bodenfliesen fiel.

»Barcarole!«

Aufrichtig erfreut lief sie auf ihn zu. Der Zwerg blies sich würdevoll und stolz auf.

»Tretet ein, Schwesterchen. Tretet ein, teure Marquise. Kommt, lasst uns ein wenig plauschen.«

Sie lachte.

»Oh, Barcarole, wie schön du bist! Und wie gepflegt du sprichst!«

»Ich bin ja auch der Zwerg der Königin«, erklärte Barcarole selbstzufrieden.

Er führte sie in eine Art kleinen Salon und ließ sie seinen seidenen Rock bewundern, der halb orange und halb gelb war und mit einem mit Schellen besetzten Gürtel geschlossen wurde. Er vollführte eine Reihe Kapriolen, um ihr die Geräusche, die er damit erzeugte, vorzuführen. Mit seinem auf der Höhe seiner breiten, gefältelten Halskrause im Nacken geschnittenen Haar und seinem liebenswürdigen, sorgfältig rasierten Gesicht wirkte der Zwerg glücklich und gut aufgelegt. Angélique erklärte, er komme ihr verjüngt vor.

»Meiner Treu, so ungefähr fühle ich mich hier auch«, gestand Barcarole bescheiden. »Das Leben ist recht angenehm, und ich glaube, alles in allem bin ich bei den Menschen in diesem Haus wohlgelitten. Ich bin glücklich, in meinem Alter die Krönung meiner Laufbahn erreicht zu haben.«

»Wie alt bist du eigentlich, Barcarole?«

»Fünfunddreißig. Das ist der Gipfel der Reife und die Blüte aller moralischen und körperlichen Qualitäten eines Mannes. Komm doch, mein Schwesterchen. Ich muss dich einer edlen Dame vorstellen, bei der ich dir nicht verhehlen will, dass ich zärtliche Zuneigung zu ihr empfinde … die sie im Übrigen erwidert.«

Mit der Miene eines siegreichen Liebhabers geleitete der Zwerg Angélique unter geheimnisvollem Gebaren durch das dunkle Labyrinth der Dienstbotenquartiere des Louvre.

Er führte Angélique in einen halbdunklen Raum, in dem sie hinter einem Tisch eine Frau von etwa vierzig Jahren sitzen sah. Sie war außerordentlich hässlich und dunkel und bereitete auf einem kleinen Kocher aus vergoldetem Silber etwas zu.

»Doña Teresita, ich stelle Euch Doña Angélica vor, die schönste Madonna von Paris«, verkündete Barcarole bombastisch.

Die Frau bedachte Angélique mit einem düsteren, durchdringenden Blick und sagte einen Satz auf Spanisch, aus dem man die Worte »Marquise der Engel« heraushören konnte. Barcarole zwinkerte Angélique zu.

»Sie will wissen, ob du vielleicht diese Marquise der Engel bist, von der ich ihr ohne Unterlass erzähle. Wie du siehst, Schwesterchen, vergesse ich meine Freunde nicht.«

Sie waren um den Tisch herumgetreten, und Angélique erkannte, dass Doña Teresitas winzige Füßchen kaum über den Rand des Schemels, auf dem sie saß, hinausreichten. Sie war die Zwergin der Königin.

Mit zwei Fingern hob Angélique ihren Rock und vollführte einen kleinen Knicks, um der hochstehenden Dame ihren Respekt zu erweisen.

Mit einer Kopfbewegung bedeutete die Zwergin der jungen Frau, auf einem anderen Schemel Platz zu nehmen, und fuhr fort, langsam in dem Gemisch auf dem Kocher zu rühren. Barcarole war auf den Tisch gesprungen. Er knackte Haselnüsse und aß sie, während er seiner Gefährtin auf Spanisch Geschichten erzählte.

Ein schöner weißer Windhund beschnupperte Angélique

und legte sich dann zu ihren Füßen nieder. Tiere fühlten sich in ihrer Nähe instinktiv wohl.

»Das ist Pistolet, der Windhund des Königs«, stellte Barcarole ihn vor, »und das sind Dorinde und Mignonne, die Weibchen.«

Es war angenehm und ruhig in diesem entlegenen Teil des Palastes, in den sich die beiden Zwerge zwischen zwei Auftritten zurückzogen, um miteinander und mit ihrer Liebe allein zu sein. Neugierig sog Angélique den Duft ein, der aus dem Kochtopf aufstieg. Ein undefinierbarer, aber angenehmer Geruch war das, mit einem starken Einschlag von Zimt und Chili. Sie musterte die Zutaten, die auf dem Tisch lagen; Haselnüsse und Mandeln, ein Sträußchen roter Chilischoten, ein Honigtopf, ein halb abgeschlagener Zuckerhut, Schalen mit Anis- und Pfefferkörnern, Dosen mit gemahlenem Zimt und schließlich eine Art Bohnen, die sie nicht kannte.

Die Zwergin konzentrierte sich ganz auf ihre Tätigkeit und schien wenig geneigt zu sein, der Besucherin allzu viel Aufmerksamkeit zu schenken.

Barcaroles redseliges Geplauder entlockte ihr jedoch schließlich ein Lächeln.

»Ich habe ihr erzählt«, erklärte er Angélique, »dass du mich verjüngt findest und dass daran das Glück schuld ist, das sie mir schenkt. Meine Liebe, ich lebe hier wahrhaftig wie die Made im Speck! Um ehrlich zu sein, ich werde geradezu bürgerlich. Manchmal mache ich mir Sorgen deswegen. Die Königin ist eine gute Frau. Wenn sie allzu traurig ist, ruft sie mich zu sich, tätschelt mir die Wangen und sagt: ›Ach, mein armer Junge!‹ Ich bin an so etwas nicht gewöhnt, und mir treten gleich die Tränen in die Augen, so wahr ich, Barcarole, hier vor dir stehe.«

»Warum ist die Königin traurig?«

»Nun ja, weil sie zu ahnen beginnt, dass ihr Gatte sie betrügt.«

»Dann stimmen die Gerüchte, dass der König eine Favoritin hat?«

»Sicher doch! Er versteckt sie, seine La Vallière. Aber irgendwann wird die Königin es schon erfahren. Armes kleines Frauchen! Sie ist nicht besonders gewitzt und weiß nicht, wie es im Leben zugeht.

Verstehst du, mein Schwesterchen, wenn man genau hinsieht, unterscheidet sich das Leben der Großen gar nicht so sehr von dem ihrer Untertanen. Eheleute tun einander üble Dinge an und streiten sich, genau wie unsere Mädel und Burschen. Man muss sie sehen, die Königin von Frankreich, wie sie am Abend auf die Heimkehr ihres Mannes wartet, der sich währenddessen in den Armen einer anderen vergnügt. Wenn es eines gibt, auf das wir Franzosen stolz sein können, dann auf die Manneskraft unseres Herrn ... Vor nicht allzu langer Zeit hat sich Seine Majestät von Mittag bis vier Uhr morgens bei seiner Mätresse aufgehalten. Sechzehn Stunden! Machst du dir einen Begriff davon? Und die Königin hat zusammen mit Madame de Chevreuse vor dem Kamin auf ihn gewartet. ›Was tut Ihr da?‹, hat der König ärgerlich gefragt, als er zurückkehrte.

›Ich warte auf Euch, Sire‹, hat die Königin, Tränen in den Augen, geantwortet.

›Ihr habt auf mich gewartet? Das kommt viel zu oft vor. Worüber beklagt Ihr Euch? Schlafe ich nicht jede Nacht in Eurem Gemach?‹

›In meinem Gemach schon‹, hat die Königin verdrießlich geantwortet, ›aber ...‹

›Ich verstehe ... Was wollt Ihr, Madame? Selbst gekrönte Häupter bekommen nicht immer alles, was sie wollen.

Vergesst also Eure kleinen Kümmernisse und geht schlafen.‹

Die Königin warf sich zu seinen Füßen nieder. ›Ich werde Euch immer lieben, ganz gleich, was Ihr mir antut‹, hat sie gerufen.

Bei diesen Worten hat Madame de Chevreuse sich diskret verzogen. Unser Franc-Mitou hat sich also neben seine Marquise gelegt. Doch die Wünsche der Königin wurden nicht erfüllt, denn Seine Majestät hatte sechzehn Stunden mit Mademoiselle de la Vallière hinter sich. Fünf Sekunden später hat er geschnarcht wie ein Murmeltier. Und wir haben die Königin ganz leise weinen hören. Die arme!«

»Wie, ihr schlaft im Gemach der Königin?«, fragte Angélique neugierig.

»Die Hunde schlafen ja auch dort. Sind wir denn etwas anderes als Haustiere? Und ich, der ich in meinem komischen kleinen Körper das Hirn eines Mannes habe, unterhalte mich damit, die Herzen der Großen zu erforschen. Willst du noch eine Geschichte hören?«

»Du bist schwatzhaft wie ein Hofschranze geworden, Barcarole. Sag mir lieber, was Doña Teresita da so liebevoll braut. Dieses Gericht hat einen seltsamen Geruch, auf den ich mir keinen Reim machen kann.«

»Aber das ist doch die Schokolade der Königin.«

Angélique warf einen Blick in das Töpfchen. Sie sah eine schwärzliche, dicke Masse, die nicht besonders appetitlich wirkte. Über Barcarole begann sie ein Gespräch mit der Zwergin, die ihr erklärte, um dieses Meisterwerk zu vollenden, bräuchte es hundert Gran Kakao, zwei Gran Chili oder mexikanischen Pfeffer, eine Prise Anis, einige Kardamomkapseln, eine Schote vom Blutholzbaum, zwei Drachmen Zimt, zwölf Mandeln, zwölf Haselnüsse und einen halben Zuckerhut.

»Das kommt mir aber äußerst kompliziert vor«, meinte Angélique enttäuscht. »Schmeckt es denn wenigstens? Dürfte ich einmal kosten?«

»Von der Schokolade der Königin probieren? Du bist wirklich eine gottlose Gaunerin! Was für ein Frevel!«, rief der Zwerg in gespielter Empörung.

Auch die Zwergin fand ihr Ansinnen sehr gewagt, doch sie ließ sich herab, Angélique auf einem goldenen Löffel ein wenig von der Paste zu reichen.

Die Paste brannte im Mund und war übersüß.

»Es schmeckt ausgezeichnet«, sagte Angélique aus reiner Höflichkeit.

»Die Königin könnte nie darauf verzichten«, sagte Barcarole. »Sie braucht mehrere Tassen täglich, aber man bringt sie ihr insgeheim, denn der König und der ganze Hof spotten über ihre Leidenschaft. Im Louvre trinken nur sie und Ihre Majestät, die Königinmutter, die ebenfalls Spanierin ist, davon.«

»Und wie kommt man an die Kakaobohnen?«

»Die Königin lässt sie durch Vermittlung des Botschafters extra aus Spanien kommen. Anschließend muss man sie rösten, zerstoßen und entfetten… Ich verstehe wirklich nicht«, fügte er halblaut hinzu, »warum man um ein so scheußliches Zeug ein solches Tamtam veranstalten kann!«

In diesem Moment kam ein Mädchen ins Zimmer gelaufen und verlangte in sich überschlagendem Spanisch nach der Schokolade für Ihre Majestät. Angélique erkannte Philippa. Angeblich war die Kleine ein Bastard König Philipps IV. von Spanien. Infantin Maria Theresia hatte sie verlassen in den Gängen des Escorial-Palasts gefunden und großziehen lassen. Sie gehörte zu dem spanischen Gefolge, das den Bidassoa überqueren und bei der neuen Königin von Frankreich hatte bleiben dürfen.

Angélique stand auf und verabschiedete sich von Doña Teresita. Der Zwerg begleitete sie noch zu der kleinen Pforte, die auf das Kai der Seine hinausführte.

»Du hast mich gar nicht gefragt, wie es mir ergangen ist«, meinte Angélique zu ihm.

Plötzlich hatte sie den Eindruck, als hätte der Zwerg sich in einen Kürbis verwandelt, denn Barcarole schaute zu Boden, sodass sie von ihm nur noch seinen riesigen, orangefarbenen Hut sah.

Angélique setzte sich auf die Schwelle, um auf gleicher Höhe mit dem kleinen Mann zu sein und ihm in die Augen sehen zu können.

»Antworte mir!«

»Ich weiß, was aus dir geworden ist. Du hast Calembredaine fallen lassen.«

»Wirfst du mir etwas vor? Has du nicht von der Schlacht auf dem Jahrmarkt von Saint-Germain gehört? Calembredaine ist verschwunden. Ich konnte aus dem Châtelet fliehen. Rodogone hat sich in der Tour de Nesle niedergelassen.«

»Du gehörst nicht mehr zur Gaunerzunft.«

»Du doch auch nicht.«

»O doch! Ich gehöre immer noch der Gaunerzunft an, und daran wird sich auch nie etwas ändern. Das ist mein Königreich«, erklärte Barcarole merkwürdig ernst.

»Woher weißt du das alles über mich?«

»Von Cul-de-Bois.«

»Du hast Cul-de-Bois wiedergesehen?«

»Ich habe ihm meine Ehrerbietung erwiesen. Er ist jetzt unser Großer Coesre. Ich nehme an, das weißt du?«

»Allerdings.«

»Ich habe eine Börse voller Louisdors in sein Becken geworfen. Ha, ha, meine Teure, ich war der betuchteste Bursche auf der ganzen Versammlung.«

Angélique nahm Barcaroles Hand, ein merkwürdiges Händchen, rundlich und mollig wie das eines Kindes.

»Werden sie mir etwas antun, Barcarole?«

»Ich glaube, in Paris gibt es derzeit keine Frau, deren hübsches Köpfchen lockerer auf ihren Schultern sitzt als deines.«

Bedrohlich verzog er das Gesicht und übertrieb dabei absichtlich. Doch sie begriff, dass seine Worte keine leere Drohung waren. Sie schüttelte den Kopf.

»Na schön, dann sterbe ich eben. Aber zurück kann ich nicht mehr. Das darfst du Cul-de-Bois gern weitersagen.«

Mit einer dramatischen Bewegung hielt sich der Zwerg der Königin die Augen zu.

»Ah, wie schmerzlich, ein so schönes Mädchen mit durchschnittener Kehle zu sehen.«

Sie wandte sich zum Gehen, doch er hielt sie an einer Falte ihres Rocks fest.

»Unter uns gesagt, es wäre besser, wenn du selbst mit Cul-de-Bois sprichst.«

Von nun an widmete Angélique ihre gesamte Zeit den Geschäften der Bratküche. Es kamen immer mehr Gäste. Die Innung der Blumenhändlerinnen war hochzufrieden gewesen, und diese Nachricht verbreitete sich wie ein Lauffeuer. Der Kecke Hahn spezialisierte sich auf die Festmähler der Innungen. Handwerker, die glücklich waren, sich in Gesellschaft und zum höheren Ruhm ihrer Schutzheiligen die »Eingeweide anzufeuchten« und sich den Bauch vollzuschlagen, hielten ihre Gelage unter den frisch getünchten und ständig mit dem besten Wild und den schönsten Würsten geschmückten Deckenbalken ab.

Sogar die sakrosankte Innung der Metzger, die größte und älteste von Paris, beschloss, dort ihr traditionelles Festmahl am Tag des Heiligen Silvester abzuhalten. Von nun an brach ein Strudel von Feierlichkeiten an. Zuerst Weihnachten, dann Neujahr und das Dreikönigsfest, und anschließend stand schon der Karneval vor der Tür.

Angélique löschte den Durst vieler Kehlen und fütterte anspruchsvolle Mägen, so wie sie sich dem Zureiten eines störrischen Pferds gewidmet hätte, das sie sehr schnell und sehr weit forttragen würde.

Nach den Arbeitern, Handwerkern und Kaufleuten tauchten im Kecken Hahn Gruppen von Freidenkern auf, anzügliche und raffinierte Philosophen, die das Recht auf sämtliche Freuden, die Verachtung der Frau und die Leugnung Gottes propagierten. Es war nicht leicht, sich ihren kühnen Händen zu entziehen. Angélique fühlte sich oft von ihrem Zynismus abgestoßen, doch sie baute stark darauf, dass sie ihrem Lokal zu einem guten Ruf verhalfen, der schließlich auch eine höhergestellte Kundschaft anziehen würde.

Auch eine Truppe Komödianten kam, ohne die roten Nasen abzunehmen, um die Possen des Affen Piccolo zu bewundern.

»Das Tierchen ist wirklich unser aller Meister«, riefen sie. »Ach, wenn dieser Affe ein Mensch wäre, was für ein Schauspieler wäre er geworden!«

Mit schweißbedeckter Stirn und vom Feuer glühenden Wangen, die Finger fettig und befleckt, tat Angélique ihre

Arbeit, ohne an etwas anderes als die Gegenwart zu denken. Es fiel ihr leicht, zu lachen, ein rasches Scherzwort einzuwerfen oder heftig eine allzu kühne Hand zurückzuweisen. Saucen zu rühren, Kräuter zu hacken oder Platten vorzubereiten, amüsierte sie.

Sie erinnerte sich daran, wie sie als kleines Mädchen auf Monteloup gern in der Küche geholfen hatte. Aber vor allem in Toulouse hatte sie unter der Anleitung des äußerst kultivierten Joffrey de Peyrac, dessen Tafel im Palast der Fröhlichen Wissenschaft im ganzen Königreich berühmt gewesen war, an der Kochkunst Gefallen gefunden.

Oft überkam sie, wenn sie gewisse Rezepte nachkochte oder sich an heilige Prinzipien der gastronomischen Kunst erinnerte, eine Art süßer Melancholie.

Meister Bourjus fühlte sich durch den Zustrom dieser neuen Gäste zugleich beeindruckt und besorgt. Die Beliebtheit, deren sich seine Bratstube erfreute, stürzte ihn in namenlose Qualen, und mit seiner angeborenen Trägheit fühlte er sich durch die Ereignisse überrollt. Dabei vernachlässigte der Bratkoch seine Kunst keineswegs. Wie niemand sonst verstand er sich darauf, Geflügel, Fleisch und Wild auszuwählen und zu braten, aber auch auf das Tranchieren und die Auswahl der besten Stücke. Mit Fisch kannte er sich weniger gut aus, was in erster Linie daran lag, dass sein Lokal als Bratküche im Prinzip nicht das Recht hatte, Fischgerichte zuzubereiten, die man sich von besonderen Gastwirten holen lassen musste.

Nachdem Angélique einige ihrer Gäste um Fürsprache gebeten hatte, erhielt sie mit Hilfe der Innung der Gastwirte die Erlaubnis, freitags Fisch zu servieren, außerdem Süßspeisen und Zuckerwerk. Sie verbannte Meister Bourjus aus seiner eigenen Küche in die Gaststube, wo er die Gäste mit seiner wiedergefundenen Leutseligkeit erfreute. Ihm überließ sie die Auswahl der Weine und die Zubereitung der Gerichte für das einfache Volk, die Arbeiter und Handwerker. Aber man arbeitete öfter für die Gäste mit den Spitzenärmeln und Federhüten, die an einem Abend mehr ausgaben als ein einfacher Handwerker in einem Monat.

Angélique wählte ihr Gemüse äußerst sorgfältig aus, um sich inspirieren zu lassen und ihren Gästen ständig Neues bieten zu können. Man staunte über ihre leichte, schmackhafte und aromatische Gemüsebrühe, die an heißen Tagen den Durst besser stillte und mehr erfrischte als ein kaltes Getränk. Sie selbst nannte sie bei sich die »Kinderbrühe«.

Sie führte auch die »poitevinische Pastete« ein, die täglich in der Auslage präsentiert wurde. Das alles waren Neuheiten, die aber so etwas wie unbestimmte Erinnerungen an einst gekostete Speisen wachriefen. Die Amme auf Monteloup verstand sich besser als alle anderen Gevatterinnen der Gegend auf die poitevinische Pastete: eine Kräuterpastete mit grünem Kohl, Sauerampfer, Spinat, Salat, Schnittlauch und Mangoldblättern. Das Ganze wurde fein gehackt, und dann gab man der Masse Eier sowie ein Stück geräuchertes und ein Stück frisches Schweinefleisch bei, um ihm Halt zu verleihen. Danach wurde es wie ein Eintopf lange auf der Glut gekocht. Nichts wärmte im Winter besser, und im Sommer wurde die Pastete angedickt und kalt mit Schweineschmalz serviert. Jeder in ihrer Heimat hatte sein eigenes Rezept für diese Kräuterpastete, aber es gab kein Haus, in dem sie nicht bereitgestanden hätte, damit man sie mit Gästen teilte. Die Kräuterpastete war so etwas wie das Wahrzeichen der Provinz Poitou, denn sie stand, wie es hieß, für eine gute Gesundheit.

Doch als es wieder Winter wurde, erkrankte Florimond schwer.

Es gab nur eines, was Angélique nicht ertrug, und das war Florimonds Husten.

Sofort erfasste eine entsetzliche Angst Angélique, das könne ein Anzeichen für eine unheilbare Krankheit sein. Er war ohnehin so zart. Das eingefallene Gesichtchen des Kleinen reizte ihre Nachbarinnen zu Bemerkungen. »Den werdet Ihr nicht durchbekommen«, meinten sie. »Ich habe drei verloren… ich fünf… Gott hatte sie gegeben, und Gott hat sie wieder genommen.« Unter diesen einfachen Leuten – Arbeitern, Tagelöhnern oder kleinen Handwerkern – herrschte eine fatalistische Ergebenheit. Die tief verwurzelte Überzeugung, dass sie, indem sie ihre Kümmernisse mit dem Leiden Christi am Kreuz teilten, das Himmelreich erlangen würden, half den Menschen, Trauer und Armut zu ertragen. Im Lauf der Jahrhunderte hatte so das Volk nicht unbedingt Resignation, sondern eine Zähigkeit entwickelt, durch die es sich auch an kleinen Dingen erfreute.

Florimonds Nase tropfte, und seine Ohren waren vereitert.

Zwanzig Mal am Tag nutzte Angélique einen ruhigen Moment, um die sieben Etagen zur Mansarde hinaufzusteigen, wo der kleine, fiebernde Körper einsam gegen den Tod kämpfte. Zitternd näherte sie sich dem einfachen Bettchen und seufzte erleichtert, wenn sie sah, dass ihr Sohn noch atmete. Sanft liebkoste sie die hohe, gewölbte Stirn, auf der feine Schweißperlen standen.

»Mein Liebster, mein Schönster! Ich will meinen zarten kleinen Jungen behalten! Mein Gott, ich werde dich nie wieder im Leben um etwas anderes bitten. Ich werde wieder zur Kirche gehen, ich lasse Messen lesen. Aber lass mir meinen kleinen Jungen…«

Am dritten Tag von Florimonds Krankheit »befahl« ein grantiger Meister Bourjus Angélique, mit ihren Kindern in das große Zimmer im ersten Stock zu ziehen, das er seit dem Tod seiner Frau nicht mehr bewohnte. Wie konnte man denn ein Kind anständig pflegen in einer Mansarde, die nicht größer als ein Kleiderschrank war und in der sich nachts mehr als sechs Personen drängten, wenn man den Affen mitrechnete? So benahm sich ja wohl nur eine Zigeunerin oder ein herzloses Weib!

Florimond genas, aber Angélique blieb mit ihren beiden Kindern in dem großen, bequemen Zimmer in der ersten Etage wohnen, während Meister Bourjus Flipot und Linot in ein zweites Mansardenzimmer einquartierte. Rosine schlief weiterhin in Barbes Bett.

»Und ich hätte gern«, schloss Meister Bourjus, rot vor Zorn, »dass du mich nicht länger beschämst, indem du jeden Tag einen Nichtsnutz von Lakai unter den Augen aller Nachbarn Brennholz in den Hof werfen lässt. Wenn du heizen willst, brauchst du nur in den Holzschuppen zu gehen.«

Angélique teilte also der Gräfin de Soissons über ihren Lakaien mit, sie brauche ihre Spenden nicht mehr und bedanke sich für ihre wohltätigen Gaben. Als sie den Dienstboten zum letzten Mal sah, gab sie ihm ein Trinkgeld. Der Bursche, der sich seit dem ersten Tag noch nicht von seiner Verblüffung erholt hatte, schüttelte den Kopf.

»Man kann wohl sagen, dass ich im Leben schon zu vielem gezwungen war, aber noch nie dazu, eine Frau wie dich aufzusuchen!«

»Das wäre nur halb so schlimm«, entgegnete Angélique, »wenn ich nicht ebenfalls genötigt gewesen wäre, deine Besuche zu ertragen.«

In letzter Zeit hatte sie das Essen und die Kleidung, die Madame de Soissons schickte, unter den immer zahlreicher werdenden Bettlern und Herumtreibern verteilt, die sich um den Kecken Hahn drängten. Etliche bekannte Gesichter waren darunter, die eine schweigende Drohung ausstrahlten. Sie beschenkte sie so, wie man versucht, eine feindliche Streitmacht gnädig zu stimmen.

Ohne Worte verlangte sie von diesen Elenden das Recht auf Freiheit. Doch sie wurden mit jedem Tag anspruchsvoller. Wie eine Flut brandeten ihre Lumpen und Krücken gegen ihren Zufluchtsort an. Sogar die Gäste des Kecken Hahns protestierten gegen diese Invasion und erklärten, in der Umgebung der Bratküche wimmelten mehr verlauste Gestalten herum als an einem Kirchenportal. Ihr Gestank und der Anblick ihrer eiternden Schwären verdarben ihnen den Appetit.

Meister Bourjus tobte, und dieses Mal war sein Zorn echt.

»Du ziehst diese Leute an wie der Schnittlauch die Schlangen und Asseln. Hör auf, ihnen Almosen zu geben, und schaff mir dieses Ungeziefer vom Hals, oder ich sehe mich gezwungen, mich von dir zu trennen.«

»Wieso glaubt Ihr eigentlich, dass Euer Lokal mehr unter den Bettlern leidet als andere?«, schrie sie zurück. »Habt Ihr nicht die Gerüchte gehört, die im ganzen Königreich umgehen? Es heißt, die hungernden Bauern zögen wie ganze Armeen in die Städte und dass es immer mehr Arme gibt … Der Winter ist schuld daran, es herrscht Hungersnot …«

Aber sie hatte Angst.

Nachts in dem großen, stillen Zimmer, in dem nur der Atem der beiden Kinder zu hören war, stand sie oft auf und schaute aus dem Fenster auf die schweren Wasser der Seine hinaus, die im Mondlicht glitzerten. Unten vor dem Haus lud man auf einem Uferstück die Überbleibsel und den Abfall der Bratküchen ab; Federn, Füße, Innereien und Reste, die man nicht wieder auftragen konnte. Hunde und Arme suchten dort nach Essen. Man hörte sie in dem ekelhaften Abfall wühlen. Es war die Stunde, in der sich in Paris die Rufe und Pfiffe der Banditen erhoben. Angélique wusste, dass nur ein paar Schritte zur Linken, jenseits der Spitze des Pont au Change, der Quai de Gesvres begann, dessen hallendes Gewölbe die schönste Räuberhöhle der Hauptstadt war. Sie erinnerte sich an diese feuchte, weitläufige Grotte, durch die das Blut aus den Schlachthöfen an der Rue de la Vieille Lanterne in Strömen floss.

Natürlich gehörte sie nicht mehr zu den verfluchten Bewohnern der Nacht. Jetzt war sie eine von denen, die sich in ihren gut versperrten Häusern bekreuzigten, wenn aus den düsteren Gassen ein Todesschrei aufstieg.

Sie hatte schon sehr viel erreicht. Doch würde die schwere Last dieser Vergangenheit Angélique auf ihrem Weg hindern? Es war nicht so einfach, sich zu sagen: »Ich bin frei.« Konnte man der Gaunerzunft tatsächlich entkommen?

Eines Tages, als sie ihre Einkäufe machte, hatte Beau-Garçon sie angesprochen. Seine Haltung zeugte davon, dass sie aus verschiedenen Gründen, die er sich vielleicht selbst nicht erklären konnte, »verbotenes Gebiet« für ihn war.

Aber er wollte wissen, was mit Rosine sei. Überrumpelt antwortete Angélique, Rosine gehe es gut, wo sie jetzt sei, und sie habe nicht vor, ihretwegen etwas zu unternehmen.

»Aber«, hielt Beau-Garçon ihr entgegen, »sie ist eine der Frauen von Rolin-le-Trapu gewesen. Sie gehört zur Gaunerzunft.«

Angélique mahnte sich zur Vorsicht. Sie suchte nach etwas, das den berühmtesten Zuhälter der Unterwelt von Paris von seiner amourösen Begehrlichkeit gegenüber Rosine abbringen konnte.

Sie erklärte ihm – was im Übrigen stimmte –, einer ihrer Gäste, ein Maler aus der Innung des Heiligen Luc, der seine Werke auf dem Pont-Neuf ausstelle, hege zärtliche Gefühle für sie. Er wünsche sich nicht nur, dass sie ihm Modell stand, sondern wolle sie heiraten. Mit ihrer unschuldigen Ausstrahlung, so sagte er, ähnele sie einer Madonna.

Beau-Garçons Antwort bewies, welch ein Abgrund an Unverständnis zwischen seiner Lebensauffassung und der der Marquise der Engel klaffte.

Begehrlich leuchteten die Augen des Luden auf.

»Genau für diese Art von Schönheit habe ich Kunden …«

Er zwinkerte vielsagend.

»Diese kleinen Teufel …«

In dem großen, gut geheizten Zimmer bekam es Angélique erneut mit der Angst zu tun.

Sie konnte es nicht leugnen, und dieses Mal hatte Meister Bourjus recht. Sie selbst war der Grund für diese besorgniserregende Belagerung der Bettler rund um den Kecken Hahn.

Sie wurden von der Gaunerzunft belagert. Dankbar dachte Angélique an den Magister, der sie gezwungen hatte, durch Paris zu gehen, und ihr dabei Geschichten von Schatzsuchern und verratenen Königen erzählt hatte, damit sie nicht verrückt wurde.

Wo steckte nur der Magister?

Angélique trat an das Bett, in dem Florimond und Cantor schliefen.

Florimonds lange, dunkle Wimpern beschatteten seine wie Perlmutt schimmernden Wangen. Sein Haar umgab seinen Kopf wie ein breiter, dunkler Heiligenschein. Cantor besaß fast ebenso dichtes, üppiges Haar. Aber seine Locken waren goldbraun, während Florimonds Haar schwarz wie Rabengefieder blieb.

Angélique erkannte, dass Cantor »nach ihrer Seite ausschlug«. Er gehörte eindeutig zu den raffinierten und zugleich bäuerlichen Sancés von Monteloup. Nicht sentimental, aber leidenschaftlich. Nicht besonders gebildet, aber einfach. Mit seinem Sturkopf erinnerte Cantor sie an Josselin, mit seiner Ruhe an Raymond und mit seiner Liebe zur Einsamkeit an Gontran. Körperlich sah er Madelon sehr ähnlich, ohne jedoch deren Sensibilität zu besitzen.

Dieses rundliche Kerlchen mit den klaren, scharfsinnig blickenden Augen war bereits eine Welt für sich, eine Kombination aus jahrhundertelang überlieferten Tugenden und Fehlern. Solange man ihm seine Freiheit und Unabhängigkeit ließ, wuchs er ohne Probleme heran. Doch als Barbe versucht hatte, ihm wie allen Säuglingen seines Alters die Gliedmaßen fest an den Körper zu wickeln, hatte sich der friedliche Cantor, nachdem er ein paar Augenblicke lang verblüfft geschwiegen hatte, in einen regelrechten Wutanfall hineingesteigert.

Nach zwei Stunden hatten die Nachbarn, die von seinem Gebrüll beinahe taub geworden waren, seine Befreiung verlangt.

Barbe behauptete, Angélique zöge Florimond vor und kümmere sich nicht um ihren jüngeren Sohn. Angélique entgegnete dann, das läge eben daran, dass man sich um Cantor nicht zu kümmern bräuchte. Cantors Haltung zeigte eindeutig, dass er vor allem in Ruhe gelassen werden wollte; während der empfindsame Florimond es liebte, wenn man sich mit ihm beschäftigte, zu ihm sprach und seine Fragen beantwortete. Florimond benötigte viel Fürsorge und Liebe.

Das Band zwischen Angélique und Cantor brauchte weder Worte noch Gesten. Sie waren vom selben Schlag. Sie betrachtete ihn, bewunderte sein rosiges, rundliches Fleisch und ermaß die Kostbarkeit dieses kleinen Wesens, das noch nicht einmal ein Jahr alt war und von seiner Geburt an – nein, eigentlich schon vorher, dachte sie – um sein Leben gekämpft und sich stur dem Tod widersetzt hatte, der schon so oft seine zerbrechliche Existenz bedroht hatte.

Cantor war ihre Kraft und Florimond ihre Zerbrechlichkeit. Sie standen für die beiden Pole ihres Wesens.

Drei schreckliche Monate kündigten sich an.

Fast jedes Jahr erlebte das weite und dicht bevölkerte Königreich Frankreich eine Hungersnot, sei es wegen der winterlichen Dürre, wegen schlechter Ernten oder eines Provinzaufstands. Vor allem in der Hauptstadt wurde das durch die große Bevölkerung, die es zu ernähren galt, besonders spürbar.

Daher war die Hungersnot, von der Angélique gesprochen hatte, nicht nur ein vages Gerücht. Noch vor Mitte Januar stand sie vor den Toren von Paris. Die Ernte des letzten Jahres war schlecht gewesen. Auf dem Land lebten noch viele Soldaten, die trotz des Pyrenäenvertrags nicht aus dem Dienst entlassen waren. Und vor allem waren den Spekulanten Tür und Tor geöffnet.

Unter dem Schutz ihrer Innungen, die Jahrhunderte Zeit gehabt hatten, sich gegen diese regelmäßig auftretenden Übel zu wappnen, litten die Berufe, die mit Nahrungsmitteln zu tun hatten, weniger als andere.

Bäcker, Metzger und Bratköche hatten immer noch zu

essen; aber die Versorgung mit Nachschub wurde immer schwieriger, und die Gäste blieben mehr und mehr aus.

Angélique war besorgt, weil die Feiertage nicht den erhofften Gewinn eingebracht hatten. Aber – Gott sei's gelobt! – die kleine Truppe des Kecken Hahns litt keine Not. Sie beglückwünschte sich dazu, dass sie ihre Söhne in den Schutz einer Bratküche geführt hatte. Wenn nicht, wären sie im Lauf dieser tragischen Monate bestimmt alle Hungers gestorben.

Erneut litten die Pariser unter dem Hunger und auch unter der Pest, seiner unvermeidlichen Gefährtin. Wieder sah man in den Straßen die Ärzte mit ihren Pestmasken, in deren lange Schnäbel sie als Schutz gegen die Ausdünstungen der Epidemie Kampferstücke und andere Duftstoffe steckten. Wieder sah man die Gruppen der Lazarus-Bruderschaft, die aufopferungsvoll die Leichen bestatteten. Dann kamen die Prozessionen, die himmlischen Beistand erflehten und goldene Schatullen mit heilbringenden Reliquien trugen, während ihre seidenen Banner über den eiskalten Straßen wehten, in denen die von Krankheit, Hunger und Kälte gefällten Toten lagen. Die wichtigste dieser Prozessionen führte von einem Tor zum anderen um die gesamten Stadtmauern herum. Sie war der Heiligen Geneviève gewidmet, die nicht nur die Schutzpatronin von Paris war, sondern auch im Ruf stand, vor Hunger zu schützen. Ihr Fest fiel auf den 3. Januar.

Im Louvre ließ der König importiertes Getreide an die Armen verteilen. Man nannte es das »Korn des Königs«.

Die Flut der Hungernden, der Zerlumpten und derjenigen, die sich – so, als schämten sie sich – zum Sterben versteckten, wuchs von Tag zu Tag an.

Im Kecken Hahn gingen die Geschäfte gar nicht so übel.

Viele reiche Gäste, die sich mit ihrer wohlgefüllten Börse fast alles erlauben konnten, suchten Zuflucht in der Rue de la Vallée-de-Misère und waren bereit, für ein gutes Mahl, das dieses Namens würdig war, jeden Preis zu zahlen.

Sobald Angélique angesichts dieser Lage wieder klar denken konnte, sagte sie sich, es sei geradezu ihre Pflicht, ihren Nutzen daraus zu ziehen, damit die Festsaison nicht in einer finanziellen Katastrophe enden würde. Waren die Preise, die sie den feinen Herren zu Meister Bourjus' Entsetzen abverlangte, denn nicht noch bescheiden angesichts der Mühe, die es machte, ihnen Geflügel und Bratfleisch zu beschaffen? War es nicht richtig, wenn sie sich für die Gefahren entschädigte, denen sie sich aussetzte, wenn sie, nur von David begleitet, aufs Land fuhr und heimlich Schafe oder Hühner kaufte? Ja, es war nur recht und billig, sich dafür gut bezahlen zu lassen.

Die Gäste hatten im Übrigen Verständnis dafür. Sie waren reich, aber ihr Gold konnten sie nicht essen; und die Bratköche, Fleischer und Bäcker ermöglichten es ihnen, ihren gewohnten angenehmen Lebensstil fortzuführen.

Die Armen jedoch wurden immer mehr zur Bedrohung.

Angélique beschloss, Cul-de-Bois aufzusuchen.

Barcarole hatte dazu geraten. Aber sie wurde fast ohnmächtig bei dem Gedanken, noch einmal vor dem Haus des Großen Coesre zu stehen. Am liebsten hätte sie diesen Albtraum vergessen. Einmal mehr galt es, sich zu beherrschen und eine weitere Schlacht zu bestehen. In einer eisigen, düsteren Nacht begab sie sich nach Faubourg Saint-Denis.

Man führte sie vor Cul-de-Bois.

Sie traf ihn im Inneren seines Lehmpalastes an, wo er zwischen rauchenden Öllampen auf einer Art Thron hockte.

Auf dem Boden vor ihm stand die Kupferwanne. Sie warf einen schweren Geldbeutel hinein und zeigte ihm das Geschenk, das sie außerdem mitgebracht hatte: eine gewaltige, schön blutige Hammelschulter und einen Laib Brot, zu der Zeit ein seltenes und gesuchtes Nahrungsmittel.

»Das wurde aber auch Zeit«, knurrte Cul-de-Bois. »Ich warte schon lange auf dich, Marquise. Ist dir eigentlich klar, dass du ein ziemlich gefährliches Spiel getrieben hast?«

»Ich weiß, dass ich es dir zu verdanken habe, noch am Leben zu sein.«

Sie trat auf ihn zu. Rechts und links vom Thron des Beinlosen standen die albtraumhaften Gestalten seines Furcht einflößenden Hofstaats: der Große und der Kleine Eunuch mit ihren Narrenzeichen, dem Besen und der Heugabel mit dem darauf aufgespießten toten Hund, und Rot-le-Barbon mit seinem wallenden Bart und seinen Ruten, die ihn als einstigen Zuchtmeister des Kollegiums von Navarra kennzeichneten.

Cul-de-Bois, der wie immer mit einer makellosen Halsbinde angetan war, trug einen herrlichen Hut mit zwei Reihen roter Federn.

Angélique verpflichtete sich, ihm jeden Monat die gleiche Summe zu bringen oder bringen zu lassen, und versprach, dass es ihm an seiner »Tafel« nie an etwas mangeln würde. Doch dafür wollte sie, dass man sie in ihrem neuen Leben in Ruhe ließ. Außerdem verlangte sie, dass er den Bettlern befahl, die Schwelle »ihrer« Bratküche zu räumen; und sie löste Flipot, Linot und Rosine ebenfalls aus.

Cul-de-Bois' Miene sagte ihr, dass sie endlich das Richtige getan hatte und dass er zufrieden war. Sie hatte ihre offene

Rechnung mit der Gaunerzunft beglichen, und er würde sie stets beschützen.

Zum Abschied verneigte sie sich tief und feierlich vor ihm.

Kapitel 16

Mein Kind, Gott soll mich verdammen, wenn ich jemals wieder den Fuß in eine Kaschemme setze, wo man sich erlaubt, einen der feinsten Gaumen von Paris derart zu täuschen!«

Als Barbe diese in feierlichem Ton abgegebene Erklärung vernahm, eilte sie in die Küche. Der Gast beschwerte sich! Er war nicht zum ersten Mal im Kecken Hahn. Stets setzte er sich, mit Atlas und Bändern geschmückt, schweigend und allein an einen Tisch.

Der Mann, der zurechtgemacht war wie eine pompöse Tischdekoration, aß stets mit geradezu religiöser Andacht und zahlte grundsätzlich das Doppelte der Summe auf der Rechnung. Daher verdiente seine Äußerung, die wie ein Blitz aus heiterem Himmel kam, höchste Aufmerksamkeit.

Sofort eilte Angélique zu ihm. Der Edelmann musterte sie von Kopf bis Fuß. Ihre Schönheit und vielleicht die ungewöhnlich vornehme Ausstrahlung der jungen Wirtin verblüfften ihn.

Nachdem er kurz gezögert hatte, wiederholte er seine Klage.

»Mein Kind, ich muss Euch sagen, dass ich nie wieder den Fuß in Euer Lokal setzen werde, wenn man mich noch einmal auf diese Weise hinters Licht führt.«

Angélique zwang sich, ihren unterwürfigsten Tonfall anzuschlagen, und fragte ihn, was denn sein Missfallen erregt habe.

Auf ihre Frage hin erhob sich der Gast in allergrößter Aufregung. Er war puterrot angelaufen, und am liebsten hätte sie ihm auf den Rücken geklopft, denn sie überlegte, ob ihm ein Hühnerknochen im Hals steckengeblieben war.

Endlich fand der Mann seine Stimme wieder.

»Meine Schöne, Ihr seht mir sicher an, dass ich in meinem Haus so viele Dienstboten beschäftige, dass ich es nicht nötig habe, in einem Lokal zu essen. Das erste Mal bin ich auch rein durch Zufall eingetreten, denn ein absolut göttlicher Duft, der aus Eurer Tür drang, hat mich angezogen. Und ich habe es gut getroffen, denn zu meiner großen Überraschung habe ich ein Omelett zu essen bekommen, wie ich es – und merkt auf, dies als Parlamentsrat! – nicht zustande bringen würde!«

Angélique hatte einen raschen Blick über den Tisch schweifen lassen und sich angesichts der kaum angerührten Burgunderflasche davon überzeugt, dass er diese seltsamen Reden nicht schwang, weil er etwa betrunken gewesen wäre. Sie unterdrückte ihren Drang, laut zu lachen, und antwortete ihm in unschuldigem Ton.

»Maître, wir sind nur einfache Gastwirte und haben noch viel zu lernen. Ich muss gestehen, ich hatte keine Ahnung, dass Parlamentsräte so wählerische Gäste sind …«

Doch der Gast ließ sich nicht von seinem Thema abbringen und klagte weiter. Das Omelett, das man ihm heute serviert hatte, war vollständig anders als das, an das er eine göttliche Erinnerung bewahrte.

»Die Eier waren aber frisch …«, warf Angélique vorsichtig ein.

Doch der Parlamentsrat unterbrach sie mit einer dramatischen Handbewegung.

»Alles andere wäre ja wohl auch unverschämt! Aber das ist gar nicht die Frage. Ich will wissen, wer kürzlich dieses Omelett zubereitet hat. Denn es ist unglaublich, dass man behauptet, das Omelett von heute sei das Gleiche wie das von damals.«

Angélique überlegte und erinnerte sich, dass sie das berühmte Omelett selbst zubereitet hatte.

»Freut mich, dass es Euch geschmeckt hat«, sagte sie, »aber ich muss gestehen, dass ich aufs Geratewohl einiges zusammengeworfen habe, um Euren spontanen Wunsch zu erfüllen. Üblicherweise muss man bei uns die Bestellung im Voraus aufgeben, damit ich die Zutaten besorgen kann.«

Ein gieriges Glitzern trat in die Augen des Beamten. Er flehte Angélique geradezu an, ihm ihr Rezept zu verraten, und es kostete sie ebenso viel Koketterie, ihr Geheimnis zu bewahren, als hätte sie ihre Tugend verteidigen müssen.

Als praktisch denkende Frau beschloss Angélique, nachdem sie sich rasch ein Bild von dem Mann gemacht hatte, dass er zu den Menschen gehörte, die man hart anfassen musste. So würde er womöglich zu einer unerschöpflichen Einnahmequelle für den Kecken Hahn werden.

Sie stemmte in ihrer Rolle als liebenswürdige, aber gewitzte Wirtsfrau die Hände in die Hüften und erklärte ihm, da er sich so gut auszukennen scheine, wisse er doch sicher, dass nach ihrer jahrhundertealten Tradition Meisterköche ihre besten Rezepte nur gegen klingende Münze preisgäben.

Seiner hohen gesellschaftlichen Stellung zum Trotz stieß der korpulente Edelmann zwei oder drei Flüche hervor, dann gab er ihr seufzend recht. Abgemacht, er würde einen guten Preis entrichten, aber nur unter der Bedingung, dass das neue Meisterwerk genauso ausfalle wie das Erste. Um dies zu entscheiden, werde er eine Tischrunde aus den größten Feinschmeckern des Palasts und des Parlaments antreten lassen.

Angélique nahm die Herausforderung an und wurde von der eleganten Gästeschar dazu herzlich beglückwünscht. Schließlich tauschte sie das Rezept gegen eine schwere Börse, und Parlamentsrat du Berney las es mit so bewegter Stimme vor, als handele es sich um einen Liebesbrief.

»In ein Dutzend geschlagener Eier gebe man eine Prise grünen Schnittlauch, einen oder zwei gebratene Hahnenkämme, sechs kleine Salbeiblätter, drei oder vier Pimpernellzweige, zwei oder drei Borretschblätter und ebenso viel von der gemeinen Ochsenzunge, fünf oder sechs Blätter Sauerampfer, ein oder zwei Thymianzweige, zwei bis drei Blätter zarten Lattich, ein wenig Majoran, Ysop und Kresse. Das Ganze brät man in einer Kasserolle, in die man zuvor halb Öl und halb Butter aus Vanves gegeben hat, und übergießt es dann mit frischer Sahne.«

Nach diesem Vortrag trat eine andachtsvolle Stille ein, und der Parlamentsrat wandte sich feierlich an Angélique.

»Demoiselle, ich gestehe, dass ich selbst mich nie – und nicht einmal für eine größere Summe, als ich sie Euch übergeben habe – durchgerungen hätte, ein solches Geheimnis, das allein der Götter würdig ist, preiszugeben. Es zeigt mir, dass Ihr uns gefällig sein wollt. Meine Freunde und ich werden uns dankbar erweisen, indem wir dieses angenehme Lokal häufig aufsuchen.«

Und so sicherte sich Angélique die feine Klientel der Gourmets. Diesen Herren gingen die Freuden der Tafel über alles, sogar über die der Liebe. Kutschen und Sänften hielten unter dem Wirtshausschild zum Kecken Hahn, wie sie es sich einst erträumt hatte.

Diese Gäste hatten die Angewohntheit, laut und erregt über die medizinisch wirksamen Eigenschaften der Gerichte, die man ihnen auftrug, zu diskutieren.

»Ich empfehle Euch das Ragout vom Rehrücken, Messieurs«, erklärte Doktor Lambert-Martin seinen Freunden. »Wir sind der Meinung, dass die Lebhaftigkeit dieses Tieres, seine Leichtigkeit und Munterkeit sein Fleisch von allem Überflüssigen befreien … Und was werdet Ihr uns nach diesem Ragout servieren, meine Schöne?«

»Gebratenen Hirschhornwegerich*«, antwortete Angélique. »Man sagt, er sei ausgezeichnet geeignet, um die Hörner gewisser Ehemänner dort zu halten, wo sie hingehören.«

Die Gäste wussten zu schätzen, dass die Wirtin alle mit treffenden Bemerkungen belustigte.

Nach den Gourmets fanden diejenigen den Weg in den Kecken Hahn, die vor allem große Portionen bevorzugten.

Eines Tages begrüßte die Tafelrunde der Edelleute einen dickbäuchigen Mann, der auf der Schwelle aufgetaucht war, mit lauten Beifallsbekundungen. Sein Name war Montmaur, er war einfach gekleidet und hatte ein rundes, gutmütiges Gesicht.

Nachdem er die Begrüßung der Gourmets mit einem vorsichtigen Lächeln beantwortet hatte, setzte der neue Gast sich an einen Tisch, der ein wenig entfernt stand, und bestellte mit lauter Stimme einen Kapaun vom Spieß, ein gebratenes Spanferkel, einen Karpfen in Petersilie und sechs Tauben.

* Zu jener Zeit eine beliebte Salat- und Gemüsepflanze.

Unter dem Grüppchen der Epikureer kam Gelächter auf. Einer von ihnen, der Graf de Rochemont, erhob sich und trat an den Tisch des einsamen Speisenden.

»Der gute Montmaur«, hob er an, »wie immer unverbesserlich. Ihr hättet als Gans zur Welt kommen sollen, dann hättet Ihr das Vergnügen gehabt, bis zum Platzen gestopft zu werden. Macht einmal den Mund auf. Ich würde zu gern sehen, ob Mutter Natur vergessen hat, Euch mit einem Gaumen auszustatten.«

Der dicke Genießer ließ sich Zeit und verspeiste ein Stück Brot mit Butter und Käse.

»Was wollt Ihr eigentlich von mir?«, brummte er. »Jeder nach seinem Geschmack!«

»Was für ein Ausspruch, mein Freund! Wie könnt Ihr von Geschmack sprechen, da Ihr als berühmter Professor am Collège de France bereits jetzt drei furchtbare Verstöße gegen die elementarsten kulinarischen Regeln begangen habt?«

»Ihr seid ein Kritikaster«, murrte der Professor gutmütig. »Was ich esse, schmeckt mir, und ich sehe nicht, worin, zum Teufel, die sogenannten Verstöße bestehen sollen, deren Ihr mich beschuldigt.«

»Nun, dann lasst Euch zuerst einmal sagen, dass man eine Mahlzeit nicht mit Käse beginnt. Das ist schon ein Fehler. Außerdem darf man einen Karpfen nicht mit Petersilie auftragen. Und schließlich ist es undenkbar, den Fisch nach dem Fleisch und dem Wild zu essen. Aber wenn ich es recht bedenke, ist das noch nicht alles. Ihr habt noch einen Fehler gemacht. Wer findet ihn?«

Die ganze Gesellschaft versank in Überlegungen.

»Messieurs, Messieurs« – Rochemont seufzte –, »wie schwerfällig Ihr heute seid! Doch um die Wahrheit zu sagen, ich kann Euch verstehen. Schon wenn man das Menü des Professors hört, leert sich einem der Kopf. Ich bedaure, dass unsere teure, edle Freundin, die Marquise de Sablé, die sich in allen Feinheiten der gastronomischen Etikette auskennt, nicht zugegen ist, um mir die richtige Antwort zu geben. Aber gut, Messieurs, lasst Euch nicht von diesem Barbaren, der die Fraktion der Vielfraße vertritt, aus dem Konzept bringen. Wer findet den Fehler?«

»Darf die Wirtin sich ebenfalls an der Diskussion beteiligen?«, erkundigte sich Angélique.

Der Graf legte ihr lächelnd einen Arm um die Taille.

»Eine gewöhnliche Wirtin würde unsere epikureische und sensible Runde wohl nicht anhören. Aber eine Fee wie Ihr hat jedes Recht, sich zu Wort zu melden.«

»Nun denn, Messieurs, der dritte Fehler, den Monsieur de Montmaur begangen hat, besteht darin, dass er nach Ostern Täubchen bestellt hat.«

»Meiner Treu, genau das ist es!«, rief Parlamentsrat Bernay aus. »Um diese Jahreszeit sind die Tauben entweder schon zu alt oder noch zu jung.«

Angélique erntete frenetischen Beifall, und der Graf de Rochemont umarmte sie.

Derlei kleine Vorfälle festigten den Ruf des Kecken Hahns als angenehmes Lokal. Selten traf man auf eine Wirtin, die nicht nur wunderbar kochte, sondern auch Gesprächspartnern, die an das Hofgeplauder und die Wortfechtereien in den Salons und Schlafzimmern der »Preziösen« gewöhnt waren, Paroli zu bieten vermochte. Manch einer wusste aus leidvoller Erfahrung, dass sie von untadeliger Tugend war, aber ihre Freundlichkeit und ihr heiterer Charakter heilten die Wunden der verschmähten Verehrer. Die Selbstsicherheit und Erfahrung, die Angélique in ihrem früheren Leben erworben hatte, erlaubten ihr, ihre vorwitzigen Worte wohl zu dosieren. Sie schreckte nicht vor einer gewissen Vulgarität zurück, doch wenn sich die Gelegenheit ergab, liebte sie es auch, mit Anspielungen auf mythologische Gottheiten um sich zu werfen, die einer Preziösen würdig gewesen wären.

Unterdessen verging Angélique angesichts der Feinschmecker und Vielfraße, deren Genusssucht sie ermüdete, der Appetit. Oft träumte sie, dass sie unter Fleischbergen erstickte oder in Saucenströmen ertrank. Die Gier mancher Gäste stieß sie ab.

»Ganz ehrlich, Messieurs«, erklärte sie, »die Fastenzeit wird Euch guttun.«

»Sprecht lieber nicht von diesen Qualen«, flehten die Schlemmer und Vielfraße.

Seit der Reformation hatte die Kirche die Regeln der Fastenzeit verschärft, um ein Volk, das sich lieber hätte kreuzigen lassen, als auf Fleisch zu verzichten, zum strikten Gehorsam zu nötigen. Die Gläubigen waren bei Androhung der schlimmsten Strafen gehalten, während der vierzig Tage, die der Auferstehung Christi vorausgingen, keinerlei Fleisch zu sich zu nehmen. Sie durften nur zwei Mahlzeiten pro Tag essen; und Dispens gab es nur für Kranke und Alte über sechzig Jahre. Die Bratköche und Geflügelhändler, die diese Regeln umgingen, taten dies auf eigene Gefahr.

Man beschwor den Fall des Sieur Gardy herauf, eines Schlachters aus der Rue de la Vieille Lanterne, der gegen dieses Verbot verstoßen hatte und mit einem Kalbsgekröse um den Hals an den Pranger gestellt worden war. Die Passanten hatten ihn mit weit aufgerissenen Augen betrachtet, und zwar in erster Linie wegen des Kalbsgekröses, bei dessen Anblick ihnen das Wasser im Mund zusammenlief.

Angélique hatte auch die Arbeiter und Handwerker, die zuvor durch die schlechte Laune des Wirts und Davids Trägheit vertrieben worden waren, wieder als Gäste gewonnen.

Sie lockte sie, indem sie ihnen, kaum dass die Sonne aufgegangen war, eine heiße und gut gewürzte Grütze vorsetzte. Dazu gab es gratis ein kleines Glas Schnaps, damit sie frohgemut an die Arbeit gehen konnten.

»Das ist Verschwendung«, protestierte Meister Bourjus. »Eine ganze Korbflasche Branntwein, die mir keinen Sou einbringt.«

»Ich habe nur von der Flasche mit dem Rübenschnaps genommen. Ihr schenkt ihn niemals aus, aber ich habe schon gesehen, wie Ihr selbst Saucen und Ragouts damit verfeinert habt. Aber Ihr habt ja recht, Monsieur. Denn es ist besser, etwas gratis auszugeben, um ein gutes Mahl zu servieren, als alles auf die Rechnung zu schreiben wie ein Geizhals und einen treuen Gast zu enttäuschen. Unsere morgendlichen Gefährten sind so dankbar für dieses kleine Geschenk, dass sie überall Reklame für uns machen.«

Meister Bourjus seufzte und sagte nichts weiter. Einmal mehr musste er zugestehen, dass sie durchaus interessante Ideen und Argumente hatte. Und wenn Angélique ihn, statt ihn »Meister Jacques« zu rufen, mit »Monsieur« anredete, verschlug es ihm ohnehin die Sprache.

Angélique staunte über die Unterschiede zwischen ihren Gästen, die doch größtenteils einfache Leute ohne große Geldmittel waren, unter die sich ein paar Reisende mischten – die breite Masse eben, die die Straßen von Paris bevölkerte. Aber alle legten äußerst großen Wert auf die Nahrung, die sie zu sich nahmen, die jedes menschliche Wesen braucht, um zu überleben.

Sie hatte auch bemerkt, wie verschieden ihre Geschmäcker waren. Jeder schien in dem, was man ihm auftrug, etwas Besonderes, Unverzichtbares zu suchen, das über die bloße Nahrungsaufnahme hinausging. War das der Einfluss von Paris, von dem man behauptete, seine Einwohner seien kulinarisch anspruchsvoll? Doch selbst die Reisenden, meist Hausierer oder Kaufleute aus der Provinz, widmeten dem, was sie sich einverleibten, große Aufmerksamkeit. Ohne in die Übertreibungen der Gourmets und der Vielfraße zu verfallen, erkundigten sie sich doch häufig nach dem Geheimnis der Gerichte, die ihnen an diesem Tag die Zufriedenheit geschenkt hatten, ein gutes Mahl zu sich genommen zu haben.

Alles in allem waren die Festsaison, die durch die Hungersnot und die Pest gestört worden war, und die Fastenzeit, die Fleisch und goldbraun gebratenes Geflügel verbot, für den Kecken Hahn nicht allzu katastrophal zu Buche geschlagen.

Als Angélique ihre Écus zählte, konnte sie sich sagen, dass diese traurige Zeit einträglicher als gedacht gewesen war.

Die unerwarteten Einnahmen, die sie sich durch ihren Arbeitseifer und die Gewitztheit ihrer kleinen Truppe wohl verdient hatte, setzte sie für einen Plan ein, der ihr am Herzen lag.

Sie zog um.

Aus verschiedenen Gründen liebte sie dieses beengte, dicht bevölkerte Viertel im Schatten des Grand Châtelet nicht. Im schönen Marais-Viertel entdeckte sie eine Wohnung, deren drei Räume sich auf zwei Etagen verteilten und die ihr wie ein Palast vorkam.

Sie lag in der Rue des Francs-Bourgeois, nicht weit von der Stelle, an der diese die Rue Vieille-du-Temple kreuzte.

Während der Regierungszeit Heinrichs IV. hatte dort ein Finanzier begonnen, ein schönes Stadthaus aus Ziegeln und und behauenen Natursteinen zu bauen. Aber er hatte sich – entweder durch die Kriege oder durch seine unsauberen Machenschaften – ruiniert, sodass das Gebäude unvollendet geblieben war. Nur das Portal, das in den großen Innenhof hätte führen sollen, sowie zwei Pförtnerlogen zu beiden Seiten waren fertig geworden. Eine kleine alte Dame, die wer weiß wie in den Besitz des Hauses gekommen war, bewohnte die eine Seite der Toreinfahrt; die andere vermietete sie zu einem bescheidenen Preis an Angélique.

Im Erdgeschoss fiel durch zwei dick vergitterte Fenster Licht in einen Flur, der zu einer winzigen Küche und einem ziemlich großen Zimmer führte, das Angélique bezog. Das schönste Zimmer im ersten Stock war für die Kinder bestimmt, die dort zusammen mit ihrer Gouvernante Barbe wohnen würden. Das Mädchen hatte Meister Bourjus' Dienst verlassen, um für »Madame Morens« zu arbeiten. Denn Angélique hatte beschlossen, diesen Namen anzunehmen. Eines Tages würde sie ihm vielleicht den Adelspartikel voranstellen können. Auf diese Weise würden die Kinder den Namen ihres Vaters – de Morens – tragen. Und später würde sie versuchen, wenn schon nicht ihr Erbe, dann wenigstens die Titel zurückzubekommen.

Vor Hoffnung war sie ganz berauscht. Mit Geld konnte man alles vollbringen. Hatte sie nicht bereits wieder ein eigenes Heim?

Es war nur eine Portiersloge, aber da man durch das Portal eintrat, machte sie einen besseren Eindruck. Zwar waren die Türflügel aus schönem Eichenholz, die einmal für das Portal vorgesehen waren, nie eingesetzt worden, aber die Skulpturen waren fertig; zwei Wildschweinköpfe zwischen Girlanden aus Blumen und Früchten. Von der Tordurchfahrt aus betrat man die kleine Wohnung.

Barbe hatte die Bratküche ohne Bedauern verlassen. Sie arbeitete nicht gern in der Küche und fühlte sich mit ihren »Kleinen« sehr wohl. Schon seit längerer Zeit kümmerte sie sich nur noch um sie. Als Ersatz hatte Angélique zwei Küchenmädchen und einen Küchenjungen eingestellt. Zusammen mit Rosine, die sich zu einem liebenswürdigen Serviermädchen entwickelt hatte, Flipot als Küchenjungen und Linot, dessen besondere Aufgabe es war, die Gäste zu unterhalten und Waffeln, Fleischpasteten und Oblaten zu verkaufen, war das Personal des Kecken Hahns auf eine beeindruckende Zahl angewachsen.

In der Rue des Francs-Bourgeois hatten Barbe und die Kinder ihre Ruhe.

Angélique war froh, Florimond endlich aus der lärmenden Umgebung des Gasthauses wegbringen zu können. Er mochte das Spektakel und die Aufregung nicht, die von den sogenannten Herren mit guter Kinderstube veranstaltet wurden.

Die Edelleute kamen in die Taverne, um die Einschränkungen der Etikette abzulegen, und das lief häufig aus dem Ruder. Man warf sich Krüge an den Kopf oder zog die Schwerter. Angélique selbst hatte keinerlei Vorbehalte dagegen, sich ins Getümmel zu stürzen. Bei solchen Gelegenheiten erinnerte sie sich an die Polackin, und ihr äußerst farbiger Wortschatz verfehlte nie seine Wirkung auf die erhitzten Gemüter. Das fiel ihr nicht schwer, denn es gehörte zu ihrem alltäglichen Kampf. Aber der Gedanke, Florimond könnte von dem Gebrüll weinend und zitternd aufwachen, erfüllte sie mit wildem Zorn.

In der Wohnung hätte er seine Ruhe. Statt der Abfall- und Küchengerüche würde er die frische Luft der Gärten und Parks atmen, die die Schönheit des Viertels ausmachten, in dem seit Beginn des Jahrhunderts der Adel seine Stadthäuser bauen ließ. Die Kinder würden in den Gärten des Temple spazieren gehen und dort Ziegenmilch trinken oder im Garten des Hôtel de Guis oder im Klosterbezirk der Zölestiner spielen, dessen Laubengänge für ihr herrliches Obst und die Trauben berühmt waren, die nicht ihresgleichen hatten.

Am Abend ihres Einzugstags war Angélique so aufgeregt, dass sie ohne Unterlass zwischen den Etagen auf und ab lief. Viele Möbel besaß sie noch nicht: In jedem Zimmer stand ein großes Bett; außerdem gab es ein kleines Bett für die beiden Kinder, zwei Tische, drei Stühle und Sitzkissen aus Plüsch. Aber im Kamin tanzte das Feuer, und im großen Zimmer duftete es nach Crêpes; denn es war Brauch, eine neue Wohnung durch das Backen von Crêpes einzuweihen.

Patou, der Hund, wedelte mit dem Schwanz, und die kleine Magd Javotte strahlte Florimond an, der ihr Lächeln erwiderte.

Angélique war nach Neuilly gefahren und hatte Florimonds und Cantors einstige Elendsgefährten zu sich geholt. Als sie in die Rue des Francs-Bourgeois einzog, war ihr der Gedanke gekommen, dass sie einen Wachhund brauchte. Nachts war das Marais-Viertel mit seinen großen Freiflächen und Feldern, die die Häuser voneinander trennten, abgelegen und gefährlich. Angélique war sich zwar des Schutzes durch Cul-de-Bois sicher, aber im Dunkel mochten Diebe sich in der Adresse irren. Da hatte sie sich an das kleine Mädchen erinnert, dem ihre Kinder ohne jeden Zweifel ihr Leben verdankten, und an den Hund, der Florimond in seinem Elend beschützt hatte.

Die Amme erkannte sie nicht, denn Angélique trug ihre

Maske und war in einer Mietkutsche gekommen. Angesichts der Geldsumme, die sie ihr anbot, war die Frau hocherfreut gewesen und hatte das Mädchen, das ihre Nichte war, ohne Bedauern ziehen lassen.

Was den Hund anging, so beteuerte sie, er sei alt und zu nichts mehr nütze. Er sei nicht einmal in der Lage – Madame sei Zeugin – zu bellen, wenn ein Fremder in den Hof komme. Man würde ihn töten … nachdem du ihn zuerst hast halb verhungern lassen, dachte Angélique. Auch der arme Hofhund verdankte sein Leben nur der gutherzigen Javotte. Und Angélique vertraute darauf, dass er wenigstens bellen, die Nachbarschaft alarmieren und die Eindringlinge erschrecken würde, falls jemals Einbrecher versuchten, in ihren Zufluchtsort einzudringen.

Angélique fragte sich allerdings, wie Florimond reagieren würde, aber er schien mit den beiden Neuankömmlingen nur gute Erinnerungen zu verbinden. Am Ende war es sie selbst, Angélique, der sich, wenn sie Javotte und Patou ansah, das Herz zusammenzog, weil sie daran dachte, wie Florimond in der Hundehütte gelebt hatte. Einmal mehr gelobte sie sich, dass ihre Kinder nie wieder hungern oder frieren sollten. Unter ihrem Dach würden nur glückliche Menschen leben.

An diesem Abend war sie leichtsinnig gewesen und hatte Spielzeug gekauft. Nicht die Papierwindmühlen oder Steckenpferde, die man für ein paar Sous auf dem Pont-Neuf erwerben konnte, sondern Spielzeug aus der Galerie des Justizpalasts, von dem es hieß, es sei in Nürnberg hergestellt: eine kleine vergoldete Kutsche aus Holz mit vier Püppchen, drei gläserne Hunde, eine Elfenbeinpfeife und für Cantor ein Ei aus bemaltem Holz, das mehrere Eier in seinem Inneren barg.

Angélique betrachtete ihre kleine Familie.

»Eines Tages«, sagte sie zu Barbe, »werden diese beiden jungen Herren in die Akademie von Montparnasse gehen, und wir werden sie bei Hofe vorstellen.«

Barbe faltete die Hände.

»Das glaube ich auch, Madame.«

In diesem Moment ging auf der Straße der Totenausrufer vorüber.

»Hört mich, ihr Leute, die ihr schlaft,
betet zu Gott für die Verstorbenen!«

Verärgert lief Angélique zum Fenster und kippte einen Topf Wasser auf ihn hinunter.

Eine von Angéliques Ideen bestand darin, das exotische Getränk, das man Schokolade nannte, der Pariser Gesellschaft bekanntzumachen. Trotz ihrer Enttäuschung bei der ersten Begegnung mit der seltsamen Mixtur war ihr dieser Gedanke nicht mehr aus dem Kopf gegangen.

David hatte ihr den Patentbrief seines Vaters gezeigt.

Der jungen Frau schien der Brief alle Anzeichen für Echtheit und Gültigkeit aufzuweisen. Er war sogar von König Ludwig XIV. unterzeichnet und verlieh dem Sieur Chaillou das alleinige Recht, in Frankreich Schokolade herzustellen und zu verkaufen, und hielt fest, dass dieses Privileg auf neunundzwanzig Jahre gültig sei.

Diese Schlafmütze David hat nicht die geringste Ahnung vom Wert des Schatzes, den er da geerbt hat, dachte Angélique. Man muss doch mit diesem Papier etwas anfangen können.

Sie fragte David, ob er Gelegenheit gehabt habe, zusammen mit seinem Vater Schokolade zuzubereiten, und welcher Gerätschaften sich dieser bedient habe.

Der Kochlehrling, der nur zu froh war, auf diese Weise die Aufmerksamkeit seiner Angebeteten zu erlangen, erklärte ihr mit wichtiger Miene, die Schokolade stamme aus Mexiko und sei im Jahre 1500 von dem berühmten Seefahrer Hernando Cortés am spanischen Hof eingeführt worden. Von Spanien aus sei die Schokolade nach Flandern gelangt. Dann hätten sich zu Beginn des Jahrhunderts Florenz und Italien für das neue Getränk begeistert, ebenso wie die deutschen Fürsten, und inzwischen trank man es sogar in Polen.

»Mein Vater hat mir diese Geschichten von Kindheit an eingebläut«, erklärte David ein wenig verlegen seine Kenntnisse auf diesem Gebiet.

Unter Angéliques aufmerksamem Blick, der auf ihm ruhte, wurde er abwechselnd rot und blass. Ein wenig schroff forderte sie ihn auf, mit seinen Erklärungen fortzufahren.

Er vertraute ihr an, einige von seinem Vater hergestellte Gerätschaften befänden sich immer noch in seinem Geburtshaus in Toulouse, in der Obhut entfernter Verwandter. Die Herstellung der Schokolade sei einfach und kompliziert zugleich.

Davids Vater hatte die Bohnen zunächst aus Spanien und dann direkt von Martinique von einem Händler namens Costa schicken lassen.

Die Bohnen musste man fermentieren, und dieser Vorgang musste im Frühling stattfinden, solange es noch nicht zu heiß war.

Nach der Fermentation mussten die Bohnen getrocknet werden, allerdings nicht allzu stark, damit sie beim Enthülsen nicht brachen. Anschließend mussten sie ein weiteres Mal getrocknet werden, um sie im Mörser zerstoßen zu können, aber nicht zu sehr, sodass sie ihr Aroma bewahrten.

Schließlich wurden sie zerstampft; und in diesem Vorgang lag das große Geheimnis zur erfolgreichen Herstellung der Schokolade. Dies musste kniend geschehen, und der Mörser habe zur Hälfte aus Holz und zur anderen Hälfte aus Blech zu bestehen und müsse leicht angewärmt werden. Diese Gerätschaft heiße »metatl«, ein Name, der von den Azteken oder roten Männern aus Amerika herrühre.

»Auf dem Pont-Neuf habe ich einmal einen dieser roten Männer gesehen«, meinte Angélique. »Vielleicht könnte man ihn auftreiben. Bestimmt wird die Schokolade noch besser, wenn er sie zermahlt.«

»Mein Vater war kein Indianer, und seine Schokolade war berühmt«, widersprach Chaillou, der jeder Ironie gegenüber unempfänglich war. »Es geht also auch ohne echte Indianer. Zum Kochen benötigt man große, gusseiserne Töpfe. Aber zuvor muss man die Schalen, die Häute und die Keime absieben und vor allem das Pulver sehr fein zerkleinern. Dann kommt eine angemessene Menge Zucker hinzu sowie Gewürze und andere Zutaten.«

»Nun gut«, schloss Angélique, »angenommen, wir können die Gerätschaften deines Vaters und Kakaobohnen herbeischaffen … könntest du dann dieses Getränk herstellen?«

David wirkte überrumpelt. Doch angesichts von Angéliques Miene sagte er Ja und wurde mit einem strahlenden Lächeln und einem freundschaftlichen Klaps auf die Wange belohnt.

Von diesem Moment an versuchte Angélique, sich bei jeder Gelegenheit darüber zu informieren, was man in Frankreich bereits über dieses nichtalkoholische Getränk wusste.

Sie ging noch einmal zur Zwergin der Königin, dieses Mal, um das Getränk zu kosten, bevor es mit Chili gewürzt und durch zu viel Zucker angedickt war, und fand es schmackhaft. Doña Teresita, die stolz auf ihr Geheimnis war, versicherte ihr, nur wenige Menschen, sämtlich Ausländer, seien in der Lage, die Schokolade zuzubereiten. Doch der gewitzte Barcarole erklärte ihr, er habe von einem jungen Mann aus bürgerlichem Hause gehört, der nach Italien gefahren sei, um die dortige Küche zu studieren, und sich ganz ausgezeichnet auf die Bereitung des Getränks verstehe.

Dieser junge Mann namens Audiger sei, wie man ihm gesagt habe, derzeit Haushofmeister beim Grafen de Soissons und stehe kurz davor, die Erlaubnis zur Herstellung von Schokolade in Frankreich zu erhalten.

Nein, nur das nicht, dachte Angélique. Ich besitze das exklusive Patent auf die Herstellung.

Sie beschloss, weitere Informationen über den Haushofmeister Audiger einzuholen. Zumindest bewies dieser Umstand, dass die Idee mit der Schokolade in der Luft lag und dass sie sich beeilen musste, sie durchzuführen, wenn sie sich nicht von Konkurrenten abhängen lassen wollte, die geschickter waren oder über mächtigere Gönner verfügten.

Als sie einige Tage später damit beschäftigt war, mit Linots Hilfe Blumen in die Zinnvasen auf den Tischen zu stecken, kam ein gut aussehender und prächtig gekleideter junger Mann die Eingangstreppe herunter und trat auf sie zu.

»Ich heiße Audiger und bin der Haushofmeister des Grafen de Soissons«, erklärte er. »Ich habe gehört, Ihr hättet vor, Schokolade herzustellen, besäßet aber kein Patent darauf. Nun, ich befinde mich im Besitz dieses Patents. Daher bin ich gekommen, um Euch in aller Freundschaft zu warnen. Sinnlos, diese Idee weiterzuverfolgen. Wenn Ihr es doch tut, werde ich Euch besiegen.«

»Ich bin sehr dankbar für Eure Aufmerksamkeit, Monsieur«, antwortete sie. »Aber wenn Ihr so sicher seid, den Sieg davonzutragen, begreife ich nicht, warum Ihr mich aufsucht, denn Ihr geht ein Risiko ein, indem Ihr mir einen Teil Eurer Waffen zeigt und möglicherweise sogar die Schwachstelle Eures Plans verratet.«

Verunsichert zuckte der junge Mann zusammen. Er betrachtete seine Gesprächspartnerin jetzt aufmerksamer und verzog die Lippen, die von einem schmalen braunen Schnurrbart betont wurden, zu einem Lächeln.

»Gott, seid Ihr hübsch, meine Kleine!«

»Wenn Ihr das Feuer auf diese Weise eröffnet, frage ich mich allerdings, welche Schlacht Ihr hier zu schlagen hofft«, meinte Angélique, konnte sich aber eines Lächelns ebenfalls nicht erwehren.

Audiger warf Mantel und Hut auf einen Tisch und setzte sich Angélique gegenüber. Kurz darauf unterhielten sie sich ganz freundschaftlich.

Er war etwa dreißig Jahre alt und neigte ein wenig zur Fülle, was seiner guten Figur aber keinen Abbruch tat. Wie alle Leibköche großer Herrschaften trug er ein Schwert und war ebenso gut gekleidet wie sein Dienstherr.

Wie er erzählte, waren seine Eltern Kleinbürger aus der Provinz gewesen und hatten an der Grenze zwischen Basse-Normandie und Perche gelebt – beides an guten Erzeugnissen reiche Landstriche, die eine Vorliebe für gutes Essen förderten. Seine Eltern hatten ihn zum Studium angehalten. Er hatte sich eine Stelle als Verpflegungsoffizier bei der Armee gekauft, und nach einigen Feldzügen, die er im Dienste des Grafen de Soissons verbracht hatte, wie sie sicher wisse, eines Herrn von sehr hoher Abstammung, hatte er zu seinem eigenen Vergnügen die Meisterprüfung als Koch abgelegt. Um seine Kenntnisse zu vervollkommnen, war er anschließend nach Italien gegangen, um die Spezialitäten auf dem Gebiet der Limonaden und des Zuckerwerks, von Eis und Sorbets, Dragees und Pastillen und eben auch die Zubereitung der Schokolade zu studieren.

»Bei meiner Rückkehr aus Italien im vergangenen Jahr hatte ich das Glück, das Wohlgefallen Seiner Majestät zu erlangen, sodass meine Zukunft jetzt gesichert ist. Ich will Euch erzählen, wie es dazu kam: Als ich in der Gegend von Genua über Land reiste, fielen mir auf den Feldern ganz herrliche Erbsenschoten auf, und das im Januar! Da bin ich auf die Idee gekommen, sie pflücken und in eine Kiste packen zu lassen. Und vierzehn Tage später habe ich sie dem König überreichen lassen durch Monsieur Bontemps, seinen obersten Kammerdiener.

Ja, meine Liebe, Ihr braucht mich gar nicht mit so großen Augen anzusehen. Ich habe den König gesehen, und er hat mich huldvoll angehört. Soweit ich mich erinnere, wurde Seine Majestät von Monsieur begleitet, dem Grafen de Soissons, der mich kannte, Marschall de Gramont, dem Marquis de Vardes, dem Grafen de Noaillles und dem Herzog de Créqui. Nachdem sie meine Erbsen betrachtet hatten, riefen all diese hohen Herren einmütig aus, noch nie hätten sie etwas Schöneres gesehen. Der Graf de Soissons hat ein paar Schoten vor dem König geöffnet. Nachdem dieser mir seine Zufriedenheit zum Ausdruck gebracht hatte, befahl er, sie zu Sieur Beaudoin, seinem obersten Koch, zu bringen und ihm auszurichten, er möge aus einem Teil davon mehrere Portionen zubereiten, eine für die Königinmutter, eine weitere für die Königin und eine dritte für den Kardinal, der zu der Zeit im Louvre weilte. Den Rest solle man für ihn übriglassen, davon wolle er am Abend mit Monsieur essen. Zugleich befahl er Monsieur Bontemps, mir ein Geldgeschenk zu überreichen, aber das lehnte ich ab. Doch Seine Majestät bestand darauf, mich zu belohnen, und erklärte, er werde mir alles geben, was ich verlange. Nachdem ich nachgedacht und eine Bestandsaufnahme meines Vermögens angestellt hatte, habe ich beschlossen, Seine Majestät um die Erlaubnis zur Eröffnung eines Getränkehandels zu ersuchen, der unter anderem Schokolade verkaufen wird. Soeben habe ich die Zusicherung erhalten, dass mir diese in Kürze gewährt werden soll.«

»Warum habt Ihr denn Euer Geschäft noch nicht eröffnet?«

»Gemach, meine Schöne. Solche Dinge brauchen ihre Zeit. Aber vor Kurzem hat mir Kanzler Séguir, nachdem er meinen königlichen Patentbrief geprüft hat, versprochen, ihn zu registrieren und mit dem königlichen Siegel und seiner Unterschrift zu versehen, damit er schnellstens in Kraft treten kann. Ihr seht also, schöne Freundin, dass ich das Monopol auf den Verkauf besitze und es Euch schwerfallen dürfte, mich auszustechen, selbst wenn es Euch gelingen sollte, ein ähnliches Patent wie meines zu erhalten.«

Angélique war erschrocken gewesen, als er sich auf den Grafen de Soissons bezog, eine sehr hohe Persönlichkeit, die den Prinzen von Geblüt nahestand; aber rasch begriff sie, dass dies nur ein Zufall war und nichts mit ihrer eigenen Verbindung zur Gräfin de Soissons zu tun hatte. Audiger hatte sehr geschickt das Haus dieses Fürsten ins Spiel gebracht, das allerdings mehrere hundert Dienstboten zählen mochte. Wichtig war das, was er anschließend über die großzügige Gabe des Königs erzählt hatte.

Trotz der Sympathie, die ihr die heitere Art und die Offenheit des Besuchers einflößten, war sie aufrichtig enttäuscht und hätte ihm am liebsten heftig widersprochen und ihn ein wenig zurechtgestutzt, indem sie ihm erklärt hätte, dass sie – besser gesagt, der junge Chaillou – ebenfalls ein solches Monopol besitze. Und ihres hatte noch den Vorteil, älter zu sein.

Aber sie hielt sich zurück und spielte ihre Trümpfe nicht aus. Gut möglich, dass eine der Urkunden ungültig war; besser, sie erkundigte sich zuerst bei den Innungen und beim Vorsteher der Kaufmannschaft.

Da sie von diesen Dingen nicht allzu viel verstand, mochte sie diesen Konkurrenten nicht gleich vor den Kopf stoßen, der ihr einiges voraushatte: Vermögen, Beziehungen zu höchsten Kreisen und eine gewisse Gewandtheit in geschäftlichen Angelegenheiten.

»Wenn Ihr Erfolg mit Eurer Schokolade habt«, erkundigte sie sich daher nicht ohne Hintergedanken, »welcher Innung gedenkt Ihr Euch anzuschließen?«

»Keiner, denn ich besitze ein spezielles königliches Patent, das mir gestattet, mich außerhalb dieser Zusammenschlüsse zu bewegen.«

Gut zu wissen, dachte sie und sprach dann laut weiter.

»Meister Bourjus, ein Verwandter von mir, den ich Euch vorstellen werde, sobald er zurückkehrt, hat ein Speisenwirt-Patent erworben, um seinen Gästen an Fastentagen Fisch servieren zu können. Wir dachten, wir bräuchten uns nur mit den Innungen ins Benehmen zu setzen, um auch in diesem Fall das notwendige Patent zu erhalten.«

Audiger hob die Arme und verdrehte die Augen zum Himmel.

»Mein armes Kind, was habt Ihr Euch da nur vorgenommen! Selbst wenn Ihr die Kosten aufbringen könntet, müsstet Ihr auch astronomische Summen an die verschiedenen Innungsmeister zahlen und mehr noch an den Kontrolleur des Königs. Ihr ruiniert Euch nur und vergeudet Eure Zeit.«

»Was soll ich denn tun?«

»Nichts, denn ich allein verfüge über die Erlaubnis zum Verkauf von Schokolade.«

»Oh, das geht zu weit!«, rief Angélique und stampfte mit dem Fuß auf. »Es ist gar nicht galant von Euch, Monsieur, Euch dem Wunsch einer Frau derart in den Weg zu stellen. Und wenn ich nun darauf brenne, Schokolade zu verkaufen, wenn ich davon träume, mich unter Naschkatzen zu bewegen und die Tassen dieser jungen Frauen mit dem duftenden Gebräu zu füllen?«

»Nun, das geht ganz leicht.«

»Wie denn das? Eben habt Ihr mir erklärt, das sei kompliziert, ja mehr noch, unmöglich!«

»Die Pest über diese Frauen, die auf alles eine Antwort haben! Man möchte meinen, Ihr wäret Stammgast im Salon der Mademoiselle de Scudéry. Ich muss gestehen, dass ich ab und zu gern dort weile, aber ich kenne auch nichts weniger Erfreulicheres als diese Frauen, die so tun, als hätten sie Urteilsvermögen, obwohl man doch seit Anbeginn der Zeiten weiß, dass sie über keines verfügen. Aber kommen wir auf unser Gesprächsthema zurück. Wenn Ihr so unbedingt Schokolade verkaufen wollt, gibt es einen ganz einfachen Weg, Euch diesen Wunsch zu erfüllen: Heiratet mich!«

Zwar hatte er diesen Vorschlag in scherzhaftem Ton gemacht, doch zeigte dieser auch, dass Angélique ihn bereits derart faszinierte, dass sein gewohnter Ernst ihn gründlich im Stich gelassen hatte.

Aus der Küche drangen ein dumpfer Aufschrei und dann das Klirren zerbrechenden Geschirrs. Die Tür flog auf, und David stand, die Ärmel über seinen mageren Bizeps aufgekrempelt, im Rahmen.

Audiger begriff gar nicht, was dieser Küchenjunge von ihm wollte.

»Euer kleiner Bruder?«

»Nein, er ist Meister Bourjus' Neffe und bereits ein außerordentlicher Koch.«

»Für einen Koch ist er aber nicht besonders dick… und im Übrigen auch nicht sehr liebenswürdig. Warum fuchtelt er mit den Fäusten herum?«

Nachlässig legte Audiger die Hand auf das Heft seines Schwerts.

»Traut Ihr Euch etwa nicht, Euch mit bloßen Händen zu schlagen?«, schrie David mit seiner Falsettstimme, entlockte dem Haushofmeister aber nur ein kühles Lächeln.

»Hör mit dem Unsinn auf, David«, befahl Angélique bestimmt.

Der arme Bursche ließ die Fäuste sinken und schaute drein wie ein gescholtenes Kind. Aber so ganz konnte er sich nicht zum Aufgeben entschließen.

»Mein Onkel hält nichts von Gästen, die nichts konsumieren und einem nur die Zeit stehlen«, murrte er schließlich.

»Du hast ganz recht, Junge«, stimmte Audiger ihm, immer noch aufgeräumt, zu. »Bring uns also auf meine Kosten eine Kanne guten Wein.«

»Das hier ist keine Taverne. Zu uns kommt man, um zu essen.«

»Ab wie viel Uhr?«

»Im Frühling nicht vor acht.«

»Kurz gesagt, du wirfst mich hinaus. Schön, wir wollen uns nicht streiten. Ich komme ein andermal wieder.«

Audiger erhob sich und warf sich mit einer eleganten Bewegung den Mantel über die Schultern. Er lächelte Angélique zu, und sie fand, er habe anziehende Lippen, voll und schön gezeichnet.

»Aber ich komme zurück, schöne Wirtin... Um mir meine Antwort abzuholen. Denn glaubt mir, die Frage war mir ernst. Denkt gut darüber nach!«

Angélique zwang sich zu einem Lachen.

»Wie könnt Ihr nur so leichtsinnig sein? Ich soll Euch heiraten...? Ihr wisst doch gar nichts über meine hausfraulichen Talente.«

»Ich weiß vieles über Euch, zum Beispiel, dass Ihr eine Zauberin auf dem Gebiet der kulinarischen Kunst seid. Außerdem wäre das nicht so wichtig, weil ich selbst Koch bin. Und was den Rest angeht, so gehe ich das Risiko ein«, erwiderte er jovial.

Er machte eine tiefe, höfische Verbeugung und ging.

Am Abend wartete Angélique, bis der letzte Gast gegangen war, und setzte dann Meister Bourjus über Audigers Besuch in Kenntnis.

»Er hat mir versichert, er werde sein Patent in allernächster Zukunft erhalten. Ich habe darüber nachgedacht und finde, wir dürfen keinen Moment mehr verlieren. Seid Ihr nicht ebenfalls dieser Meinung...«

»Aber natürlich bin ich deiner Meinung«, rief der Bratkoch aus und winkte heftig ab. »Und wenn ich es nicht wäre, würde das auch nichts daran ändern.«

»Ihr lasst mir also freie Hand, um in dieser Angelegenheit nach meinem Gutdünken vorzugehen?«

»Hast du in Geschäftsdingen schon einmal etwas anderes getan? Nur zu, mein Kind, nur zu! Du weißt genau, dass solche großen Pläne mir Sorgen bereiten. Diese Sache wird übel ausgehen, das spüre ich.«

»Sicher, fehlschlagen kann jeder Plan; aber man riskiert nichts, indem man es ausprobiert.«

»Dann versuche es, mein Kind, versuche es.«

Und da er für die Nacht zur Wache eingeteilt war, ging er seine Hellebarde holen.

Angélique fragte ihn, ob sie in dem Zimmer schlafen könne, das sie vor ihrem Umzug in die Rue des Francs Bourgeois bewohnt hatte. Es war spät, und sie war erschöpft. Das kam jetzt öfter vor. Um die Kinder machte sie sich keine Sorgen, denn ihr Viertel war ruhig und die Nachbarschaft gut. Und außerdem war Patou, der Hund, auch noch da.

»Aber natürlich, bleib nur. Das Haus gehört dir … Alles gehört dir …«

»Meister Bourjus«, meinte Angélique bekümmert, »Ihr redet, als sei Euch meine Anwesenheit eine Last.«

Lachend tätschelte der Bratkoch ihr die Wange.

»Du bist die Sonne meines Hauses, aber ich bin eben ein alter Griesgram … Mein Gott, du solltest mich eigentlich besser kennen!«

Gerührt lächelnd sah sie zu, wie er davontappte, die Hellebarde in der einen und die Laterne in der anderen Hand.

Dann schloss sie die Fenster, verriegelte die Tür und ging in das Zimmer hinauf. Mit einem Seufzer der Erleichterung streckte sie sich auf dem Bett aus. Doch noch ehe sie einschlafen konnte, brachten Schritte die Treppenstufen zum Knarren. Die Tür öffnete sich einen Spaltbreit, und im schwachen Licht einer Kerze erahnte sie Davids Gestalt.

»Madame Angélique?«

Sie richtete sich auf.

»Was ist? Was willst du?«

Das Licht schwankte merkwürdig. David zitterte an allen Gliedern.

»Das kann doch nicht wahr sein, oder? Ihr werdet... werdet ihn doch nicht heiraten?«

Angélique gähnte.

»Machst du dir deswegen Sorgen, mein armer David? Hast du es denn nicht begriffen, Schwachkopf? Dieser Herr ist gut aussehend, reich und hält sich für unwiderstehlich. Er macht mir den Hof, um mich in Sicherheit zu wiegen und sich mit der Schokolade ein hübsches Stück Geld zu verdienen. Aber da kann er lange warten. Morgen gehen wir beide zusammen zum Vorsteher der Kaufmannschaft, um zu beweisen, dass dein Patent gültig ist, und um uns zu versichern, dass wir die älteren Rechte besitzen.«

»Dann... dann ist es wirklich wahr? Das war nicht ernst gemeint? Der junge Herr hat Euch nicht gefallen? Ihr habt ihn mit einem so seltsamen Lächeln angeschaut!«

»Ich durfte ihn doch nicht misstrauisch machen. Und außerdem, mit welchem Recht urteilst du über mich? Hast du, seit ich hier bin, erlebt, dass ich das kleinste Abenteuer gehabt hätte? Meinst du, neben meiner Arbeit in der Bratküche und meinen Mutterpflichten hätte ich noch Zeit für solche Hirngespinste?«

Langsam trat der junge Bursche an das Bett und stellte seinen Kerzenleuchter auf den Nachttisch. Er stieß einen tiefen Seufzer aus.

»Da bin ich aber froh«, erklärte er verzückt. »Der bloße

Gedanke, dieser Mann könnte den Arm um Eure Taille legen, hätte mich verrückt gemacht.«

Er schloss die Augen, schien zu überlegen und begann.

»Fünf Dinge find ich wunderschön an ihr:
Die Hände eins und zwei; die Augen drei und vier.
Doch zu dem fünften muss ich schweigen
und mich als Kavalier verneigen.«

»Oh, David«, sagte Angélique lachend. »Wo hast du das denn her?«

»Der Schmutzpoet hat das Gedicht für mich geschrieben. Ich ... ich habe ihn gefragt, wie ich Euch begreiflich machen könnte, dass ich Euch liebe. Aber Ihr lacht«, rief der arme Knabe. »Immer macht Ihr Euch lustig über mich!«

»Psst! Du weckst noch die ganze Nachbarschaft! Ich lache, weil du ein Schafskopf bist. Du weißt doch ebenso gut wie jedermann, dass dieser finstere Schmutzpoet ein Spitzbube und ein übles Subjekt ist. Und jetzt geh und leg dich wieder schlafen.«

Doch David trat noch einen Schritt näher und beugte sich über sie. Das Kerzenlicht warf tiefe Schatten über sein Gesicht, das seinen kindlichen Ausdruck verloren hatte. Unwillkürlich zog sie den Träger ihres Hemds hoch, der ihr auf den Arm geglitten war.

»Ich liebe Euch«, erklärte er mit fester, tiefer Stimme. »Keine Frau ist schöner als ihr. Nachts träume ich davon, dass ich die Hand auf Eure Brust lege und mit den Lippen zärtlich Euren Mund berühre. Ich möchte mich zu Euch in dieses Bett legen und Euch an mich drücken, bis Ihr vor Schmerz stöhnt. Und dann muss etwas so Wunderbares geschehen, dass ich daran sterben möchte ...«

Nicht übel, dachte Angélique. Diese Menschen aus dem Süden besitzen von Natur aus eine poetische Ader, die ihnen niemand absprechen kann. Aber sollte ich mich wirklich gezwungen sehen, mit einem Burschen von sechzehn Jahren zu ringen?

Unterdessen hatten Davids Züge sich krampfhaft verzerrt. Schluchzend sank er auf der Bettkante zusammen.

»Oh, ich flehe Euch an, seid mir nicht böse! Ich weiß nicht, was in mich gefahren ist… Als wäre ich verrückt geworden! Ich bin krank, nicht wahr?«

Angélique lächelte und fuhr dem Burschen mütterlich über das struppige Haar.

»Aber nein, du bist nicht krank. Das ist ganz natürlich. Du bist zum Mann geworden. Jedenfalls beinahe. Hast du schon einmal bei einer Frau gelegen, David?«

Der Junge senkte den Kopf, um sein Erröten zu verbergen, das Angélique, um die Wahrheit zu sagen, in dem dunklen Zimmer gar nicht bemerkt hätte.

»Nein«, erklärte er schüchtern. »Ich kann Frauen nicht leiden. Sie machen mir Angst.«

»Und ich? Ich, die ich dir den ganzen Tag lang barsche Antworten gebe, dir Ohrfeigen versetze und dich ausschelte, mache ich dir keine Angst?«

»Ein wenig schon; besonders wenn Ihr mich auf eine gewisse Weise anschaut. Aber ich glaube, dass Ihr mich weder verspottet, noch es böse meint. Seit Ihr mich geküsst habt…«

»Ich soll dich geküsst haben?«

»Aber ja, an dem Tag, an dem ich Euch gesagt habe, dass ich aus Toulouse stamme. Daraus habe ich geschlossen, dass Ihr auch freundlich sein könnt. Und ich dachte, Ihr könntet mich vielleicht lehren …«

»Dass ich dich was lehren könnte, David?«

Er schlug die Augen nieder.

»Diese … diese wunderbare Sache …«

»Die Liebe? So, wie ich dir das Kochen beigebracht habe? Nein, mein Kleiner, verstehst du, diese Dinge lernt ein Mann von einem Mädchen seines Alters, oder … Ich bin jedenfalls weder jung noch alt genug für diese Rolle. Abgesehen davon glaube ich, dass du dir Illusionen über diese Empfindungen machst, die ich offenbar bei dir hervorrufe. Du wirst noch feststellen, dass sich nachts im Bett, wenn die Kerze gelöscht ist, alle Frauen ähnlich sehen. Was dir fehlt, ist das Wissen darum, worin sie gleich sind. Komm schon, reich mir mein Umschlagtuch, das da auf dem Stuhl liegt, und lass mich aufstehen.«

Sie trat an den Tisch und kritzelte ein paar Worte auf ein Stück Papier, das sie David zusammen mit einigen Geldstücken reichte.

»So, damit gehst du hinaus, überquerst den Pont au Change und begibst dich in die Rue Glatigny. Dort klopfst du an die Tür des dritten Hauses von links, an dem du eine rote Laterne hängen siehst. Erkläre der Frau, dass du von Angélique kommst. Sie kann zwar nicht lesen, aber Beau-Garçon wird ihr das Notwendige sagen; und wenn sie das Geld sieht, wird sie verstehen, worum es geht, und dass sie dich verhätscheln soll wie einen Edelmann. Lauf zu, mein Junge, und hab keine Angst. Und nun beeil dich, denn ich bekomme auf dem Steinboden kalte Füße!«

Mit hängendem Kopf verzog sich der Bursche. Doch er war es gewöhnt, ihr zu gehorchen, und sie hörte, wie er das Haus verließ. Kurz darauf sah sie durch das Fenster, wie er auf den mondbeschienenen Pont au Change zuging.

Was ich da getan habe, ist nicht besonders moralisch, sagte sich Angélique, als sie sich wieder hinlegte, aber in diesem Fall war es unumgänglich.

Sie schmiegte sich unter ihre Decken und dachte beim Einschlafen an die heilige Maria Magdalena, die die Schutzpatronin der leichten Mädchen war, die Hure aus dem Evangelium, die zu Füßen Christi Tränen vergossen hatte und die der Volksglaube »Jesu Geliebte« nannte.

Am nächsten Morgen ging sie mit David zum Vorsteher der Kaufmannschaft. Sie wurden von einem korpulenten, stark schwitzenden Mann empfangen, dessen Hemdkragen ziemlich schmutzig war. Dieser bestätigte, dass der Patentbrief des jungen Chaillou gültig sei; allerdings nur unter der Bedingung, dass er erneut eine Gebühr entrichte.

Angélique protestierte.

»Aber wir haben bereits für die Bratstube gezahlt: für die Erneuerung der Genehmigung zum Fleischbraten und für die Erlaubnis, auch andere Speisen anbieten zu dürfen! Warum sollen wir noch einmal bezahlen, um ein Getränk verkaufen zu können?«

»Ihr habt recht, mein Kind, denn da fällt mir ein, dass Ihr außer den Vorstehern der Gewürzhändlerinnung, die diese Frage betrifft, auch die Unterinnung der Limonadenverkäufer konsultieren müsst. Wenn alles gut für Euch ausgeht, habt Ihr das Privileg, noch für zwei weitere Patente Gebühren zu entrichten, nämlich an die Gewürzhändler und an die Limonadenhersteller.«

Angélique vermochte ihren Zorn nur schwer zu verbergen.

»Und das wäre dann alles?«

»Oh«, gab der Mann bedauernd zurück, »natürlich reden wir noch nicht von den entsprechenden königlichen Steuern oder den Abgaben an die Prüfer der Innungen oder die Kontrolleure, die Gewicht und Qualität abmessen …«

»Wie wollt Ihr denn eine Ware kontrollieren, die Ihr nicht einmal kennt?«

»Darauf kommt es gar nicht an. Da es sich bei diesem Erzeugnis um eine Ware handelt, müssen alle Innungen, die dadurch berührt werden, die Kontrolle darüber haben … und einen angemessenen Anteil am Gewinn erhalten. Eure Schokolade ist, wie Ihr sagt, ein gewürztes Getränk. Daher müsst Ihr einen Gewürzmeister und einen Limonadenmeister beschäftigen, sie großzügig bezahlen, ihnen Unterkunft gewähren sowie das Geld für das Meisterrecht in dem neuen Gewerbe an jede der Innungen entrichten. Und da Ihr auf mich nicht wirkt wie jemand, der gern teilt, kann ich Euch gleich warnen, dass wir ganz genau darauf achten werden, ob Ihr die Regeln auch einhaltet.«

»Und was soll das jetzt im Einzelnen heißen?«, verlangte Angélique zu wissen, setzte ihre kühnste Miene auf und stemmte die Hände in die Hüften.

Aber darüber amüsierten sich die ernsten Kaufleute nur. Einer von ihnen, der jünger war, meinte, es ihr erklären zu müssen.

»Das bedeutet, dass Ihr Euch, indem Ihr in die Innung eintretet, auch damit einverstanden erklärt, dass Euer neues Erzeugnis bei allen Euren Innungsbrüdern, den Gewürzhändlern und Limonadenverkäufern, feilgeboten wird. Angenommen natürlich, dieses seltsame Erzeugnis kommt bei den Gästen an.«

»Das ist ja alles sehr ermutigend, Messieurs. Wenn ich Euch richtig verstehe, sollen wir also sämtliche Kosten aufbringen, neue Meister zusammen mit ihren Familien aufnehmen und für alles einstehen, wie man so sagt. Und anschließend sind wir entweder ruiniert, oder wir teilen den Lohn unserer Mühen und unser Geheimnis mit denen, die keinen Finger gerührt haben, um uns zu unterstützen. Habe ich das jetzt richtig verstanden?«

»Im Gegenteil, meine Schöne, Letztere hätten ja bereits alles getan, indem sie Euch aufgenommen und Eurem Handel keine Steine in den Weg gelegt haben.«

»Alles in allem ist es doch eine Art Eintrittsgeld, das Ihr von uns verlangt, oder?«

Der junge Innungsmeister versuchte gutmütig, sie zu beruhigen.

»Vergesst nicht, dass die Innungen immer mehr Geld benötigen. Da Ihr selbst ein Geschäft betreibt, werdet Ihr wissen, dass wir bei jedem neuen Krieg, jedem Sieg, jeder Geburt in der Königsfamilie oder sogar in einem Fürstenhaus unsere schwer errungenen Privilegien erneut erwerben müssen. Und zudem ruiniert uns der König, indem er bei jeder Gelegenheit – oder sogar ohne eine solche – neue Abgaben oder Berufe erfindet, ein wenig so wie der neue Handel, den Ihr uns im Namen dieses Sieur Chaillou vorschlagt …«

»Der Sieur Chaillou bin ich«, meldete sich der Lehrbursche zu Wort. »Oder jedenfalls mein verstorbener Vater. Und ich versichere Euch, dass er äußerst teuer für sein Patent bezahlt hat!«

»Genau, junger Mann, und in diesem Punkt seid Ihr mit uns nicht im Reinen. Zuerst seid Ihr weder Gewürzhändlermeister noch werdet es jemals sein, und unsere Innung hat noch nie etwas von Euch erhalten.«

»Aber schließlich bringt doch sein Vater eine Entdeckung in Eure Innung ein …«, begann Angélique.

»Das müsst Ihr uns zuerst demonstrieren, und zwar auf

eigene Kosten, und dann sorgt dafür, dass auch wir etwas von der genannten Entdeckung haben.«

Angélique hatte das Gefühl, ihr platze der Kopf, und sie stieß einen tief empfundenen Seufzer aus. Sie entschuldigte sich und erklärte, sie würde über die Mysterien der Gewerbeordnungen nachdenken, und sei sicher, dass auch beim nächsten Mal die Herren wieder einen ausgezeichneten Grund finden würden, um sie daran zu hindern, etwas Neuartiges einzuführen.

Auf dem Rückweg machte sie sich Vorwürfe, weil sie es an Umsicht hatte fehlen lassen und ihre Nervosität spürbar geworden war. Aber sie hatte bereits begriffen, dass sie bei diesen Leuten auch mit einem Lächeln nichts ausgerichtet hätte.

Audiger hatte recht gehabt: Durch die Genehmigung des Königs bedurfte er des Schutzes der Innungen nicht und war umso besser daran.

Außerdem war er reich und verfügte über mächtige Gönner, während Angélique und der arme David gegenüber der Feindseligkeit der Innungen ziemlich hilflos waren.

Sie hätte den Schutz des Königs für dieses erste, vor fünf Jahren ausgestellte Patent erbitten können, doch das erschien ihr ebenso gefährlich wie schwierig.

Sie überlegte, wie sie sich mit Audiger verständigen könnten. Wäre es nicht besser, sie bemühten sich gemeinsam und teilten sich die Arbeit, statt sich zu bekämpfen? So könnte Angélique mit ihrem Patent und ihren Gerätschaften zur Schokoladenherstellung die Beschaffung der Kakaobohnen übernehmen und dafür sorgen, dass sie in einen verzehrfertigen Zustand – das heißt, als gezuckertes und mit Zimt oder Vanille versetztes Pulver – gebracht wurden. Der Koch seinerseits würde daraus das Getränk sowie alle möglichen süßen Spezialitäten anfertigen.

Im Laufe ihres ersten Gesprächs war Angélique aufgefallen, dass der junge Mann noch nicht ernstlich darüber nachgedacht hatte, woher er seinen Nachschub an Rohmaterial beziehen sollte. Lässig hatte er geantwortet, das sei »überhaupt kein Problem«, denn das werde sich »schon finden«, und er werde »über Freunde« so viel bekommen, wie er wolle.

Doch Angélique wusste von der Zwergin der Königin, dass schon der Import von ein paar Säcken Kakao für die Naschlust Ihrer Majestät eine regelrechte diplomatische Mission darstellte. Dazu bedurfte es zahlreicher Mittelsmänner und Beziehungen zum spanischen Hof oder nach Florenz …

Auf diese Weise war es unmöglich, sich für den laufenden Bedarf zu versorgen. Bisher hatte sich anscheinend nur Davids Vater über den Nachschub Gedanken gemacht.

Sommer 1662

Audiger kam oft in den Kecken Hahn. Genau wie der »Vielfraß« Montaur setzte er sich an einen abseits stehenden Tisch und ging ganz offensichtlich den anderen Gästen aus dem Weg. Nach ihrem sehr unternehmungslustigen und munteren Beginn war er auffallend schweigsam geworden, und Angélique konnte nicht umhin, sich ein wenig gekränkt zu fühlen, weil ihr Berufskollege, der bereits einen gewissen Ruf genoss, ihr keinerlei Komplimente über ihre Küche machte. Er aß, ohne zu genießen, und ließ die junge Frau nicht aus den Augen, während sie im Lokal hin und her lief. Schließlich fühlte Angélique sich sogar eingeschüchtert durch die beharrlichen Blicke dieses attraktiven, gut gekleideten jungen Mannes. Sie bereute ihre scherzhaften Wortgeplänkel vom ersten Tag und wusste nicht, wie sie das Thema ansprechen sollte, das ihr am Herzen lag: die Schokolade. Audiger hatte zweifellos herausbekommen, dass sie schwerer loszuwerden war, als er gedacht hatte. Auf jeden Fall beobachtete er sie aufmerksam.

Er trieb es sogar ein wenig zu weit, denn bei den Sonntagsausflügen der Familie aufs Land tauchte er mehrmals zu Pferde auf. Dann schützte er Überraschung vor und lud sich selbst freundlich zu ihrem Picknick im Gras ein. Wie zufällig steckten in seinen Satteltaschen stets eine Hasenpastete und eine Flasche Schaumwein.

Oder man begegnete ihm auf dem Kahn, mit dem man auf dem Wasserwege nach Chaillot fuhr, wo er mit seinen Bändern, Federn und Kleidern aus feinem Tuch eine merkwürdige Figur abgab.

Die Feiertage waren zahlreich. Es waren ihrer sogar zu viele!, beklagte sich das Volk, das arbeiten musste, um sein tägliches Brot zu verdienen. Zu den Sonntagen kamen noch der Vorabend der kirchlichen Feiertage, die Feiertage selbst und die Schutzpatrone – ob nun die der Innungen, die nationalen oder die universellen –, denen man zu huldigen hatte. Doch die Sonne strahlte vom Himmel, die Jahreszeit begann milder zu werden, und vom frühen Morgen an waren alle Straßen in einer Meile Umkreis von Paris von Flaneuren bevölkert, die in der Kutsche, zu Pferde oder zu Fuß unterwegs waren, um frische Luft zu schnappen und sich am blauen Himmel zu erfreuen; die einen in ihren Landhäusern und die anderen in den Dörfern der Umgebung.

Nachdem man in einer kleinen Kirche die Messe gehört hatte, tanzte man unter der Dorfulme mit den Bauern und kostete Weißweine aus Sceaux oder Clairets aus Vanves, Issy und Suresnes.

Der Schmutzpoet äußerte sich ausnahmsweise weniger bitter und spöttelte nur milde über das ewige Bedürfnis der Pariser, aus ihrer Stadt zu flüchten.

Bei Feiertag und Sonnenschein
schwappt Paris über wie ein Fass,
und alle seine Menschlein
ergießen sich über das grüne Gras.

Vater Bourjus und seine kleine Gruppe taten es den anderen nach.

»Nach Chaillot! Nach Chaillot! Nur einen Sol pro Nase«, riefen die Flussschiffer. Das Fahrzeug passierte den Cours-de-la-Reine und das Kloster der Bonshommes*. Später stieg man aus, um im Bois de Boulogne einen Imbiss einzunehmen.

Oft fuhren die Boote bis nach Saint-Cloud, wo sich die Menschen in der ländlichen Umgebung verliefen. David und Rosines Galan, ein Zuckerbäckerlehrling, den sie im Herbst heiraten wollte, trugen die Kinder, um die Frauen zu entlasten.

Viele spazierten auch bis nach Versailles, um den König speisen zu sehen. Doch da weigerte sich Angélique. Sie hatte gelobt, dass sie erst wieder nach Versailles gehen würde, wenn sie vom König am Hof empfangen würde. Diesen Eid hatte sie sich selbst geschworen. Wahrscheinlich hieß das, dass sie nie nach Versailles kommen würde … Also blieb sie

* Das Kloster von Chaillot.

mit ihren beiden Kleinen, die von der reinen Luft geradezu berauscht waren, am Seine-Ufer zurück.

Es wurde Abend.

»Nach Paris! Nach Paris! Einen Sol pro Nase!«, riefen die Flussschiffer.

An den Stadttoren begegnete man Gruppen von Betrunkenen.

Im Verlauf eines dieser Ausflüge geschah es, dass sich das Wort »Versailles« unauslöschlich in Angéliques Geist einprägte; nicht wie ein unerreichbares Ziel, sondern wie eine strahlende Sonne, die nur für sie aufging.

Ohne dass sie es gleich begriff, stand diese Vision hinter der spontanen Weigerung, mit der sie Audigers verlockende Einladung quittierte, »nach Versailles zu fahren und den König speisen zu sehen«.

Die kleine Familie war soeben nahe Saint-Cloud an Land gegangen, und einmal mehr war Audiger aufgetaucht; äußerst elegant, mit Federn und Spitzen herausgeputzt und außerordentlich zufrieden mit seinem Plan, den er ihnen auseinandersetzte. Er hatte eine Kutsche gemietet, die sie bis nach Schloss Versailles bringen würde. Dort feierten der König und sein Hofstaat in dem Park, der immer schöner wurde, ein Fest zu Ehren der Königinnen Anna von Österreich und Maria-Theresia sowie seiner Mätresse Mademoiselle de la Vallière.

Dort würde er Schwerter für die Männer – Meister Bourjus und den Zuckerbäckerlehrling – und bestickte Umschlagtücher für die Damen – Angélique, Barbe und Rosine – ausleihen. Die kleinen Kinder, die noch nicht alt genug waren, ein Schwert zu tragen, brauchten nur die staunenden Äuglein aufzureißen und die Pracht und Herrlichkeit des Hofes und ihres Monarchen zu betrachten.

Angélique blieb fast das Herz stehen, und sie hörte sich augenblicklich entgegnen, dass sie nichts von diesem Plan halte. Ihr bissiger Ton erstaunte sie selbst.

»Aber«, protestierte Audiger, »ist es denn nicht interessant, zu sehen, wie die Mundschenke in einem langen Zug das Essen des Königs bringen? Zuzusehen, was man ihm aufträgt … zu schauen, was er am liebsten isst …«

»Wie jedermann weiß«, fiel Angélique ihm ins Wort, »isst er alles gern! Und ich weiß nicht, warum ich mehrere Meilen zurücklegen sollte, um mich davon zu überzeugen.«

Sollen die anderen doch gehen, dachte sie.

Sie selbst würde sich erst nach Versailles begeben, wenn der König sie einlud, und zwar mit dem ganzen Staat angetan, der zu einer solchen Gelegenheit notwendig war. Und Seine Majestät selbst würde ihr die Gärten zeigen.

Die Ihrigen und einige Freunde, die mit in der Mietkutsche fuhren, hatten sich zwar an ihre Stimmungsumschwünge und ihre unpassenden, oft seltsamen Äußerungen gewöhnt, waren aber angesichts ihrer Heftigkeit dennoch verblüfft.

Audiger war zutiefst enttäuscht. Er hatte sich viel von dieser Spazierfahrt erhofft. Angélique würde eine so strahlende Welt erleben, dass ihre Kühnheit und ihr Selbstvertrauen, die er ein wenig übertrieben fand, etwas zurückgestutzt würden. Er hätte ihr einige seiner Bekannten unter den Mundschenken des Königs vorgestellt. Und in der Menge der Schaulustigen, die in Versailles herumwimmelten, hätte er vielleicht Gelegenheit gefunden, sie ein wenig zur Seite zu nehmen.

In dem Höllenlärm, der an dieser Stelle des Seine-Ufers herrschte, diskutierten sie laut. Hier führte die Straße nach Versailles vorbei, und es war ein ständiges Kommen und Gehen von Kutschen, Wagen und sogar Karren mit Steinen und anderem Material für den Ausbau des Palasts und die Vergrößerung der ihn umgebenen Gärten.

Angélique ermunterte die anderen, ihren Plan weiterzuverfolgen. Schließlich bekam man nicht jeden Tag Gelegenheit, sich dem König zu nähern.

Sie würde mit ihren zwei kleinen Söhnen in der Herberge mit dem Namen »Le Relais des Quatre Rois« warten, die ein wenig von der Straße zurückgesetzt lag und in der sie schon häufig angehalten hatten, um sich zu erfrischen.

Schließlich zogen die anderen in dem Menschengewühl und der Hitze dieses Sommertags davon.

Trotz ihres Namens war die Herberge schon lange keine Poststation mehr, sondern eine weitläufige Gastwirtschaft, in der sich an schönen Tagen die Spaziergänger aus der Umgegend tummelten, aber auch die Insassen der Kutschen sowie ihre Kutscher, Knechte und Fuhrleute, die dort einen Halt einlegten, ehe sie den letzten Hang auf dem Weg nach Versailles in Angriff nahmen.

Es hieß, seit mehr als einem Jahrhundert sei es ein und dieselbe Familie, die alle empfing, die hier vorbeikamen, und dies habe der Herberge den Namen »Poststation« eingetragen, der außerdem darauf anspielte, dass hier einst Könige abgestiegen seien.

Hier wurde man freundlich und lebhaft aufgenommen. Bei schlechtem Wetter konnte man seinen Proviant mit hineinbringen und brauchte nichts weiter zu verzehren als eine Karaffe Wein von dem Weinberg, der hinter dem Haus lag. Der gleiche Wein wurde um einen günstigen Preis draußen im Freien in zwei oder drei Gartenlauben serviert.

Angélique hatte sich mit der Wirtstochter, Marguerite du Vaast, angefreundet, einer robusten, hübschen jungen Frau, die seit dem Tod ihrer Mutter im vergangenen Jahr die Gastwirtschaft in Gang hielt, die den ganzen Tag und bis weit in die Nacht hinein niemals leer wurde.

Florimond und Castor rissen sie zu Entzückensausbrüchen hin. Sie behauptete, die beiden seien die reinsten Engel und eine Abwechslung nach all den Säufernasen, mit denen sie es den ganzen Tag lang zu tun hatte.

Sie träumte davon, eines Tages auch die Mutter solcher Kinder zu sein; doch zuvor musste sie noch einen kräftigen Gefährten von angenehmem Wesen finden, der sie bei ihrer Arbeit unterstützte. Der Tod ihrer Mutter war für die Herberge ein schwerer Schlag gewesen, denn, so meinte Marguerite seufzend, auf ihren Vater könne man sich nicht verlassen. Sie hätte ihm gern eine neue Frau gesucht, aber auch das würde nicht einfach werden.

An diesem Tag fragte Angélique, ob sie ihr für kurze Zeit ihre Kleinen anvertrauen könne. In einer mit Bänken abgesperrten Ecke und mit Kuchen getröstet, würden sie warten, während sie in den Weinberg steigen und mit Maître Anselme, dem Wirt, über Geschäftliches sprechen wollte. Marguerites Vater, der Herr des Etablissements, machte keinen Hehl daraus, dass er lieber im Weinberg arbeitete, als sich dem unaufhörlichen, lauten Stimmengewirr des vielbesuchten Lokals auszusetzen.

Angélique, die den Lärm der Straße auch nicht ertrug, stieg den Hügel hinauf und schleppte sich Stufe um Stufe nach oben.

Von der Höhe des Weinbergs aus sah man die braunen, tönernen Dachziegel und ein Stück des Kirchturms des kleinen Fleckens Saint-Cloud.

Angélique ging weiter und dachte immer noch an diese Idee, die sie plötzlich gehabt hatte: Eines Tages würde sie in ihrem herrlichsten Staat als Gast des Königs nach Versailles kommen, um sich selbst wiederzufinden.

Niemals werde ich als gedemütigte, mittellose Person, verlassen und vergessen, nach Versailles vordringen. Nein, wenn, dann nur nachdem sie alles zurückgewonnen hätte, und als Gast des Königs. Das wäre das erste Zeichen: Sie würde sich im Angesicht des Königs unter ihren Standesgenossen wiederfinden. Dann würde sie die Gewissheit haben, dass sie aus dem Abgrund aufgestiegen war, dass sie ihre Rache für die ungerechte Verfolgung bekommen und ihren Söhnen erneut einen Rang gegeben hatte.

Das Herz klopfte Angélique von ihrem plötzlich wiedergefundenen aufrührerischen Geist, und sie setzte sich auf halbem Weg auf eine der Steinstufen.

Von dieser Stelle am Hang des Weinbergs konnte man die Dächer der Herberge noch erkennen, aber die Geräusche von unten drangen nur noch als fernes Murmeln zu ihr. Manchmal, wenn ein leichter Wind sie verwehte, wurde es ganz still um sie.

Nach und nach beruhigte sie sich, und selbst der Name Versailles löste sich auf und verschwand aus ihren Gedanken.

Die liebliche Landschaft, die sich vor ihren Augen ausbreitete, strahlte Frieden und innere Zufriedenheit aus.

In der Ferne lag wie eine gewaltige Blume, die aus einem sonnenbeschienenen Dunst aufsteigt, Paris in diversen Blau- und Violetttönen. Wenn das Auge sich darauf eingestellt hatte, konnte man das unstete Muster seiner Wohnviertel und die geschwungenen Linien seiner Stadtmauern erkennen, die hier und da mit Türmen und Kirchen durchsetzt waren. An einigen Stellen war so etwas wie plötzlich aufbrodelnde Blasen zu sehen, schimmernde, aufgeblähte Sphären, die bebten und kurz davor schienen, sich in die Lüfte zu erheben.

Fasziniert versuchte sie, diese neuen Formen zu zählen, und spähte angestrengt in die Ferne.

Jemand setzte sich neben sie auf die Steinstufe.

»Ihr schaut die Kuppeln an«, sagte eine Stimme. »Die Kuppeln von Paris ...«

Das war Meister Anselme, der Winzer.

Lange blieb er so versunken sitzen, und beide betrachteten einträchtig die ferne Landschaft.

»Ich war noch jung«, ließ er sich erneut vernehmen, »als dort unten die Ersten auftauchten. ›Wozu bauen sie bloß diese Kuppeln?‹, pflegte mein Vater zu sagen. ›Damit Paris am Ende wie Rom aussieht?‹ Er hatte nämlich Italien bereist. Die älteste ist die Kuppel des Mutterhauses der Jesuiten in Faubourg Saint-Antoine. Sie ist der Kirche, die sie in Rom unterhalten, nachempfunden ... Ebenfalls in Faubourg Saint-Antoine gibt es die Kuppel der Kapelle der Visitandiner, die noch ziemlich neu ist ... Früheren Datums ist die Kuppel des Benediktinerklosters Val-de-Grâce in Faubourg Saint-Jacques, der Abtei, die von unserer Königinmutter begründet wurde, und die der Kirche der Sorbonne im Quartier Latin. Diese erkennt man immer, denn sie ist die gewaltigste. Zweifellos, weil sie das Grab von Kardinal Richelieu beherbergt. Der Kardinal hat sie schon zu seinen Lebzeiten errichten lassen.

Schwieriger zu entdecken ist die älteste von allen, eine sehr kleine Kuppel über der Kapelle in den Gärten der Königin Marguerite von Frankreich. Sie liegt ebenfalls auf dem linken Flussufer, in der Nähe der Pré du Clercs und nicht weit vom Louvre entfernt.«

»Welche Marguerite von Frankreich meint Ihr?«, fragte Angélique. »Da gibt es mehrere, Eure Tochter noch gar nicht eingerechnet.«

Er lächelte beifällig.

»Diejenige, die man auch Königin Margot nennt«, erklärte er dann. »Diese Kuppel kann man bei regnerischem Wetter sehen. Man erkennt sie, weil sie ein Oberlicht besitzt.«

Als Meister Anselme sich vorbeugte, um ihr einen bestimmten Punkt zu zeigen, sah sie seinen muskulösen Arm, der aus seinem hochgerollten Hemdärmel hervorschaute. Von der Sonne golden gefärbt, schien er den Schimmer der Jugend bewahrt zu haben.

Sie warf ihm einen forschenden Seitenblick zu. Sein Schnurrbart wurde grau, aber das war kein Schnurrbart »à la gauloise«. Er war zwar sehr dicht, ließ aber seine Lippen frei. Diese Art von Bart nannte man »Weinverkoster-Schnurrbart«.

Sie kannte ihn, weil sie ihn im Gastraum der Herberge gesehen hatte. Wenn er sich dort aufhielt, spielte er seine Rolle recht gut, verteilte schwere Zinnkrüge und war ständig von den verschiedensten Menschen umgeben, die ihn zu Reden anstachelten; denn er erteilte gern Auskünfte über die Gegend, die durch die Nähe zu Versailles und die dortigen Bauarbeiten neue Anziehungskraft gewonnen hatte. Aber trotzdem hatte Angélique den Eindruck gehabt, er sei von Natur aus schweigsam und von verschlossenem Charakter, und sie hatte sich gefragt, wie sie seine Aufmerksamkeit gewinnen könne.

»Meister Anselme«, bat sie, »könnt Ihr mir die Namen der Könige nennen, die Eurem Lokal den Namen gegeben haben und von denen es heißt, sie hätten sich zur Zeit Eurer Vorfahren an diesem Ort erfrischt?«

Über dieses Thema ließ Meister Anselme sich gern aus.

Vor allem waren es Ihre Majestäten Heinrich IV. und

Ludwig XIII. gewesen, die das Etablissement seiner Vorfahren so häufig beehrt hatten, dass sie fast zur Familie gehörten. Der Vater und sein junger Sohn gingen in der bewaldeten, ein wenig sumpfigen und damals kaum bekannten Gegend um Versailles auf die Jagd.

Später hatte König Ludwig XIII. sich aus Nostalgie in Versailles ein Jagdschlösschen bauen lassen. Mehrmals hatte er sich dorthin zurückgezogen, denn nur dort fand er die Gelassenheit, die es ihm erlaubt hatte, schwere Gewissens- und Regierungskrisen zu lösen. Und rund um dieses von Ludwig XIII. errichtete Schlösschen, so hieß es, wolle nun der jetzige Monarch einen grandiosen Palast erbauen, in dem er herrliche Feste geben konnte. Dazu war die Umgebung besser geeignet als die seiner anderen Residenzen in der Île de France wie Saint-Germain und Fontainebleau …

»Was ein Irrtum ist.« Meister Anselm konnte sich eines Kommentars nicht enthalten. »Dies ist hügeliges Gelände und daher überall schwieriges Terrain. Aber was soll man machen? Das ist eine Frage der Anhänglichkeit, der Leidenschaft. Dieser Ort hat Seine Majestät verzaubert, genau wie zuvor seinen Vater.«

Aus diesem Grunde galt die Vorliebe des Winzers König Heinrich III. Dieser war allerdings nicht in die Poststation, die sich mehr und mehr zu einer Herberge entwickelte, gekommen, um zu trinken, sondern er war im Schloss von Saint-Cloud, das im vorigen Jahrhundert erbaut worden war, am 1. August 1589 ermordet worden.

Am Abend, an dem sich diese Tragödie zutrug, waren in der Herberge drei oder vier Gardisten eingetroffen, um sich bei einem guten Schluck von ihrem Schrecken zu erholen. Die Spitzen ihrer Lanzen waren noch rot gewesen vom Blut des »hinterlistigen Mönches«. Denn so hatte ihn der König selbst genannt, als er spürte, wie Jacques Cléments Messerklinge ihm in die Eingeweide drang.

»He, hinterlistiger Mönch! Du hast mich getötet…«

Dabei war es, berichteten die Gardisten betrübt, sogar der Monarch selbst gewesen, der darauf bestanden hatte, dass man den »Kapuzenträger«, einen weiß gekleideten Dominikanermönch, vor ihn führte. Denn der hatte angeblich eine himmlische Botschaft für ihn, von einem seiner Freunde, der ein Gefangener der Liga war. Dieser König war so fromm und achtete alle Männer der Kirche so sehr, dass er jede Gelegenheit nutzte, um sie zu empfangen, und sie bat, mit ihm zu beten, damit er seinen Pflichten als Souverän gegenüber seinen Untertanen nachkommen könne.

Vergeblich hatten die »Bärtigen« sich auf den Mörder gestürzt.

Heinrich III. war verloren.

Von der Herberge aus hatte man gesehen, wie Heinrich von Navarra, der damals weder gekrönt noch konvertiert war und den man eilig herbeigerufen hatte, auf das Schloss zugaloppierte. »Cousin, ich lege das Königreich Frankreich in Eure Hände«, sollte der Sterbende zu ihm sagen, als er an seinem Bett kniete.

Zur gleichen Zeit stöhnte Paris, das unter einem Nebelschleier lag, unter der Herrschaft der Liga und musste eine gnadenlose Belagerung hinnehmen. Man aß Katzen, Hunde, Esel, Pferde und sogar Menschenfleisch.*

»Und der vierte König?«, wollte Angélique wissen und hoffte, jetzt eine weniger tragische Geschichte zu hören.

* Gemeint ist die Belagerung von Paris durch die Truppen des Königs 1589–1590.

Das war der Erste und Älteste, der dem Marktflecken am Seine-Ufer seinen Namen gegeben hatte.

Aus Clodomir war Cloud geworden und dann nach seiner Heiligsprechung Saint Cloud. Noch so ein Königskind aus alter Zeit, das von seiner Mutter – oder war es die Großmutter gewesen? – vor Meuchelmördern gerettet worden war, indem sie es wegbrachte und im Kloster versteckte, wo man ihm eine Kutte anzog und das lange Haar schor, sodass es dem Zugriff des Throns für immer entzogen war.

Jetzt war der Moment gekommen, in dem Angélique das Geschäft ansprechen wollte, um dessentwillen sie gekommen war. Durch ihr Gespräch, in dem er seine Vorlieben enthüllt hatte, ahnte sie schon, welche Einwände Meister Anselme ihr entgegenhalten würde.

»Monsieur, ich habe bei Euch schon mehrmals einen ausgezeichneten Wein getrunken, der es nicht verdient, ›Krätzer‹ genannt zu werden. Ich würde ihn gern den Gästen meiner Schänke, unter ihnen viele Weinliebhaber, vorsetzen, in der mein Onkel und ich auch Speisen servieren. Unser Lokal liegt in der Rue de la Vallée-de-Misère.«

»Im Herzen von Paris, und noch dazu auf dem rechten Seine-Ufer. Niemals bekomme ich die Konzession, bis dorthin zu liefern!«

Zuerst einmal schimpfte er auf die Seine, die sich mit ihren Windungen um Paris zog wie eine Schlange, um es zu ersticken. Dann waren da die Vorstädte und das umliegende Land, die die guten Leute aus der Gegend daran hinderten, sich ihren Lebensunterhalt zu verdienen; denn sie mussten die Fährleute bezahlen, um sich übersetzen zu lassen, oder die Maut auf den Brücken, die weit voneinander entfernt lagen und von denen aus es, wenn man sie dann einmal überquert hatte, immer noch weit bis zu den Stadttoren war. Gar nicht zu reden von den Zöllen, die man für jegliche Handelsware entrichten musste. Auch der Ausbau von Versailles, das kaum zwei Meilen entfernt lag, brachte seiner Meinung nach mehr Scherereien als Vorteile ein.

Er war ganz und gar nicht erfreut über die Nähe des königlichen Hofs, von dem seine Herberge im Lauf der Jahrhunderte doch gut gelebt hatte. Im Gegenteil, er verhehlte nicht, dass er das Gewimmel dieser ungeordneten Menschenmengen fürchtete, in denen sich das Gebrüll der Fuhrleute mit dem Geschrei der großen Herren und ihrer Kutscher mischte. Und das alles wurde noch vom Wiehern der Karren- und Kutschpferde untermalt, die direkt unterhalb der Herberge noch einmal angefeuert wurden, um den Hang, der vor ihnen lag, zu erklimmen.

Nach Versailles!, rief es von überall her.

Was seinen »Krätzer« anging, dessen Güte sie gelobt hatte, so konnte er ihn kaum losschlagen, denn rund um seinen Besitz trieben die Vertreter der verschiedenen königlichen oder fürstlichen Häuser ihre Betrügereien. Jeder wollte handeln, ohne sich um ihre Rechte zu kümmern, die Rechte der Ortsansässigen. Hatte sie denn nicht gesehen, wie jeder beliebige Gardist an den Schlägen der Kutschen seinen Anteil einforderte, als ziehe er die Steuern des Königs ein?

Er hatte einem ausländischen Freund, dem dänischen Botschafter, ein Versprechen gegeben. Der Mann hatte sich auf dem Weg nach Versailles an seinen Tisch gesetzt und träumte jetzt nur noch davon, seinen Wein auch daheim genießen zu können. Er wollte eine ordentliche Anzahl von Fässern in sein Land transportieren, da er nichts Besseres kannte, um die Düsternis der Winter im Norden zu vertreiben.

»Aber vor wem soll ich Klage führen? Etwa vor Seiner Majestät persönlich?«

»Warum nicht?«, gab sie zurück. »Das könntet Ihr doch. Aber ich glaube, dass Ihr die Hindernisse übertreibt, die sich Eurer Freiheit in den Weg stellen. Warum kümmert Ihr Euch um die Verbote, die Euch daran hindern, Euren Wein nach Paris zu bringen? Von all den Sorgen, die Euch drücken, ist diese ja wohl die geringste.«

»Die Maut...«

»Ein reiner Popanz! Wer soll sie denn einziehen? Zollbeamte, die Euch nicht kennen, denn ich sehe keine Spur von ihnen hier? Oder schlimmstenfalls die Leute, über die Ihr klagt, nämlich die Bauernfänger und Spitzbuben aus den fürstlichen Häusern, die dem Naiven, der sich auf dem Weg nach Versailles mit guten Weinen versorgt, sein Geld abnehmen. Und dieser stellt sich auch noch vor, dass er für die Ehre oder die Steuer des Königs zahlt... Ihr seid doch aus Paris, von diesem Seine-Ufer, und befindet Euch darüber hinaus auf Eurem eigenen Gebiet, das noch der Kathedrale gehört. Ich habe mich da kundig gemacht...«

Sie fing den raschen, lebhaften Seitenblick auf, den er ihr aus seinen blauen Augen zuwarf, bevor er sich erneut der Betrachtung des Horizonts widmete; und sie vermutete, dass seine verstorbene Frau ihm mit ganz ähnlichen Worten zu dem Thema seines »Krätzers« zugesetzt hatte.

Sie schaute genau wie er in die Ferne, sprach aber jetzt weniger energisch weiter.

»Die Schleichwege sind zahlreich, und Ihr kennt sie ebenso gut wie ich. Zum Beispiel... die Sandgruben von Auteuil. Der Kahn könnte doch auf der Rückfahrt nach Paris eine stattliche Anzahl Fässer dort abladen. Ich würde es übernehmen, sie zu meinem Lokal zu transportieren; und wenn Ihr mir Mittelsleute nennt, auch zu Eurem Freund von der dänischen Botschaft.«

So diskutierten sie und arbeiteten die Bedingungen für diese delikate Transaktion aus, die nur eine von mehreren war, mit dem Ziel, die Gier der Steuerbehörden zu umgehen. Dabei hatten sie doch ganz unschuldige Anliegen: Angéliques Wunsch, guten Wein auf die Tische des Kecken Hahns zu bringen, oder Meister Anselmes Bestreben, gutes Geld zu verdienen und seine ausländischen Freunde zufriedenzustellen, die sogar jenseits der Grenzen des Königreichs den Wein von den Hängen von Saint-Cloud liebten.

Die abendlichen Schatten wurden länger, aber noch war es hell, und der Tag schien kein Ende nehmen zu wollen, obwohl es bis zum Johannisfest noch lange hin war.

Als Angélique aufstand, geriet sie ein wenig ins Straucheln. Energisch stützte Meister Anselme sie mit fester Hand.

Und Angélique, die sich mit einem Mal leicht fühlte, stieg sicher den Hang hinunter.

Wie stark doch so ein Männerarm ist, dachte sie.

Der Tag ging in einer geselligen Tischrunde zu Ende, ein Glas kühlen Wein in der Hand.

Nach und nach kehrten die Spaziergänger mit fröhlicher Miene aus Versailles zurück.

Stirnrunzelnd sah Audiger, wie der hochgewachsene Meister Anselme hinter Angélique aufragte, als wache er über sie.

»Nach Paris! Nach Paris! Auf geht's, einen Sol pro

Nase!«, riefen die Flussschiffer. Audiger versuchte, die Worte aufzuschnappen, die beim Besteigen des Boots gewechselt wurden, aber es handelte sich um vereinbarte Kodewörter, die sich auf das Abladen von Fässern an verschiedenen Orten bezogen.

Kapitel 17

Ein- oder zweimal gönnte sich Angélique anlässlich eines Feiertags das Vergnügen, sich zusammen mit Meister Anselme auf die Steinstufen an der Hügelflanke zu setzen. Mit halben Ohr lauschte sie dann seinen Klagen, dass diese närrische Mode, überall im Land Schlösser zu bauen, nichts Gutes verheiße.

Er besaß den Widerspruchsgeist der Einwohner der Île-de-France, dieses im Westen der Hauptstadt gelegenen Landstrichs vor den Toren der Normandie, einer etwas launischen Provinz, die ein Ergebnis von Invasionen aus dem Norden war.

Dazu hatte er noch die stolze Starrköpfigkeit der Parisii, des Stammes, der ursprünglich die Seine-Insel bewohnt hatte und diese noch immer als seine Heimat beanspruchte. Er wies Angélique darauf hin, dass Altoginum nicht weit entfernt lang, wo die Parisii gegen Labienus angetreten waren, Cäsars Legaten, der die römische Zivilisation in das »haarige Gallien«* gebracht hatte. Sie waren unterlegen, und aus der Insel in der Seine war Lutetia geworden. Und Angélique erinnerte ihn daran, dass aus diesem Altoginum jetzt Auteuil geworden war, das inzwischen eine ganz neue

* So nannten die Römer den zentralen und nördlichen Teil Galliens, der von langhaarigen Kriegern bevölkert war.

historische Rolle spielte. Aber, psst! Der Schmuggelweg über die Sandgruben von Auteuil funktionierte wunderbar.

Nicht nur wurde der Wein aus Saint-Cloud, der auf diese Weise ins Herz von Paris gebracht wurde, im Kecken Hahn zu einem guten Preis verkauft, es war auch gelungen, ihn durch die Dienstboten zum Botschafter des Königs von Dänemark bringen zu lassen. Dadurch hatte die Bratstube zum Kecken Hahn einige ausländische Edelleute als Gäste gewonnen, die zwar einen rauen Akzent an den Tag legten, sich aber in Paris längst erfolgreich eingelebt hatten, denn sie waren stets geneigt, sich an allen Annehmlichkeiten der Hauptstadt zu erfreuen, die der Zufall ihnen über den Weg schickte.

Audiger konnte sich nicht über Angélique beklagen und durfte sich nicht allzu energisch gegen die überschwänglichen Komplimente zur Wehr setzten, mit denen sie »die schönste Französin der Welt« überhäuften.

Angélique spürte, dass sich die Atmosphäre im Kecken Hahn wandelte. In der kommenden Saison würde sie alle Arten von Neuheiten einführen. Wie ein Geheimnis bewahrte sie die Idee, die ihr ganz plötzlich gekommen war: Eines Tages würde sie sich auf die persönliche Einladung des Königs hin nach Versailles begeben.

Sie gab nichts auf ihre Zweifel oder auf Meister Anselmes Groll, den dieser gegenüber den Plänen des gegenwärtigen Monarchen hegte, weil er sich durch die schon Jahrhunderte währende Anwesenheit diverser Königshäuser auf seinem Land in seiner Arbeit als Winzer gestört fühlte.

Wenn Ludwig XIV. Versailles wollte, dann würde es so sein.

Angélique fehlten ihre Spaziergänge und auch ihre Gespräche mit Meister Anselme du Vaast.

Dieser wohlgestaltete Mann, der stattlicher war als mancher Fürst, besaß ein scharfes Urteilsvermögen und war weise in seinen Überlegungen. Vermutlich sagte er zu seiner Tochter: »Du irrst dich, Marguerite. Sie ist gut fürs Geschäft, aber keine Frau für mich.«

Da er intelligent war und sich wider Willen von Angélique angezogen fühlte, fürchtete sie, er könne versuchen, ihr Geheimnis zu erraten und ihre Vergangenheit zu ergründen.

Also schickte sie stets Flipot, um ihre heimlichen Bestellungen aufzugeben und die Grüße des Hauses zu überbringen. Doch sie bedauerte aufrichtig, diesen Mann nicht mehr zu sehen. Anselme und seine Tochter betrachteten sich als »gute Leute« und waren tugendhaft und begabt; fleißig und beherzt und vollständig in der Lage, mit dieser Flut von Personen – ob von hohem Rang oder niederer Herkunft, und manche halb von Sinnen vor Eitelkeit und Hoffart – umzugehen, die sich in dem Durcheinander aus Fahrzeugen, Karren oder Kutschen, Zug- oder Kutschenpferden unter Wiehern, Flüchen und Peitschenknallen begegneten.

Das war die Herberge zu den Vier Königen auf dem Weg nach Versailles.

Eines Tages gab Audiger seine Zurückhaltung auf.

»Je länger ich Euch beobachte«, sagte er zu Angélique, »umso mehr verblüfft Ihr mich, schöne Freundin. Ihr habt etwas an Euch, das mich bedrückt …«

»Bezüglich Eurer Schokolade?«

»Nein … oder doch … indirekt. Zuerst hatte ich den Eindruck, Ihr wäret für die Dinge des Herzens – und sogar des Geistes – geschaffen. Doch jetzt stelle ich fest, dass Ihr in Wahrheit sehr praktisch, ja sogar materialistisch seid und niemals den Kopf verliert.«

Das will ich hoffen, dachte Angélique. Aber sie beschränkte sich darauf, ihm ihr bezauberndstes Lächeln zu schenken.

»Versteht Ihr«, sagte sie, »im Leben gibt es Zeiten, in denen man gezwungen ist, sich einer Sache vollständig zu widmen, und dann wieder einer anderen. Manchmal herrscht die Liebe, meist dann, wenn das Leben leicht ist. In anderen Phasen ist es die Arbeit und ein Ziel, das man erreichen will. Ich will Euch nicht verhehlen, dass im Moment das Wichtigste für mich ist, Geld für meine Kinder zu verdienen ... denn ihr Vater ist tot.«

»Ich wollte nicht taktlos sein, aber da Ihr von Euch aus von Euren Kindern sprecht ... Glaubt Ihr denn, dass es Euch in diesem ebenso anstrengenden wie unbeständigen Geschäft, das vor allem so wenig mit einem richtigen Familienleben zu vereinbaren ist, gelingen wird, sie großzuziehen und glücklich zu machen?«

»Ich habe wohl keine andere Wahl«, erwiderte Angélique hart. »Außerdem kann ich mich wirklich nicht über Meister Bourjus beklagen. Bei ihm habe ich angesichts meiner bescheidenen Stellung eine unerwartet gute Position gefunden.«

Audiger räusperte sich und spielte kurz mit den Quasten seines breiten Spitzenkragens.

»Und wenn ich Euch eine Wahl bieten würde?«, fragte er dann zögernd.

»Was meint Ihr?«

Sie sah ihn an und erkannte in seinen braunen Augen mühsam beherrschte Anbetung. Daher erschien ihr der Moment günstig, um ihre Verhandlungen weiter voranzutreiben.

»Ach, übrigens – habt Ihr eigentlich Euer Patent erhalten?«

Audiger seufzte.

»Seht Ihr, das interessiert Euch, und Ihr verbergt es nicht einmal. Nun, um Euch die Wahrheit zu sagen, habe ich den Stempel von der Staatskanzlei noch nicht, und ich glaube auch, dass ich ihn vor Oktober nicht bekommen werde, da sich ihr Präsident, Séguier, während des Sommers in seinem Haus auf dem Land aufhält. Aber ab Oktober wird alles sehr rasch vonstatten gehen. Ich habe mich über meine Angelegenheit mit dem Grafen de Guiche unterhalten, dem Schwiegersohn von Kanzler Séguier. Ihr versteht also, dass Ihr bald Eure Hoffnung darauf, eine schöne Schokoladenwirtin zu werden, begraben könnt … wenn Ihr nicht …«

»Ja, wenn ich nicht …«, erwiderte Angélique. »Dann hört jetzt zur Abwechslung einmal mir zu.«

Unverblümt unterrichtete sie ihn über ihr Vorhaben. Sie erinnerte ihn daran, dass sie im Besitz eines Patents war, das früher ausgestellt war als seines und mit dem sie ihm »Schwierigkeiten« machen könne. Aber sei es nicht das Beste, sich zu verständigen? Sie würde die Herstellung des Produkts übernehmen, und er könnte es zubereiten. Und um am Gewinn des Schokoladengeschäfts beteiligt zu werden, würde Angélique dort arbeiten und auch Geld investieren.

»Und wo wollt Ihr Euer Lokal eröffnen?«, fragte sie.

»Im Saint-Honoré-Viertel, in der Nähe des Trahoir-Kreuzes. Aber was Ihr da erzählt, hat weder Hand noch Fuß!«

»Oh doch, und das wisst Ihr genau. Das Saint-Honoré-Viertel eignet sich ganz ausgezeichnet. Es liegt in der Nähe des Louvre und des königlichen Palasts. Und es darf kein Lokal sein, das einer Taverne oder Bratstube ähnelt. Ich stelle mir schöne schwarze und weiße Fliesen vor, Spiegel und vergoldete Schnitzereien, und dahinter einen Garten mit Weinlauben wie im Zölestinerkloster ... richtige Liebeslauben.«

Bei dieser Beschreibung heiterte sich die Miene des Haushofmeisters, den Angéliques Ausführungen verdrossen hatten, ein wenig auf.

»Ihr seid wahrhaftig bezaubernd, wenn Ihr Euch von Eurem impulsiven Temperament mitreißen lasst, meine Kleine. Ich liebe Eure Heiterkeit und Spontaneität, zu denen bei Euch ein rechtes Maß an Bescheidenheit kommt. Ich habe Euch aufmerksam beobachtet. Es gefällt mir, dass Ihr schlagfertig und dennoch gesittet seid. Allerdings kann ich Euch nicht verhehlen, dass mich Eure zu praktische Sichtweise und Eure Art, von Gleich zu Gleich mit erfahrenen Männern umspringen zu wollen, abstoßen. Ein energischer Ton und eine schroffe Rede passen nicht zur Zartheit einer Frau. Sie sollte es dem Manne überlassen, sich mit diesen Fragen zu beschäftigen, sonst verwirrt und verwuselt sich ihr kleines Hirn noch.«

Angélique platzte vor Lachen heraus.

»Ich sehe schon, wie Meister Bourjus und David über diese Fragen diskutieren.«

»Um diese beiden geht es gar nicht.«

»Und worum dann? Habt Ihr immer noch nicht begriffen, dass ich mich allein durchschlagen muss?«

»Genau das ist es; Ihr braucht einen Beschützer.«

Auf diesem Ohr war Angélique taub.

»Gemach, gemach, Meister Audiger. Ihr seid in Wahrheit nur ein neidischer Schurke und wollt Eure Schokolade allein trinken. Und da Euch das, was ich Euch unterbreite, ganz und gar nicht gefällt, versucht Ihr, Euch aus der Affäre zu ziehen, indem Ihr mir Reden über die Zerbrechlichkeit der Frauen haltet. Doch in Wahrheit ist in diesem kleinen

Krieg, den wir uns liefern, das, was ich Euch anbiete, eine ausgezeichnete Lösung.«

»Also, ich kenne tausendmal bessere Lösungen.«

Angesichts des eindringlichen Blicks, mit dem der junge Mann sie bedachte, verfolgte Angélique das Thema nicht weiter. Sie räumte seinen Teller ab, wischte über den Tisch und erkundigte sich, was er als Nachspeise wünsche. Dann entfernte sie sich in Richtung Küche; doch er stand auf und hatte sie mit zwei Schritten eingeholt.

»Angélique, meine Süße, seid nicht grausam«, flehte er sie an. »Macht am Sonntag eine Landpartie mit mir. Ich möchte ernstlich mit Euch sprechen. Wir könnten zur Mühle von Javel gehen und ein Fischragout essen, und dann spazieren wir querfeldein. Wie wäre es?«

Er hatte die Hand auf Angéliques Taille gelegt. Angezogen von diesem frischen Gesicht und besonders von den kräftig geschwungenen Lippen unter dem dunklen, zweigeteilten schmalen Schnurrbart schlug sie die Augen zu ihm auf. Seine Lippen würden sich beim Küssen fest anfühlen, um sich dann zu öffnen und sich fordernd auf die Haut zu legen …

Eine Woge der Lust, über die sie keine Kontrolle hatte, überlief sie, und mit schwacher Stimme willigte sie ein, am nächsten Sonntag mit ihm zur Mühle von Javel zu wandern.

Die Aussicht auf diesen Spaziergang wühlte Angélique stärker auf, als ihr lieb war. Da konnte sie sich zur Vernunft rufen, sooft sie wollte; aber jedes Mal, wenn sie an Audigers Lippen dachte und an seine Hand, die auf ihrer Taille gelegen hatte, überlief sie ein köstlicher Schauer. Es war lange her, dass sie so etwas verspürt hatte. Wenn sie recht überlegte, hatte Angélique seit ihrem Abenteuer mit dem Hauptmann der Wache keinen Mann mehr angerührt. Was natürlich streng genommen nicht stimmte, denn ihr Leben spielte sich in einer sinnlich aufgeladenen Atmosphäre ab, der man sich schwer entziehen konnte. Unzählige Male hatte sie sich mit Ohrfeigen der Küsse und Berührungen ihrer Gäste erwehren müssen. Mehrmals war sie im Hof von einem berauschten Rüpel angefallen worden und hatte ihn mit ihren Holzschuhen treten und um Hilfe rufen müssen. All das hatte bei ihr – zusammen mit dem unangenehmen Erlebnis mit dem Hauptmann und Calembredaines groben Umarmungen – das bittere Gefühl hinterlassen, dass man ihr Gewalt angetan hatte.

Erstaunt stellte sie fest, dass so plötzlich, wie sie es vor zwei oder drei Tagen nicht für möglich gehalten hatte, alte, süße Empfindungen in ihr erwachten. Audiger würde ihre Verwirrung doch hoffentlich nicht ausnutzen und ihr das Versprechen entlocken, seinen Geschäften nicht länger im Weg zu stehen?

Nein, sagte sich Angélique. Das Vergnügen ist eine Sache und das Geschäft eine andere. Ein schöner, gemeinsam verbrachter Tag kann meinen Zukunftsplänen wohl kaum schaden. Um die Gewissensbisse zu ersticken, die ihre unvermeidliche Niederlage ihr schon im Voraus bereitete, redete sie sich ein, dass dies im Interesse ihrer Geschäfte praktisch notwendig sei. Im Übrigen würde wahrscheinlich gar nichts geschehen. Hatte Audiger sich bisher nicht immer vollkommen korrekt verhalten?

Vor ihrem Spiegel strich sie mit dem Finger über ihre langen, schmalen Augenbrauen. War sie immer noch schön? Andere behaupteten es. Aber hatte nicht die Hitze am Herdfeuer ihre von Natur aus dunkle Haut noch mehr gebräunt?

Ich bin wieder kräftig geworden, dachte sie, und das steht mir nicht schlecht. Außerdem mögen wahrscheinlich Männer dieser Art etwas fülligere Frauen.

Sie schämte sich für die von der Küchenarbeit schwieligen und geschwärzten Hände, daher ging sie auf den Pont-Neuf und kaufte beim Großen Matthieu einen Topf Salbe, um sie zu bleichen.

Dazu erstand sie noch einen Spitzenkragen aus der Normandie, den sie über dem Ausschnitt ihres einfachen Kleids aus blaugrünem Tuch tragen wollte. So würde sie wie eine Kleinbürgerin wirken und nicht wie ein Dienstmädchen oder eine Händlerin. Sie vervollständigte ihre Aufmachung noch durch den – leichtsinnigen! – Kauf eines Paars Handschuhe und eines Fächers.

Ihr Haar bereitete ihr Sorgen. Seit es nachwuchs, war es krauser und heller geworden, gewann aber nur langsam an Länge. Bedauernd dachte sie an das schwere, seidige Vlies, das sie früher über die Schultern hatte werfen können.

Am Morgen des großen Tages verbarg sie ihre Haare unter einem schönen, dunkelblauen Seidentuch, das einmal Meisterin Bourjus gehört hatte. Am Ausschnitt ihres Mieders trug sie eine Kamee aus Karneol und am Gürtel ein mit Perlen besticktes Täschchen, das ebenfalls aus der Hinterlassenschaft der armen Frau stammte.

Angélique wartete unter dem Torbogen. Der Tag versprach, schön zu werden. Zwischen den Hausdächern ließ sich ein blauer Himmel sehen.

Als Audigers Kutsche auftauchte, lief sie ihm entgegen; ungeduldig wie eine Pensionatsschülerin, die Ausgang hat.

Der Haushofmeister wirkte geradezu strahlend. Er trug eine gelbe, mit feuerroten Bändern geschmückte Rhingrave-

Hose und unter seiner gelbbraunen, mit kleinen, orangefarbenen Litzen geschmückten Weste ein gefälteltes Hemd aus feinstem Leinen. Die Spitze an seinen Hosenmanschetten, seinen Handgelenken und seiner Halsbinde war zart wie Spinnengewebe.

Bewundernd fuhr Angélique mit der Hand darüber.

»Das sind irische Spitzen«, bemerkte der junge Mann, »haben mich ein kleines Vermögen gekostet.«

Ein wenig herablassend hob der den bescheidenen Kragen seiner Begleiterin an.

»Irgendwann sollt Ihr genauso schöne Spitzen bekommen, meine Teure. Mir scheint, dass Ihr in der Lage seid, mit Anmut schöne Kleider zu tragen. Ich kann mir Euch sehr gut in Seide oder selbst in Atlas vorstellen.«

Und sogar in Goldbrokat, dachte Angélique und biss die Zähne zusammen.

Doch kurz darauf, als die Kutsche an der Seine entlangfuhr, fand sie ihre gute Laune wieder.

Zwischen den Schafherden auf der Grenelle-Ebene reckte die Mühle von Javel ihre gewaltigen Fledermausflügel in den Himmel, deren Klappern die Küsse und Liebesschwüre der Pärchen untermalte. Zur Mühle von Javel fuhr man in aller Heimlichkeit. Das große Hauptgebäude war zu einer Herberge ausgebaut, in der man sich einmieten konnte, und der Besitzer war diskret.

»Das wäre ja ein schöner Jammer, wenn man ein solches Haus betriebe und nicht schweigen könnte«, pflegte er zu erklären. »Da würden wir die ganze Stadt in Aufruhr versetzen.«

Eselchen, die mit dicken Säcken beladen waren, trotteten vorüber. Ein Duft nach Mehl und warmem Getreide, nach Fischsuppe und Flusskrebsen hing in der Luft.

Entzückt atmete Angélique die frische Luft ein. Am azurblauen Himmel zogen ein paar weiße Wolken dahin. Angélique lächelte ihnen zu und fand, dass sie wie steifgeschlagener Eischnee aussahen. Ab und zu warf sie einen Blick auf Audigers Lippen und kostete den kleinen, köstlichen Schauer aus, der sie daraufhin überlief.

Wollte er denn gar nicht versuchen, sie zu küssen? In seinen schönen Kleidern wirkte er ein wenig steif und schien ganz darin aufzugehen, gemeinsam mit dem Herbergswirt, der sich durch seinen Besuch hochgeehrt fühlte, das Menü für ihr Mittagsmahl zusammenzustellen.

Im Gastraum, wo noch andere Paare saßen, herrschte ein freundliches Halbdunkel. Je weiter sich die Weißweinkrüge leerten, umso freizügiger wurde der Umgang. Das gurrende Lachen der Damen ließ vermuten, dass die Herren gewagte Liebkosungen ausprobierten. Angélique trank, um ihre Nervosität zu vertreiben, und ihre Wangen wurden glühend heiß.

Audiger erzählte von seinen Reisen und seinem Beruf. Er arbeitete sein Leben ab wie eine Liste und ersparte ihr kein Datum und keinen Achsenbruch.

»Wie Ihr seht, meine Teure, ruht meine Existenz auf einem soliden Fundament, sodass ich in Zukunft keine Überraschungen befürchten muss. Meine Eltern …«

»Oh, gehen wir doch nach draußen«, bat Angélique und legte ihren Löffel weg.

»Aber dort ist es drückend heiß!«

»Draußen geht wenigstens ein Wind … und außerdem braucht man dort nicht diese vielen Leute zu sehen, die sich küssen«, fügte sie halblaut hinzu.

Angesichts des grellen Sonnenscheins protestierte Audiger. Ihr würde übel werden, und den Teint würde sie sich auch noch verderben. Er setzte ihr seinen breitkrempigen Hut mit den weißen und gelben Federn auf.

»Gott, wie hübsch Ihr seid, meine Kleine!«, rief er aus, genau wie am ersten Tag.

Doch als sie ein paar Schritte weiter auf einem kleinen Pfad am Seine-Ufer entlanggingen, fuhr er mit seinem Bericht über seine Laufbahn fort. Wenn der Schokoladenausschank erst auf den Weg gebracht sei, so erklärte er, würde er ein bedeutendes Buch über den Beruf des herrschaftlichen Kochs schreiben, das alles enthalten werde, was Pagen und Köche wissen müssten, um ihre Kunst zu vervollkommnen.

»Der Haushofmeister, der dieses Buch liest, wird lernen, wie man einen Tisch deckt und das Geschirr anordnet. Desgleichen wird der Mundschenk mehreren Illustrationen entnehmen können, wie er die Tischwäsche zu falten hat, und außerdem die Kunst, alle Arten von Süßigkeiten, trockene wie feuchte, herzustellen, und alle möglichen Pastillen und andere Köstlichkeiten, die für jedermann von Nutzen sind. Der Haushofmeister wird sehen, dass er bei Tisch eine weiße Serviette zu nehmen, längs zu falten und über seine Schulter zu legen hat. Ich werde ihn deutlich darauf hinweisen, dass die Serviette das Sinnbild seiner Macht und ihr besonderes, offensichtliches Zeichen ist. So bin ich nun einmal. Ich kann mit dem Schwert an der Seite servieren, mit dem Mantel auf den Schultern oder dem Hut auf dem Kopf, aber die Serviette muss immer genauso liegen, wie ich es erklärt habe.«

Angélique lachte spöttisch auf.

»Und wenn Ihr Euch der Liebe widmet, wohin legt Ihr sie dann, Eure Serviette?«

Doch als sie die empörte, verblüffte Miene des jungen Mannes sah, entschuldigte sie sich sogleich.

»Verzeiht mir. Weißwein macht mich immer ein wenig albern. Aber andererseits – habt Ihr mich eigentlich auf Knien angefleht, mit Euch zur Mühle von Javel zu kommen, um über die Platzierung Eurer Servietten zu dozieren?«

»Macht Euch nicht über mich lustig, Angélique. Ich erzähle Euch von meinen Plänen, meiner Zukunft. Und das hat mit der Absicht zu tun, in der ich Euch gebeten habe, heute allein mit mir auszugehen. Wisst Ihr noch, was ich an dem Tag unserer ersten Begegnung zu Euch gesagt habe? ›Heiratet mich.‹ Damals war das halb scherzhaft gemeint. Aber seither habe ich lange nachgedacht und begriffen, dass Ihr wahrhaftig die Frau seid, die …«

»Oh!«, rief sie, »da sehe ich ein paar Heuschober. Rasch, dort haben wir es angenehmer als in der prallen Sonne.«

Sie hielt seinen großen Hut fest, rannte los und warf sich atemlos in das warme Heu. Der junge Mann machte gute Miene zum bösen Spiel, holte sie lachend ein und setzte sich neben sie.

»Kleine Närrin! Wirklich, Ihr bringt mich immer durcheinander. Gerade glaube ich, mit einer gewieften Geschäftsfrau zu reden, da benehmt Ihr Euch wie ein Schmetterling, der von Blüte zu Blüte flattert.«

»Ach, einmal ist keinmal. Seid nett, Audiger, und nehmt Eure Perücke ab. Mir wird schon warm, wenn ich dieses dicke Fell auf Eurem Kopf nur sehe, und ich möchte gern Euer echtes Haar streicheln.«

Kurz zuckte er zurück, doch nach einer Weile nahm er seine Perücke ab und fuhr sich erleichtert mit den Fingern durch sein braunes Haar.

»Jetzt bin ich an der Reihe«, meinte Angélique und streckte die Hand aus.

Doch er hielt sie verlegen zurück.

»Angélique! Was ist nur in Euch gefahren? Ihr seid ja wie von Sinnen! Und ich wollte mit Euch über ernste Angelegenheiten sprechen …«

Dort, wo sich seine Finger um das Handgelenk der jungen Frau geschlossen hatten, spürte sie ein Brennen. Nun, da er sich aufgewühlt über sie beugte, erfasste sie erneut das Gefühl von früher. Audigers Lippen waren wirklich schön, seine Haut war straff und kühl, und seine Hände waren weiß. Es wäre angenehm, ihn zum Liebhaber zu nehmen. Bei ihm würde sie kraftvolle, gesunde Umarmungen finden, fast wie bei einem Ehemann, und sich von ihrem Leben erholen können, das ansonsten nur aus Kampf und Arbeit bestand. Danach würden sie friedlich nebeneinander liegen und über die Zukunft ihres Schokoladengeschäfts plaudern.

»Hört doch«, flüsterte sie, »hört doch die Mühle von Javel. Ihr Lied will es anders. In ihrem Schatten spricht man nicht von ernsten Dingen, das ist verboten … Hört doch, schaut, der Himmel ist blau. Und Ihr, Ihr seid schön; und ich … ich …«

Weiter wagte sie nicht zu gehen, aber sie sah ihn aus ihren leuchtenden grünen Augen kühn an. Ihre halb geöffneten, ein wenig feuchten Lippen, ihre glühenden Augen und das rasche Heben und Senken ihrer Brüste, das Audiger im Ausschnitt ihres breiten Spitzenkragens sah, drückten es deutlicher als Worte aus. Ich begehre Euch …

Er rückte auf sie zu; doch dann stand er hastig auf und blieb einen Moment lang, den Rücken ihr zugewandt, stehen.

»Nein«, erklärte er schließlich bestimmt, »mit Euch will ich das so nicht haben. Sicher, es ist schon vorgekommen, dass ich mit Soldatendirnen oder Dienstmädchen ins Heu gegangen bin. Aber nicht mit Euch! Ihr seid die Frau, die ich erwählt habe. Mein sollt Ihr werden in unserer Hochzeitsnacht, die von einem Priester gesegnet ist. Ich habe mit meinem Gewissen gerungen und es so beschlossen, denn ich will die Frau achten, die ich mir zur Gattin und zur Mutter meiner Kinder erwähle. Und ich habe Euch gewählt, Angélique, fast im selben Moment, als ich Euch zum ersten Mal gesehen habe. Ich wollte eigentlich heute um Euch anhalten. Aber jetzt habt Ihr mich mit Euren Wunderlichkeiten verwirrt. Ich möchte gern glauben, dass dies in Wahrheit nicht Euer Wesen ist. Sollte der Ruf einer tugendsamen Witwe, den Ihr genießt, etwa übertrieben sein?«

Lässig schüttelte Angélique den Kopf. Sie kaute auf einer Blume herum, betrachtete den jungen Mann aus halb geschlossenen Augen und versuchte, sich ein Leben als rechtmäßige Ehefrau des Haushofmeisters Audiger vorzustellen. Eine brave kleine Bürgersfrau würde sie sein, und die feinen Damen würden sie auf dem Cours-la-Reine herablassend grüßen, wenn sie dort in einer bescheidenen Mietkutsche mit olivgrünem Verdeck spazieren fuhr, an der eine von einer Schnur umrahmte Zahl prangte, mit einem braun gekleideten Kutscher und einem kleinen Lakaien.

Wenn Audiger alterte, würde er einen Bauch und ein gerötetes Gesicht bekommen; und wenn er seinen Kindern oder seinen Freunden zum hundertsten Mal die Geschichte von den Erbsen Seiner Majestät erzählte, würde sie den Wunsch verspüren, ihn umzubringen …

»Ich habe mit Meister Bourjus über Euch gesprochen«, ließ sich Audiger erneut vernehmen. »Er hat mir nicht verschwiegen, dass Euer Lebenswandel zwar beispielhaft ist und Ihr bei der Arbeit kräftig zupackt, es Euch aber an

Frömmigkeit gebricht. Ihr hört gerade einmal am Sonntag die Messe, und zur Abendmesse geht Ihr gar nicht. Dabei ist doch die Frömmigkeit eine vollkommen weibliche Tugend und die Gewähr für ein gutes Benehmen.«

»Ja und? Ich finde, man kann nicht fromm und vernünftig zugleich sein, gläubig und logisch.«

»Was sagt Ihr da, mein armes Kind? Seid Ihr etwa solchen Ketzereien anheimgefallen? Die katholische Religion…«

»Ach, ich bitte Euch«, rief sie in plötzlichem Zorn aus, »erzählt mir nichts von Religion. Die Menschen haben alles verdorben, was sie angerührt haben. Gott hat ihnen das Heiligste geschenkt, den Glauben, und sie haben daraus eine Mischung aus Krieg, Heuchelei und Blut gemacht, angesichts derer ich mich am liebsten übergeben würde. Ich glaube, dass Gott zumindest in einer jungen Frau, die an einem Sommertag gern geküsst werden möchte, das Werk seiner Schöpfung erkennen würde, denn Er selbst hat sie ja so geschaffen.«

»Ihr redet irre, Angélique! Es ist Zeit, dass man Euch aus der Gesellschaft dieser Freigeister entfernt, deren Reden Ihr Euch fälschlicherweise anhört. Wahrhaftig, ich glaube, Ihr braucht nicht nur einen Beschützer, sondern einen Mann, der Euch ein wenig zähmt und Euch auf Euren Platz als Frau verweist. Bei Eurem Onkel und seinem Kretin von einem Neffen, die Euch beide anbeten, meint Ihr, Euch alles erlauben zu können. Ihr seid viel zu verwöhnt, man sollte Euch ein wenig härter anpacken…«

»Ach ja?«, gab Angélique zurück.

Gähnend streckte sie sich aus.

Dieses Gespräch hatte ihr Begehren gründlich erstickt. Sie lag bequem im Heu, wobei sie verstohlen ihren langen

Rock ein wenig hochzog, damit ihre zarten, mit Seidenstrümpfen bekleideten Knöchel sichtbar wurden.

»Euer eigener Schaden«, meinte sie.

Fünf Minuten später schlief sie. Mit klopfendem Herzen sah Audiger auf ihren entspannten Körper hinunter und sagte sich all seine Wunderwerke, die er auswendig kannte, auf wie eine Litanei: eine Engelsstirn, ein schelmischer Mund, eine schöne Oberweite. Angélique war nur mittelgroß, aber so wohlproportioniert, dass sie hochgewachsen wirkte. Zum ersten Mal sah er ihre Knöchel, die ahnen ließen, dass sie in wohlgeformte Beine übergingen.

Audiger, dem der Schweiß auf der Stirn stand, beschloss, sich zu entfernen, um vor der Versuchung zu fliehen, der er sonst gewiss erlegen wäre.

Angélique träumte, sie führe mit einem Heukahn übers Meer. Eine Hand streichelte sie, und jemand sagte zu ihr: »Weine nicht mehr.«

Sie erwachte und stellte fest, dass sie allein war. Aber die Sonne, die am Horizont unterging, umfing sie noch mit ihrer Wärme.

Audiger, dieser Schwachkopf, ist schuld daran, dass ich mich jetzt mit der Sonne im Heu wälzen kann, sagte sie sich seufzend.

Eine große Mattigkeit überkam sie, und sie strich sich über die mit goldenem Flaum bedeckten Arme.

Deine Schultern sind wie zwei Elfenbeinkuppeln, und deine Brüste sind wie geschaffen für die Hand eines Mannes …

Was wohl aus diesem merkwürdigen schwarzen Vogel geworden war, dem Mann aus dem Heukahn? Er hatte so träumerische und plötzlich spöttische Worte gesprochen und sie lange geküsst. Vielleicht lebte er ja gar nicht mehr …

Sie stand auf, schüttelte die Halme von ihrem Kleid und ging zurück in die Mühlenherberge zu Audiger. Mürrisch bat sie ihn, sie nach Paris zurückzubringen.

DRITTER TEIL

Die Taverne zur Roten Maske

Kapitel 18

Audiger hatte Angélique verärgert, ja, um die Wahrheit zu sagen, sogar verletzt. Sie machte sich heftige Vorwürfe und hielt sich vor, dass sie sich durch eine gewisse Bequemlichkeit und ihre Freude am Leben und an der Unterhaltung in diese unangenehme Lage gebracht hatte. War diesem arroganten Audiger denn nicht klar, dass sich gerade alles veränderte und verwandelte und dass sie nicht nur dabei war, diese Neuheit, die Schokolade, einzuführen, sondern dass auch ihre Gastwirtschaft einen enormen Aufschwung genommen hatte? Jetzt kam es darauf an, einen neuen Namen für das Lokal zu finden.

Im Lauf von Tagen und Wochen waren mehr und mehr Gäste in den Kecken Hahn gekommen, um sie, Angélique, zu sehen. Als sie eines Tages den Marquis de Lauzun und einige Höflinge erblickt hatte, bekam sie es mit der Angst zu tun. Um nicht erkannt zu werden, hatte sie an diesem Abend die rote Maske aufgesetzt, die sie eines Nachts am Seine-Ufer bei dem toten Italiener gefunden hatte.

Man hatte ihre Laune mit Beifall quittiert, und einer der Edelmänner hatte sogar die smaragdgrünen Augen in ihrem purpurroten Rahmen in Versen besungen. Wenn sie von da an fürchtete, einem bekannten Gesicht zu begegnen, maskierte sie sich, und die Gäste gewöhnten sich an, von der »Taverne zur Roten Maske« zu sprechen.

In ihrem Zorn auf Audiger und sich selbst beschloss Angélique, dass es Zeit für die große Veränderung war, von der sie schon lange träumte.

Für den Anfang musste das Schild des Kecken Hahn ersetzt werden. Es war alt und verrostet, und das Keckste daran war noch der Umriss des Hahns.

Das Schild hatte seinen Dienst getan, und selbst Meister Bourjus erhob keinerlei sentimentale Einwände, als sie ihm mitteilte, was sie vorhatte.

Er war klug und mit Geschmack gesegnet, daher begriff er, dass sein alter, schmiedeeiserner Hahn, der knarrte und völlig verzogen war, sodass es unmöglich war, ihn nach einer stürmischen Nacht wieder zurechtzubiegen, nicht mehr zu dem Aufschwung passte, den seine Bratstube genommen hatte. Dieses wagemutige Unternehmen passte, so wie alles, was Angélique tat, vollkommen zu der veränderten Gästeschar, die sich von der Wirtin und den neuartigen Speisen und Getränken angezogen fühlte und unter der es nur hieß: Gehen wir in die Taverne zur Roten Maske …

Angélique hatte genaue Vorstellungen von dem neuen Schild. Sie wollte kein schmiedeeisernes Symbol mehr, das knarrend über die Straße hinausragte und Wind und Regen ausgesetzt war, sondern ein Bild, ein richtiges, von einem Künstler gemaltes Bild, das an einer diskreteren Stelle über der Tür und unter dem Vordach hängen würde, aber die Blicke durch seine Darstellung und die lebhaften Farben anzog. Darauf würde eine rote Maske vor einem Hintergrund zu sehen sein, der an eine Pariser Straße erinnerte, in der die Lichter der Bratküchen in der blauen Abenddämmerung leuchteten und die für jedermann als die Rue de la Vallée-de-Misère zu erkennen war.

Um einen Maler aufzutreiben, der für sie ein solches Werk anfertigen konnte, sah sich Angélique auf dem Pont-Neuf um.

Sie wusste, dass sie nicht einfach eine Bestellung bei einem der überaus talentierten Maler aufgeben konnte, um die sich alle rissen, die ihre Porträts in ihren neu errichteten Stadthäusern und Schlössern aufhängen wollten. Die meisten dieser Künstler, ebenso wie diejenigen, die in den unteren Galerien des Louvre logierten, standen entweder unter dem Schutz eines Mäzens oder des Königs oder eines anderen Mitglieds seiner Familie. Diesen Beschützern schuldeten sie ihre Zeit und ihre Kunstfertigkeit. Es kam höchstens vor, dass sie sich bei anderen Liebhabern ihrer Kunst verdingten, wenn diese Summen zahlen konnten, die sowohl für den Künstler als auch für den Mäzen interessant waren.

Die ganze Truppe genialer Künstler, die Nicolas Fouquet, der berühmte Generalprokurator des Parlaments und Superintendant der Finanzen, der heute im Gefängnis saß, in seinen Dienst geholt hatte, um seine Anwesen, Parks, Festungen und sogar Küchen auszuschmücken, diente jetzt dem König und Monsieur Colbert, dem Minister im Staatsrat. Eigentlich war er derjenige, der Nicolas Fouquet besiegt hatte.

Fouquet! Dieser Name, der sie einst wie ein Messer, wie ein Todesbote durchfahren hatte, rief heute keine Gefühle mehr in ihr hervor. Es hieß, er sei im Gefängnis, aber all das war gleichzeitig mit der Schlacht auf dem Jahrmarkt von Saint-Germain und der Verfolgung der Gaunerzunft, zu der sie gehört hatte, geschehen. Angélique schüttelte den Kopf. Das bunte Treiben auf dem Pont-Neuf bewies zur Genüge, dass das alles lange zurücklag

Sie wusste genau, was sie inmitten dieses ganzen Wirrwarrs suchte. Sie hielt Ausschau nach der Ausstellung der

Maler der kleinen Kunstakademie von Saint-Luc, die auf dem Pont-Neuf sehr beliebt war. Von dort stammte der Großteil der bunten Plakate der Quacksalber, die das Publikum auf ihre außerordentlichen Vorstellungen hinwiesen, oder die der kleinen Händler, die für ihre Waren warben.

Sicher, an den Verkaufsständen und auf den Gehwegen wurde eine Vielzahl schlechter Bilder angeboten. Die etablierten Akademien hatten nur Verachtung für die oft ausgezeichneten Künstler dieser bescheidenen und wohltätigen Bruderschaft übrig, die die Waisen, Familien und die Arbeit von Künstlern und Handwerkern finanziell unterstützte, da der Beruf des Malers sehr schlecht angesehen und wenig einträglich war, obwohl die Maler gesucht und für das Publikum, das die Straßen von Paris bevölkerte, offenbar notwendig waren. Da die Maler der Saint-Luc-Akademie sich nicht bekanntmachen konnten, indem sie an den gerade modischen Orten ausstellten – den Salons der mondänen Gesellschaft –, hatten sie das Recht erlangt, jedes Jahr am Morgen des Fronleichnamstags, der damals Corpus-Christi-Tag genannt wurde, ihre Werke unter den Zeltdächern, die aus diesem Anlass vor den Häusern am Place Dauphine aufgestellt waren, und an dem dort aufgebauten Altar zu zeigen.

Angélique schlenderte vergnügt auf dem Pont-Neuf umher, der noch dichter bevölkert war als sonst. Sie war überzeugt davon, hier zu finden, was sie wollte.

Mit einem Mal riss sie verblüfft und staunend die Augen auf.

Sie hatte ein Gemälde entdeckt, auf dem ein alter, weißbärtiger Soldat Wein aus seinem Helm trank. Neben sich hatte er seine Pike abgestellt, deren blanker Stahl blitzte.

»Aber das ist ja der alte Guillaume!«, rief sie aus.

Sie stürzte in den Laden, wo ihr der Besitzer erklärte, das Schild sei für einen Waffenhändler angefertigt worden, der es bald abholen werde. Aber er nannte ihr den Namen des Künstlers, der das Bild gemalt hatte.

Es handelte sich um einen gewissen Gontran Sancé, der in der Vorstadt Saint-Marcel wohnte.

Mit klopfendem Herzen lief Angélique zu der angegebenen Adresse. In der dritten Etage eines bescheidenen Hauses öffnete ihr eine kleine, rosige Frau lächelnd die Tür.

Im Atelier traf Angélique Gontran an seiner Staffelei an, umgeben von seinen Gemälden und seinen Farben; Azurblau, Braunrot, Aschblau, Ungarisch-Grün... Er rauchte Pfeife und malte soeben ein nacktes Engelchen. Sein Modell war ein hübsches, ein paar Monate altes Mädchen, das auf einem blauen Samtteppich lag.

Die Besucherin, die eine Maske trug, begann das Gespräch mit einer Bemerkung über das Schild für den Waffenhändler. Doch dann nahm sie lachend die Maske ab und gab sich zu erkennen. Gontran wirkte aufrichtig erfreut, sie zu sehen. Er ähnelte mehr und mehr ihrem Vater und hatte die gleiche Art, beim Zuhören die Hände auf die Knie zu legen wie ein Pferdehändler. Er erklärte Angélique, er habe erfolgreich seine Meisterprüfung abgelegt und die Tochter seines alten Dienstherrn Van Ossel aus der Provinz Holland geheiratet.

»Aber dann bist du ja eine Mesalliance eingegangen«, rief Angélique erschrocken aus, als die kleine Holländerin kurz in die Küche ging.

Gontran sprang sofort auf die typische Art der Sancés von Monteloup darauf an, nämlich mit einer heftigen Entgegnung.

»Und du? Wenn ich recht verstehe, bist du die Wirtin einer Taverne und schenkst Getränke an Leute aus, von denen viele unter meinem Stand sind …«

Schweigen trat ein.

»Du meinst, sie sind unseres Namens und unserer adligen Stellung nicht würdig. Aber was hat uns das alles genutzt?«

Gontran wandte ein, dass er dadurch bei den Jesuiten zur Schule hatte gehen können, deren Unterricht gratis war. Und Angélique erinnerte sich, dass ihr Vater über seinen Verwalter Molines, einen Hugenotten, von dieser Möglichkeit erfahren hatte. Denn die Jesuiten entschädigten sich je nach der Abstammung ihrer Schüler, die sie aufnahmen: Von wohlhabenden Familien, Kaufleuten oder Staatsbeamten nahmen sie Spenden an; von Bauern und Landbesitzern aus dem Umkreis der Städte, in denen sich ihre Lehranstalten befanden, ließen sie sich mit Naturalien versorgen und unter den adligen Schülern zogen sie sich ihren Nachwuchs heran.

»Aber ich war anscheinend nicht berufen«, meinte Gontran. »Bei Raymond dagegen könnte man sagen, dass er geradezu zum Geistlichen geboren war.«

Dieser lebhafte Austausch von Meinungen und Erinnerungen hatte die Geschwister einander nähergebracht.

Sie verstanden sich und vergaben einander die unangenehmen Bemerkungen, die sie gemacht hatten.

»Aber du«, fuhr Gontran feinfühlig fort, »bist gleich zu mir gelaufen, ohne zu zögern, ohne falsche Scham! Wärest du genauso zu Raymond gerannt, der soeben zum Beichtvater der Königinmutter ernannt worden ist, um ihn über deine Lage in Kenntnis zu setzen; zu unserer Schwester Marie-Agnès, die Hofdame bei der Königin ist und sich im Louvre zur Hure macht, wie es bei diesem Schwarm von

Schönheiten üblich ist; oder zum kleinen Albert, der Page beim Marquis de Rochant ist? Wie du siehst, sind einige von uns in höchste Positionen aufgerückt.«

Angélique gab zu, dass sie nicht versucht hatte, diesen Teil ihrer Familie wiederzusehen. Sie erkundigte sich nach Denis.

»Ist bei der Armee, worüber unser Vater überglücklich ist. Endlich ein Sancé in den Diensten des Königs! Jean-Marie, der Kleinste, besucht das Jesuitenkolleg in Poitiers. Gut möglich, dass Raymond ihm ein geistliches Amt verschaffen kann, denn er versteht sich ausgezeichnet mit dem Beichtvater des Königs, der die Liste für die Ernennungen führt. Am Ende werden wir noch einen Erzbischof in der Familie haben!«

»Findest du nicht, dass wir eine merkwürdige Familie sind?«, fragte Angélique kopfschüttelnd. »Es gibt Sancés auf allen Stufen der gesellschaftlichen Leiter.«

»Ja, und Hortense mit ihrem Mann, dem ehemaligen Prokurator, sitzt zwischen allen Stühlen. Die beiden haben allerhand Beziehungen, aber sie führen ein kärgliches Leben. Seit er vor vier Jahren sein Amt verkauft hat, haben sie keinen Sou mehr vom Staat bekommen. Und außerdem ist bei ihnen eingebrochen worden, als sie gerade aus dem St.-Landry-Viertel wegziehen wollten.«

Angélique erinnerte sich, dass der Flickschuster, bei dem sie sich erkundigt hatte, ihr diese Auskunft gegeben hatte; aber damals war sie so erschrocken über das Verschwinden ihrer Kinder gewesen, dass sie gar nicht darauf geachtet hatte. Die arme Hortense! Da hatte sie sicher ein weiteres Mal darüber geklagt, wie viel Unglück ihnen Peyracs Prozess gebracht habe.

»Siehst du sie manchmal?«

»Ja, und auch Raymond und die anderen. Keiner von ihnen ist besonders stolz auf mich, aber porträtieren lassen sie sich alle gern.«

Kurz zögerte Angélique.

»Und … wenn ihr euch trefft … sprecht ihr dann auch von mir?«

»Nein, nie«, erwiderte der Maler hart. »Das ist eine zu schreckliche Erinnerung für uns, eine Katastrophe, ein Zusammenbruch, der uns das Herz zerrissen hat, jedenfalls das Wenige, was wir an Herz besitzen. Glücklicherweise wussten nicht viele, dass du unsere Schwester warst … Du, die Frau des Hexers, den man auf dem Place de Grève verbrannt hat!«

Doch während er sprach, hatte er ihre Hand zwischen seine Finger genommen, die mit Farbe bekleckst und verhornt von den Säuren waren, mit denen er arbeitete. Er bog sie auf, berührte ihre kleine Handfläche, die noch die Spuren von Brandblasen, die sie sich am Herd geholt hatte, trugen, und drückte sie zärtlich an seine Wange. Das hatte er in ihrer Kindheit oft getan …

Angélique wurde die Kehle so schmerzlich eng, dass sie glaubte, gleich weinen zu müssen. Aber es war zu lange her, dass sie geweint hatte! Ihre letzten Tränen hatte sie schon lange vor Joffreys Tod vergossen, und sie war nicht mehr daran gewöhnt.

Sie zog die Hand weg und schaute sich die Bilder, die an den Wänden lehnten, an.

»Du machst sehr schöne Dinge, Gontran«, sagte sie beinahe schroff.

»Ja. Und trotzdem muss ich mich von den großen Herren duzen lassen; und die Bürger betrachten mich mit Herablassung, weil ich diese schönen Dinge mit meinen Händen herstelle. Soll ich vielleicht mit den Füßen arbeiten?

Warum ist es denn ehrenhafter, ein Schwert zu führen als einen Pinsel? Schließlich vollbringt man doch beides mit den Händen.«

Immer noch grollte er den Hindernissen, die sich seit jeher seinem Traum, Künstler zu werden, entgegengestellt hatten und die er für unsinnig hielt; und das lag nicht nur daran, dass er zu wenig Geld verdiente.

Er schüttelte den Kopf, und ein Lächeln erhellte sein Gesicht. Die Ehe hatte ihn fröhlicher und gesprächiger gemacht.

»Ich bin zuversichtlich, Schwesterchen. Eines Tages werden wir an den Hof gehen, alle beide, nach Versailles. Der König braucht viele Künstler. Ich werde die Decken der Gemächer ausmalen und Prinzen und Prinzessinnen porträtieren, und der König wird zu mir sagen: ›Ihr macht sehr schöne Dinge, Monsieur.‹ Und dir sagt er dann: ›Madame, Ihr seid die schönste Frau von Versailles.‹«

Die beiden brachen in Gelächter aus.

Angélique ließ ihm eine Anzahlung da und gab ihm alle Anweisungen, die er für ihr Wirtshausschild brauchte.

Zufrieden ging sie nach Hause. Für das, was er über Versailles gesagt hatte, seine Voraussage, dass sie beide dort eine hohe Stellung einnehmen würden, so wie in ihren Kinderträumen, verzieh sie ihm seine grausamen Worte über Joffrey, ihren Mann, der auf dem Place de Grève verbrannt worden war.

Die ganze Familie zürnte ihr, weil sie ihr Leben zerstört hatte.

Niemals würde sie ihnen erklären, ihnen begreiflich machen können… Sie würden nie aufhören, ihr Vorwürfe zu machen, weil dieser Prozess die Familie Sancé entehrt hatte – diese Familie, die sie durch ihre Heirat mit Joffrey aus dem Elend errettet hatte. Sie würden in ihr immer nur die Frau sehen, die mit einem verfluchten Hexer vermählt gewesen war.

Aber ich habe immerhin die Liebe kennengelernt, dachte sie, und eine Woge des Glücks stieg in ihr auf wie ein helles Licht. Das konnte ihr niemand nehmen! Für gewöhnlich weigerte sie sich, daran zu denken, um nicht in unerträglicher Trauer zu versinken. Aber jetzt, da sie allein war, von ihrer Familie getrennt durch einen Abgrund des Unverständnisses, der durch nichts zu überbrücken war, schenkte ihr diese plötzlich über sie hereinbrechende Erinnerung an das wunderbare Leben, dass sie mit ihm geführt hatte, neue Kräfte. Sie hatte die Liebe gekannt, seine Liebe! Und das ließ sie all das Unglück, das über sie gekommen war, mit anderen Augen sehen.

Das Schild der Taverne zur Roten Maske würde wie ein Leuchtturm alle Schiffbrüchigen der Pariser Nacht leiten und ihnen einen friedlichen Hafen voller Gaumenkitzel, Schönheit und Freude schenken.

Sie ließ sich hochhackige Schuhe fertigen, damit ihre zarten Füße und ein wenig von ihren Knöcheln unter ihrem Rocksaum hervorschauten, wenn sie auf ihrem Podium stand.

Um sich dieses Kunstwerk arbeiten zu lassen, wandte sie sich an die Flickschusterbrüder von St. Crépin, deren Mildtätigkeit und Fertigkeit sie in der Tour de Nesle kennengelernt hatte.

Diese Männer beteten, arbeiteten und lebten gemeinsam wie Mönche, ohne jedoch ein Gelübde abzulegen, und sie arbeiteten um Gottes Lohn. Sie waren die rettenden Engel für die Ärmsten unter den armen Teufeln und Hungerleidern am Hof der Wunde, die Alten oder Kranken und

Schwachen, um die sich niemand kümmerte. Aber auch notleidende Familien schätzten sie sehr, und sogar sparsame Bürger nahmen ihre Dienste in Anspruch, um die Lebensdauer ihres Schuhwerks zu verlängern.

Ähnlich wie ihre Kundschaft zogen sie auf der Suche nach einer Unterkunft häufig um und ließen sich in leerstehenden Scheunen oder Ställen nieder, wo sie ihre Schuster-Dreibeine und ihr Werkzeug sowie ihr Material – Leder und Holz, Haken und Nägel – aufbauten, die sie hier und da erbettelt oder aufgelesen hatten.

Angélique fand sie nicht weit von ihrer Wohnung entfernt, in der Rue des Guillemites.

Sie hatte eine Zeichnung bei sich, auf der sie die gewünschte Form skizziert hatte: schmal und sogar ziemlich spitz, mit nicht allzu hohen Absätzen, aber elegant. Sie hatte ein Stück schillernden, roten Atlas, für das sie viel Geld bezahlt hatte, und blitzende Perlen, die eine große Wirkung erzielen würden. Außerdem hatte sie Javotte auf den Markt im Temple-Bezirk geschickt, um allerhand Flitterkram einzukaufen, wie man ihn nur dort fand. Und sie wollte die Brüder um ein Stück vom besten Leder für die Sohle bitten. Doch der Vorsteher der Flickschuster-Brüder erhob ein großes Geschrei. Was stellte sie sich da vor? Sie würden die allergrößten Probleme bekommen! Einst hatte es sie die größte Mühe gekostet, die Unabhängigkeit von der Schusterinnung zu erstreiten, die allein das Vorrecht besaß, Schuhe herzustellen und zu verkaufen. Sie, die armen Brüder von Saint Crépin, hatten nur das Recht, Schuhwerk zu reparieren.

Angélique flehte ihn an. Sie war nicht wohlhabend genug, um sich ein paar neue Schuhe leisten zu können und vor allen Dingen nicht, um sie nach ihren eigenen Vorstellungen auf Maß arbeiten zu lassen. Der Mann wusste genau, dazu hätte sie sich an einen der Großen, Berühmten wenden müssen, einen der Luxushändler, die dem Hof folgten. Doch das war undenkbar. Sie war nur eine arme, fleißige Wirtin.

Schließlich gab der fromme Mann nach, denn er vermochte ihren Argumenten und ihrem Charme nicht zu widerstehen; und er fühlte sich herausgefordert, ausnahmsweise ein wirklich schönes Stück herzustellen.

Unterdessen hatte Rosine geheiratet.

Und anschließend war sie am Arm ihres Gatten – was nur eine Redewendung war, denn sie hatten nicht einmal Zeit gehabt, einander förmlich den Arm zu reichen – aus Paris fortgegangen.

Diese nicht ganz freiwillige Reise hatte ihre Hochzeit mit dem braven Burschen, einem Zuckerbäckerlehrling, beschleunigt, der sie seit vielen Wochen umworben und diesem Unternehmen so viel Zeit gewidmet hatte, wie es der Brauch und die Moral verlangten.

Diese durchaus vernünftigen Pläne waren jedoch plötzlich umgeworfen worden, wenn auch aus keinem dramatischen Grund, im Gegenteil. Der Bräutigam, der auf den Namen Blaise hörte, hatte einen Onkel, der sich für ihn interessierte und der eine wichtige Stellung beim Zuckerbäckermeister des Herzogs de Bellegardère innehatte. Er war plötzlich auf die Idee verfallen, seinen Neffen zu sich zu holen, damit ihm dieser bei seinen beschwerlichen Pflichten unterstützte. Denn der Herzog von Bellegardère liebte grandiose Empfänge und sprach ständig davon, einmal den König einzuladen. Unterdessen musste der Herzog mit seinem Freundeskreis vorliebnehmen, was bereits große Anforderungen an sein Personal stellte. Und wenn im Sommer die Empfänge immer häufiger und auch noch auf seinen Besitzungen im Umland stattfanden, dann mussten die Bäcker bis aufs Blut schuften, um den Gästen alle Arten von Kuchen und Gebäck anzubieten, was dann zu den Sorbets und kühlen Getränken gegessen wurde.

Der Onkel war bereit, den Meister seines Neffen für dessen erstes Lehrjahr zu entschädigen, und fand sich mit der Vorstellung ab, dass der junge Mann heiraten würde. Es hieß, seine Frau sei recht erfahren in der feinen Küche. Beide würden einen zufriedenstellenden Lohn erhalten. Dann erfuhr man, dass der Herzog de Bellegardère zum Gouverneur einer entlegenen Provinz ernannt worden war und mit seinem ganzen Haushalt ans äußerste Ende des Königreichs umzog.

Dennoch war man allgemein der Meinung, das junge Paar könne sich glücklich schätzen.

In einem krisenerfüllten Jahrhundert, in dem es immer wieder zu Krieg oder Hungersnöten kam, konnte einem nichts Besseres geschehen als eine Anstellung im Haus eines wohlhabenden Herrn. Für die Dienstboten trat das »Haus« an die Stelle von Vater und Mutter, die sie nie wiedersehen würden oder nie gehabt hatten.

Der Domestike, der einem Herrn Treue schwor, erhielt dafür Schutz und war frei von materiellen Sorgen. Wenn er wollte, hatte er sein Leben lang eine Bleibe und etwas zu essen. Wenn er krank war, kümmerte man sich um ihn, und auch im Alter blieb er bei seinem Herrn. Und während seiner gesamten Dienstzeit garantierte sein Lohn ihm eine gewisse Freiheit.

Glücklicherweise hatte man schon mit dieser Hochzeit gerechnet und Zeit gehabt, sich um das Unumgängliche zu kümmern: Man musste herausfinden, wo Rosine geboren war, wie ihre Eltern hießen; alles Angaben, die verlangt wurden, um den Beweis für ihre Existenz zu führen.

Angélique stellte bei dieser Gelegenheit fest, dass es umso schwieriger war, die Existenz eines Menschen zu belegen, der quasi zufällig in diese Welt geraten war, je gefährdeter, obskurer und unauffälliger sein Leben gewesen war.

Aber es musste sein. Rosine war ein Mensch, und alle Menschen mussten deklariert, katalogisiert und mit einem Etikett versehen werden. Also, woher kam sie?

In was für einem Bauch war sie herangewachsen, einem namenlosen oder fürstlichen? Wer hatte ihr den Vornamen Rosine gegeben? Ihre Eltern oder später diejenigen, die sie angenommen oder verkauft hatten? Wo setzte bei ihr die Erinnerung ein, die zurück zu ihren Ursprüngen führte?

Offensichtlich war für alle, dass sie ein Kind der Hauptstadt Paris war. Aber mit welchem Merkmal, welchem Zeichen, mit welchem Dokument ließ sich das bewesen?

Inmitten der ganzen Debatte rupfte Rosine weiter das Geflügel zum Braten und spülte das Geschirr. Sie verspürte nicht die geringste Lust, ihre Erinnerungen zu erforschen, und Angélique konnte sie gut verstehen.

Sie war ein Findelkind gewesen.

Wenn sie aus Paris stammte, auf dem Pflaster welchen Viertels hatte man sie ausgesetzt? Auf dem Vorplatz welcher Kirche?

Mit dieser Frage kam Licht ins Dunkel.

All diese unerlässlichen Angaben mussten sich doch im Gemeinderegister der Kirche finden, in der sie getauft worden war. Diese Erkenntnis war für alle eine Erleichterung. Was waren sie doch für Ungläubige, dass sie nicht eher daran gedacht hatten! Die Taufe!

Der einzige anerkannte Ausweis der Identität, durch die

jeder Mensch den Ort seiner Geburt – oder seiner Auffindung – bezeugen konnte, sein Geschlecht und seine Religion, seinen Namen und Vornamen – wenngleich diese oft der Fantasie ihrer Taufpaten entstammten; Bettler, die man auf dem Vorplatz der besagten Kirche aufgelesen hatte –, und alles begleitet von einem Datum mit Tag, Monat und Jahr.

Doch man durfte auch nicht vergessen, dass Paris im Jahre 1522 zum Erzbistum geworden war, zu einer Metropole, und dass es nach dem Konzil von Trient, das die Erneuerung der katholischen Kirche angeordnet hatte, zu einem großen Aufschwung der Religion gekommen war. Die Anzahl der Gemeinden hatte sich verdoppelt, was, wenn man Kapellen und private und öffentliche Gebetsräume sowie die Altäre von Klöstern einrechnete, mindestens tausend heilige Orte ergab, die man hätte aufsuchen müssen, um Rosines Geburtsurkunde zu finden und eine Kopie davon zu machen.

Schließlich besorgten sie ihr einfach eine Urkunde.

Dazu brauchte man nicht einmal den Geistlichen einer ehrenwerten Gemeinde zu belästigen. In Paris gab es genug falsche Tonsurenträger, die ihr so etwas besorgen konnten. Dafür schützten sie die Kirche und ihre Schätze vor lästerlichen Dieben und erhielten zudem Ablässe, die ihnen ewiges Heil sicherten.

Man hatte sogar eine Kirche mit einem ungewöhnlichen Namen entdeckt, Sainte Marine – in Anlehnung an Saint-Marin, einen frommen Eremiten aus dem vierten Jahrhundert –, wo sich Huren gegen einen geringen Preis trauen lassen konnten.

Aber das kam für Rosine nicht in Frage. Die Gäste wären empört. Niemand hatte weniger von einer Hure an sich als die brave Rosine, die stets unauffällig ihre Arbeit tat. Ihr Verlobter, der Zuckerbäckerlehrling, war fromm, was allerdings nichts bewies, wie der freigeistige Montaur philosophisch meinte, der sich keine Illusionen über die Heuchelei der Gläubigen machte.

Aber die Heuchelei war eine bürgerliche Schwäche. Die Frömmigkeit eines Zuckerbäckerlehrlings konnte nur aufrichtig sein. Man hatte sich für ihn gefreut, denn das Gesetz legte fest, dass der zukünftige Ehemann eines Findelkinds nicht verpflichtet war, ein Meisterstück anzufertigen.

Montaur gehörte zu den »Zynikern« und zweifellos auch zu den »Skeptikern«, was noch weit schlimmer war, denn das zog die Aufrichtigkeit seines Glaubens in Zweifel, womit er kurz davor stand, des Atheismus beschuldigt zu werden, was ihn wiederum aufs Schafott oder trotz seiner adligen Abstammung auf den Scheiterhaufen hätte bringen können.

Er gehörte zu den Stammgästen der Taverne zur Roten Maske und damit zu denen, die sich durch ihren täglichen Besuch als zum Hause zugehörig, ja fast als Familienmitglieder betrachteten. Daher brachten die Stammgäste auch allen, von denen sie, zusammen mit ihrer anmutigen Gastgeberin und Meister Bourjus, so herzlich und unterhaltsam aufgenommen wurden, großes Interesse entgegen.

Alle machten sich Gedanken um Rosines Los. Auf keinen Fall durfte sie fortgehen, ohne dass sich alle vergewissert hatten, dass sie es bei ihrer zukünftigen Stellung gut treffen würde. Angélique war erstaunt über die verständigen Ratschläge, die diese Nachtschwärmer zwischen zwei Gläsern Wein erteilten.

Einer von ihnen zog ausführliche Erkundigungen über

den Haushalt des Herzogs de Bellegardère ein. Er konnte es zwar nicht mit dem Gefolge der hochstehendsten Persönlichkeiten des Königreichs aufnehmen – so zählte Richelieus Hausstand hundertfünfzig ständige Mitglieder, seine Spitzel nicht eingerechnet –, doch immerhin verfügte das Haus des Herzogs de Bellegardère über die drei Säulen, auf denen der reibungslose Ablauf im Haushalt eines hohen Adligen beruhte: über einen Verwalter, den Hausgeistlichen und den Sekretär. Diese wiederum führten die Aufsicht über das Personal, das die niedrigen Arbeiten verrichtete und beinahe militärisch zu einzelnen Bataillonen und Rängen aufgestellt war und von ihnen in Bewegung gesetzt wurde: Hausdiener, Mägde, Lakaien, Knappen, Stallburschen und natürlich das Küchenpersonal vom Oberkoch bis zum letzten Küchenjungen.

Am Tag von Rosines Abreise begleitete Angélique sie bis zum Stadthaus des Herzogs. Die umliegenden Straßen waren mit Karren, Kutschen und Dienstboten verstopft. Ein richtiges Ereignis!

Blaise sah in seinem dunkelroten Anzug mit silbernen Tressen an den Revers, der Livree des Küchenpersonals des herzoglichen Hauses, elegant aus. Bei der Arbeit würde er weiße Kleidung und eine ebenfalls weiße Mütze tragen, deren Höhe seinen Rang anzeigte.

Kurz bevor sie auseinandergingen, sahen Angélique und Rosine einander schweigend an.

Man hätte sich fragen können, was Rosine hinter ihrer jugendlichen Frische und ihrem gelassenen Jungmädchengesicht verbarg. War das alles ein Zeichen für Apathie oder Gefühllosigkeit?

Angélique ließ sich nicht täuschen. Sie wusste, dass dahinter eine angeborene Beherztheit steckte, ein sturer Überlebenswille. Früher war sie selbst davon besessen gewesen und konnte das verstehen.

Das, was zwischen den beiden war, vereinte sie inniger als das Band zwischen Schwestern. Manche Bilder konnte man einfach nicht aus dem Gedächtnis wischen.

In einer eiskalten Nacht auf dem Friedhof der Unschuldigen Kinder hatte Angélique Rosine mit nackten Brüsten unter den Frauen des Großen Coesre Rolin-le-Trapu gesehen. Und Rosine hatte Angélique neben dem Ungeheuer knien sehen, dem sie die Kehle durchgeschnitten hatte, die blutige Klinge in der Hand.

Schrei nicht! Sonst muss ich dich auch töten, hatte sie Angélique sagen gehört.

Zusammen waren sie dann Hals über Kopf durch die nächtliche Stadt geflüchtet.

»Rosine«, sagte Angélique schließlich. »Versprich mir, dass du mich irgendwie benachrichtigst, wenn du mich brauchst. Dann komme ich, so schnell ich kann. Ich werde alles stehen und liegen lassen, um dir beizustehen.«

Kapitel 19

Am frühen Abend zog Linot mit seinem Korb voller Waffeln auf die Straßen. Dem Brauch entsprechend, sang er sein kleines Lied, mit dem er Spieler aufforderte, auf seinen Korb voller »oublies«* genannten Waffeln zu wetten; dieses leichte Gebäck, das man mit einem einzigen Bissen vertilgen konnte. »He, wer soll noch den Waffelverkäufer rufen, wenn ihr alle verloren habt? Oublies! Oublies! Billig, billig!«

Wenn er dann in die Taverne zurückkehrte, hatte er unter den Passanten neue Gäste geworben.

Später am Abend tanzte und sang er zusammen mit Piccolo, dem Affen, zu seinem Tamburin.

Angélique hatte die Rollen im Lokal neu verteilt. Meister Bourjus, der seine alte Leutseligkeit wiedergefunden hatte, schickte sie in den Gastraum zurück. Alle schätzten seine kulinarischen Kenntnisse, und die in herzlichem Ton geführte Unterhaltung beruhigte die Gäste, die sich über Angéliques neuartige Erfindungen ereiferten.

* Der Verkauf von »oublies« war ein sehr alter, aus dem 13. Jahrhundert stammender Beruf. Die Waffelverkäufer zogen zur Vesperzeit, also zwischen dem Ende der Tagesarbeit und dem Abendessen, durch die Stadt und wurden häufig in die Häuser der Bürger gerufen, bei denen das Würfeln ein beliebter Zeitvertreib war. Dann war es üblich, dass der Sieger den Korb gewann, woraufhin der Waffelverkäufer ein derbes Lied anstimmte. Anm. d. Übers.

Er tröstete sich mit Audiger, der sich eigenmächtig einen Platz in der Taverne zugeteilt hatte. Angélique sagte nichts dazu, denn sie wusste, dass der Haushofmeister ihren »Onkel« bei seinen männlichen Ansichten unterstützte und ihm half, sich mit den Einfällen seiner »Nichte« abzufinden.

Sie selbst verschwand für lange Zeit in den Tiefen der Küche, und man wusste, dass sie an jedes Gericht ihre geheimen Zutaten gab, die die Feinschmecker reihenweise für Angélique entbrennen ließen, da sie ihnen ihr Leben mit solchen Hochgenüssen verschönerte.

Ein Löffelchen Honig in diese braune Sauce, gehackte Schalotten in einen cremigen Ziegenkäse ... und man munkelte, diese kleinen gelben Rüben mit dem feinen Aroma, die als Beilage zum gerösteten Fleisch dienten, seien in Birnenmost gegart. Angélique legte letzte Hand an alle Gerichte und lauschte lächelnd dem Gewirr von Stimmen und Geräuschen, das aus dem Speisesaal zu ihr drang.

Dann wurde es Zeit, zu ihren Gästen zu gehen.

Mit ihrer Maske angetan, schlenderte sie zwischen ihnen umher, begrüßte hier einen Bekannten, erkundigte sich dort nach den Neuankömmlingen und hatte für jeden ein Lächeln.

Der Gastraum war überfüllt. Von Mund zu Mund hatte man die Parole weitergegeben. Irgendwo in Paris ... konnte man ausgezeichneten Wein verkosten ... neuartige Gaumenfreuden genießen ... und ... das Allererstaunlichste – eine Wirtin von flinkem Geist und liebreizender Gestalt, deren Haar, von dem man ein wenig erhaschte, den hellen Teint einer Blondine erahnen ließ. Aber was verbarg sich wirklich hinter der Maske?

Man zweifelte, man starb vor Neugierde, man schloss

Wetten ab. Schließlich gab Angélique dem Flehen nach und nahm auf ihrem Podium die Maske ab. Sie schenkte den Gästen ein Willkommenslächeln und erntete von denen, die sie zum ersten Mal sahen, Staunen, Bewunderung und lärmende Beifallsbekundungen, so glücklich waren sie über das, was sich hinter der berühmten Maske verbarg. Manche warfen sich auf die Knie und gestanden ihr, dass sie vor Bewunderung und Verblüffung außer sich waren, und Dichter widmeten ihr, ebenfalls auf Knien, ihre Verse.

»Nie hat man ein schönres Weib gesehen …«

Sie war froh darüber, ihre Gäste in diesem Punkt nicht enttäuschen zu müssen. Die Natur und ihre gute Gesundheit hatten ihre Schönheit erhalten, die nur noch weiter erblüht war und unter den Prüfungen des Lebens nicht allzu sehr gelitten hatte. Sie warf sich zwar vor, dass ihre Hände verarbeitet aussahen, aber immerhin hatte die Hitze der Öfen ihrem Teint nichts anhaben können. Um die Wahrheit zu sagen, sie dachte kaum darüber nach und hatte sich erneut daran gewöhnt, dass – wie einst – bei ihrem Anblick die Wogen der Bewunderung hochschlugen.

Hinter ihrer roten Maske fühlte sie sich unverwundbar.

Das Gold floss so leicht in ihren Geldbeutel und den von Meister Bourjus, dass es ihr manchmal viel zu einfach erschien. Denn ihr fiel es leicht, zusammen mit ihren Leuten aus diesem Lokal einen Ort für fröhliche Feste zu machen.

Wenn sie den jetzigen Zustand mit den mühseligen Anfängen im Kecken Hahn verglich, hatte sie den Eindruck, in wenigen Monaten endgültig eine neue Etappe erklommen zu haben. Sie war endlich frei, befreit von aller Knechtschaft und sicher vor Gefahr.

Die Mitglieder ihrer kleinen Truppe, die sie auch ihre Mannschaft oder ihre Gemeinde nannte, brachten ihr –

je nachdem – Ergebenheit, Verehrung oder sogar leidenschaftliche Liebe entgegen. Dazu kam die manchmal lärmende Bewunderung und Anbetung, die wie Weihrauch über der bunten Menge im Lokal hing. Jeden Abend ließen ihre Ministranten diese Stimmung bei der Zeremonie aufsteigen, die sich stets von Neuem um die Götter drehte, die hier verehrt wurden – guten Wein und gutes Essen. All das schenkte ihr neue Kraft. Die Zukunft ragte nicht mehr wie eine Angst einflößende Wand vor ihr auf. Sie würde es schon schaffen, die letzten Hindernisse zu überwinden. Eines Tages würde sie wieder leben; eines Tages würde sie dort sein, wo Pracht und Herrlichkeit auf sie warteten und nach ihr verlangten.

Auf ihrem kleinen Podium erlebte sie kurze Momente, in denen sie von purer Lebensfreude erfüllt war.

Umso schrecklicher traf sie daher der unerwartete Zwischenfall, der sie beinahe zerbrochen hätte wie einen Strohhalm.

Kapitel 20

Es war ein glücklicher Abend in der Taverne zur Roten Maske, einer dieser Abende, an denen Angélique, die sich hinter ihrer originellen Maske vor Blicken geschützt fühlte, von ihrem Podest aus gelassen und halb anonym den Raum überblicken konnte.

Für diejenigen, die dort arbeiteten und eifrig Tische deckten, die Bratspieße vor dem Feuer drehten oder in den Suppentöpfen rührten, für das hereinströmende Publikum, Stammgäste oder Neuankömmlinge, die den Kopf hereinsteckten, um die Atmosphäre der Taverne zu erkunden, genügte es, dass sie da war. Sie, die ein wenig über ihnen stand, beobachtete, führte Aufsicht, erkannte alle und – wie ihr eines Tages ein glühender Bewunderer erklärt hatte – sie verwirrte alle durch ihre allzu strahlende Schönheit.

Jeder der Anwesenden kam auf seine Kosten. Natürlich erzählte man sich von dem köstlichen Essen und den herrlichen Weinen, die in dieser neuen Taverne in der Rue de la Vallée-de-Misère aufgetragen wurden. Aber vor allem verbreitete sich der geheimnisvolle Ruf der Wirtin, die in ihren schillernden roten Umhang gehüllt, dastand und zuweilen – in der drückenden Hitze, dem Dunst aus blauem Rauch und köstlichen Speisedämpfen – Schultern hervorblitzen ließ, von denen man nur träumen konnte …

Am frühen Abend achtete Angélique vor allem auf den Arbeitseifer ihres Personals, denn dessen Emsigkeit und Schnelligkeit wurden von den Gästen geschätzt, die sich an die Tische setzten, um eine angenehme Zeit zu verbringen.

Flipot war inzwischen Fachmann am Bratspieß und drehte und hütete Hühner, Gänse und Kapaune. Heute Abend beobachtete sie aus der Ferne David, wie er rasch und geschickt Rebhühner und Wachteln aus »seiner« Jagd zubereitete, die berühmt waren, denn so etwas bekam man in einem Gasthaus nicht oft serviert.

Bewaffnet mit einer dicken Nadel, einem speziellen Instrument seines Berufsstands, nähte er jedes Tier über der Füllung zusammen, deren auf Gewürzen und auserlesenen Zutaten beruhender Geschmack die Feinschmecker zu Begeisterungsstürmen hinriss.

Eine ganze Gesellschaft hatte sich für heute Abend angesagt, um davon zu kosten.

David, dem eine kleine Mannschaft von Rupferinnen und Rupfern mit schneller, kräftiger Hand zur Seite stand, konnte sich nicht über Mangel an Arbeit beklagen.

In der Roten Maske aß man kein lange abgehangenes Wild, sondern nur Vögel, die erst vor ein paar Tagen geschossen worden waren und gerade genug Zeit gehabt hatten, durch das Lagern zart zu werden.

Audiger war ebenfalls anwesend. Er ging mit dem Gebaren eines Hausherrn zwischen den Gästen umher, die er kannte. Angélique hatte nichts gegen seine Anwesenheit einzuwenden, denn sie verdankte ihm diese neuen Gäste. Sie wusste, dass er überzeugt davon war, ihr damit einen enormen Dienst zu erweisen. Er hatte ja recht, wenn er argumentierte, dass durch die Neuerungen besonders um eine bestimmte Uhrzeit ein gewisses Gedränge entstand, sodass sie einen zweiten Wirt, der an der Tür stand, gut gebrauchen konnte. Also versuchte sie, ihn zu ertragen.

Die Gäste traten freundlich grüßend ein; andere verließen das Lokal. Einige Stammgäste, die einen Teil des Nachmittags vor einem Glas Wein oder einem Krug Bier vertändelt hatten, standen auf und verließen mit bedauernder Miene das Lokal. Manchmal wurde die offene Tür geradezu verstopft durch die entgegengesetzten Ströme derer, die lärmend eintraten, und derer, die langsam hinausgingen. Eine kleine Menschenmenge sammelte sich an, die auf den drei Stufen, über die man in den Gastraum gelangte, ins Stolpern geriet.

Aufmerksam beobachtete Angélique aus der Ferne die neuen Gesichter, erkannte den einen oder anderen, und es war auch schon vorgekommen, dass sie gerührt und erfreut alte Freunde erblickte, die sie lange nicht gesehen hatte und die, strahlenden Auges und zum Plaudern aufgelegt, wieder auftauchten. Das Leben nahm Gestalt an. Sie hatte eine Familie und ihr Viertel.

Doch als sie an diesem Abend zur Tür blickte, geschah etwas Entsetzliches, das sie unmöglich hätte voraussehen können. Es war, als führe ein Blitz vom Himmel herunter und rase von Kopf bis Fuß durch ihren Körper.

In einer Gruppe von Männern, die die halbdunkle Tür, hinter der die dunkle Straße sichtbar wurde, verstopften, sah sie ein Augenpaar schimmern wie zwei Leuchtkäfer … Augen, die sie niemals vergessen würde.*

Dann erlosch dieser Blick, und der Mann stieg inmitten

* Siehe Band 3, Am Hof des Königs.

der Gruppe, anscheinend seine Trinkkumpane, die Stufen herunter.

Wie von selbst fand sich Angélique am Fuß ihres Podiums wieder und stürzte auf die Gruppe zu. Doch ihr Umhang blieb an einer Tischecke hängen und hielt sie zurück.

Sie zerrte daran und zerriss ihn beinahe. Sie versuchte, voranzukommen, und wusste nicht, ob sie durch das dichte Gedränge in den Räumen aufgehalten wurde, oder weil ihre Beine derart zitterten.

Sie stieß gegen jemanden: Flipot, der seinen Bratspieß hochgehoben hatte und begann, ein Huhn daraufzustecken. Angélique packte ihn an der Schulter. Dann riss sie ihm das Huhn aus der Hand und hätte es beinahe nach dem Mann geworfen, den sie gesehen hatte…

Flipot war ein Bursche vom Hof der Wunder, der schon alle möglichen Grobheiten erlebt hatte; aber selten hatte er verspürt, wie sich eine stählerne Zange schmerzhaft um seine Schulter legte.

Was er hinter Angéliques Maske sah, als er aufschaute, erinnerte ihn an eine lange zurückliegende, aber darum nicht weniger wahre Realität, denn da erblickte er die Marquise der Engel aus der Tour de Nesle, die ihn festhielt, die Frau, die allmächtig gewesen war und alles gewagt hatte, die den Großen Coesre getötet hatte und vor der die furchterregendsten Burschen Angst hatten.

»Flipot«, sagte sie, »siehst du den Mann da hinten, der versucht, das Lokal wieder zu verlassen, und diejenigen, die ihm entgegenkommen, beiseiteschiebt?«

Sie hatte ihn erneut erblickt, obwohl sie sich nicht ganz sicher war, da sie nur seinen Rücken sah. Aber dieser Rücken hatte etwas, das sie abstieß. Man hätte meinen mögen, dass er sich wand, um zu entkommen wie eine dunkle Nacktschnecke.

»Ja, ich sehe ihn«, gab Flipot zurück, der, seinen Bratspieß in der Hand, wie gelähmt dastand.

»Lauf ihm nach!«

In diesem Moment schien der Unbekannte davonzugleiten und mit der Nacht zu verschmelzen.

»Lauf ihm nach«, wiederholte Angélique und ließ den Knaben los, »folge ihm! Hol ihn ein! Lock ihn in eine Sackgasse, und wenn du ihn in eine Ecke getrieben hast, töte ihn … töte ihn mit deinem Bratspieß.«

Mit der katzenhaften Gewandtheit, die er in seiner Lehrzeit als Taschendieb und Beutelschneider erworben hatte und die ihn in der dichtesten Menschenmenge unsichtbar machte, rannte Flipot davon.

Angélique sah, wie er verschwand und ebenfalls mit dem Dunkel verschmolz.

Langsam erwachte sie wieder zum Leben. Sie machte sich Vorwürfe, weil sie derart die Fassung verloren hatte; aber niemand schien etwas bemerkt zu haben. Später ging sie von Tisch zu Tisch.

Die Räume hatten sich geleert.

Abends begleitete Flipot sie oft mit einer Fackel oder Laterne nach Hause. Doch bis jetzt war er nicht zurückgekehrt.

Angélique wurde sich dieses Umstands bewusst. Glücklicherweise waren die Gäste der Taverne zur Roten Maske heute früher als gewohnt gegangen. Sie zog es vor, das auf puren Zufall zu schieben und nicht darauf, dass ihre Stammgäste ein ungutes Gefühl gehabt hatten, das sie durch ihre eigene Sorge verursacht hatte.

Ein Augenblick plötzlichen Entsetzens! Ein unerbittlicher Befehl an Flipot. Das war alles zu schnell gegangen, sagte sie sich. Niemand hatte Gelegenheit gehabt, etwas zu hören oder zu verstehen.

Erleichtert stellte sie fest, dass sie allein war. Die Küche war aufgeräumt, und das gesamte Personal hatte sich rasch zurückgezogen. Vielleicht spürten sie ebenfalls eine unbestimmte Sorge. Durch diese harte Arbeit, die den ganzen Tag und bis in die Nacht hinein währte, waren sie so eng mit ihr verbunden …

Angélique ging auf und ab und sorgte sich um Flipot. Sie wusste, dass er ihre Anordnung ebenso mutig und entschlossen ausführen würde, als hätte sie ihm befohlen, ein abstoßendes, gefährliches Tier zu zertreten. Bei dem bloßen Gedanken, dass das Individuum, das sie kurz erblickt hatte, ihre Schwelle überschritt, rebellierte erneut alles in ihr.

Sie sagte sich, dass Flipot Erfolg haben würde. Später würde sie das Gefühl haben, etwas in Ordnung gebracht zu haben …

Ein Küchenjunge, der mit seinem Bratspieß einem flüchtigen Schatten nachrannte, war nur eine weitere von vielen Merkwürdigkeiten, die nächtens auf den Straßen von Paris zu sehen waren.

Doch mit einem Mal wurde sie von einer anderen Furcht ergriffen.

Und wenn sie dem Hund begegneten …?

Sie stellte sich den huschenden weißen Hund vor und erinnerte sich an einen Mann, einen Polizeispitzel, der sie mit der Faust bedrohlich an den Haaren gerissen hatte, damit sie den Kopf hob und er die Marquise der Engel erkennen konnte. Ihr brach der Angstschweiß aus; doch zum Glück tauchte im selben Moment Flipot an der Tür auf.

Er hielt immer noch seinen Bratspieß in der Hand, aber sie sah sogleich, dass er erschöpft war, als könne er das Gewicht des Spießes nicht mehr tragen.

»Und? Hast du ihn erwischt?«

Sie las die Antwort von seiner jammervollen Miene ab.

»Ich hätte ihn fast gehabt«, stotterte er. »Ich hatte ihn in eine Sackgasse getrieben ... Aber er hat sich umgedreht ... Seine Augen glänzten ... Ich konnte nicht, Marquise der Engel ... Das war ein Dämon ...«

»Da hättest du dich doch bloß bekreuzigen müssen«, rief sie aus.

Kapitel 21

Ohne stehen zu bleiben, ging sie durch die nächtlichen Straßen, immer weiter. Sie rannte nicht, aber sie lief so schnell und so fieberhaft, dass es war, als flüchte sie.

Sie hatte Flipot beiseitegeschoben und war, ohne nachzudenken nach draußen gestürzt. Sie wollte vor der Erinnerung flüchten; an gar nichts mehr denken.

Bis jetzt hatte sie sich dieser Erinnerung heftig widersetzt. Mehr als alles andere fürchtete sie sich davor, zu ermessen, was sie durch eine ihr unbegreifliche Ungerechtigkeit verloren hatte. Denn woher sollte sie dann noch den Mut nehmen, ihren Aufstieg aus dem Abgrund fortzusetzen, für diese Mühen, die sich angesichts der Hindernisse, die sich vor ihr auftürmten, so klein und schäbig ausnahmen?

Die Vergangenheit war in ihrer abscheulichsten, unsinnigsten Gestalt vor ihr aufgestiegen, die für sie untrennbar mit dem grausamen Verlust ihres Glücks verbunden war.

Im Gehen trat ihr die Vision vor Augen, und sie hörte erneut die Stimmen der beiden Knappen, die sich unterhalten hatten, während sie vor der Abreise des Kardinals die Decken ihrer Maultiere gefaltet hatten.

Das war während der zwei, drei Tage in Saint-Jean-de-Luz gewesen, in denen sie zwischen den gleichgültigen Menschen umhergeirrt war und jede Stunde, jeden Abend gehofft hatte, Joffrey und Kouassi-Ba würden zurückkehren.

Als sie an den beiden jungen Burschen, die in ihre Arbeit vertieft waren, vorbeiging, hatte sie den seltsamen Namen »Flégétanis« aufgeschnappt.

Sie war stehen geblieben und hatte auf die Gesprächsfetzen gelauscht.

»Stimmt es, dass er Schreiber bei Fouquet ist?«

»… Man kann den Schreibern nicht über den Weg trauen. Sie sind die Herren in allen Dingen.«

»Er war derjenige, der letztes Jahr an Karfreitag diese Sodomisten- und Frevlerorgie ins Werk gesetzt hat …«

»In Roissy, bei Antoinette de Mesme.«

»Wart Ihr dort?«

»Ja. Ich meine, ja und nein. Monsieur de Mesme hat mir vor Augen geführt, dass dies für mich als hochgeborenen Edelmann die Gelegenheit sei, meinen Freigeist zu beweisen. Aber als er fort war und ich sah, dass der Priester sich in sein Zimmer zurückgezogen hatte, bin ich zu ihm gegangen, und wir haben beschlossen, zu flüchten und nach Paris zurückzukehren. Louis-Victor hat mir noch seinen Kammerdiener nachgeschickt, um mir Scham über meine Feigheit angesichts der Hölle einzuflößen. Aber wie sich herausstellte, hatte der Diener ebenso viel Angst wie wir. Wir drei haben dann einen Platz in einer Kutsche gefunden, die im Eiltempo nach Paris unterwegs war, und sind, wie man so sagt, kurz vor dem letzten Läuten der Glocken, die nach Rom gehen, eingetroffen. Am nächsten Tag war ich bei der Frühmesse, aber niemand hat mich dort gesehen, und ich glaube, auch das ist ein Werk des Teufels gewesen.«

Diese Affäre von Roissy wird mich wohl noch bis in alle Ewigkeit verfolgen, dachte Angélique, während sie durch die Nacht eilte.

Das Bild stand ihr glasklar vor Augen. Sie sah, wie die beiden Edelleute im hellen Sonnenschein und mit den ausholenden Gesten von Hausfrauen die Decken falteten, an denen die Quasten aus Goldfäden glitzerten und die Glöckchen klingelten, und lauschte dem Klatsch der Höflinge, die sich über ein gotteslästerliches Komplott unterhielten.

Endlich überwältigte sie die Müdigkeit. Als es hell wurde, erkannte sie die Umgebung der Notre-Dame-Kathedrale.

Über welche Brücke war sie auf die Île de la Cité gelangt? Nicht so wichtig. Sie lief darauf zu, um vor dem Licht zu flüchten, und stieß beinahe gegen die Säulen eines Eingangs. Als sie aufsah, erblickte sie über sich wie eine Felswand die Fassade, die Türme von Notre-Dame und die Lichter, die eine schüchterne Sonne auf den Statuen, den vorspringenden Wasserspeiern und auf all den steinernen Blüten anzündete.

Sie sah sich selbst als winzige Silhouette auf dem Vorplatz von Notre-Dame, zusammen mit anderen Gestalten, die, frierend und in sich gekehrt und noch vom Schlaf umfangen, zur ersten Messe kamen. Angélique hörte, wie die Türen der kleinen Pforte auf und zu klappten und die Neuankömmlinge einließen.

Vor Müdigkeit taumelte sie beinahe.

Ihre Hände fuhren tastend und zärtlich über das feingeschwungene Schmiedeeisen eines Portals, ein wunderschönes Kunstwerk, von dem es hieß, Satan habe es verfertigt, nachdem er dem Handwerker, der daran gescheitert war, dafür die Seele abgekauft hatte.

An diesem Tag hatte die Sonne beschlossen, triumphierend den Sieg über die Wolken davonzutragen. Helles Licht fiel über den Vorplatz, sodass sie blinzelte und ebenfalls eintrat, um das Halbdunkel zu suchen. Zur Rechten fand ihre Hand das Weihwasserbecken. Es war eine dieser gewaltigen Muscheln aus tropischen Meeren, deren schön geschwungene Form und das mit Perlmutt überzogene Innere der Stolz der Kirchen waren, die in der Lage waren, sie zu erwerben, um darin das Weihwasser zu präsentieren, mit dem sich die Gläubigen beim Eintreten läuterten.

Angéliques Finger tauchten in das kühle Wasser, und sie bekreuzigte sich ausführlich und sorgsam, während sie weiter in das Innere schritt. Die unendliche Weite der Kuppeln von Notre-Dame wirkte beeindruckend, obwohl sie noch im Dunkel lagen.

Der Raum war von hallendem Stimmengemurmel erfüllt. Gesänge wurden geprobt, brachen ab und begannen von Neuem, und hier und da blitzten Lichter auf, wo die Messe vorbereitet wurde. In den Seitenkapellen des Hochaltars zündeten die Messdiener Kerzen an.

Angélique huschte nach rechts und entdeckte hinter einem offenen Gitter einen Nebenraum, um den herum sich eine Steinbank zog. Sie ging zur anderen Seite des Raums und ließ sich, am Ende ihrer Kräfte, darauf sinken. Es war lange her, dass sie auf diese Weise quer durch Paris gelaufen war. Aufrecht gehalten von einer Anspannung, die an Furcht grenzte, und eingenommen von den Erinnerungen an Saint-Jean-de-Luz, konnte sie nicht einmal ermessen, wie viele Straßen sie durchlaufen hatte, getragen von einer nervösen Raserei, die sich jetzt, als sie sich entspannte, in Schwäche verwandelte.

Ihre feinen Schuhe befanden sich in einem traurigen Zustand. Sie hatte sie mehrfach verloren, und nun hingen sie nur noch an der Spitze ihrer wundgelaufenen Füße.

Ihre Strümpfe hatten sich vollständig aufgelöst.

Angélique gestand sich ein wenig Zeit zu, um zu Atem zu kommen und neue Kraft zu sammeln.

Jetzt wusste sie, wohin ihre Panik sie unbewusst getrieben hatte: zum Justizpalast. Er befand sich nicht weit von hier auf der anderen Seite der Rue de la Barillerie, die die Île de la Cité in zwei Pole teilte. Auf der einen Seite befand sich Notre-Dame und auf der anderen der alte königliche Palast, der jetzt der Sitz des Parlaments und der Ort war, an dem die Gesetze angewandt wurden.

Sie kannte sich aus … Auf dieser Insel war sie zu Hause.

Die Dunkelheit wandelte sich in Zwielicht.

Ein Mann trat auf die Schwelle des Nebenraums und hielt inne, als er die sitzende weibliche Gestalt erkannte. Angélique hatte ihre alten Reflexe wiedergefunden, die ihr zur Vorsicht rieten, und sagte kein Wort.

Der Mann warf einen Blick in die Runde und setzte sich dann neben sie.

»Wo hast du es hingelegt?«, fragte er.

Sie zuckte zusammen. Auf ihrem Podium in der Roten Maske war sie es nicht mehr gewöhnt, dass man sie so ohne Umstände duzte.

Sie sorgte sich um ihr Äußeres; wahrscheinlich sah sie nach ihrem wilden Lauf zerzaust aus und musste damit rechnen, dass man ihr argwöhnisch begegnete. Sie hatte beim Eintreten nicht einmal daran gedacht, sich ihr Halstuch über den Kopf zu binden.

Sie zog ihren Umhang fester um sich und richtete sich auf, so gut sie konnte.

»Verzeiht. Ich war kurz etwas müde und habe mich hierhergesetzt, um keine Aufmerksamkeit zu erregen. Was soll Eure Frage?«

»Anscheinend kennst du dich nicht gut in der Kathedrale aus. Hier, hinter dem Ammenportal, liegt der Aufenthaltsraum des Glöckners … und der oberste Glöckner, das bin ich.«

»Entschuldigt bitte, Monsieur.«

»Auf der anderen Seite des Hauptportals, hinter dem Marienportal, ist der Ort, an dem man Asyl findet … richtiges Asyl. Oh, natürlich, es gab Zeiten, da konnte man behaupten, dass die ganze Kathedrale ein Ort des Asyls sei, und man kann es immer noch sagen.«

Er versicherte, sie habe ganz recht daran getan, sich in diesem Raum, in dem er sich sammle, bevor er die Glocken läute, auszuruhen. Sicherer aber sei der Raum zur Linken, hinter dem Marienportal, denn seit Jahrhunderten schon sei verfügt, dass nicht einmal der Teufel selbst diese Schwelle überschreiten dürfe, um eine schuldige Frau oder einen verfolgten Mann zu holen, und ebenso wenig die Büttel vom Châtelet oder vom Justizpalast, die auf Grund der Nachbarschaft stets als Erste eintrafen.

»Sprecht nicht vom Teufel, Monsieur.«

»Warum nicht? Es ist doch gut, sich an einem Ort zu befinden, an dem er keine Macht hat. Ein Ort, an dem dich die Bosheit der Menschen nicht erreichen kann, ein Platz, an dem du in Frieden und in der Barmherzigkeit Gottes rasten kannst, ganz gleich, wie entsetzlich deine Sünde ist.

Bevor der Heilige Vinzenz von Paul starb, hat er darum gebeten, hinter dem Marienportal, an diesem Ort des Asyls in Notre-Dame, einen Trog aus Marmor mit Stroh darin aufzustellen, um die Frauen zu ermuntern, ihr Kind dort abzulegen, bevor sie es verlassen. Hier drinnen in der Kathedrale hat ein Neugeborenes es doch besser als im scharfen Wind auf dem Vorplatz!«

Das erklärte die Frage »Wo hast du es hingelegt?«, mit der er sie empfangen hatte. Als er eine Frau in seiner Kapelle entdeckte, hatte er geglaubt, sie habe ihr Kind aussetzen wollen und sich im Ort geirrt.

Oft, so berichtete er noch, sehe man Frauen, die sich an diesem Ort des Asyls niederließen, um noch etwas bei ihrem Kind zu sitzen, ohne erkannt, denunziert oder ergriffen zu werden. Dann nutzten sie das Halbdunkel zur Flucht.

»Diese Frauen sind nicht alle schlecht«, schloss der Glöckner wohlwollend.

Zwei junge Burschen tauchten auf, die der Glöckner als seine Schüler vorstellte. Mit ihren zwölf bis vierzehn Jahren waren sie in dem Alter, in dem man seine Körperkräfte entwickelt und es liebt, sich, emporgezogen vom Gewicht der »Marguerite« oder der »Jacqueline«, das einem an den Armen hing, in die Lüfte zu erheben. Die Glocken von Notre-Dame brauchten kräftige Glöckner.

»Als der Dauphin geboren wurde, haben wir die große Glocke von Notre-Dame zu sechzehnt geläutet …«

Angélique schlug den Marché Neuf und die Rue Neuve Notre-Dame ein und fand sich vor dem Justizpalast wieder.

Sie überquerte die Rue de la Barillerie.

Am anderen Ende des Gewölbegangs erkannte sie die Gestalt eines Gardisten und unter seinem runden, mit Federn besetzten Helm sein bärtiges Profil. Alle mit Lanzen oder Hellebarden bewaffneten Gardisten trugen Bart, vielleicht um es den Schweizern nachzutun, die den Ruf hatten, die besten Krieger Europas zu sein.

Ob ein Wächter nun Fürsten oder Türen hütet, sein Auge ist wachsam, um beim geringsten Verdacht die Waffe zu zücken und zu töten.

Doch um die Wahrheit zu sagen, der Hellebardenträger, der diesen Eingang des Justizpalasts bewachte, wirkte ziemlich gutmütig. Das bunte Publikum, vor allem viele Schaulustige, die die Schätze der Mercière-Galerie bewundern wollten, wiegte ihn in Sicherheit, sodass er kaum noch nach suspekten Individuen, die er zu vertreiben hatte, Ausschau hielt. Allerdings waren die meisten Menschen, die im Justizpalast zu tun hatten, suspekte Individuen sowie Staatsanwälte oder Advokaten, die diese entweder verteidigten oder anklagten.

Angélique gelangte also, ohne aufgehalten zu werden, in den Hof, an den sie sich erinnerte. Aber dieses Mal brach nicht die Nacht herein, sondern der Morgen wurde heller. Es fiel schwer, sich der Schönheit der Sainte-Chapelle zu entziehen, die sich schlank und golden erhob und mit ihrer Präsenz den Hof erfüllte. Von unten konnte man sie bewundern und zu den Fenstern hinaufsehen, die wie Fontänen aufsprangen und einen tags wie nachts zum Himmel hinaufzogen.

Nachdem sich Angélique auf dem ersten Hof umgesehen hatte, suchte sie nach dem Laden von Maître Ludovicus, dessen seltsame und exotische Waren – Horn vom Einhorn, Elefantenstoßzähne oder Straußeneier – sie einst fasziniert hatten. Da sie ihn nicht entdeckte, erkundigte sie sich. Man erklärte ihr, Maître Ludovicus habe sich entschieden, nur noch mit Büchern zu handeln, und sei in die weitab gelegene Umgebung der Conciergerie abgewandert, den Quai de l'Horloge, und sei in der sogenannten Galerie des Prisonniers zu finden.

Angélique durchschritt also die berühmte lange Mercière-Galerie, die sich langsam belebte. So eilig hatte sie es, an ihr Ziel zu gelangen, dass sie kaum auf die verlockenden Waren achtete, die hier angeboten wurden: Spitzen, Schmuck, Fächer, Luxusgegenstände und Tand aller Art.

Gegenüber, auf der anderen Seite des Weges, den sie entlanglief, standen Steinbänke, von denen man hätte meinen können, das Gericht vermiete sie für teures Geld; denn Advokaten, Schreiber und Richter in schwarzen Roben und weißen Beffchen stellten sich dort mit ihren Akten zur Schau – anders konnte man es nicht bezeichnen – und redeten und debattierten. Oft stand noch ein mehr oder weniger gründlich gefesselter Klient dabei, der von einem Gardisten bewacht wurde.

Angélique bog in die Galerie des Prisionniers ein.

Zögernd bahnte sie sich einen Weg durch diese neue Galerie mit dem finsteren Namen »Galerie der Gefangenen«. Hier war die Kundschaft eine ganz andere als in der malerischen Mercière-Galerie. Unter den Liebhabern schöner und alter Bücher traf man kaum Frauen an, dafür Staatsbeamte, Professoren oder gebildete Bürger, größtenteils in Schwarz gekleidet, die sich mit der Miene einer Katze vor einer Schale Milch über Blätterstapel oder aufgeschlagene Bücher beugten. Sie waren so von ihrer Leidenschaft besessen, dass sie kaum darauf achteten, den Gefangenen Platz zu machen, die man, begleitet von Hellebardenträgern und oft mit eisernen Fußfesseln, durch die Galerie zur Conciergerie führte. Angélique sah auch einige Frauen, die von Nonnen, die den Hospitaliterinnen von der heiligen Katharina angehörten und in den Gefängnissen tätig waren, geführt oder gestützt wurden. Sie kannte deren Tracht, in die sie sich hatte kleiden müssen, um ohne erkannt zu werden am Prozess gegen ihren Mann teilzunehmen.* Angélique, deren Hände sich in

* Siehe Band 4, Der Gefangene von Notre Dame.

den Ausschnitt ihres Umhangs krampften, um die Kälte abzuwehren, die sie mit einem Mal überkam, suchte unter den Läden, die alle verkündeten, hier logiere der »Bibliothekar des Königs«, nach dem von Maître Ludovicus.

Endlich entdeckte sie in einer Auslage, die ein wenig zurücklag, einen Gegenstand, an den sie sich erinnerte – das Horn vom Einhorn –, und ein Glücksgefühl stieg in ihr auf.

Erinnerungen waren das, nostalgische Erinnerungen an kleine blaue Büchlein!* Aus ihnen hatte sie gelernt, dass das Einhorn, ein mythisches Tier – von dem es heißt, es hatte nie existiert –, ein ganz reizendes Wesen war, eine weiße Stute mit leichtem, beinahe schwebendem Schritt, die, wenn sie anhielt, um einem die Ehre zu erweisen, unendlich anmutig den Kopf neigte, an dem ein Horn aus rosafarbenem Elfenbein saß.

Und die Kinder in den Schlössern träumten im Halbschlaf von dem Einhorn, das in sanftem Galopp auf sie zulief und vor dem Hintergrund der Wiesen weiß wie Mondlicht schimmerte …

»Ich habe auf Euch gewartet«, sagte eine Stimme aus dem Dunkel heraus.

Da erkannte sie den Mann, der sie einst angesprochen hatte, als sie eines Abends mit dem Advokaten Desgrez hier gewesen war.

Angélique hatte, insgeheim erleichtert, die Suche nach ihm aufgeben wollen, doch jetzt war sie so verblüfft, dass ihr nicht einmal eine Grußformel einfallen wollte, um ihn anzusprechen.

* Siehe Band 1, Die junge Marquise.

Er bedeutete ihr, sich auf die andere Seite der Auslage zu setzen, wo ein Schemel stand. Sie ließ sich darauf sinken und begann, ohne jede Einleitung, ihm vom Grund ihres Hierseins zu erzählen. Da war dieses Individuum, ganz sicher ein Dämon, das in der besten Zeit ihres gemeinsamen Lebens aufgetaucht war, um ihr Glück zu zerstören, und eine Folge entsetzlicher Unglücke, darunter den Tod ihres Mannes, herbeigeführt hatte. Ihre Lippen weigerten sich, von den Foltern und seiner grausamen Hinrichtung zu sprechen, die er erlitten hatte, und da sie keinen richtigen Schluss fand, verstummte sie einfach so jäh, wie sie zu sprechen begonnen hatte.

Sie schaute ihrem Gegenüber ins Gesicht und sah, dass seine Miene weder ernst noch sorgenvoll wirkte, sondern eine unbestimmte Ironie ausdrückte.

Er schwieg lange, anscheinend, um ihr Zeit zu lassen, wieder zur Besinnung zu kommen. Dann sprach er und zählte dabei wie der Magister an den Fingern ab.

Erstens, woher und vom wem wisse sie, dass dieses besagte Individuum ein Dämon war?

Zweitens, an welchem Ort und unter welchen Umständen hätten sich diese Ereignisse abgespielt?

Angélique wollte gerade antworten, dass das in Saint-Jean-de-Luz gewesen sei, als sie bei der Hochzeit des Königs zu Gast gewesen sei, blieb jedoch stumm, während er sie immer noch beobachtete.

Das Schweigen zog sich in die Länge. Schließlich stellte er eine dritte Frage, die ihr endgültig die Sprache verschlug.

»Habt Ihr ein Porträt Eurer Mutter?«

Angélique musste sich erhebliche Mühe geben, um diese Frage zu bedenken und ihm eine höfliche Antwort zu geben. Ja, sie meinte, einmal eines besessen zu haben, und sicherlich habe sie es bei ihrer Heirat mitgenommen. Sie wisse nicht, was daraus geworden sei.

Die Haltung und die Miene des Magiers drückten die Resignation eines Lehrers aus, der gar nicht mit einer richtigen Antwort rechnet. Unvermittelt stand er auf und hielt einen der Laufburschen des Justizpalasts auf, der vorübereilte. Nachdem er ihm verschiedene Erklärungen gegeben hatte, versah er ihn mit einem Obolus, der großzügig gewesen sein musste, denn der Knabe verzog zufrieden das Gesicht und rannte eifrig los. Maître Ludovicus nahm erneut gegenüber Angélique Platz.

»Geht nach Hause«, sagte er. »Und kommt erst zwischen drei und vier Uhr am Nachmittag wieder.«

Angélique fuhr zusammen und widersprach. Sie hatte keine Lust, nach Hause zu gehen, sondern wünschte sich eine Antwort, die ihre Sorgen vertrieb. Lieber wollte sie im Justizpalast bleiben und warten, bis er bereit war, sie erneut zu empfangen.

»Schön, dann bleibt«, meinte er, immer noch in dem sarkastischen Ton. »Schließlich ist jeder Pariser im Justizpalast zu Hause. Denn sicherer als die Taufe ist, dass jeder damit rechnen muss, eines Tages hier sein verwirktes oder bedrohtes Leben zu beklagen …«

Als sie anschließend nach einem Ort suchte, um die Wartezeit zu verbringen, fühlte sie sich von der gewaltigen Treppe angezogen, die auf die Cour de Mai hinunterführte. Auf diesem sehr weiträumigen Platz wurde jedes Jahr unter traditionellen Zerstreuungen der Maibaum aufgestellt, der den Frühling ankündigte. Hinter der Umfriedungsmauer sah man die Dächer und Kirchtürme und hörte den Lärm der Stadt.

Angélique tat es einigen anderen Menschen nach, die wahrscheinlich auf eine Gerichtsverhandlung warteten, und setzte sich auf die Stufen. Zwei oder drei saßen zusammen und teilten sich diskret Wurst, Brot und einen Krug mit einem Getränk.

Am Fuß dieser Treppe hatte Angélique einst eine Frau gesehen, die ihre Reue herausschrie. »Ich habe ihn verraten! Ich war es!«

Doch die Vision verflog rasch wieder. Heute schien die Sonne, und auf dem Stein war es beinahe heiß. Angélique rollte ihren Umhang zu einem Kopfkissen zusammen, schloss die Augen und ließ sich vom Schlaf überwältigen. Doch da strichen zärtliche Hände über ihre Füße.

Sie schlug die Augen auf und erblickte einen jungen Mann, der vor ihr kniete und Maß nahm.

»Ich bin Schusterlehrling«, erklärte er ihr. »Eure Schuhe sind ruiniert. Ich muss meinen Meister in der Galerie Marchande unbedingt überreden, Euch ein neues Paar zu fertigen. Und wir werden sie mit echten Perlen schmücken, nicht mit Glasperlen, wie Ihr sie da habt.«

Auf ihrer anderen Seite stand ein junger Mann und schlug seine Gitarre an.

»Auf den Stufen des Palasts
sitzt ein wunderschönes Mädchen.
La, la,
sitzt ein wunderschönes Mädchen«, sang er.

Nach Monaten, die ihr plötzlich wie Jahre vorkamen und die sie damit verbracht hatte, die Zudringlichkeiten von Kavalieren abzuweisen, die selten anziehend, immer halb betrunken und oft schlicht unpassend waren – gar nicht zu reden von Audigers beharrlicher Leidenschaft –, fühlte sich Angélique mit einem Mal unbeschwert, als sie sich so auf den Stufen des Justizpalasts von zwei fröhlichen jungen Burschen umschwärmen ließ, die anscheinend nichts weiter im Sinn hatten, als sie zu unterhalten und zum Lachen zu bringen.

Sie fühlte sich wie verjüngt und von der Last ihres Lebens befreit, von ihrer Verantwortung gegenüber einer ganzen kleinen Welt, die niemand anderen als sie hatte, und von diesem fast unmöglichen Unterfangen, das sie gegen unüberwindliche Widerstände zu vollbringen hatte …

Der Possenreißer fuhr in seinem improvisierten Lied fort.

»Einen kleinen Schusterjungen
hat sie vorgezogen.
La, la
hat sie vorgezogen …«

Der kleine Schusterjunge machte sich mit ihren Maßen davon und stieg, ebenfalls vor sich hinsummend, die Treppe hinauf.

Entspannt von den Gitarrenklängen, lehnte Angélique sich erneut an ihren zusammengefalteten Umhang, schloss die Augen und genoss den warmen Sonnenschein. Der Bursche sang leise weiter.

»Schöne, wenn du willst,
schlafen wir zusammen.
La, la …
schlafen wir zusammen!«

Aber er sang so leise, dass seine Worte vor allem den Zauber der Melodie trugen, die wie ein Schlaflied klang.

»In einem großen breiten Bett,
in einem großen breiten Bett,
mit schneeweißen Luken.
La, la …«

Als sie erwachte, fühlten sich ihre Glieder von ihrer halb liegenden Haltung auf den schmutzigen Stufen taub an und schmerzten. Die Sonne sank, und die Kirchtürme in der Umgebung begannen, sich dunkel und hochmütig vor dem goldfarbenen Himmel abzuzeichnen. Der Sänger und der junge Schuster waren fort.

Mühsam kam Angélique zu sich und sah sich leeren Blickes um. Irgendwo in dieser Stadt wartete eine Last auf sie, die sie sich erneut auf die Schultern laden musste; und sie wusste nicht einmal mehr, ob das einen Sinn hatte. Ausgestreckt auf den durch die Sonne erwärmten Stufen des Justizpalasts erschrak sie über die unwiderstehliche Raserei, die sie einmal mehr verstört durch die nächtlichen Straßen getrieben hatte. Würde das denn nie aufhören?

Um neuen Mut zu finden und ihre Angst zu beruhigen, blieb ihr nur noch die Hoffnung auf den Hellseher, der allerdings bis jetzt ihre Erwartungen nicht erfüllt hatte. Danach gab es niemanden mehr, den sie um Rat bitten konnte.

Mühsam wie eine alte Frau stieg sie die Treppe hinauf.

Diese breite, förmliche Treppe, einst errichtet, um mit dem König befreundete Fürsten und deren Gefolge zu empfangen, stellte für viele Menschen so etwas wie den Weg nach Golgatha dar; symbolisierte sie doch alle Sorgen und Nöte eines Volks, das vorgeladen wurde und durch Gesetze und Erlasse quasi auf Bewährung zwischen Leben und Tod schwebte. Andere wiederum erklommen diese Stufen mit geschäftiger Miene, energischen Schrittes und mit im Wind wehender schwarzer Robe.

Aber die meisten stiegen ernst und feierlich hinauf, um in den Gerichtssaal zu gehen.

Und schließlich bewegte sich um diese Uhrzeit auf dieser Treppe eine bunte Menge aus Menschen, die wahrscheinlich genau wie Angélique auf etwas wartete. Vagabunden, die nach einem Schlafplatz suchten, wären erst gar nicht auf das von Gittern umgebene Gelände des Justizpalasts eingelassen worden. Er war eine Stadt innerhalb der Stadt, aber darin spielte jedermann seine Rolle; auch das Publikum, das durch den Eingang am Hof der Sainte-Chapelle kam, um durch die Galerien zu flanieren oder bei den Verhandlungen zuzusehen.

Der abgelegene Winkel, in dem die Buchhändler eifersüchtig ihren Schatz aus Büchern hüteten, bot eine beinahe tröstliche Zuflucht. Angélique nahm wieder auf dem Schemel Platz, auf dem sie schon ein paar Stunden zuvor gesessen hatte, und ihr Gastgeber, den ein leichter Dunst unbekannter Kräuteraufgüsse umgab, betrachtete mit einem leisen, zufriedenen Lächeln einen Gegenstand, den er in der Hand hielt.

»Ich habe Euch den Sänger geschickt«, sagte er. »Hat er Eure Aufregung ein wenig gelindert?«

Sein leicht spöttischer und lässiger Ton machte Angélique nervös.

»Ihr versteht nicht, Monsieur. Sagt mir etwas Tröstliches. Ich möchte wissen, warum dieser unheimliche Mensch mich verfolgt. Hattet Ihr mir nicht einst geweissagt, auf mir liege ein Fluch, der mein Leben belaste?«

»Wir kommen gleich darauf. Jetzt habe ich das, was ich dazu brauche, in der Hand.«

Er hielt ihr die Hand entgegen, und sie schrie auf.

»Oh! Das ist ja ein Porträt meiner Mutter!«

»Ihr erkennt sie? Das ist gut.«

Dann erklärte er, ohne auf ihre Verblüffung einzugehen, dass durch die Schuld ihres Vaters ein Fluch auf ihrer Familie und insbesondere auf ihr liege.

Die Ursache ging auf die Zeit zurück, als Baron Armand auf eigene Kosten in den Diensten des Königs in Paris geweilt hatte, wie es sich für jeden Edelmann von guter Abstammung gehörte.

Damals hatte er sich als unvorsichtiger junger Spund in ein leidenschaftliches Abenteuer mit einer dieser gefährlichen Frauen gestürzt, deren kaum bekannte, ferne Herkunft in den Nebeln des Orients am Rande Europas verschwimmt und die – insbesondere, wenn sie sich in Liebe begegnen – eine unüberwindbare Kluft zwischen den Völkern bildet. Es handelte sich um eine Ägypterin*, die ebenfalls von edler Abstammung war, denn diese seltsamen Horden, die man mit ihren mageren Pferden und wackligen Karren über die Straßen ziehen sah, besaßen auch ihre Fürsten und Fürstinnen. Folgendes war geschehen: Als Baron de Sancé de Monteloup beschloss, in seine Provinz zurückzukehren, um zu heiraten, konnte die Ägypterin die Vorstellung, ihn zu verlieren, nicht ertragen. Doch da er auf seinen Reiseplänen bestand, tatsächlich aufbrach und sich anscheinend nicht mehr für sie interessierte, beschloss sie, einen Fluch über ihn zu werfen, damit er für das Leid büßte, das er ihr durch sein Fortgehen zugefügt hatte.

Vielleicht hatte sie ja davon geträumt, er werde sie heiraten? Im Herzen einer verliebten Frau, auch einer Ägypterin, können die verrücktesten Träume entstehen.

* Zigeunerin

Und noch war die Zeit nicht gekommen, da die Liebesleidenschaft zwei Menschen helfen kann, den Kreidekreis der gesellschaftlichen und religiösen Verbote zu überschreiten. Allein für diesen Traum hätte die Kirche die Ägypterin auf den Scheiterhaufen bringen und ihre Familie töten können.

»Sie hat also Eurem Vater, dem Baron, nicht vergeben, dass er sie den dunklen Sitten ihres Volkes und ihrem Nomadenschicksal überließ, überall gejagt, überall auf den Straßen Europas und des Königreichs Frankreich zurückgestoßen.«

Noch etwas sagte er.

»Es heißt sogar, sie seien, so wie die Juden, auch in die Neue Welt gegangen; aber auch dort werden genau wie anderswo die Scheiterhaufen auf sie warten, denn auch die Spanische Inquisition ist nach Amerika gezogen.«

Angélique hörte ihm zu, ohne zu begreifen, worauf er mit dieser wirren Geschichte über ihren Vater hinauswollte. Ihre Gedanken begannen zu wandern, und vor Müdigkeit verlor sie den Faden.

»Aber ich wollte doch etwas ganz anderes von Euch!«, rief sie mit einem Mal. »Ich habe Euch gebeten, mir etwas über dieses Individuum zu sagen, das sicherlich zu diesen Dämonen gehört, denen Ihr befehlt und die Ihr aus dem Leben der ehrlichen Leute vertreiben könnt, die sie verfolgen und in Leid stürzen … Ich will wissen, was hinter dem Unglück steckt, von dem wir heimgesucht werden. Ich bin mir sicher, dass dieser unheimliche Mann es weiß, und Ihr ebenfalls … jedenfalls könntet Ihr es wissen«, verbesserte sie sich, als ihr bewusst wurde, dass ihre Vorwürfe und Einwände einem Mann gegenüber, der im ganzen Justizpalast geschätzt wurde und sogar Kanzler Séguier zum Kunden hatte, etwas Beleidigendes hatten.

»Warum wollt Ihr denn einfach nicht verstehen, warum lasst Ihr mich im Stich?«

Und plötzlich war ihr, als werde sie ins Nichts hineingesaugt, in diesen Treibsand, der ihr Glück verschlungen hatte.

Maître Ludovicus war nicht verärgert.

»Beruhige dich«, sagte er und duzte sie plötzlich, »und vertrau mir. Du musst wissen, dass ich dir nicht mehr und nichts anderes sagen kann, denn das ist das Übel, das auf deinem Leben lastet und dich trotz der unbändigen Kraft, die dir bei deiner Geburt verliehen worden ist, zum Scheitern verurteilt. Ich kann dich nur von dem Fluch befreien, mit dem zuerst dein Vater und damit auch deine Mutter und deine ganze Familie belegt worden sind… Und glaube mir, es ist nicht einfach, Flüche zu lösen, zu entwirren und unwirksam zu machen, die von drei begabten Ägypterinnen gewirkt worden sind…«

»Wieso drei?«

»Weil sie in ihrem Kummer und trotz ihres Grolls nicht in der Lage war, einen so mächtigen Fluch zu werfen. Sie hat sich der Hilfe ihrer Mutter und einer ihrer Tanten versichert, deren Ruf über die Grenzen dieses Landes hinweg bis zum Schwarzen Meer reichte. Dein Vater sollte nach und nach alles verlieren und niemals Kinder haben.«

»Aber… wie kommt es dann, dass meine Geschwister und ich auf der Welt sind?«

»Das ist in der Tat geheimnisvoll… So stark ihre Zauber auch sind, manchmal versagt ihre Magie oder wird durch unvorhergesehene, entgegengesetzt wirkende Kräfte geschwächt. Was das Eintreten dieser Unglücksfälle abgewendet oder abgeschwächt hat, war die Frömmigkeit Eurer Mutter.«

Angélique sah ihn fasziniert und sprachlos an.

»Das ist doch ganz logisch«, fügte er dann beinahe lächelnd hinzu. »Man kann niemanden leiden lassen, für den alles Unglück, jedes Opfer, selbst das, keine Kinder bekommen zu können, eine von Gott gesandte Prüfung darstellt, die einem demütigen Wesen das Glück schenkt, seinem Gott zu dienen und die Leiden unseres Herrn Jesus Christus am Kreuz zu teilen, und das ihm dafür noch dankt und ihn segnet. Bei solchen Opfern kommen die bösen Geister nicht zum Zuge.

Und so hat Eure Mutter den Fluch, der auf Eurem Vater lastet, teilweise zunichtegemacht und ihm das Unglück erspart, keine Kinder zu bekommen, was für ihn wie für sie selbst das grausamste Schicksal gewesen wäre.«

Angélique wusste nicht, was sie davon halten sollte. Sie dachte an ihren Vater, wie er auf dem Abhang saß, während sie von einem Fuß auf den anderen sprang und ihm Fragen stellte.

Diese angebliche Liaison mit der Ägypterin wollte so gar nicht zu ihm passen.

»Mein Vater war ein guter Mensch«, erwiderte sie jämmerlich und in dem Bestreben, ein gerechteres Bild von ihm zu zeichnen.

»Warum ›war‹? Soweit ich weiß, lebt Euer Vater noch. Und was wäre so merkwürdig daran, dass eine Frau aus dem Orient sich Hals über Kopf in einen braven Christen verliebt, der sie wertschätzt und sie zum Lachen bringt? Das sind sehr zarte Frauen und als Seherinnen so empfindsam wie Harfen, und von ihren Männern, die im Allgemeinen düster und wenig redselig sind, werden sie nicht gerade verwöhnt.«

»Und… und der andere Mann? Der, dessen Augen im Dunkel leuchten?«

»Der interessiert mich nicht und ist Eure Angelegenheit. Zuerst einmal will ich Euch etwas lehren. Dieser Mann ist kein Dämon, sondern ein Mensch, der bösartig und pervers geboren ist. Davon gibt es viele, und ihre Eigenart ist es, dass sie Gelegenheiten, sich zu bessern, nicht nutzen können oder wollen. Sie versuchen, auf dem einfachsten Weg zur Macht zu gelangen, und der besteht darin, entweder seine Seele an den Teufel zu verkaufen oder naive Menschen das glauben zu machen. Mit Zauberertricks vom Pont-Neuf säen sie Verwirrung und Entsetzen. Und sie schaffen Unruhe und Verbrechen. Alles, was ich Euch sagen kann, ist, dass er Euch nichts tun kann. Vielleicht ist er ja jetzt derjenige, der die größte Angst hat? Reden wir nicht mehr davon. Sobald Ihr Euch von dem Fluch befreit habt, wird alles besser für Euch werden.«

Offensichtlich würde er nichts weiter sagen, und ebenso eindeutig hatte er ihr schon mehr gesagt, als er für gewöhnlich seinen Klienten zugestand, ob sie Staatsbeamte, Fürsten oder der Kanzler waren.

Verwirrt stand sie auf. Sie stellte fest, dass sie sich von dieser Konsultation mehr erwartet hatte, an die sie sich geklammert hatte wie ein Ertrinkender an eine Schiffsplanke. Sie legte die Börse auf den Tisch.

Als sie zögernd durch die Menge aus Bücherliebhabern und vorbeiziehenden Gefangenen davonging, rief er sie noch einmal an wie ein Kind oder eine Freundin.

»Passt gut auf Euch auf, Kleine! Räumt Satans Tanz keine Macht ein! Denn Ihr seid dazu bestimmt, die Welt zu retten!«

Kapitel 22

Ein Witzbold, nichts weiter, sagte sich Angélique immer wieder, während sie zurück in ihr Viertel ging, in dem die Rue de la Vallée-de-Misère und die Rue des Francs-Bourgeois lagen. Er hatte sich über sie lustig gemacht. Sie war erstaunt darüber, dass die Polackin, die doch sonst in ihrem Urteil so scharfsinnig und instinktsicher war, ihr Maître Ludovicus empfohlen hatte.

Zuerst ging sie in der Rue des Francs-Bourgeois vorbei und kehrte dann durch eine Hintertür, die sie hatte einbauen lassen, in die Taverne zur Roten Maske zurück.

In der Taverne hatte man sich große Sorgen wegen ihres Verschwindens gemacht.

Als die Mannschaft der Roten Maske sie nicht sah und vor allem nicht wusste, wo sie sich befand, waren alle in eine tiefe Verwirrung gestürzt, die an Panik grenzte. Jetzt bemerkten sie erst, dass sie bei unzähligen Einzelheiten – zum Beispiel der Frage, wie viel Prisen Pfeffer an ein bestimmtes Gericht gehörten – nur ihr vertrauten. Niemand kam auf die Idee, sich an Meister Bourjus zu wenden, und erst recht nicht an Audiger, obwohl dieser seine Dienste angeboten hatte und unleugbar über die beruflichen Fähigkeiten dazu verfügte. Nein, alle wandten sich an Flipot, weil ein untrüglicher Instinkt ihnen sagte, dass er mehr wusste als die anderen. Der Umstand, dass Angélique und er häufig Worte in der Gaunersprache wechselten, wies auf ein geheimes Einverständnis hin, das auch durchaus Neugier und Eifersucht erweckte. Der Küchenjunge stritt nicht ab, dass er mehr wusste; aber er erklärte nur, Madame Angélique sei fortgegangen, um »eine Arbeit zu beenden«, was niemanden beruhigte.

Und dann war sie da wie immer, in aller Morgenfrühe. Ihre Gestalt war im grauen, dunstigen Licht zu erkennen, das in den kalten Räumen hing, bevor die Feuer angezündet wurden und man die Läden an den Fenstern und vor der Auslage aufschob, wo für die Passanten einige verlockende Gerichte ausgestellt waren.

Angélique selbst kam sich vor wie ein Gespenst, das einen Ort aufsucht, den es in einem früheren Leben gekannt hat.

Doch nach und nach beruhigte sie sich durch die einfachen, kraftvollen Handgriffe, die sie liebte.

An diesem ersten Morgen nach ihrer wilden Flucht stand sie vor dem Küchentisch, auf dem sich das Gemüse und Obst vom Markt türmte, und Friede überkam sie.

Ihre Finger strichen über die glatte Haut eines sehr schönen Kürbisses. Sie nahm ein Messer und schnitt ihn auf. Das tief orangefarbene Fleisch kam zum Vorschein und entlockte ihr ein Lächeln.

Auf Monteloup hatte Kürbissuppe nicht gerade zu den Leibgerichten der Kinder gehört. Aber Madame de Sancé war stolz auf die schönen Gemüse gewesen, die ihrem Küchengarten Ehre machten, und bestand darauf, dass man die Gewächse, die er je nach Jahreszeit hervorbrachte, auch verzehrte.

Und Angélique widersetzte sich nicht länger den Aussagen und Enthüllungen des Wahrsagers vom Justizpalast.

Sie fügte sich in die Erkenntnis ..., dass das, was er ihr gesagt hatte, wahr sein musste. Schließlich war der Beweis unwiderlegbar, denn dieser Unbekannte, der in seinem Laden in der Galerie der Gefangenen saß, hatte den Charakter ihrer Mutter, der Baronin de Sancé de Monteloup, erkannt.

Nur durch ein kleines Porträt – Gott wusste, wie es in seine Hände gelangt war! – hatte er alles über sie erraten. Mehr, als ihr Mann, der sie doch über alles liebte, je gewusst hatte, und mehr als ihre Kinder ahnten, gleichgültige, egoistische kleine Tyrannen, die sie jedoch in den Lichtkreis ihrer stillen Tugend, ihrer inneren Leidenschaft gezogen hatte, denn sie lebte nur für sie. Während Maître Ludovicus gesprochen hatte, hatte Angélique ihre Mutter vor sich gesehen: mit ihren Körben auf dem Arm, in ihrer Sanftheit und ihrer Magerkeit. Besonders im Winter hatte sie stets so abgezehrt gewirkt! Im Sommer besserte sich häufig ihre Gesundheit, und ihre Gestalt nahm wieder die sanften, weiblichen Rundungen an, die sie in ihrer Jugend besessen und die Angélique geerbt hatte.

Das Gespräch über ihre Mutter war zwar unerwartet gekommen, hatte aber bewiesen, dass der Magier wirklich die Hellsehergabe besaß. Wer sonst hätte dieses unsichtbare Übel beschreiben können, durch das die Mitglieder der Familie de Sancé verbunden waren, ohne es zu ahnen? Eines seiner bizarren Elemente, die sich vermischten, von denen man vielleicht nie erfahren würde und die im Lauf der Generationen das bildeten, was man eines Tages ein Familiengeheimnis nennen könnte.

Und sein Metier, wie er versicherte, war es, solche Geheimnise aufzuspüren und zu enthüllen, um das Leben von

Menschen zu klären und zu erleichtern, die von geheimnisvollen Feinden verfolgt wurden, die das Böse ins Werk setzten, um …

Noch etwas anderes wurde Angélique klar, während sie sich an ihrem Gemüse zu schaffen machte.

Der Besuch bei dem Hellseher vom Justizpalast hatte eine ständige Spannung von ihr genommen, die man die Angst vor der Vergangenheit hätte nennen können; die Furcht, die sich angesichts des schrecklichen Schlags, den die Begegnung mit dem Mann mit den leuchtenden Augen für sie bedeutet hatte, offenbart und sie bis zur Panik aufgewühlt hatte. Sie war froh, diesen Schritt getan zu haben. Obwohl Maître Ludovicus' Enthüllungen unzusammenhängend gewesen waren, hatten sie sie in die Lage versetzt, in ihr Alltagsleben zurückzukehren, in dem ihre Gegenwart und ihre Zukunft lagen. Außerdem war sie, obwohl er etwas anderes behauptet hatte, ebenfalls überzeugt davon, dass der alte Dämonenjäger sich auch um diesen beunruhigenden Mann kümmern würde, Flégétanis.

Sie dachte jetzt gelassener über alles nach und versuchte sogar bewusst, gewisse Erinnerungen wachzurufen. Die Sonne über Saint-Jean-de-Luz, die sich überall in diese unvergesslichen Tage gemischt hatte, die das Ende bedeutet hatten … die Zerstörung ihres Glücks …

»Kürbisse schält man doch nicht«, sagte Audiger kategorisch.

Er nahm ihr das Messer aus den Händen. Dann redete er von Sahne, von Champignons und weißem Wein, die man an Kalbsbrühe geben musste … für eine gute Kürbissuppe.

»Audiger«, sagte Angélique, »könnt Ihr … könnt Ihr mich … einen Moment lang in Ruhe lassen?«

Sie hatte in gemessenem Ton gesprochen, aber der durchdringende Blick, den sie ihm zuwarf, machte ihm klar, dass er besser nicht weiter in sie drang.

Er ging davon und setzte sich in eine Ecke. Jemand brachte ihm ergeben einen Krug mit seinem Lieblingswein. Rücksichtsvoll verzichtete er an diesem besonderen Tag darauf, sie daran zu erinnern, dass sie selbst ihn vor einigen Tagen ausdrücklich gebeten hatte, neue Rezepte aufzutreiben, um das typische Gemüse dieser Jahreszeit zu verarbeiten, das je nach seiner Form oder Farbe verschiedene Namen hatte. Es beruhigte ihn, Angélique nach ihrem eintägigen Verschwinden quicklebendig und ungezwungen in den Gasträumen und der Küche der Roten Maske umhergehen zu sehen. Er hätte nie geglaubt, solche Angst empfinden zu können, wie sie ihn überfallen, gefangen genommen und gebeutelt hatte, als er erfuhr, dass sie in der vergangenen Nacht auf völlig unerklärliche Weise verschwunden war. Die Gefahren der Feldzüge, an denen er als Armeekoch teilgenommen hatte, der donnernde Artilleriebeschuss, den er ebenso wie Fürsten und Soldaten erlebt hatte, hatten ihn niemals aus der Ruhe gebracht. Doch während der Stunden, in denen er geglaubt hatte, Angélique nie wiederzusehen, hatte er festgestellt, dass er sich fragte, wie er jetzt noch weiterleben sollte. Und dabei schätzte er sein Leben eigentlich auf tausenderlei Weise. Die Gefühle, die sie in ihm erweckte, mochten übersteigert sein, doch er konnte nichts mehr dagegen tun. Er sorgte sich um die inneren Qualen der Frau, die mehr und mehr den Horizont seines Lebens einnahm.

Wenn Angélique erst seine Frau war, würde er sie behutsam von Tätigkeiten fernhalten, die sich nicht für sie schickten, obwohl er ihre diesbezügliche Begabung durchaus würdigte... Er würde sie ermuntern, ihre Freude daran, das gemischteste Publikum zu empfangen und zu unterhalten, auf ein behagliches Heim, in dem eine angenehme Atmosphäre herrschte, und auf ihre Kinder zu übertragen. Wenn sie einmal von ihren Sorgen entlastet war, würde sie begreifen, dass es kein Beruf für eine Frau war, erfolgreich ein Lokal zu führen. Diese Aufgabe forderte von dem, der als Koch oder Wirt fungierte, die moralische und körperliche Kraft eines Mannes, denn es erfordert viel mehr innere sowie Muskelkraft, Saucen zu rühren und den ganzen Tag über den Gästen zu trinken einzuschenken, als man sich das gemeinhin vorstellte. Die Kundschaft, mit der ein Wirt es zu tun bekommt, fordert von ihm oft die Eigenschaft eines Löwenbändigers, um mit den unvermeidlichen Exzessen umzugehen; ein Risiko bei den Gästen, die fröhlich sein wollen. Nur ein Man ist dann in der Lage, schwierige Situationen zu beherrschen und zu regeln, wenn es sein muss.

Audiger war ein erfahrener Mann und war sich durchaus bewusst, dass er, indem er ausgewählte Gäste in die Taverne zur Roten Maske führte – das heißt, von möglichst hohem Rang und großem Vermögen; er hatte bereits gewisse Edelmänner aus dem Gefolge des Königs im Blick, die ihn zwar nicht als Freund behandelten, aber seinen Rat schätzten –, eine Klientel anzog, der zwar das Geld locker in der Tasche saß, die aber auch versuchte, durch Ausschweifungen oder Prügeleien ihre Sehnsucht nach den Schlachtfeldern zu besänftigen. Wie viele würden sich von Angéliques Schönheit angezogen fühlen und sie ihm ohne Skrupel streitig machen? Davor fürchtete er sich bereits jetzt.

Sie selbst war ebenfalls nicht ohne Überraschungen und Geheimnisse. Er beobachtete sie aus der Entfernung.

Man hätte meinen können, dass sie träumte oder zerstreut war.

Doch in Wahrheit zogen ihr, während sie präzise arbeitete, mehr oder weniger angenehme Bilder durch den Kopf, bei denen sie sich zu verweilen weigerte. Bilder, die mit ihrem zerstörten Leben zu tun hatten, die sie aber kaum wahrgenommen hatte und nicht in ihre Erinnerung einordnen konnte. Sie warfen zum Beispiel eine Frage auf, die sie sich stellte, ohne ihr deswegen allerdings besondere Bedeutung beizumessen: Wie war es möglich gewesen, dass Carmencita, die verrückte Nonne, ihren Bewacherinnen entkommen war, um in einer verschneiten Nacht am Fuß der Treppe des Justizpalasts ihre Reue herauszuschreien?

Angélique hatte Maître Ludovicus von diesen Gedanken berichtet.

Sie fragte sich, wie lange es dauern würde, bis die Auswirkungen des Fluchs, den die Ägypterin über ihre Familie geworfen hatte, nachließen. Er hatte ihr offen erklärt, das sei eine schwierige Aufgabe, die er nicht gern angehe. Sie versuchte, nicht allzu viel daran zu denken, und hoffte nur, dass er nicht aufgeben und sie nicht im Stich lassen würde. Sie versuchte, ruhig zu bleiben, und wünschte sich, er werde sich über seine Ungeduld und seine Zweifel hinwegsetzen und sich ihrer annehmen.

Auch versuchte sie zu verstehen, warum ihr die Vergangenheit auf diese Weise wiederbegegnet war, als sei es notwendig – und war es das nicht für jedermann? –, stets wachsam zu bleiben und sich für solche Rückbesinnungen bereitzuhalten, die man annehmen musste, ohne darüber den Verstand zu verlieren. Sie hatte recht daran getan, zu dem Alten zu gehen.

Jetzt fühlte sie sich erleichtert, gestärkt.

Das Ereignis, das sich ankündigte, traf sie also gewappnet an und sorgte dafür, dass sie ihre Befürchtungen und ihre Angst vor der Vergangenheit hinter sich ließ.

Kapitel 23

In der herbstlichen Abenddämmerung spazierte Angélique über den Pont-Neuf. Sie hatte dort Blumen gekauft und nutzte die Gelegenheit, um zwischen den Ständen umherzuschlendern.

Vor der Bühne des Großen Matthieu blieb sie stehen und erschauderte.

Der Große Matthieu war im Begriff, einem Mann, der vor ihm kniete, einen Zahn zu ziehen. Die Zange des Operateurs hielt den Mund des Patienten weit geöffnet. Aber Angélique erkannte dennoch das blonde, borstige Haar, das wie Maisstroh aussah, und den schwarzen, abgetragenen Mantel. Das war der Mann vom Heukahn.

Mit den Ellbogen schob sie sich durch die Zuschauer und stellte sich in die erste Reihe.

Es war ziemlich kalt, aber dem Großen Matthieu standen trotzdem dicke Schweißtropfen auf der Stirn.

»Potzblitz, wie mein Nachbar von gegenüber, der gute König Heinrich, gesagt hätte, der sitzt aber fest! Lieber Gott, ist der widerspenstig!«

Er unterbrach sein Werk, um sich die Stirn abzutupfen, und zog sein Folterinstrument aus dem Mund seines Opfers.

»Tut's weh?«, fragte er.

Der Mann wandte sich lächelnd zum Publikum um und schüttelte den Kopf. Kein Zweifel, das war er, mit seinem blassen Gesicht, dem breiten Mund und seinen Grimassen, die ihn wie einen erstaunten Harlekin aussehen ließen.

»Seht, Mesdames und Messieur!«, rief der Große Matthieu. »Ist das nicht ein Wunder? Dieser Mann leidet keine Schmerzen, und dabei hat er harte Zähne, das könnt Ihr mir glauben! Und warum hat er keine Schmerzen? Dank dieses Wunderbalsams, mit dem ich ihm vor der Operation das Zahnfleisch eingerieben habe. In diesem kleinen Fläschchen, Mesdames und Messieurs, steckt das Ende aller Schmerzen. Bei mir spürt man dank meines Wunderbalsams keine Schmerzen, und ich ziehe Euch die Zähne, ohne dass Ihr etwas davon bemerkt. Komm, mein Freund, machen wir uns wieder an die Arbeit.«

Bereitwillig öffnete der Mann den Mund. Unter Flüchen und lautem Schnaufen machte sich der Scharlatan erneut über den widerspenstigen Zahn her.

Schließlich schwenkte der Große Matthieu triumphierend seine Zange, in der er den störrischen Backenzahn hielt.

»Da, erledigt? Hat es wehgetan, mein Freund?«

Immer noch lächelnd stand der Patient auf und schüttelte den Kopf.

»Muss ich noch etwas sagen? Ihr habt gesehen, was ich mit diesem Mann getan habe, und nun geht er munter und gut gelaunt davon. Dank des Wunderbalsams, den ich als Einziger unter den empirischen Ärzten anwende, wird niemand mehr zögern, sich der stinkenden Stummel zu entledigen, die dem Mund eines ehrlichen Christen Schande machen. Man wird lächelnd zum Zahnbrecher gehen. Zögert nicht, Mesdames und Messieurs. Kommt! Der Schmerz existiert nicht mehr! Der Schmerz ist tot.«

Unterdessen setzte der Patient bereits seinen spitzen Hut auf und stieg von der Bühne. Angélique ging ihm nach. Am liebsten hätte sie ihn angesprochen, aber sie fragte sich, ob er sie überhaupt wiedererkennen würde.

Er ging auf dem Quai des Morfondus, unterhalb des Justizpalasts, entlang. Ein paar Schritte vor sich sah Angélique in dem Nebel, der von der Seine aufstieg, seine eigenartige, magere Gestalt verschwimmen. Wieder kam es ihr vor, als sei er unwirklich. Er ging sehr langsam, blieb dann und wann stehen und setzte sich wieder in Bewegung.

Mit einem Mal war er verschwunden, und Angélique stieß einen leisen Schrei aus. Doch dann begriff sie, dass der Mann nur die drei oder vier Stufen, die zum Ufer führten, hinuntergestiegen war. Ohne zu überlegen, lief sie ihm nach und stieß beinahe gegen den Unbekannten, der sich an die Mauer stützte. Er krümmte sich und stöhnte dumpf.

»Was ist? Was habt Ihr?«, fragte Angélique. »Seid Ihr krank?«

»Oh, ich sterbe«, antwortete er mit schwacher Stimme. »Dieser Rohling hat mir fast den Kopf abgerissen. Und ganz bestimmt ist mein Kiefer ausgerenkt.«

Er spuckte einen Blutfaden aus.

»Aber Ihr habt doch gesagt, es täte nicht weh!«

»Gesagt habe ich gar nichts, dazu war ich überhaupt nicht in der Lage. Zum Glück hat der Große Matthieu mir einen guten Preis bezahlt, damit ich diese kleine Komödie aufführe!«

Er nickte und spuckte noch einmal aus. Sie fürchtete, er könne ohnmächtig werden.

»Das ist doch töricht! Ihr hättet nicht darauf eingehen sollen«, meinte sie.

»Ich habe seit drei Tagen nichts gegessen.«

Angélique schlang den Arm um den mageren Oberkörper des Unbekannten. Er war größer als sie, aber so leicht, dass sie sich beinahe zugetraut hatte, dieses arme Gerippe zu tragen.

»Kommt, heute Abend sollt Ihr gut essen«, versprach sie. »Es soll Euch nichts kosten. Keinen Sol und keinen Zahn.«

In der Roten Maske angekommen, lief sie in die Küche und sah nach, was einem Mann, der ein Opfer des Hungers und des Zahnbrechers war, bekömmlich sein könnte. Da waren Brühe und eine schöne, mit Essiggürkchen gespickte Ochsenzunge. Sie brachte ihm beides und dazu einen Krug Rotwein und einen großen Topf Senf.

»Fangt schon einmal hiermit an. Das Fleisch ist sehr zart. Danach sehen wir weiter.«

Die Nase des armen Teufels bebte.

»Oh, welch wunderbarer Suppenduft«, murmelte er und richtete sich wie ein vom Tode Auferstandener auf. »Gesegnete Essenz göttlichen Gemüses!«

Sie ließ ihn allein, damit er sich unbefangen satt essen konnte. Nachdem sie ihre Anweisungen erteilt und sich vergewissert hatte, dass alles für den Empfang der Gäste bereit war, ging sie in die Kammer, um eine Sauce zuzubereiten. In dieses Zimmerchen zog sie sich zurück, wenn sie ein besonders schwieriges Gericht komponierte.

Kurz darauf öffnete sich die Tür, und ihr Gast steckte den Kopf durch den Spalt.

»Sag mal, meine Schöne, bist du nicht die kleine Gaunerin, die Latein versteht?«

»Die bin ich ... und auch wieder nicht«, erwiderte Angélique, die nicht wusste, ob sie ärgerlich oder erfreut darüber sein sollte, dass er sie erkannt hatte. »Jetzt bin ich die Nichte von Meister Bourjus, dem Wirt dieses Lokals.«

»Anders ausgedrückt, du stehst nicht mehr unter der finsteren Herrschaft des Sieur Calembredaine?«

»Gott bewahre!«

Er glitt in den Raum, trat mit seinem leichten Schritt auf sie zu, umfing sie und küsste sie auf den Mund.

»Also, Messire! Ich glaube, Ihr seid vollkommen wiederhergestellt«, rief Angélique, sobald sie wieder Luft bekam.

»Kein Wunder bei der guten Behandlung! Ich suche schon lange in Paris nach dir, Marquise der Engel.«

»Pssst!«, machte sie und sah sich erschrocken um.

»Keine Angst. Im Lokal sind keine Polizeispitzel. Ich habe keinen gesehen und glaube mir, ich kenne sie alle. Also, kleine Gaunerin, wie ich sehe, weißt du, wo man es gut hat. Bist du der Heukähne überdrüssig geworden? Da lässt man ein blasses, blutarmes, schmutziges Blümchen zurück, das im Schlaf weint, und findet eine mollige Gevatterin wieder, die sich das Leben schön eingerichtet hat… Und doch bist du es wirklich. Deine Lippen sind immer noch so schön, aber sie schmecken jetzt nach Kirschen und nicht mehr nach bitteren Tränen. Komm noch mal her…«

»Ich habe zu tun«, sagte Angélique und schob die Hände zurück, die sich um ihre Wangen legen wollten.

»Zwei Sekunden Glück sind so viel wert wie zwei Lebensjahre. Und außerdem habe ich noch Hunger, verstehst du?«

»Möchtet Ihr noch Pfannkuchen und Marmelade?«

»Nein, ich will dich. Dein Anblick und deine Berührung reichen aus, um mich zu sättigen. Ich will deine Kirschlippen und deine Pfirsichwangen. Alles an dir ist essbar. Etwas Schöneres kann sich ein hungerleidender Poet nicht vorstellen… Dein Fleisch ist zart. Ich habe Lust, dich zu beißen. Und du bist warm…! Das ist wunderbar! Beim Duft deiner Achseln sterbe ich vor Hunger…«

»Oh, Ihr seid unmöglich«, protestierte sie und machte sich los. »Ihr macht mich ganz verrückt mit Euren lyrischen und trivialen Ergüssen.«

»Das ist auch meine Absicht. Also komm, zier dich nicht.«

Mit einer energischen Bewegung, die bezeugte, dass seine Kräfte zurückgekehrt waren, zog er sie wieder an sich, drückte ihren Kopf so zurück, dass er in seiner Armbeuge lag, und küsste sie erneut.

Eine hölzerne Schöpfkelle knallte auf den Tisch, und die beiden fuhren auseinander.

»Beim heiligen Jakobus!«, brüllte Meister Bourjus. »Dieser verfluchte Zeitungsschreiber, dieser Satansjünger, dieser Verleumder in meinem Haus, in meiner Kammer, und scharwenzelt um meine Tochter herum! Hinaus, Elender, sonst setze ich dich mit einem Tritt in die Rückseite auf die Straße.«

»Gnade, Messire, Gnade für meine Hosen! Sie sind so abgetragen, dass Euer erhabener Fuß womöglich ein Schauspiel anrichtet, das für die Damen unschicklich ist.«

»Hinaus, unverschämter Bengel, Schreiberling, Nägelkauer! Mit deinen durchlöcherten Lumpen und deinem Gauklerhut entehrst du mein Lokal.«

Aber der andere war bereits, lachend und mit beiden Händen sein bedrohtes Hinterteil schützend, zur Tür gerannt, die auf die Straße führte. Er drehte Meister Bourjus noch eine Nase und verschwand.

»Dieser Bursche ist einfach in die Kammer gekommen, und ich konnte ihn nicht loswerden«, erklärte Angélique wenig überzeugend.

»Hm!«, brummte der Bratkoch, »auf mich hast du aber nicht besonders unzufrieden gewirkt. Gemach, meine Schöne, und widersprich mir nicht. Ich schimpfe ja nicht auf dich: ein wenig Zärtlichkeit von Zeit zu Zeit hält ein hübsches Mädel bei Laune. Aber ehrlich, Angélique, du enttäuschst mich. Kommen denn nicht genug ehrliche Leute in unsere Gastwirtschaft? Warum verlegst du dich auf einen Tintenkleckser?«

Mademoiselle de La Vallière, die Favoritin des Königs, hatte einen zu breiten Mund, und sie hinkte ein wenig. Es hieß, das verleihe ihr eine besondere Anmut und hindere sie nicht daran, bezaubernd zu tanzen, aber es blieb dabei: Sie hinkte.

Sie hatte keinen Busen. Man verglich sie mit Diana, man sprach vom Zauber androgyner Wesen, aber deswegen war ihre Brust trotzdem flach. Ihre Haut war trocken wegen der Tränen, die sie über die Untreue des Königs und die Demütigungen bei Hof vergossen hatte. Ihre Augen lagen tief in den Höhlen, und sie magerte ab. Schließlich litt sie nach ihrer zweiten Schwangerschaft an einer Unpässlichkeit, die sich im Schlafgemach zeigte und über die einzig Ludwig XIV. genaue Auskunft hätte geben können. Doch der Schmutzpoet wusste Bescheid.

Und aus all diesen verborgenen oder bekannten Übeln, aus diesen körperlichen Unzulänglichkeiten verfertigte er ein erstaunliches, geistreiches Pamphlet, das jedoch so boshaft und direkt war, dass selbst die weniger prüden Bürger es ihren Frauen nicht zu lesen gaben; woraufhin diese es sich bei ihren Dienstmädchen besorgen mussten.

Hinkefüßchen, fünfzehn Jahr' alt? Einerlei!
Kein Busen, wenig Hirn? Nichts dabei!
Wer deine Eltern sind, weiß nur der Herr?
Macht nichts! Lass dir nur hinter angelehnter Tür
zwei Kinder machen, kleines Jungfräulein,
dann ist der höchste Schatz bald dein!
Die La Vallière ist der Beweis dafür.

So begann das Lied.

Überall in Paris tauchte diese Schmähschrift auf; im Hôtel Biron, wo Louise de La Vallière wohnte, im Louvre und sogar bei der Königin, die angesichts dieses Porträts ihrer Rivalin seit langer Zeit zum ersten Mal lachte und sich vor Freude die kleinen Hände rieb.

Mademoiselle de La Vallière war verletzt und schämte sich zu Tode. Sie sprang in die erstbeste Kutsche und ließ sich zum Kloster von Chaillot fahren, um den Schleier zu nehmen.

Der König befahl ihr, zurückzukommen und sich bei Hof zu zeigen.

Er schickte Monsieur Colbert hinter ihr her.

Dass er sie zurückrief, war weniger wegen verletzter Liebe als wegen des Zorns und Trotzes eines Monarchen, den sein Volk zu verspotten wagte und der zu argwöhnen begann, dass seine Mätresse ihm keine Ehre machte.

Man setzte die gewitztesten Polizeispitzel auf die Spur des Schmutzpoeten.

Niemand zweifelte daran, dass man ihn dieses Mal aufknüpfen würde.

Kapitel 24

Angélique war in ihrem kleinen Zimmer in der Rue des Francs-Bourgeois. Javotte hatte sich soeben mit einem Knicks zurückgezogen. Die Kinder schliefen. Von draußen vernahm sie eilige Schritte, die von der dünnen Schneeschicht, die an diesem Dezemberabend gemächlich gefallen war, gedämpft wurden.

Es klopfte an der Tür. Angélique warf ihren Hausmantel über und schob die Klappe vor dem Guckloch zurück.

»Wer ist da?«

»Mach auf, kleine Gaunerin, rasch. Der Hund!«

Ohne nachzudenken, entriegelte Angélique die Tür und trat unter den Torbogen. Der Schreiberling taumelte gegen sie. Im selben Moment tauchte ein weißer Umriss aus dem Dunkel auf, sprang ihn an und packte ihn an der Kehle.

»Sorbonne!«, rief Angélique.

Sie stürzte herbei und berührte das Fell der Dogge.

»Lass ihn, Sorbonne. *Lass ihn, lass ihn!*«

Die letzten Worte hatte sie auf Deutsch gesprochen, denn sie erinnerte sich, dass Desgrez dem Hund seine Befehle in dieser Sprache erteilte.

Sorbonne grollte. Er hatte die Zähne fest in den Kragen seines Opfers geschlagen. Doch dann hörte er Angéliques Stimme, wedelte mit dem Schwanz und gab sein Opfer frei, wobei er jedoch weiterknurrte.

»Ich bin tot!«, keuchte der Mann.

»Aber nein. Kommt rasch herein.«

»Der Hund wird vor der Tür sitzen bleiben und den Polizisten alarmieren.«

»Ich sagte doch, kommt herein.«

Sie schob ihn nach drinnen und blieb, nachdem sie die Tür hinter sich zugeschoben hatte, unter dem Torbogen stehen, Sorbonne hielt sie am Halsband fest. Am Eingang des Tors sah sie im schwachen Lichtschein einer Laterne den Schnee wirbeln. Schließlich vernahm sie gedämpfte Schritte, die stets dem Hund folgten: die Schritte des Polizisten François Desgrez.

Angélique ging ihm entgegen.

»Sucht Ihr vielleicht Euren Hund, Maître Desgrez?«

Er blieb stehen und trat ebenfalls unter den Torbogen. Sie konnte sein Gesicht nicht erkennen.

»Nein«, erwiderte er gelassen. »Ich suche einen Pamphletschmierer.«

»Sorbonne ist vorbeigelaufen. Ich kannte Euren Hund ja von früher, da habe ich mir erlaubt, ihn festzuhalten.«

»Er war sicherlich entzückt darüber, Madame. Habt Ihr bei diesem bezaubernden Wetter auf Eurer Türschwelle frische Luft geschnappt?«

»Ich war gerade dabei, meine Tür abzuschließen. Aber wir sprechen im Dunkel, Maître Desgrez, und ich bin mir sicher, dass Ihr nicht erraten könnt, wer ich bin.«

»Ich rate nicht, ich weiß es. Mir ist schon lange klar, wer in diesem Haus wohnt; und da mir keine Taverne in Paris unbekannt ist, habe ich Euch auch in der Roten Maske gesehen. Ihr lasst Euch Madame Morens nennen und habt zwei Söhne, der ältere heißt Florimond.«

»Man kann nichts vor Euch verbergen. Aber da Ihr

schon wisst, wer ich bin, warum bedarf es eines Zufalls, damit wir miteinander sprechen?«

»Ich war mir nicht sicher, ob Euch mein Besuch freuen würde, Madame. Als wir uns zum letzten Mal gesehen haben, sind wir im Streit auseinandergegangen.«

Angélique erinnerte sich an die Nacht in Faubourg Saint-Germain, als die Polizei sie gejagt hatte. Ihr war, als wäre ihr Mund völlig ausgetrocknet.

»Was meint Ihr?«, fragte sie mit tonloser Stimme.

»In jener Nacht hat es ebenfalls geschneit, und an der Pforte des Temple war es nicht weniger dunkel als in Eurem Tor.«

Angélique unterdrückte einen Seufzer der Erleichterung.

»Wir haben uns nicht gestritten. Wir waren besiegt, das ist etwas anderes, Maître Desgrez.«

»Nennt mich nicht Maître, Madame. Ich habe mein Advokatenamt verkauft, nachdem man mich zu allem anderen noch von der Universität verwiesen hat. Ich habe es jedoch zu einem guten Preis losschlagen können, sodass ich mir dafür den Posten eines Polizeioffiziers kaufen konnte, bei dem ich mich einer einträglicheren und nicht weniger sinnvollen Tätigkeit widme, nämlich der Verfolgung der Missetäter und Bösewichte dieser Stadt. So bin ich also von den Höhen des Wortes in die Tiefen des Schweigens gestürzt.«

»Ihr sprecht immer noch so schön wie früher, Maître Desgrez.«

»Gelegentlich finde ich wieder Geschmack an wohlgesetzten Reden. Zweifellos hat man mir daher insbesondere diejenigen ans Herz gelegt, die ihre Worte – ob geschrieben oder gesprochen – nicht bei sich behalten können: die Dichter und Zeitungsschreiber, eben die Federquäler aller Arten.

Heute Abend habe ich ein gefährliches Individuum mit Namen Claude Le Petit verfolgt, den man auch den Schmutzpoeten nennt. Dieser Bursche segnet Euch gewiss für Euer Einschreiten.«

»Wie denn das?«

»Weil mein Hund und ich ihm auf den Fersen waren, als Ihr uns aufgehalten habt, sodass er weiterlaufen konnte.«

»Ich bitte um Verzeihung.«

»Ich persönlich bin entzückt, Euch zu sehen, obwohl es in dem kleinen Salon, in dem Ihr mich empfangt, ein wenig an Behaglichkeit und Wärme fehlt.«

»Vergebt mir. Ihr müsst bald wiederkommen, Desgrez.«

»Ich werde kommen, Madame.«

Er beugte sich über den Hund, um ihn an die Leine zu nehmen. Das Schneetreiben wurde dichter. Der Polizist schlug seinen Mantelkragen hoch, machte einen Schritt und blieb dann noch einmal stehen.«

»Da fällt mir etwas ein«, sagte er. »Der Schmutzpoet hatte angelegentlich des Prozesses gegen Euren Gatten doch ziemlich bösartige Verleumdungen geschrieben. Wartet, ich besinne mich …

Und die schöne Madame de Peyrac
betet, dass die Bastille verschlossen bleibt,
und er in seinem Verlies versauert …«

»Oh, schweigt doch, um Himmels willen«, rief Angélique aus und hielt sich die Ohren zu. »Sprecht nie wieder von dieser Zeit. Ich erinnere mich an nichts. Ich will mich nicht mehr erinnern …«

»Dann ist die Vergangenheit für Euch tot, Madame?«

»Ja, die Vergangenheit ist tot!«

»Das ist wahrscheinlich das Beste. Ich werde nicht mehr davon sprechen. Lebt wohl, Madame … und gute Nacht!«

Zähneklappernd verriegelte Angélique die Tür. Sie hatte, nur mit ihrem Hausmantel bekleidet, im Freien gestanden und war bis auf die Knochen durchgefroren. Zu der Kälte kam noch die Aufregung über das Zusammentreffen mit Desgrez und seine Worte.

Sie trat in ihr Zimmer und schloss die Tür. Der blonde Mann saß auf der Kamineinfassung und hatte die Arme um seine mageren Knie geschlungen. Er sah aus wie eine Heuschrecke.

Die junge Frau lehnte sich an die Tür.

»Seid Ihr der Schmutzpoet?«, fragte sie mit tonloser Stimme.

Er lächelte.

»Schmutzig bin ich auf jeden Fall. Ein Poet? Vielleicht.«

»Dann habt Ihr diese … diese Abscheulichkeiten über Mademoiselle de La Vallière geschrieben? Könnt Ihr die Menschen, die sich lieben, nicht einfach in Ruhe lassen? Der König und dieses Mädchen haben getan, was sie konnten, um ihre Liebe geheim zu halten, und Ihr kommt daher und tretet den Skandal mit schändlichen Worten breit! Das Verhalten dcs Königs ist gewiss tadelnswert. Aber er ist ein junger, heißblütiger Mann, den man gezwungen hat, eine Prinzessin ohne Geist oder Schönheit zu heiraten.«

Er lachte spöttisch.

»Wie du ihn verteidigst, meine Schöne! Hat der Franc-Ripault dir etwa den Kopf verdreht?«

»Nein, aber ich finde es scheußlich, wenn jemand achtbare, noble Gefühle in den Schmutz tritt.«

»Es gibt nichts Achtbares oder Nobles auf der Welt.«

Angélique durchschritt das Zimmer und lehnte sich gegen die andere Seite des Kamins. Sie fühlte sich schwach und angespannt. Der Poet schaute zu ihr auf, und sie sah die Flammen als rote Pünktchen in seinen Augen tanzen.

»Hattest du denn keine Ahnung, wer ich bin?«, fragte er.

»Niemand hat es mir gesagt, und wie hätte ich es erraten sollen? Eure Schriften sind gottlos und ausschweifend, und Ihr …«

»Nur weiter …«

»Ihr kamt mir so gut und fröhlich vor.«

»Ich bin gut zu kleinen Gaunerinnen, die in Heukähnen weinen, und böse zu den Fürsten.«

Angélique seufzte. Ihr wollte gar nicht wieder warm werden. Mit einer Kopfbewegung deutete sie auf die Tür.

»Ihr müsst jetzt gehen.«

»Gehen?«, rief er aus. »Jetzt, da der Hund Sorbonne auf mich wartet, um mir die Zähne in den Hosenboden zu schlagen, und dieser Polizist aus der Hölle schon seine Ketten bereithält?«

»Sie sind nicht auf der Straße.«

»Doch. Sie warten im Dunkel auf mich.«

»Ich schwöre, dass sie keine Ahnung haben, dass Ihr hier seid.«

»Woher willst du das wissen. Kennst du denn dieses Pärchen nicht, meine Hübsche? Du hast doch zu Calembredaines Bande gehört.«

Lebhaft bedeutete sie ihm zu schweigen.

»Siehst du? Du spürst ebenfalls, dass sie draußen im Schnee lauern. Und du willst, dass ich gehe!«

»Ja, nun verzieht Euch schon!«

»Du wirfst mich hinaus?«

»Ich werfe Euch hinaus.«

»Ich habe dir doch nichts Böses getan.«

»Doch.«

Er sah sie lange an und streckte ihr dann die Hand entgegen.

»Dann sollten wir uns versöhnen. Komm.«

Aber sie rührte sich nicht.

»Der Hund ist hinter uns beiden her. Was haben wir davon, wenn wir uns streiten?«

Er hielt ihr weiter die Hand hin.

»Deine Augen sind hart und kalt wie Smaragde geworden. Jetzt schimmern sie nicht mehr sonnig wie ein kleiner Fluss unter dem Laubdach, der zu sagen scheint: Liebe mich, küss mich …«

»Das alles sagt Euch der Fluss?«

»Das sagen deine Augen, wenn ich nicht gerade dein Feind bin. Komm her!«

Mit einem Mal gab sie nach und kauerte sich neben ihn. Sofort legte er den Arm um ihre Schultern.

»Du zitterst ja und wirkst so gar nicht mehr wie die selbstgewisse Kneipenwirtin. Etwas hat dir Angst eingejagt und tut dir weh. Der Hund? Der Polizist?«

»Der Hund, der Polizist und auch Ihr, Monsieur Schmutzpoet.«

»O düstere Dreieinigkeit von Paris!«

»Da Ihr anscheinend über alles informiert seid, wisst Ihr denn auch, was ich getan habe, ehe ich mit Calembredaine zusammenkam?«

Ärgerlich verzog er den Mund. »Nein. Seit ich dich wiedergefunden habe, bin ich nach und nach darauf gekommen, wie du dich durchgeschlagen und wie du diesen Bratkoch um den Finger gewickelt hast. Aber was vor Calembredaine war … nein, da verliert sich die Spur.«

»Das ist besser so.«

»Mich ärgert vor allem eines. Ich glaube nämlich, dass dieser Polizist aus der Hölle über deine Vergangenheit Bescheid weiß.«

»Ihr zieht also beide Erkundigungen ein?«

»Wir tauschen sogar häufig unsere Erkenntnisse aus.«

»Im Grund seid Ihr Euch sehr ähnlich.«

»Ein wenig. Aber dennoch besteht ein großer Unterschied zwischen uns.«

»Und der wäre?«

»Ich kann ihn nicht töten, während er durchaus in der Lage ist, mich umbringen zu lassen. Hättest du mir heute Abend nicht die Tür geöffnet, würde ich mich dank seiner freundlichen Hilfe bereits im Châtelet befinden. Auf Meister Aubins Streckbank hätte ich inzwischen drei Zoll an Körpergröße zugelegt, und morgen in aller Frühe würde ich schon am Strick baumeln.«

»Und was meint Ihr damit, dass Ihr ihn nicht töten könnt?«

»Ich kann niemanden umbringen. Mir wird übel, wenn ich Blut sehe.«

Seine angeekelte Miene brachte sie zum Lachen. Die bebende Hand des Poeten legte sich auf ihre Schulter.

»Wenn du lachst, siehst du wie ein Täubchen aus.«

Er beugte sich über ihr Gesicht. Sein zärtliches, spöttisches Lächeln enthüllte die dunkle Zahnlücke, die ihm der Große Matthieu mit seiner Zange gebrochen hatte, und sie verspürte den Drang, zu weinen und diesen Mann zu lieben.

»Es ist gut«, murmelte er, »du hast keine Angst mehr. Alles rückt in weite Ferne… Draußen fällt nur noch der Schnee, und wir beide haben es hier schön warm… So schön logiere ich nicht oft. Bist du unter diesem Hausmantel nackt? Ja, ich spüre es. Nicht bewegen, meine Süße… Sag nichts mehr…«

Seine Hand strich über ihre Haut, schob den Hausmantel weg, um dann tiefer zu gleiten. Sie erschauerte, und er lachte.

»Sieh an, Frühlingsknospen mitten im Winter!«

Er bemächtigte sich ihrer Lippen. Dann streckte er sich vor dem Feuer aus und zog sie sanft an sich.

»Spitz doch die Ohren, hör mal hin,
da kommt der Bursche mit dem Schnaps.
Scherz beiseite, ich glaub, ich bin
schon spät daran, mein schöner Schatz!«

Der Poet hatte seinen hohen Hut aufgesetzt und seinen löchrigen Mantel angezogen. In der Morgendämmerung sah man, dass dichter Schnee lag. Dick eingepackt stapfte der Branntweinverkäufer durch die weiße, stille Straße wie ein Bär.

Angélique rief ihn an. Auf der Schwelle kredenzte er den beiden ein kleines Glas Branntwein.

Als der Mann fort war, lächelten sie einander zu.

»Wohin geht Ihr jetzt?«

»Paris über einen neuen Skandal unterrichten. Heute Nacht hat Monsieur de Brienne seine Frau mit einem Liebhaber ertappt.«

»Heute Nacht? Wie könnt Ihr das denn wissen?«

»Ich weiß alles. Adieu, meine Schöne.«

Sie hielt ihn am Schoß seines Mantels zurück.

»Kommt wieder«, sagte sie.

»Angélique ist die bezaubernde Heldin der erfolgreichsten historischen Romanreihe, die je geschrieben wurde.«

Daily Herald

352 Seiten. ISBN 978-3-442-37699-5

Frankreich 1646. Angélique, die Tochter des verarmten Barons Armand de Sancé de Monteloup, wächst auf dem Schloss ihres Vaters zu einer selbstbewussten jungen Frau heran. Von den Gräueln der Fronde wird jedoch auch Angélique nicht verschont. Heimlich belauscht sie zwei Verschwörer, die König Ludwig XIV. töten wollen. Sie nutzt ihr Wissen, um ihrem Vater zu helfen, der von Geldnöten niedergedrückt wird, und erwirkt einen Aufschub, der es ihr und ihren Geschwistern gestattet, die Schule zu besuchen. Als Angélique nach Hause gerufen wird, hat die finanzielle Situation des Barons ihn in die Hände seines Gläubigers gespielt. Und dieser fordert seinen Preis – Angélique. Er hat ihre Hochzeit mit einem der reichsten Grafen im Süden Frankreichs bereits arrangiert …

Lesen Sie mehr unter: **www.blanvalet.de**